辜立新◎著
HE DING
九州出版社
JIUZHOU PRESS

图书在版编目（C I P）数据

核钉 / 辜立新著. -- 北京 : 九州出版社, 2010.4
ISBN 978-7-5108-0417-5

Ⅰ. ①核… Ⅱ. ①辜… Ⅲ. ①长篇小说－中国－当代
Ⅳ. ①I247.5

中国版本图书馆CIP数据核字(2010)第048379号

核 钉

作　　者　辜立新 著
出版发行　九州出版社
出 版 人　徐尚定
地　　址　北京市西城区阜外大街甲35号（100037）
发行电话　（010）68992190/2/3/5/6
网　　址　www.jiuzhoupress.com
电子信箱　jiuzhou@jiuzhoupress.com
印　　刷　廊坊市恒泰印务有限公司
开　　本　787毫米×1092毫米　16开
印　　张　21
字　　数　290千
版　　次　2010年5月第1版
印　　次　2010年5月第1次印刷
书　　号　ISBN 978-7-5108-0417-5
定　　价　33.00 元

引言

地震局家境窘迫的小科员曲东，赴泰国旅游后失踪，警方在他宿舍竟找到百万美金存折。

关于曲东失踪案，警方初步查明，有三条线索同时指向日本。其中，最重要的线索即曲东失踪前，他曾将论文《恐怖分子震断日本列岛与亚欧板块后果初探》寄给了日本《地震研究》杂志主编佐藤教授。

论文从地球板块结构上，阐述了日本列岛与中国黄淮地区的联系：如果在两者之间的结点，即在中国黄海海沟引爆原子弹，将会震断这个结点，日本列岛会失去来自亚欧板块的拉扯力，短则几周，长则几个月，将会一头栽进东部深不可测的太平洋海沟，其原理与古埃及人开采巨石是异曲同工，物理力学上叫“劈楔”。

一个偶然的机会，此论文被世界金融大鳄伊萨克财团中国籍高管撒白蓉发现。财团董事长罗尼上个世纪40年代曾随3万犹太难民避难上海。期间，姐姐被日军杀害。为了给姐报仇，更为了超额利润，他同意了撒白蓉关于在中国黄海海沟放置原子弹的策划，投入80亿美金，选择高杠杆的外汇保证金交易，做空日元，做多美元。

两个多月后，英国BBC收到恐怖分子寄来的录像带，并在第一时间播放了这则关于原子弹在中国黄海海沟将被引爆的消息，引起全球经济急剧动荡，日元一泻千里，一下子从106.36狂跌至216.50，全球上千万做多日元的投资者全部被打入地狱，短短三天时间，伊萨克财团获利100倍。

在人道主义精神下，中日警察摒弃隔阂，携手追捕核钉事件的主犯，用计逼使主犯说出原子弹放置的经纬度，在最后一刻，成功化解了这场灾难……

第一章

1

6月16日傍晚，黄海市地震局发生“八级”大地震，简直山崩地裂。

震源在地震局监测预报科。十天前，监测预报科科员曲东请假六天赴泰国旅游，现在已经超假四天，杳无音讯。16日上午10时，地震局办公室刘主任亲自上派出所报警。

警方接报后，马上展开侦察。当天下午，警方在曲东简陋的单身宿舍，搜出一本在青岛市中国银行海滨支行开户的红本存折，存折上有100万美元，如果按当天的挂牌价，可兑换成人民币大约610万元；还有6000英镑。

在地震局所有人的印象中，曲东受父母拖累，特别穷。他的家乡位于几千公里以外的湘赣边界，一个贫瘠小山村，家乡穷也就罢了，父亲还有病，父亲患丝虫病（当地叫冬瓜脚）瘫痪在床，治病的钱曲东得出；妹妹在省城读大学，学费他又得出，曲东是家里唯一收入来源，所以，每月，他大部分工资都得往无底洞式的家里寄。由于他的贫穷、孤僻，加上本性清高，又是外乡人，还经常要向大家借钱，借了钱又不能及时还，所以大家都排挤他，瞧不起他，甚至很多时候忽略他的存在。这个被大家忽略的、穷得叮当响的人，居然有100万美金存款！这消息的冲击力实在太大，震得地震局大院是一个劲地晃荡。

下午5时30分，地震局原本习惯性提前下班的广大干部职工，破天荒没有往家里奔，没有往菜市场跑，没有去学校接孩子，都不约而同聚集在篮球场大的院子里，站在那棵百年老槐树下，叽叽喳喳议论开了。

守门汪大爷狐疑地问："奚科长，小曲真的有100万，那个什么美……美金？"奚科长是监测预报科科长，曲东的顶头上司。

"这个哪会有假！我亲自带一男一女两个警察到曲东宿舍，亲眼看到警察从柜子里翻出那本存折。"奚科长肯定地说。

"天呐，那么多钱，可以买十多套房子啰！"震害防御科耿副科长啧啧称羡。

漂亮的办公室打字员很迷惘，不解地说："上个月小曲还问我借过400块，说妹妹伙食费不够了呢。"

小个子的局长专职司机张洋阴阳怪气地说："切，你们没听说呀，他老婆傍了大款，这钱十有八九是大款给的吧。"

办公室刘主任斥道："小子，你不想活了，他老婆生活上的事你也敢乱说，我看你活得不耐烦了！"

小车司机又丢出一句损话："他妈的，这个瘦猴，100万美金肯定是偷的！"瘦猴是单位职工给瘦高个的曲东所起的绰号。

"哼，瞧他那副熊样，给他100个胆，也不敢去偷！"

"莫不是中了福利彩票吧？"

"白痴，福利彩票哪有给美元、英镑的。"

"是不是他在国外有亲戚呀？"

"他家在那个山旮旯里，国外亲戚，可能吗？"

你一言，我一语，大家好似喝了酸菜汤，喷出的口水全是酸的。哎！也难怪这些干部职工，他们工作在机关事业单位中最穷的地震局。地震局虽然也叫局，可比起工商局、财政局、环保局、工业局，那是一个在天，一个在地，要钱没钱，要权没权，干部职工收入全部依赖财政拨款，好在大家平时都穷惯了，你穷，我穷，大家穷；你买不起房我也买不起，你没有名表我也没有，你没有私家车我也没有，大家安贫乐道。你吃素我吃素，你打坐我打坐，你念经我念经，心理平衡，穷并快乐地生活着。如今，地震局内部平衡被一个小科员打破，价值观被颠覆，穷庙里突然冒出个富和尚，竟比方丈还富，谁受得了！

嫉妒之火迅猛地在地震局大院猛烈地燃烧着，嫉妒迅速地转化成了嫉恨，曲东此时即刻成了广大职工的公敌，大家议论着，骂着，所有的焦点都在那一百万美金上，没有一个人去关心曲东在泰国失踪后的生死。

2

黄海市，东部沿海一个地级市，知名度不高，经济发展不愠不火。它三面环海，典型的半岛，城市非常干净，非常美丽。市公安局坐落于海滨南路，若站在12层高的办公大楼东边窗前，近可看海鸥戏水，远可眺渔帆点点，饱览海之风韵。

地震局科员曲东在泰国失踪，此乃首例本市市民在国外失踪案，还涉及巨额财产来源不明，市局领导颇为重视，局长安春平在百忙中，决定亲自听取两位办案侦察员的汇报。19日晚，在主管刑侦工作的黎副局长陪同下，负责曲东失踪案的侦察员欧阳木和蒙娜被请进了局长办公室。

欧阳木，刑警支队二大队副大队长，特种兵出身，38岁，个头不高，颇为敦实，手脚要比常人稍粗稍大，满脸透出刚毅，虽然肚子微微发福，但任何时候都保持着军人挺直的坐姿，汇报起来中气十足：“报告局长，我和小蒙接手曲东失踪案子前后已有四天，据我们初步调查，曲东不是以参加旅行团的形式赴泰国旅游，他是自助游，因为是自助游，全程都无导游，所以，他在什么时间，在泰国什么地方失踪，一时还无法搞清。不过，我个人认为，曲东失踪可能不是件普通失踪案。”

“为什么不是普通失踪案？”安春平局长问。若是件普通失踪案，局长哪有时间亲自过问。

“如果是普通失踪案，假设他在泰国因交通事故、生病等原因死亡，曲东身上有身份证、护照，泰国警方一定会向中国驻泰国使领馆通报，使馆肯定也会及时通知我们。”

“我问你，这为什么不是一起普通失踪案？”安局长脸有不悦。显然，侦察员欧阳木的回答没有答在点上。

“根据我们调查，曲东来自农村家庭，家境非常差，为了家人，他长期入不敷出。据地震局领导反应，他来地震局工作六年，与外界接触很少，也没有做过任何生意，更没有听说过他有国外亲戚，平时还常向同事借钱。这样一个困难户，存折上竟有100万美元存款，外加6000英镑，他又在泰国莫名其妙失踪，这里面大有问题。”

“那100万美金的来源查过吗”

“查过。”

“有问题吗？”

“有。曲东存折上的100万美金来得很蹊跷，6000英镑来得更突兀。曲东那100万美金是在青岛中国银行海滨支行开的户，我和小蒙专程赴青岛查过，那100万美金来源于日本，6月3日，从日本富士银行汇到青岛中国银行海滨支行，汇款人为正野健，是个人账户。”

“好，你们查案思路是对的，还有什么线索？”安局长有点不耐烦，心想，这个欧阳木平时做事挺利落的，怎么汇报工作起来，像挤牙膏式的，挤一下出一点。

“没，没有。”欧阳木最大缺点是善于做事不善于汇报，作为昔日的特种兵，面对枪林弹雨、面对形形色色的案件，能镇定自若；可每每向上级汇报，他心里就发虚、发憷。

安局长浓眉微蹙，问：“曲东失踪前有没有同可疑人物进行过接触？”

一直静静地坐在一旁，没吱声的女警官抢着汇报：“报告局长，根据我们调查，曲东失踪前与可疑人物进行过接触。”女警官姓蒙名娜，脸庞圆润，身材高挑，从后面看，像模特；从侧面看，像演员；从正面看，才像警察，她是欧阳木的搭档，业内称徒弟。

“什么样的可疑人物？”两位侦察员刚进门时，安局长已经注意到蒙娜，注意到她的美丽，男人嘛，见到美女，如果没有反应，那还叫男人吗。当时，他就暗自诧异，哟，麾下竟有如此漂亮的侦察员，肯定头一次见，一定是新警，这就怪了，这几年招警，尤其是刑警支队那边，女警清一色要求警官大学或警察学院毕业的，现在公务员考试，竞争十分惨烈，比例起码二十比一以上，笔试，面试，还有严酷的体能考试，这么漂亮的模特怎么能混得进？

“我们在查曲东手机对外联络时发现，曲东去泰国之前一个月，从外地打进他手机的电话一共有11个，一个是从英国伦敦打来的，3个从日本东京打来，7个从青岛市打过来。我们在青岛市调查时有一个惊人发现，这些电话有一半左右是从港湾大酒店附近一个公用电话亭打出。依本人分析，这些个电话可能由某一个人所打，这个可疑人物当时极有可能住在港湾大酒店。港湾大酒店属于五星级大酒店，客房价每晚最低也要1280元，这些电话多发生在5月中旬和下旬，这个时候，是青岛旅游旺季，宾馆一般不打折，如果这个可疑人物曾住港湾大酒店能成立的话，那他很可能是一个比较有钱或非常有钱的人。100万美金开户在青岛，7个电话也在青岛，电话一半由港湾大酒店附近公用电话亭打出，这三者之间可能存在某种联系，这三个点，我隐约感到可以连成一条线。下一步工作，我建议，以这个可疑电话、可疑人物为案件突破口，顺着这根藤摸下去，可能会有意想不到的收获。”蒙娜去年才从中国人民警官大学毕业，通过公务员考试，以高分考入市公安局。她汇报起来抑扬顿挫，有板有眼，推断的丝丝入扣，面对单位一把手，毫不拘束，毫无怯意，一看就知道她在中学和大学肯定是学生干部。

“好！好！好！”安局长喜形于色，连说了三个好。“严肃有余”，这是黄海市公安局干部职工私下对局长的评价。在公开场合，他从来不轻易肯定部下，这回安局长对蒙娜的汇报如此满意，真是难得。他很赞赏蒙娜的口才，很欣赏她的推理，很喜欢她那种态度。他本想表扬一下，可刚想开口，又将快到嘴边的表扬话给缩了回去。黎副局长在座，欧阳木副大队长在座，还真不好表扬，表扬她，他们会不会想歪呢，以为我老安见美女就把持不住，以为我是冲着她娇美脸蛋，人言可畏呀，还是避避嫌为好。哎，人们都羡慕美女，都说美女容易得到领导的垂青，得到领导的关照，得到领导的爱护，此言差矣！如果美女在一个上梁不正下梁歪的单位，美女只要对领导投怀送抱，或接受潜规则，那好处岂止一大筐：入党，提干，出国考察，好处多了去。如果美女“不好彩”，碰上正直的领导，那她比丑女，比剩女还难混，正直领导谁敢提携美女呀，如今咱中国，群众都有一个逻辑，即提拔美女，就说明这个领导好色，甚至会有谣传，说领导与美女有一腿。所以，中国现在的官场就出现了一个十分奇特现象：女干部从数量上说，在全球，咱中国说第二，没人敢说第一，可是，女干部中，美女比例却低得惊人，稍微有点姿色的，就被媒体吹到了天上，什么美女省长，美女市长，美女县长，美女局长，美女镇长，其实只要做了官，是个女的都称之为美女，因为真正的美女上不去。

3

警方在曲东宿舍搜出百万美金存折，有一个人差点气昏过去，此人为曲东前妻米梅。她那个恨呀，咬牙切齿，痛骂：“瘦猴子、乡巴佬、大人渣，竟敢骗老娘，害老娘净身出户！”米梅悔呀，真不该嫌弃他，真不该逼他离婚，唉，早知他有100万美元，那么多钱，打死我也不会离这婚呀！

米梅这种心情，也可以理解，毕竟他俩办完正式离婚手续才一个月左右，确切地说，时间为5月15日，上午11时25分。

最让她受不了的是：她通过关系，了解到，曲东这笔巨款，并非婚姻中的夫妻共同财产，严格地说，是曲东离婚后财产。曲东收到来自日本的100万美金汇款是6月4日下午，正式离婚是在5月15日，时间差为18天，半个月而已，弹指一挥间的事，对米梅来说，却不得不接受一个极其残酷的事实：如果曲东在泰国死亡或永久性失踪，那么，这笔巨额存款与米梅没有任何法律上的关系，换句话说，曲东前妻无继承权，第一继承人是曲东父母，第二继承人是曲东妹妹，没有第三继承人。

一年前，十分漂亮的米梅嫁给曲东时，人们在她前前后后说得最多的一句话：一朵鲜花插在牛粪上。这朵鲜花本属于黄海市一位高层领导的私藏，属于非卖品，在一个特殊情况下，忍痛割爱给了地震局小科员曲东。

此事缘由需从两年前说起。两年前，25岁的米梅从省乒乓球队退役，回到黄海市，赋闲在家。要知道，如今，世界冠军还做搓澡工，她一个省队非主力队员回来，没有过硬的社会关系，又能做什么呢？

一日下午，她与几个体校老同学到市体育馆乒乓球中心打球，她在2号球台，打得正酣。一位胡子刮得精光，领导模样的中年男子在前呼后拥下走来，走向旁边的3号台，跟在他后面的几个人点头哈腰，恭恭敬敬。中年领导走近3号球台，没急着打球，只见他非常老道地伸伸腿，弯弯腰，不紧不慢做着准备活动，还不时拿眼瞟着隔壁球台的米梅。米梅正在左挡右攻正打着球，胸前两只小鹿上下跳动，脸蛋红扑扑的，浑身洋溢着运动员才有的青春气息。中年领导顿时心神荡漾，气血翻涌。一旁戴深度近视眼镜的秘书眼睛出奇好使，一下子读懂了领导的心思。秘书嘛，最大的特长就是号领导的脉，望、闻、切、触、听，功夫了得，要不，在咱中国，领导秘书凭什么总比别人提拔的快。见米梅下场休息，眼镜秘书主动走到2号球台旁，请米梅来3号台同领导切磋切磋。米梅在省乒乓球队呆过四年，多少见过世面，瞧中年男子举手投足，瞧中年男子身边人恭顺样子，猜他地位一定显赫，于是，欣然应允。

中年领导球艺不弱，颇有基本功，与米梅一交上手就打得难分难解。米梅虽说是女的，可毕竟在省队打过专业，完全有能力将中年领导打个落花流水。米梅可不是四肢发达、头脑简单之人，她悄悄放水，暗中相让，不露痕迹地让自己失误，让中年领导球艺尽情发挥。她从球路上完全判断出对方反手弱，反手不能进攻，只能推挡或搓下旋球，于是，她就将球尽可能喂到球台右边，还有意识放高一些，让领导尽情扣杀；她看出中年领导喜欢拉弧圈球，于是，就尽量搓力度大的下旋球喂过去，送到球台右侧，让领导借力拉出很高质量弧圈球；她完全可以预判对方的扣杀线路，却装着判断失误，假装被领导打得东倒西歪。中年领导大汗淋淋，一旁的下属喝彩声、鼓掌声不断，巴掌都拍红了，拍肿了，欢声雷动，比看中国乒乓球队在奥运会上争冠军还兴奋。

“啪”、“啪”、“啪！”接连三记漂亮扣杀，米梅以大局四比三的比分险胜。中年领导输得十分舒心，笑嘻嘻地搓搓手，亲切地走向米梅，热情地握着她的手，说：

“今天我输了，输得心服口服，今晚我请客。”

“谢谢！”米梅满脸绯红，这静态的米梅比刚才动态米梅更加招人爱，若非当着那么多下属的面，中年领导真想去拉她、抱她，甚至……

米梅被请进了中年领导的黑色奥迪A6，与领导并肩坐在一起，她正襟危坐，第一次坐高级轿车嘛。在车上，坐在前排的眼镜秘书打电话到全市最豪华的酒店——海天大酒楼，定下了窗户面向大海的包间。

抵达酒店，秘书将领导和米梅送进了贵宾房，眼镜秘书何其聪明，借故要回办公室赶一份稿件，走了，贵宾房内只留下领导和米梅。出贵宾房之后，找到酒店领班，要服务员上完菜后，不要去打扰领导。

佳肴陆续送上桌之时，米梅从本市电视新闻中，终于知道中年领导的真实身份，原来是堂堂的市委副书记秦胜利，本市的第三把手。

秦副书记单独与风姿绰约的米梅在一起，两人世界，一下子没了官腔，变得"随便"起来，变得亲切起来。秦副书记荤段子一个接一个，一个比一个荤。米梅越听脸越红，秦副书记乐在心里，很晚，才将她送回家。不够一个月，在秦副书记亲切关怀下，退役后失业在家的米梅被正式调入党报《黄海日报》社　（米梅从省队退役，有事业编制身份），任体育部记者，并且属在编人员，待遇远远好过许多一年一聘的新闻专业毕业的本科生，着实让人羡慕。

有了秦副书记这棵大树，好乘凉，一年不到，米梅被破格提升为体育部首席记者，好不春风得意，他俩的光辉事迹也不胫而走，成了街谈巷议的热门话题。也许是秦副书记政治上的对手，也许是"吃饱了撑的"人，反正有人向省纪委反映秦胜利与米梅的作风问题。秦胜利通过特殊渠道获悉此事后，毅然决定，断尾求生存，赶紧做米梅的思想政治工作，要她嫁人，越快越好。并信誓旦旦地表示，风头过后，他还会一如既往地关照她，爱护她。米梅虽说文化不高，但是，她很聪明，知道秦副书记这棵大树不能倒，于是，她领旨嫁人。本地人大多知道米梅与秦副书记有一腿，谁敢娶呀！娶回去，保证给你一顶绿帽戴戴。还是秦副书记秘书有办法，找到中学同班同组同学，地震局副局长夫人，将米梅介绍给了市地震局公务员、外乡人曲东。在媒人地震局副局长家中，曲东第一次见米梅就被米梅的美丽与丰满所打动，他没有多想，也没有多问，当场就同意，确切地说，他是一百个同意，一万个同意。去年春暖花开之时，他俩结婚了。

按理，如今的公务员工作稳定，收入高，女孩都愿意嫁给公务员，可米梅嫁给曲东大家私下都认为“一朵鲜花插在牛粪上”。所谓“群众的眼睛是雪亮的”，米梅嫁给曲东，确实应归入下嫁范畴：

其一，米梅比外号瘦猴的曲东漂亮许多。

其二，曲东工资虽然比较高，但是，他收入一大半要给父母和妹妹。

其三，米梅所在的《黄海日报》是党报，垄断性经营，旱涝保收，职工实际收入比地震局还要高。

其四，曲东无力购买商品房，美丽新婚只能蜗居在地震局大院内那栋四层旧楼中。

因为下嫁，结婚伊始，米梅心态就不好，为曲东向父母寄钱之事，为曲东向妹妹寄学费之事，不知骂过多少回。曲东由于家贫，人穷则志短，对这个天上掉下的林妹妹，骂不还口，打不还手。米梅也常将离婚当歌唱，每次都将曲东吓得不轻。

结婚半年后，米梅与秦副书记的绯闻也慢慢地销声匿迹，于是，米梅又三番五次偷偷跑到秦副书记那里去哭诉，要求与曲东离婚。秦副书记见男女关系之事的风头已过，又想延续他俩的快乐时光，于是，法律素养极高的秦副书记出点子，要米梅想办法分居半年，造成夫妻感情破裂的既成事实。按现行法律，夫妻在正常情况下分居半年以上，法院可以强行判离婚。米梅依言而行，悄悄搬进了秦副书记给她租的郊区别墅。半年时间一到，也就是5月15日那天，她回到了那半年没回的家，强拉死拽曲东去办了离婚手续。

米梅为前夫存折上100万美元存款气晕，脑子却十分地清醒。她认为，这笔巨款不可能突然从天而降，要降，也必然在他们合法夫妻之时，属婚前共同财产，自己有百分之百的继承权。她心急火燎，急着想见办案民警。18日晚，她与侦察员欧阳木在电话中约定，待他19日下午从青岛回来，晚上，在刑警支队办公室同她见面。不巧，安局长19日晚上要听曲东案汇报，欧阳木师徒一直汇报到晚11时才结束。

晚上11时20分，苦等多时的米梅在刑警支队办公室终于见到了欧阳木师徒。其实，欧阳木师徒也急于见到米梅，她与曲东离婚才一个多月，从她那里也许能挖到一些有价值的线索。

“米记者，让你久等了，我是欧阳木。”

“你好，我是蒙娜。”

“两位警官，我想问一下，曲东的存折什么时候能给我。”米梅张口就直奔主题，也不稍加掩饰。如果换了常人，起码会关心一下前夫的死活，米梅甚至假惺惺关心都没有，这不奇怪，禀性使然嘛。

蒙娜看不惯这种势利小人，睥睨着她，揶揄道：“曲东的存折给你？你俩不是离婚了吗！”

米梅被呛，一下子竟泪眼婆娑起来：“我，我们离婚才一个月多一点，那笔钱在法律上属原夫妻共同财产，起码我也应该分一半吧。”米梅言语中还颇有委曲。

“你们什么时候办的离婚手续？”欧阳木问。

“上个月，5月15日。”

欧阳东与蒙娜相视而笑，巨款6月4日才从日本汇过来，哪有米梅的份。当然，案子才刚刚开始，一切材料都在保密状态，不便向曲东前妻透露。

欧阳木不想同米梅讨论巨款的继承问题，他急着挖掘曲东失踪前一切有价值的信息，便问：

“你前夫在日本有亲戚吗？”

“嘁，他哪会有外国亲戚！”一说起曲东，米梅习惯性地表示轻蔑。

“离婚前，你前夫有没有同日本人联系过？”

“有哇，5月15日上午，在家门口，我们准备去办离婚手续时，他说，日本一所什么大学的研究所要请他去工作，做研究员，年薪700万日元，还说我不用工作，他可以养活我。”

“当时你怎么回答。”

“我说他骗我。”米梅在撒谎，当时，她骂曲东：“白痴，做你的白日梦吧！”

“那后来呢？”

“他见我不相信，还说五一，在泰山什么宾馆见过日本那所大学的一个研究所所长。”

“你还记得曲东说的宾馆吗？”欧阳木追问，他暗喜：“曲东自己说‘五一’到泰山，在一家宾馆见过日本一所大学的研究所所长，这个信息太重要了，这个信息如果是真的，那么，就可以解开曲东失踪案的一系列谜团，可以直接解开曲东100万美金存款为什么来自日本。这所日本大学非常奇怪，很可疑，曲东学历只有本科，初级职称，堂堂日本大学研究所所长竟在泰山与曲东会面，简直匪夷所思！这个会面，曲东所在的单位完全不知情，这不是秘密会面，是什么？这背后一定隐藏着什么。”

“对不起，想不起哪家宾馆。当时，我以为他骗我，故意画个饼给我吃，不想去办离婚手续，不过，当天，我们还是很友好地办理了离婚手续。”米梅在“很友好”三个字上加重了语气，她想从侧面证明，她有权继承曲东的巨额“遗产”。其实，与曲东离成婚，还颇费了一些曲折。当时，曲东不想去办离婚手续，他对婚姻还抱有期望，他知道如果离了，自己要再找米梅这样的是不可能的，他想挽救这桩婚姻。他之所以告诉米梅，日本一所大学欲聘请他，因为他了解米梅，知道米梅将钱看得比命还重要。他以为自己有了日本的高薪工作，就可以挽救婚姻。

当时的情景是：曲东万万没想到，米梅压根就不信，讥讽他：“白痴，做你的白日梦吧！你在单位连个中级职称都评不上，还有脸说日本大学请你去当研究员，骗鬼去吧！”

“你这个破鞋！走，今天不离，我是狗娘养的！”评不上中级职称一直是曲东最大的心病，米梅这个人呀，哪壶不开提哪壶，哪里痛就偏往哪处戳，曲东终归是男人，被戳到最痛处时，也知道要反击，他也往米梅最痛处戳去。这是曲东在与米梅一年婚姻中，第一次骂米梅，骂了一句无比恶毒的话，“破鞋”，当然也是最后一次。

4

送走米梅，欧阳木师徒击掌相庆，有了突破性线索，能不高兴吗。

蒙娜回到家里，洗刷完毕，已过凌晨1时。她没有上床去睡，来到书桌旁，兴奋地开电脑。一上网，她首先点击百度，敲“泰安宾馆”四字进行搜索，即刻找到三家五星级宾馆，并将这些个宾馆基本材料一一打印出来。她之所以放弃休息，急不可待查找泰安星级宾馆自有她的逻辑：假如曲东对前妻米梅所言属实，在泰山一家宾馆见过日本某大学研究所所长，那么，可以做一个推断——日本是一个重学历、讲资历的社会，某大学的研究所所长起码是个一级教授，以日本一级教授收入，在中国住宾馆，多半可能会找最高级的。

欧阳木和蒙娜送走米梅之后，就已商定，明日，师徒俩专程赴泰山脚下的泰安市，寻找曲东同日本教授会面的有关信息。从五星级宾馆找起，五星级若没有线索，就找四星级，一直找到三星级。

晨光熹微，天将黎明。

没睡几个小时的欧阳木师徒出发了，驱车前往几百公里外的泰安市。按行规，老警带新警，新警叫老警为师傅。师傅带徒弟嘛，徒弟理应鞍前马后伺候，蒙娜是徒弟，她清楚自己的身份，她抢着开车。欧阳木有着浓浓的大男子主义，不喜欢，也不习惯女人开车男人坐车，总觉得女人开车，自己在一旁坐，有欺负女人的感觉，不够爷们，不过，蒙娜抢着开，那就由她吧。

去年十月，当刑警支队领导将新警蒙娜分配给他带时，支队多少男干警投来羡慕的目光呀，可他偏偏不愿意。窈窕淑女， 君子好逑，我欧阳木早已结婚，我又不能近水楼台先得月。瞧她细皮嫩肉、容貌清丽、亭亭玉立，这样的美人哪能打枪，哪能追逃犯，哪能与犯罪分子拼个你死我活，豆蔻年华的她当模特可以，当刑警，不是那个料。当然，他不愿意带蒙娜这个徒弟，还有一个难以启齿的原因：蒙娜身高一米七六，从身高数字上，只比我欧阳木高出区区三厘米，可如果走在路上，即使她不穿高跟鞋，给人的感觉，不是高三厘米，她比我高出半个头，这让他这个副大队长很受伤。

因为不愿带蒙娜，欧阳木对她先入为主，认定她不过是个绣花枕头，中看不中用。半年合作下来，不由得对她刮目相看，她年纪轻、思维新、知识新，与自己恰好形成优势互补，她作为搭档，一下子将自己文化水平不高的短板给补上了，一个木桶再高，哪怕只要有一根极小的短板，最大盛水量绝不会高过这块要命的短板。比方说，欧阳木从农村高中毕业就参军，没有受过大学教育，就拿电脑来说，只停留在打几个字、收发邮件、上网下象棋、看看新闻的初级阶段。蒙娜这方面比师傅高出何止一大截。

黄海市到泰安市全程高速，蒙娜外表秀丽，开车却与她的长相完全相反，一个“狼”字，高速路上，她驾驶三菱吉普时速一般都保持在140公里以上。

“师傅，到了。”车停在泰山脚下五星级的泰松大酒店。

“就到了，这么快，咦，怎么不去泰安市局？”在车上打盹的欧阳木醒来，见吉普车停在大酒店门外。警察在外地办案，一般都会请当地警方协助，欧阳木以为蒙娜会将车开到泰安市公安局。

“师傅，去那太浪费时间了，又得走程序，又得介绍案情，大半天时间就没了。”

“从这家宾馆查起吗？”

“是，我在网上查过，这家宾馆是泰安市最豪华的五星级酒店，咱先查这一家好吗？”蒙娜经常自作主张，这种性格对许多领导来说，都非常不喜欢，但欧阳木却无所谓，他认为只要对工作有帮助，一些细节问题有时可以忽略。

欧阳木想想也是，如果到当地市局，必然要走办事程序，一番寒暄，一番案情介绍，人家再陪你出来查，大半天时间就没了，不如自己先查。俩人来到酒店大堂服务台，向服务台内的服务小姐出示了警察证，直接提出要见经理。服务小姐天天迎八方客，做事挺利落，立马用内线电话告诉经理。经理一听警察上门，以为出了什么大事，也没问是哪里的警察，吓得急忙从二楼办公室下来迎接。酒店嘛，常有客人找个小姐呀，开个房赌博呀等等，酒店多多少少总会沾点黄、赌、毒，因此，酒店经理平时对警察总惧怕三分。欧阳木提出要调取5

月1日监控录像，酒店经理满口答应。他亲自带欧阳木师徒来到宾馆负一楼监控室，让值班保安将“五一”当天录像带给找出来，放给两位警察看。

“五一”的泰山，旅游旺季中的旺季，入住酒店人特多，看当天的录像很辛苦。三个小时看下来，欧阳木师徒都十分疲惫。蒙娜毕竟年轻，精神状态要好些，她眼尖，她首先发现录像中出现了曲东：酒店大堂，曲东与一位精干的高个子见面，高个子西装革履，年龄大约三十五六岁。从他与曲东见面时握手姿态看，他们彼此并不认识，说了几句话，曲东进了电梯，高个背道而行，出了酒店大堂。

再调电梯录像，见曲东从八楼出了电梯。再调八层楼的录像，只见曲东径直来到8026房，按门铃，接着，一位瘦小的老人将门打开。从录像中看得出，曲东对开门之人非常礼貌，非常敬仰，一个劲地弯腰点头，然后，跟着老人进了房。

欧阳木师徒异常兴奋，本打算首先从五家五星级的宾馆找起，没想到，在第一家五星级酒店就查到了重要线索。宾馆录像证明，曲东前妻米梅所言属实，“五一”那天，曲东确确实实到过泰山，果然在泰山脚下的五星级宾馆见过一位老人。这位老人，是谁呢，曲东的老师？曲东的朋友？还是如曲东前妻所说，日本某所大学研究所的所长？

欧阳木师徒离开监控室，再次来到酒店大堂服务台，要服务小姐拿出4月30日和5月1日8026房住宿登记，登记资料表明，当天，8026号确实为日本人所开，名叫佐藤一郎，从护照复印件看，他68岁。这个发现让欧阳木师徒欣喜异常：曲东失踪前，他真的秘密与日本人有过接触，这个接触，可以肯定地说，曲东所在的单位并不知情，显然，属于私下接触，或私人接触。一个月后，即6月3日，100万美金就从日本富士银行汇到曲东在青岛新开设的账户上，这里面肯定有某种必然联系。曲东失踪案，从巨额存折和秘密会见过日本人这两条重要线索看，均指向日本。

那，曲东在泰国神秘失踪，是与日本有联系呢，还是没联系？

5

从泰安返回的路上，欧阳木用手机向安局长汇报了最新发现，安局长喜出望外，让他俩务必在第一时间赶到局长办公室作详细汇报。

蒙娜驾车从高速路下来，回到黄海市区，大多市民已经进入梦乡。欧阳木师徒顾不上饥饿，将车直接开进了市局。他俩快步走向电梯，上到局长办公室所在的十二楼，径直进了局长办公室，局长安春平已等候多时。安局长听完汇报，问道："曲东巨额美元存款来自日本，在泰山脚下的宾馆又曾秘密见过日本人，你俩想过没有，曲东要做完这两件事，事前，他与日本方面肯定有联系，有这方面的线索吗？"

"没，没，我们查过曲东手机通话记录，在他失踪前一个月，曲东没有用手机打过国际长途，他手机也没接过从日本打来的电话。我们还查过曲东所在办公室电话，电话只能打市内，无法打国际长途，也没有日本电话打进。"

"蹊跷，太蹊跷了！一个日本老人，在远离我们黄海市的泰山，秘密会见曲东，事前，他们与曲东总得联系吧；100万美金从日本富士银行汇出，总得告诉一声，说钱已汇出；曲东收到这笔巨款，总得告诉人家，说钱已收到。"安局长坚信，曲东曾与日本人一定有过比较频繁的接触。

"报告局长，我认为有。"蒙娜说。

"有哪些？"

"上次汇报时，我已经说过，在查曲东手机对外联络时发现，曲东去泰国之前一个月，从外地打进他手机的电话一共有11个，其中7个从青岛市区打过来。我们在青岛调查时有一个惊人发现，这些电话有一半左右是从港湾大酒店附近一个公用电话亭打出。本人小心推断，大胆假设，那7个公用电话很可能是日本人打的。"

"这种推断有依据吗？"安局长不解地问。

"没，没有。"蒙娜自知所言没有什么说服力。她不甘心说错了，改口道："也许，曲东有可能曾用QQ，或电子邮件什么的与日本方面进行联系，我想先查一下曲东的QQ，查一下他的电子邮件联系内容。”

“好，非常好！”安局长同意蒙娜的思路。

欧阳木有些惭愧地低下了头，新警在网络上的优势很突出呀，自己这方面的知识再不充电，就要落伍啰，有一句流行语说，长江后浪推前浪，前浪推到沙滩上，可能说的就是我，唉！

翌日早，本想补补觉，多睡一会的欧阳木，被蒙娜打来的电话吵醒，他不知道蒙娜哪来这么好的精神，看来自己年纪真是大了。他俩驱车来到地震局，这回是轻车熟路，直接来到位于二楼的监测预报科，奚科长热情地接待他俩，旁敲侧击地打探曲东案的最新进展。

监测预报科只有一台八成新的联想电脑，地震局办公室刘主任报案的当天，蒙娜简单查看过这台电脑中的信息，曲东在C盘专门设了个人专用文件夹，文件夹中有十几份文档，有中学同学录、大学同学录、年度工作总结、还有很多地震研究的资料，当时没有发现有价值的线索。蒙娜今天来，第一个目的，是打开曲东的QQ，看他失踪前与谁联系过，联系的内容有哪些；第二个目的，要看曲东个人电子邮箱的内容。个人电子邮箱有密码保护，没那么容易进入，为此，蒙娜昨晚就制定了两套战术：第一套利用网站提供的找回密码功能；第二套利用黑客软件进行暴力破解。

蒙娜开启电脑，首先试着打开曲东的QQ。她试了几次，打不开，只得放弃。接着，她尝试打开曲东的电子邮箱。

奚科长很热心，他主动告诉蒙娜，曲东电子邮箱是jd23@tom.com，蒙娜在网易免费邮箱打上曲东的用户名jd23，下一栏是用户密码，蒙娜当然不知道密码，她想，不少网虫的密码都是生日、家庭电话等常用数字，以及名字拼音等的简单组合，了解这些信息的人多试几次就可以像阿里巴巴一样打开那扇无比深奥，可是又无比简单的大门。她试着输入曲东生日号码，果然奏效，一下子就打开了曲东的电子邮箱。蒙娜先打开收件箱，一一点击邮件，没发现有价值的东西。然后打开发件箱，发件箱中，曲东失踪前一个月内，曾向外发过两篇文章，一篇中文写的《黄淮地区近代地震发生的分布与特点》，另一篇用英文写的，标题有恐怖、日本、震断等词汇，由于论文专业性太强，大二时就过了英语六级的蒙娜也没办法看懂。

蒙娜用随身带的U盘将曲东英文论文拷了下来，回到局里，她马上找到外事科小阚，全局唯一的英语硕士，小阚浏览一遍，摇摇头说，这篇论文题目是《恐怖分子震断日本列岛与亚欧板块后果初探》，至于里面，她说，内容太专业，无法翻译，即使翻译出来也会错漏百出，还说，省地震厅也未必有人能翻译。

虽然小阚翻译不出曲东论文，欧阳木师徒仍十分高兴，十分兴奋，毕竟，论文的题目给翻译出来了，从题目上看，论文中的内容全部涉及日本。至此，曲东失踪案又发现一条重大线索，整件案子终于开始有了头绪，有了一个比较清晰的纹路：曲东失踪前，他所撰写的论文的内容与日本有关；曲东曾到泰山，秘会过日本人；然后，曲东的巨额存款又来源于日本。现在，所查明的三条线索同时指向日本，这里面一定隐藏着什么秘密。

安春平局长获悉第三条线索后，搞刑侦出身，敏锐地注意第三条线索的重要性，他当即命令，欧阳木师徒即刻赴京，请中国地震预报研究中心专家帮忙，务必在最短时间里将这篇有关日本的论文给翻译出来。

第二章

1

欧阳木师徒乘机抵达首都北京。蒙娜去年才从中国人民警官大学毕业，四年本科，对北京熟门熟路。在机场，一上出租车，便吩咐司机将车直接开到位于海淀区的中国地震预报研究中心。

地震预报研究中心办公室佟主任接待他俩，寒暄时，佟主任戏言，本研究中心成立五十年来，接待警察，还是第一次。他得知欧阳木师徒远道而来目的后，轻松地说：

“翻译地震研究领域的论文嘛，小事，小事一桩，咱中心别的没有，人才有一大筐。我给你们介绍一位英文了得的研究员，他叫王凡，是咱地震预测研究室主任，他早年留学美国普林斯顿大学，先后主持承担和参加了国家863计划项目、国家基础研究973项目子课题、国家自然科学基金项目、地震科学联合基金题……”

欧阳木对这位尚未谋面的专家肃然起敬，心中叹道：“终于求到真佛了！”

佟主任带着欧阳木师徒从一楼上到三楼，来到略显简陋的地震预测研究室，将欧阳木师徒介绍给了王凡。

王研究员六十出头，举手投足，一看就知道学富五车的高级知识分子，儒雅可敬。欧阳木将曲东的论文双手递给王凡。欧阳木没有进过大学深造，对专家教授很是敬仰。

王凡研究员戴上老花眼镜，两手托着曲东论文，旁若无人似地足足看了一个小时。

这一个小时内，中心佟主任和欧阳木师徒一直聊天，但王凡硬是一句没有听进去，他连头都没有抬。

看完曲东的论文，王凡研究员扭过头来，盯着欧阳木，狐疑地问：“这位作者真是你们黄海市地震局的？”

“是。”欧阳木答道。

王凡由衷叹道：“想不到呀，想不到！”

欧阳木急问：“教授，有什么想不到呀？”

“一个小小的黄海市地震局竟有这样的人才，论文写得很有水平，曲东的发现，应该说是我们地震研究领域一大发现。”

“请问教授，这篇论文同日本有关系吗？”欧阳木急切地问。

“有，不仅有，而且可以说与日本命运攸关！”

“命运攸关，有那么严重吗？”欧阳木惊讶地问。

“这篇论文不简单，它简直向世人指出了日本列岛的命门所在呀！知道命门不？”

“武打小说中的命门我知道，地震领域咱是门外汉，请您讲通俗一点。”

“好，那我就讲通俗一点，这篇论文阐述了三个观点：

一论证了日本列岛是骑在太平洋板块之上。从地球板块构造理论上说，全球岩石圈由6大板块组成，即亚欧板块、太平洋板块、非洲板块、印度洋板块、美洲板块和南极洲板块等六大板块组成。由于太平洋板块岩石密度大，位置低，在与亚欧板块碰撞时，太平洋板块沿海沟向亚欧板块下俯冲，亚欧板块最东面部分被抬起，即日本列岛被抬起，日本列岛身不由己地骑在太平洋板块之上，这在地震学上叫‘俯冲边界’。俯冲边界附近一般都有极深的海沟，如日本的北海道、本州、四国、九州四岛东边几十公里甚至几公里处就是6000米以上的海沟，最深的达一万多米，打个形象比方，日本列岛，日本国是站在6000米以上的悬崖边。

二论证了日本列岛没滑入太平洋海沟的原因。作者认为，日本列岛站在6000米以上的悬崖边，理应滑入太平洋海沟，之所以百万年、千万年以来没有滑入，归功于中国，归功于中国黄淮板块对它的拉扯。作者认为，中国黄淮板块与黄海海底和日本列岛三者是相连的，这三者属于亚欧板块大板块，属于大板块中的小板块。黄淮板块借黄海海底板块，抱着日本列岛，不让它滑进东边的海沟，如同一双大手抱着一个站在悬崖边上的人。如果有人用刀砍断这双巨手，那站在悬崖边上的人必然会跌落万丈深渊。据我所知，作者是全球第一个提出此观点的人。他在论文中警告说，如果恐怖分子在日本列岛与中国黄淮板块相连接的中间地带，即黄海海底引爆两枚及两枚以上的原子弹，黄海板块与日本列岛的中间就会拦腰截断，日本列岛将失去一个向西的拉扯力，短则几个星期，长则数月，日本列岛将一头栽进东部深不可测的太平洋海沟。”

“教授，咱外行，您不要生气，我想问一个弱智问题，假设作者提出的理论能成立，那么，日本是地震多发地区，那作为同一小板块上的黄淮地区之一的江苏省也应该有很多地震呀？” 看来蒙娜是问上了瘾。

“江苏省有很多地震呀！”

“从来没听人说过江苏有很多地震呀。”蒙娜说。

“呵，呵，这是外行天大的误解。江苏省实际上是个地震多发地区，只是江苏省发生的地震多在3.0以下，只由于它是无感地震，不被大家注意而已。本人对江苏省的地震作过专题研究，我认为，江苏是我国东部地区中强地震活动水平较高的省份， 20世纪70年代以来，江苏境内共发生5级以上地震11次，全省有三分之二的面积位于国务院确定的地震重点监视防御区内。其中，1974年、1979年溧阳发生过5.5级和6.0级地震，1984年南黄海发生6.2级地震，1990年常熟—太仓发生5.1级地震，1996年南黄海6.1级地震……”

蒙娜有些怀疑地问：“曲东真是地震研究领域第一个提出这种观点的人吗？”

王凡研究员以肯定口吻说：“我基本上可以肯定，他是全球第一个从理论上系统性提出此观点的人。当然，以前也有学者泛泛谈过这个话题，如美国国家科学院院长布鲁斯•艾伯茨博士在2005年接受《时代周刊》记者采访时曾说过，日本列岛很危险，尤其经过2004年末的印尼大地震，太平洋板块亚洲部分正在变得越发脆弱，地震和海啸也将越发活跃。日本列岛处在了一个随时可能塌陷的世界上最深漏斗的边缘。如果遇到一两次印尼一样的海底地震的话，很可能除了南部的琉球群岛以外，日本列岛都将面临灭顶之灾，滑入大海沟。他还建议，今后，日本政府应同周边国家搞好关系，以便在大灾难一旦降临的时候，能够将日本众多的平民百姓迁移出去，以避免日本‘整个民族的毁灭’。”

“曲东的观点有可操作性吗？”蒙娜百问不厌。

王凡研究员神色疑重地说：“有，甚至可以说可操作性比较强。我认为，曲东的理论横空出世，标志着国家间未来的争霸不仅是太空，都说21世纪是太空争霸的世纪，现在看来这句话要被颠覆，要改成21世纪是太空和地幔争霸的世纪。”

欧阳木作为老刑警，破案无数，却很少碰上今天这种知识性要求特别的情况，小丫头蒙娜和王研究员谈得非常投机，他竟然插不上嘴。当他们的对话说到这里时，才听懂了一点，他问道：“教授，曲东这篇论文万一被公开，万一让恐怖分子知道，那就等于说，恐怖分子抓住了日本的‘睾丸’，什么时候高兴了或不高兴了都可以捏他一下！”欧阳木毕竟是老公安，问题直指案情。

“是，你打的比方非常恰当。”王凡研究员一脸严肃地对欧阳木说，“我想见见这位作者。”

欧阳木摇摇头：“对不起，您暂时无法见到他。”

“为什么？”

“10天前，他在泰国旅游时，神秘失踪了。”

王凡研究员喃喃道：“灾难，绝对灾难，潘多拉盒子将要打开！”

欧阳木抱着侥幸心理问：“主任，您听说过日本一所大学的研究所所长，叫佐藤一郎的吗？”

“大概多少岁？”日本国，叫佐藤一郎的不少。

“68。”

王凡研究员肃然起敬：“听过，何止听过。佐藤一郎教授，他可是世界地震研究领域泰山北斗式人物，在我们这个领域，谁不知道他呀。他是日本东都大学终身教授，他所负责的东都大学地震研究所在全世界那是数一数二的，拥有地震波、地震发生机理、地震云、海啸、海底地震、抗震建筑、地震探矿、地震史等八大研究室，这个所的仪器设备，它说第二，全球没哪个研究所敢说第一，兵强马壮啊，九年前，我曾在他们研究所做过半年的访问学者。”

“那您见过他？”

“哈，哈，佐藤教授是所长，当然见过。佐藤教授治学严谨，德高望重，他们那个研究所出过不少研究成果，也为亚洲各国培养了不少人才。我还记得他夫人，叫喜多加代子，佐藤以前的学生，她很美，美得简直无需张扬，真可谓红颜于外香韵于内。他俩名副其实的老夫少妻，佐藤教授比夫人足足大二十六岁，在东都大学曾是一段佳话。”

“您有他的照片吗？”

“有，用数码相机拍的，在电脑里，我打开给你们看看。”

王凡研究员打开电脑中存储照片的文档，调出他在日本做访问学者时拍的十几张照片，指着一位身材瘦小，两眼炯炯有神的年长者说：

“这位老先生就是佐藤一郎教授，右边那个穿着风衣的是他夫人。”

蒙娜惊道：“就是他。”欧阳木也认出来了，照片上老者，5月1日，曾在泰山脚下的泰松大酒店8026房与曲东秘密会面过。

王凡研究员惊愕地问：“你们也见过他？”

“不，在录像中看过。”

2

欧阳木师徒告别王凡研究员，直奔火车站，他们得抢时间赶回黄海市。在北京火车站候车之时，欧阳木盘算一下：火车出发尚有近两个小时，路上要走七个小时，前后九个半小时，现在是晚上6时，九个小时后到黄海市，凌晨3时左右，要不要及时向领导汇报呢，他好为难。

欧阳木在车站候车室一隅，用手机向安春平局长作了简要汇报，重点讲解了王凡研究员的观点。欧阳木文化素质一般，对王凡研究员的讲解一知半解，在电话中，他费力地向局长汇报地球亚欧板块等六大板块、俯冲边界、太平洋西北部的海沟、黄海海沟等艰深的地球知识，哪里讲得清楚？好在他记性好，将王研究员所讲的原话 “曲东的论文，简直向世人指出了日本列岛的命门所在”，“曲东的理论横空出世，标志着国家间未来的争霸不仅是太空，都说21世纪是太空争霸的世纪，现在看来这句话要被颠覆，要改成21世纪是太空和地幔争霸的世纪”，“灾难，绝对灾难，潘多拉盒子将要打开！”等鹦鹉学舌般汇报给安春平。

这几句话出自全国地震权威之口，刑侦出身的安局长感到事态的严重性，他命令，欧阳木无论半夜几点回到黄海市，必须直接上局长办公室作详细汇报，并说，他会一直在办公室等他俩。

作为一局之长，安春平对一般案件并非事必躬亲。如今，他一反常态，三更半夜也在办公室等欧阳木师徒回来，他凭直觉感到，这绝非一件普通失踪案，其背后的东西深不可测。

安春平在局长岗位上坐了十多年，打砸抢、黄赌毒、杀人、放火、强奸、劫持人质、敲诈勒索，什么案子没碰过？又有什么案子能难得倒他?可是，曲东失踪案却不仅难住了他，甚至吓住了他。

难住他，因为，自6月16日侦察员接这个案子以来，查到的三条线索同时指向日本：第一，曲东存折上的100万美金来源于日本，来源于名为正野健的个人账户；第二，日本人佐藤一郎在泰安市泰松大酒店曾秘密会见过曲东，曲东失踪前确确实实同日本人有过接触，刚才欧阳木在汇报时还说，佐藤一郎是世界著名专家，这就更加反常了，这样一个著名专家，不远千里，来咱中国秘会一个小人物；第三，中国地震预报研究中心地震预测研究室王凡研究员认为，曲东的论文所提观点直指日本命门，与日本国家命运攸关。根据这三条线索，完全可以勾勒出曲东失踪案的逻辑关系，即曲东失踪案与日本方面有必然的联系。三条线索，条条事实确凿，可是，能证实曲东现在的生存状态的一条也没有。

吓住他，因为，他感觉到了这起案件可能牵涉到国际犯罪组织，背后可能有一个惊天阴谋，单凭本市刑侦力量不足以侦破。

凌晨3时左右，欧阳木师徒返抵黄海市，出站的旅客没几个，验票口出来，他俩惊诧地发现，局长专职司机小左开着局长的座驾来迎接。

欧阳木师徒风尘仆仆走进局长办公室，安局长亲自泡上正宗西湖龙井，亲自端上，这种待遇，即使副局长也不曾有过，搞得两个部下受宠若惊。

安局长了解欧阳木，他实干没问题，理论功底嘛，那就太差了，按照公安内部的办事规矩，欧阳木是师傅，蒙娜是新警，徒弟，向领导汇报自然是师傅的事。安局长知道，如果让欧阳木汇报北京之行，肯定无法很好转述专家的观点。如果让口才极好的蒙娜汇报，又会伤了欧阳木。局长心生一计，说："欧阳木在北京火车站已在电话中向我作了详细汇报，现在深更半夜，为抓紧时间，这样吧，小蒙你就作补充。"

"是。"蒙娜冰雪聪明，他知道局长说让她补充，是给欧阳木留面子。于是，汇报起来完全不是补充，而是全面。汇报到最后，她提纲挈领，对王凡研究员的观点作了四点概括：

一、曲东的论文与日本国家命运攸关，这篇论文简直向世人指出了日本国的命门所在，他在论文中警告说，如果恐怖分子在日本列岛与中国黄淮板块相连接的中间地带，即黄海海底引爆两枚以上的原子弹，黄海板块与日本列岛之间的联系，也可以说是纽带就会拦腰截断，日本列岛便失去一个向西的拉扯力，短则几周，长则几个月内，将一头栽进东部6000多米深的太平洋海沟。

二、王凡研究员肯定，曲东为全球第一个提出此观点的人。

三、曲东观点有很强的可操作性。这个理论横空出世，标志着国家间未来的争霸不仅是太空，而且是地幔争霸。

四、美国国家科学院院长布鲁斯•艾伯茨博士曾说过，日本群岛很危险，尤其是经过2004年末的印尼大地震，太平洋板块亚洲部分正在变得越发脆弱，日本列岛处在了一个随时可能塌陷的世界上最深漏斗的边缘。如果遇到一两次印尼一样的海底地震的话，很可能除了南部的琉球群岛以外，日本列岛都将面临灭顶之灾，滑入大海沟。王凡研究员认为，如果恐怖分子在中国黄海海沟引爆原子弹，必将加速这个过程。安局长边听边记，听得认真，记得更认真。听完汇报，安春平沉吟半晌，问：“小蒙，你刚才说，王凡研究员认识来中国秘密会见曲东的佐藤一郎。”

“是，我们听王凡研究员亲口说的，他还有过佐藤一郎的照片呢。”

“王研究员怎么会有他的照片？”

“噢，他曾在日本东都大学地震研究所做过访问学者，那时，佐藤一郎就是所长。”

“这个佐藤一郎教授多大年龄？”

“从他在泰松宾馆住宿登记时留下的护照复印件看，今年68岁。再从王凡研究员在日本做访问学者时与佐藤教授合影看，拍照时，是九年前，那时，佐藤一郎五十七八的样子，按时间推断，他真实年龄应该是68岁。”

“68岁，一个老人，大老远一个人跑到泰山，屈尊见曲东，有其他人相伴吗。”安局长猜测，这个日本老教授身边可能还有其他人。

“我们查过泰松酒店的住宿登记，4月30日晚，佐藤一郎独自开了8026房。”

“他一人开房，能说明就是他一个人住吗？”安局长不悦地说。

“哦，对了，5月1日，曲东在泰松宾馆，在上到8026房之前，他在大堂与一位陌生人打过招呼。”

“这个陌生人有什么特点？”

“从录像看，中高个，精干，西装革履，年龄大约三十五六岁。他与曲东说了几句话之后，曲东进了电梯，那个中年人出了酒店大堂。”

“查过这个人吗？”

“没。”说实话，在泰松宾馆调看监控录像时，欧阳木师徒以为， 也许曲东碰上熟人或朋友，打个招呼，也很平常，所以没太在意。

“为什么没查。”

“对不起。”蒙娜意识到自己工作上的粗心。

“欧阳大队长，你不应该犯如此低级的错误！”安局长轻叱道。他怕吓坏参加工作不久的蒙娜，可这件事，又必须批评，只能批评欧阳木了。

“是，我马上就去查。”

从局长办公室出来，疲惫不堪的欧阳木师徒各自回到家，已是清晨。各自洗了个澡，吃了早餐，上午10时，又匆匆驱车赶往泰安市，唉，都说公安各岗位，刑警最苦，一点没错。蒙娜照例争着开车，徒弟嘛，她分得清自己的身份，从不以自己是女孩子自居。欧阳木享受师傅待遇，靠在座位上闭目养神，似醒非醒。他内心不得不承认，局长确实站得高，看得远，上次带蒙娜在泰松宾馆看监控录像时，自己的确太过大意，只注意曲东进入佐藤一郎教授开的8026房。当时，在看录像时，总感觉有哪儿不对劲，一时又想不透，安局长一番提醒，让他想到了不对劲的地方：在8026号房，当曲东与矮瘦老人进房间秘谈一个多小时之后，从房间出来，矮瘦老人亲自将曲东送到电梯口，等他送完曲东返回房间，在走廊，老人好像与一位中年男子有过简单交谈，这个中年男子长相有点像《追捕》电影中杜丘的扮演者高仓健，身形挺拔，哦，对了，这个中年男子不就是曲东在酒店大堂握过手的那个人吗！这个“高仓健”认识曲东，又认识日本来的佐藤教授，这不太奇怪了吗？他与日本教授在八楼走廊中谈话，从神态看没有语言障碍，似用母语进行交流，他们之间交谈，没有日本人那种繁琐的礼节性寒暄，一定是熟人，是偶然吗，哪会如此凑巧？

欧阳木师徒再次来到泰松大酒店，轻车熟路，直接来到监控室，负责监控的保安认得他俩，很配合地将5月1日监控录像调了出来。上一次调看录像，欧阳木与蒙娜只注意到曲东与那位日本老教授身上，这回不同了，他俩要在录像中查找日本老教授是否有同伴。

再不厌其烦地看了一遍5月1日的全天录像，还真应了那句古话，功夫不负有心人，蒙娜首先有了发现：“师傅，你看，那个在酒店大堂中与曲东握过手的中年男子，他进了8026号隔壁的那间房，噢，那是8028号房。”

欧阳木霍地从座位上弹起，让蒙娜将录像倒带，来回看了两次，便快步奔向酒店大堂服务台，请服务小姐拿出5月1日住宿登记，登记资料让欧阳木师徒感到有些失望，8028号房不是日本人开的，是一位叫程风的北京市海淀区市民所开，登记开房时间为4月30日晚上9点40

分。

8028号房，北京市民开的房，这让欧阳木觉得蹊跷："高仓健"在八楼走廊中与佐藤一郎教授交谈时，彼此的神态，不像刚刚认识，倒像彼此比较熟络，看他们的交谈，基本上没有用手比划，说明他俩交谈，没有任何语言障碍。他俩的关系有三种可能：第一种可能，北京市民程风懂日语，乐意与日本人进行交流；第二种可能，佐藤一郎精通汉语，主动找中国人程风交谈；第三种可能，程风身份证是假的，他本身是日本人。佐藤一郎教授的身份，王凡研究员已经确认，那么，现在要确认程风的真实身份，这个程风非常可疑。此时此刻，欧阳木心中不得不服局长的批评，不得不服局长的眼光。欧阳木师徒将程风在住宿时登记资料一一复印下来。

欧阳木和蒙娜没回黄海市，他俩不顾疲劳，再次来到北京，来到海淀公安分局。他俩按照程风在泰松大酒店办理住宿手续时填写的身份证号码进行查询，不一会，海淀公安局负责接待的工作人员严肃地说，他俩没有资格获得程风的有关信息，如果要获得程风的有关信息，必须省公安厅以上单位才行，并叮嘱，持省厅介绍信也不行。海淀公安局工作人员的话，让欧阳木师徒感到问题的严重性，忙通过电话向局长做了汇报。

安春平局长亲自打电话到省公安厅，请求省厅帮助。省厅后来回话，说那个叫程风的人用的是假身份证，此君非北京市民，而是一个地道的日本人，他曾在北京某大学留学多年，目前在日本警视厅外事二科工作，每年都进出我国数次，称得上日本数一数二的中国情报专家。

省厅反馈的消息证实了安局长猜测，也让他感到更大不安。曲东在黄海市地震局，无足轻重，小职员一个，父母又是地道农民，这样一个没金钱、没地位、没显赫社会背景的无名小卒的失踪，背后竟然出现了日本警视厅高级特工和日本知名教授佐藤一郎子的影子，甚至，还给曲东汇来100万美元巨款，此事肯定非同小可。显然，曲东失踪案肯定已经不是一件普通的失踪案，它已经上升到有重大国际背景的大案要案。日本人做事向来谨慎，以重视细节著称，他们如此兴师动众，煞费苦心，再一次证明了中国地震预报研究中心王凡研究员的惊人判断。

3

安春平局长感觉到了此案的国际背景，知道其侦破工作已经超出了本局能力范围，于是，他打电话向省公安厅查副厅长作了汇报。主管刑侦的查副厅长当即指示，迅速搞清曲东赴泰国自助游的行程，查出在泰国下榻的酒店。

安春平不敢怠慢，即刻命令欧阳木和蒙娜尽快搞清曲东在泰国的行程入所下榻的酒店。

如果按照欧阳木老黄牛式工作作风，得令后，一定会第一时间急赴青岛，不辞辛苦，一家一家地跑旅行社，直到问出曲东在哪一家旅行社办理出国游为止。蒙娜虽然敬重这位大哥式的拍档，对他的一些工作方式却不敢苟同，有时甚至觉得师傅欧阳木真“木”到家了，工作中，明明有捷径，他偏偏不走，还批评你工作飘浮。蒙娜知道自己的位置，也知道单位的规矩，自己一个新警，要学会一切行动听指挥，尽管许多事情你的看法是对的，但不能明说，只能偷偷地自己做功课，让事实说话。当天晚上，她坐在电脑前做足去青岛的准备。

蒙娜上网有一个习惯，先浏览几个门户网站的新闻，然后或是工作，或是QQ聊天，或是玩游戏。今天，她破天荒地没看新闻，破天荒没玩游戏，直接登录网易聊天站。她首先在聊天网站的地图上点击山东，然后进入青岛聊天室。她临时申请了一个很暧昧、让人很有想象空间的网名“老公出差”，她以这个网名进入聊天室。“老公出差”一进聊天室，聊天室内立即沸腾了，似炸开了锅。这个网名也太雷了，“老公出差”网名让男人有着太多的联想，太多的冲动，让许多希冀在网上交女友，甚至一夜情的网虫们几乎疯狂，一大群苍蝇遮天蔽日般涌过来，像非洲蝗虫暴发一般扑过来。

第一个得到“老公出差”的答复的幸运者是网民为“流得华”。

“老公出差”故作空虚无聊，说：“哎，太闷啦！救救我！”

“流得华”忙说：“解闷逗乐，那是我的长项。”

“老公出差”：“本小姐休假一周，欲赴泰国自游行，想请优男以AA方式相陪，你优秀吗？”

“流得华”：“顶级优秀，AAA，白领，高薪，180CM。”

“老公出差”说了几句不着边际的话后，便虚晃一枪直奔主题，打听青岛有哪几家旅行社可以办理泰国自游行。兴致勃勃，抱着极大侈望的“流得华”来劲了，十分详细地介绍了可以办理泰国自游行的五家旅行社，并将这些旅行社地址、电话一一告知，还不厌其烦地画了一张地图，在地图上一一标明这五家旅行社的位置。最后，“流得华”自然不会放过索要手机号码的机会，“老公出差”很快将手机号码打了上去，然后立即下线。当然，“流得华”假如按照这个手机号码拨打，如果有人接听，那一定是上帝。

欧阳木师徒为查曲东失踪案，第二次来到青岛。

蒙娜按照昨晚“流得华”提供的信息，首先找到假日旅行社，没有结果。马不停蹄，他俩找到第二家旅行社，名为天海旅行社，前台小姐年近三十岁，她长这么大，还是第一次同警察打交道，诚惶诚恐，十分配合。蒙娜拿出曲东的照片和护照复印件，前台小姐竟然记得，她说，曲东确实在天海旅行社办的出国自助游，是她负责接待的。

蒙娜问：“曲东在曼谷住哪家酒店你记得吗？”

前台小姐略加思索，说：“东拉翁酒店。”

“东拉翁酒店是你们旅行社定点酒店吗？”

“不是。”

“那你怎么会记得呢？”蒙娜对前台小姐的话表示怀疑，曲东是6月1日左右办理赴泰国自助游，时间已过去二十多天，你前台服务小姐每天要接待多少游客，能记住人名就不错啦，怎么可能记起非定点酒店。

其实，这纯属偶然。因为按惯例，参加国外自助游的客人，一般都由旅行社购买来回机票，并预订酒店，预订的酒店那自然是旅行社的定点酒店。旅行社与定点酒店有利益输送关系，定点酒店给旅行社打四折，淡季甚至二三折都有，旅行社吃定这个折扣差价，所以，接待欲参加国外自助游的客人，旅行社肯定会竭尽全力推荐定点酒店。

当时，任凭这位小姐怎么说，曲东死活不要天海旅行社推荐的酒店，说，他赴赴泰国，是出席一个国际研讨会，会务组已经订下了东拉翁酒店。

当时，阅人无数的这位前台服务小姐心中骂道：这样一副尊容，也能出席国际会议？

4

曲东失踪，有三条线索指向日本，接着又查出曲东在泰国曼谷所下榻的酒店，曲东失踪案的侦破工作终于有了一线曙光，或者说，有了进一步追查下去的方向。

鉴于曲东失踪案有国际背景，安春平局长决定，立即赶赴省公安厅，向省主管副厅长作汇报。带谁去呢，欧阳木嘛，实干没得说，但他不擅表达；带蒙娜嘛，太嫩！踌躇再三，他还是决定带上蒙娜。这让欧阳木很受伤，不过，他党性比较强，服从命令、听指挥，心里老大不高兴，也没表现出来。

驱车去省厅的路上，安春平为避嫌，他没有像往常一样坐在后排。他有意避开蒙娜，坐在副驾驶位，专职司机小左见状，心中一阵坏笑：在单位，人人怕老板（局长），真是一物克一物，一物降一物，老板竟怕一个漂亮的新警。在机关做领导，花花肠子要多转转，如果让蒙娜坐前面，太招摇；如果与漂亮的女人一起坐在后面，又惹人说闲话，所以，他不得不给蒙娜让座。

蒙娜第一次来省厅，东看西瞧，难掩兴奋之情。安局长领着蒙娜来到厅领导办公楼，乘电梯来到副厅长查德优所在的楼层，他让蒙娜在走廊呆着，独自进了主管办公室。查副厅长认真听取安春平关于曲东失踪案的汇报之后，陷入沉思中：曲东这样一个小人物，可能像武侠小说中的人物一样，乱打误撞，让他窥到了日本命门所在，这个日本国的命门，倘若让恐怖组织或日本的敌对国家掌握，那就等于抓住了日本要害，只要悄悄在日本列岛与中国黄淮地区相连接的中间地带引爆原子弹，日本列岛在几周，或者几个月时间内，将一头栽进深不可测的太平洋海沟。这还得了，日本国当然不会等闲视之，所以，才派出一流地震研究学家，派出高级特工来中国。可是，从目前掌握的情况看，曲东失踪与日本方面有着必然的联系，但是，所查明的三条线索加在一起，并不能由此推断，曲东在泰国失踪必然是日本人干的。事不宜迟，必须尽快派遣侦察员到泰国追查曲东的下落。派谁去呢？如果省厅立即将此案接过来，直接派人，将有一个熟悉案件的过程，会耽误不少时间，并且对保密工作也不利，不如仍以黄海市办案人员为主，省厅在各个方面给予支持。不过，这还要看看黄海市局办案侦察员的综合素质，素质好，才能派他们去，否则，只能省厅全面接管此案。

查副厅长要安春平介绍一下两位经办人员的情况。安春平胸有成竹，早有准备，将预先打印好的两份名单递上。

一份欧阳木的情况介绍：欧阳木，刑警支队二大队副大队长，男，36岁，汉族，党员，曾在解放军第42集团军特种兵大队服役8年，黄海市公安局工作9年，荣立一等功1次、三等功4次……

另一份蒙娜的情况介绍：蒙娜，女，24岁，汉族，党员，参加工作8个月，中国人民警官大学毕业，班长，英语六级 ……

查副厅长看完欧阳木那份材料，满意地说："哟，曾在第42集团军特种兵大队服役，好，这支部队我有所了解，岭南雄狮啊，驻地广东沿海一带，那是全国最主要的客家方言区，据说，很多泰国人能听得懂客家话、潮州话。好吧，欧阳木是不错的人选。"

查副厅长放下欧阳木的材料，拿起蒙娜的，只浏览了一下，便浓眉微蹙，说："太嫩了吧！"查副厅长没有直接批评安春平，但听话听音，锣鼓听声，安春平听得出查副厅长在责怪自己对人选的不慎重。对此，安春平早有准备，他将蒙娜带来，也是希望蒙娜用自己的表现直接打动查副厅长。安春平打开厅长办公室的门，招手让在门外等候多时的蒙娜进来。

警队的等级观念一直比较严格，一般小警察如果第一次见厅长或进厅长办公室，肯定紧张得不行，蒙娜进得厅长办公室，笑容恬淡，不卑不亢，拍的一个敬礼："首长好！"

蒙娜本身一米七六，加上她穿着半高跟鞋，在查副厅长面前显得特别高挑。查副厅长扫了一眼蒙娜，心中不由得责怪起安春平来：

“这个安春平，不会见了漂亮姑娘就找不着北吧，出国破案，你当儿戏呀，你以为这是公费出国旅游，肥水不流外人田，让自己喜欢的美女部下趁机去泰国玩玩？太不严肃了！就算确实从工作需要出发，也不妥呀，看美国大片看多了吧，以为破案总有一个性感美女警察辅佐男警察，简直扯淡！”查副厅长脸上露出不悦：“安局长，知道泰拳吗？出拳凶狠无比，我们要怜香惜玉哟！”查副厅长没直接说蒙娜不合格，不过，话里有话，在他眼里，蒙娜充其量是个花瓶式的人物，怎么能派到国外去执行如此重要的任务呢？

蒙娜嘴角微扬，健步向前，猛地起脚，右脚高出头顶，双脚几乎成了一条直线，紧接着，一个凶悍的下劈击向查副厅长头部。力道之狠之快大有劈山之势，查德优的头本能地一偏，蒙娜右脚笔直地架上了他的左肩，随即轻轻放下。这一切做的既流畅，又有力，一切发生在瞬间，等他反应过来，蒙娜已经完成所有动作，调皮地望着他笑。这可是查德优为官、为警几十年第一次被人如此不礼貌地对待，他当场便要发作，可又怎么样也发作不起来，毕竟这仅仅是个玩笑，是你在不相信别人的前提下的一个玩笑，是一个年纪可以做你女儿、又非常美丽、可爱的女孩子的一个玩笑，能发作吗！他迅速朝门口瞥去，见房门虚掩，没有其他人见到他的窘态。再看站立一旁的安春平脸都吓青了，他正恨恨地看着蒙娜，想着回去怎么收拾她。

查副厅长见安春平的紧张样子，心中反而释然。他对跆拳道十分内行，也很喜欢，蒙娜的动作十分到位，那个下劈动作自己本来躲不过，只是蒙娜拿捏得时机十分恰当，她的技术、力量、韧带好极了。这个动作有点像中国跆拳道女选手陈中在2004年雅典奥运会夺冠时那个令国人难忘的“下劈击头”动作。

查副厅长没有说话，他在细细品味那下劈动作的好坏。安春平不知道查副厅长的态度，心里在盘算着事情最坏会到哪一步，他偷眼看副厅长的表情，发现事情并不像他想象得那么糟，副厅长由窘迫转向好笑进而转为欣赏。安春平见查副厅长并没生气，心想，自古英雄难过美人关，美女就是美女，美女就有任性的资本。厅长也是人，也是食人间烟火的人，对莺惭燕妒、艳美绝俗的美女能生气吗，当然不能。倘若换成姿色一般的女警，或难看的女警，那这个玩笑也就开得忒大了。

蒙娜玉润的脸庞写满了骄傲，嫣然笑道："厅长，您不相信我，呵呵，我可是黑带四段！"此言不假，她从小就练跆拳道，在大三时获得了黑带四段，黑带四段标志着有了职业水准。黑带是跆拳道高手的象征，实力的体现，更是一种荣誉，晋升四段至六段，须由世界跆联（国技院）或国际跆联（ITF）晋级委员会考核。黑带一段以上选手有资格参加全国性比赛，两段以上选手有资格参加国际比赛。

"看把你能的！"安春平呵斥道。

蒙娜扮了个鬼脸，随即伸出右手轻轻拍去查副厅长肩上的灰尘，拿眼望着厅长，明显在逼厅长表态。查副厅长瞧这个没大没小的下级警官，又好气，又好笑，又喜欢，这性格太像他自己那任性的独生女儿，对于一个像自己女儿的漂亮下属，他莫名其妙地有一种亲近感。

"好吧，我同意。"接着他对蒙娜喊道，"立正，向后转，起步走。"

送走蒙娜，查副厅长转身瞅着安春平，一本正经道："春平，保密条例没有忘吧！"

安春平哼哈着："厅长，我什么也没有看见。"

"好，好，咱们言归正传。省厅派刑侦总队副总队长丘松林支援你们，丘松林同志任曲东专案组组长，你们局的两位侦察员听从丘松林指挥。"

出国办案不比在国内办案，是件很复杂的事，一国警察在没有征得人家国家有关部门同意，绝不能擅自在人家国土上执行任务，弄不好会引发外交纠纷。鉴于此，查副厅长专门向公安部国际合作局作了请示，公安部国际合作局对曲东失踪案很重视，专门发函泰国皇家警察总署，请求对曲东失踪案提供帮助。

7月1日，泰国皇家警察总署有了答复，同意中国警方赴泰，并表示愿意就曲东失踪案提供最大帮助。泰国皇家警察总署答复如此之快，如此之爽，完全得益于中泰警方长期友好的合作关系。早在上个世纪90年代初，中国与国外签订的第一个引渡条约就是泰国，之后，中泰在联袂打击跨国犯罪方面有过不少愉快合作，如，2003年10月，广东省公安机关在公安部的直接指挥下，协助泰国警方抓获了涉嫌在泰国杀害马来西亚商人邦金生的泰籍华人万差、中国公民林锦群，并将疑犯万差移交给泰国警方。

第三章

1

曲东失踪前一个半月，即5月1日，日本东都大学地震研究所所长佐藤一郎教授确实来过泰山，秘密见过曲东。

堂堂世界知名教授，年近古稀，竟然漂洋过海，秘密会见中国地震预报系统最基层单位的一个小科员，完全是因为曲东的论文——《恐怖分子震断日本列岛与亚欧板块后果初探》。

4月27日晚，佐藤教授吃完晚饭，看了一会电视新闻，起身走进书房，准备审稿，刚一落座，见书桌上放着一篇来自中国的英文论文，论文放在书桌中央，显然，这是夫人喜多加代子推荐，有意让他过目的。他看了一眼标题，便被吸引住了，当他一口气阅读完毕时，悲伤之情充满全身，神态变得肃穆，拿着论文的双手微微地颤抖，仰天长叹：

“天啊，日本国的命门将被人家捏住，太可怕了！”

说实话，佐藤教授一向瞧不起中国的同行，他认为，在地震研究领域，如果以日本是大学生作为参照系的话，美国是高中生，西欧是初中生，中国充其量还只是一个小学生，甚至小学生都不如，近几十年来，中国同行几次特大地震事前都没有预测到。意识决定行动，由于这种先入为主的观念，在他兼任《地震研究》杂志总编辑的8年间，他对中国学者寄来的稿件就一个态度，信都懒得拆，直接扔进字纸篓，这些年来，硬没有采用过一篇中国学者的稿件，顶多用过几篇旅美中国学者的稿件。

如果不是夫人喜多加代子，毫无疑问，曲东这篇论文命运可想而知，一定又会被佐藤教授当废纸扔掉。喜多加代子曾是佐藤教授最得意的学生，名副其实的高材生，像许许多多日本妇女一样，婚后，都安静地退守家园，相夫教子。喜多加代子同其他全职太太略有不同，她对丈夫研究领域非常熟悉，她不但在生活上照顾他，在事业上也给予了莫大帮助，还经常同佐藤教授探讨专业问题，甚至争论问题，使佐藤教授能够真正听到一些侧面，或反面的声音，从而使佐藤在事业上越走越顺，在日本地震领域逐渐成为泰山北斗式的人物。近两年，喜多加代子主动担当起佐藤的私人秘书，这不，《地震研究》这一期要组稿了，她首先帮助丈夫将来自世界各地的来稿邮件拆开，对稿件做一个初步筛选，然后再递交给丈夫审阅。本来，她受丈夫影响，会将中国的来稿习惯性扔进废纸篓。也许这天稿件并不多，也许鬼使神差，也许稿件是直接寄给佐藤教授本人而不是《地震研究》编辑部，她竟拆了从中国寄来的这篇论文，竟还看了一眼标题，看了标题，那就欲罢不能了，喜多加代子仔细一读，吓出一身冷汗，所以，她十分郑重地将曲东这篇论文放在书桌中央，以便让夫君一进书房就能看见，就能得到重视。

佐藤教授看曲东论文时，夫人喜多加代子蹑手蹑脚地进了书房，静静地站在教授身旁。

“这篇论文你怎么看？”佐藤教授连头都没有抬，他眼睛一直没有离开过曲东的文稿。其实，佐藤教授问话是多余的，甚至明知故问。按照他俩夫妻多年形成的默契，夫人如此郑重其事，将看不起的中国学者稿件放在书桌中央，这本身就说明，她对这篇文章的一些观点极为认同，或者说极为重视。

“唉，这位作者是我们日本人就好了。”喜多加代子平时话就不多，可一出口就很有分量，她的话时常透出哲学思维的光芒，看问题总能透过现象看本质，总那么的一针见血，直指要害，一点也不像学地球物理专业出身。

“你赞同作者观点？”佐藤还是明知故问。

“从理论上说，作者的观点能成立，您认为呢！”喜多加代子话仍旧不多，但足以表达她的观点。

“如果真有上帝的话，那，上帝对我们大和民族太不公平了！”佐藤教授在心中咆哮，他感到悲苦。

“唉，地理环境上的宿命，没人能抗争！”喜多加代子无奈地说。

“千百年来，我们的人民勤奋、抗争，勇往直前，永不言败，人人都将自律做到极致，可是，那又能怎么样，最终都会像这位中国作者预料的。”佐藤教授叹息，他想，“日本人民千百年来，战战兢兢，守着随时都有可能沉入太平洋海沟的土地，身边的海沟6000多米到10000米呀！这世界，这地球，太不公平，你看，多少懒散的民族偏偏占据着肥沃的、广袤的土地，千万年来无忧无虑、安安心心地繁衍生息。为什么我们的民族却要忍受这么多痛苦？为什么？为什么？”

佐藤由于痛苦而出现胃痉挛，豆大汗珠从额头上渗出，夫人喜多加代子心疼地轻扶夫君的头，让它靠在自己胸前，抚摩着他的肩膀，泪水如断线的珍珠簌簌而下，她心中的苦比佐藤更深、更甚。20世纪初叶，由于日本人口暴增，由于担心日本列岛迟早会沉没，她的祖辈响应政府号召，与几十万同胞一道，从日本漂洋过海到南美谋生，她迄今拥有巴西和日本双重国籍，她和她的家族都对那种在他乡寄人篱下的生活有深切体验，那是多么的不堪回首！巴西目前约有140多万日本侨民，是日本在海外移民最多的国家之一。 2004年9月15日，当时的日本首相小泉访问巴西，在巴西最大城市圣保罗向日本侨民社团代表发表讲话时，小泉想起当年移民巴西的家人，想起家人在移民初所受的苦，突然在公众面前、在全世界的电视镜头前失声痛哭，泣不成声。

“一定要拯救我们大和民族，一定要保住我们的家园！” 佐藤教授低声吼道。

2

曲东将论文寄给日本东都大学《地震研究》总编辑，动机嘛，简单至极，纯粹为了发表论文。

曲东自从中国地质大学毕业，参加工作以来，一直怀才不遇，十分郁闷。去年春天，他所在的监测预报科老科长退休，空出科长位置。对于这个位置，科里的同事甚至其他科的同事觊觎已久，曲东对这个位置也有想法，他认为自己毕业于本专业领域最高学府中国地质大学，专业对口，入行7年来，爱岗敬业。而其他两位同事的条件就不敢恭维了，老奚毕业于本省一所农业大学，兽医专业，还是个工农兵学员，也许是凭着手上老茧厚度上的大学，他对地震监测预报七窍通了六窍，一窍不通，专业完全不对口；小唐刚从师范大学物理系毕业，资格尚浅，算来算去，曲东认定科长这个位置不会旁落他人，非他莫属。结果呢，老科长退伍后一个月后，局长在职工大会上郑重宣布，奚有财同志任监测预报科科长。

科长帽子落在了曲东瞧不起的、学兽医出身的奚有财头上，这让曲东十分郁闷。

会后，曲东壮胆来到局长办公室，欲讨个说法："局长，您看老奚，学兽医出身，没有专业知识，能做科长吗？"

局长洞察一切，知道曲东心理不平衡："小曲，我理解你的心情。你还年轻，以后还有机会嘛。"

"可，可他是学兽医出身，专业太不对口了吧！"

"谁说兽医专业就不专业对口了，就不能搞好地震预报啦！"局长愠怒。

"那不是明摆的吗，怎么能说专业对口呢？"曲东破天荒地顶撞起领导来，看来吃错了药。

"小曲，你承不承认，动物能预测地震？"

"那只是民间的说法，发达国家预测地震还是依靠科学。"

"你也知道说那是发达国家预测地震啦，我们是发展中国家，有特色的社会主义。"

"那我们也得讲科学吧！"

"科学，科学有用吗？试问，有几个国家用所谓高科技准确预测了地震？"局长振振有词。

"没，没有。"曲东嗫嚅地回答，唉，也难怪曲东了，全球确实没哪个国家能用先进仪器准确预测地震的。

"小曲，你承认也罢，不承认也罢，很多动物的听力就是比人强，它们能听到频率极高或极低的声音，从历史高度看，地震前它们常向人类发出预警，我看，动物反常现象是今后地震预测的发展方向。”

“动物反常现象是今后地震预测的发展方向？”曲东愕然，这是地震局局长说出来的话吗？。

“是呀，事实胜于雄辩，举例说吧，1976年，唐山大地震前几天， 唐山地区滦南县王东庄，几百亩的棉花地里，大老鼠叼着小老鼠跑，小老鼠依序咬着尾巴跟，排成一串一串，蔚为壮观；唐山地区迁安县商庄子公社有人看见，蜻蜓如蝗虫般飞来，飞行队伍宽100多米、自东向西飞，持续约15分钟之久，蜻蜓飞过时，一片嗡嗡的声响，气势之大，足以使在场的人目瞪口呆，可惜，可惜呀，那个时候的地震研究工作者忽视了这些个动物异常征兆，否则，唐山大地震就不可能造成如此惨烈的损失。再看四川汶川大地震，震前，震中心范围之内的绵竹市西南镇檀木村，曾出现了大规模的蟾蜍迁徙，数十万只大小蟾蜍浩浩荡荡地在一制药厂附近的公路上行走，村里的老人活这么老都没见过此等现象。就连远在千里的武汉动物园，也出现了鹤类无故大叫，大象攻击人，狮虎不午睡，斑马频撞门的现象。如此重要的动物反常现象，如此重要的地震预兆，如果不被忽视，能有那么大损失吗？啊！奚有财同志也许能开创咱中国地震预测工作的新局面。”

自诩专业出身的曲东，被局长大人的话，噎得半天说不出话来。

曲东找局长要官在黄海市地震局成为了大家的笑柄，有人为他叹息：唉，曲东文人气太重，茕茕孑立，不懂吹牛拍马，不识阿谀奉承，不知送礼，有智商没情商，又是外地乡下人，升官哪有他的份，地震局哪怕提拔守门的汪大爷，也不会提拔他，这年头，有才算什么呀，算个屁。

升官无望，曲东对专业职称更加势在必得，这是他剩下的唯一能提高待遇的道路。红头文件明文规定，机关事业单位干部中级职称享受科级干部待遇，反映在工资上，只要评上中级职称，工资就同科长一样高。从评职称年限上说，曲东够条件了，他任助理工程师已经五年多，去年下半年，单位将他的中级职称申报材料报上去，最后被打了回来，原因简单极了，没有在省级以上刊物发表过专业论文。

从去年下半年开始，曲东像疯了一般撰写论文，将论文漫天乱投，光邮寄费就花了好几百，可最终都泥牛入海，杳无音讯。曲东一直以为，作为学术期刊，承担着发现学术问题、推介创新成果、帮助学术人才成长的重任。可如今，这个神圣使命被彻底弱化，甚至可以说去功能化，本该严肃的学术论文刊发工作，成了拉关系场所，成了讨价还价集市，成了敛财的工具。如今呀，这股歪风愈演愈烈，发表一篇论文，要交十多种费用，如送审费、再审费、论文发表费、论文提前发表费、论文前期编辑费、后期编辑费、校对费等，一句话，欲从此路过，留下买路钱。可怜的曲东，工作在一个中小城市，哪里知道发表论文存在如此多潜规则，假如知道，就是砸锅卖铁，抡袖卖血，借高利贷也会送上钱去，可惜，他不知道现在完全不能商品化的东西都商品化了。“躲进小楼成一统，管它春夏与秋冬”，只管一心做学问的方式，现在行不通。

为发表论文，曲东在国内碰得头破血流后，他决心剑走偏锋，将论文寄到国外发表。他早就知道，日本东都大学地震研究所主办的《地震研究》是全球公认的核心刊物，他想，这样的超级学术刊物不会只看关系，不会只看名望，一定会将质量当作第一要素。他抱着这个想法，抱着这个信念，将《恐怖分子震断日本列岛与亚欧板块后果初探》英文论文寄给《地震研究》主编佐藤一郎。

曲东心里还打着一个小算盘，如果侥幸的话，能在全球地震研究领域公认的核心刊物《地震研究》上发表论文，中级职称固然不在话下，还有可能凭此论文，以人才的身份调回家乡省城的地震厅工作，一石二鸟，岂不美哉。

3

佐藤教授在吼出“一定要拯救我们大和民族，一定要保住我们的家园”之后，并没有闲着，当晚，夫妻联手，通宵达旦，针对《恐怖分子震断日本列岛与亚欧板块后果初探》一文，写出了约五千字的《关于紧急应对中国学者曲东论文的报告》。

第二天一早，两眼布满血丝的佐藤教授来不及吃早餐，匆匆赶到首相官邸，他要尽快将这份报告送出，亲自送到国家危机管理决策者手中。

首相官邸楼高五层，简洁明亮，四壁玻璃镶嵌，超高透明度使楼的内外有机相连，据说这样可以拉近中央权力机构与普通老百姓心理距离，增加亲近感。这座中曾根首相时代规划、桥本时代设计、小渊时代开始施工建设的大楼总工程费耗资903亿日元，堪称现代和传统相结合的典范。官邸里面建筑样式为四周环绕天井的庭园式回廊结构，内有竹子、岩石和流水，竹子象征柔韧，岩石意味着脚踏实地的力量，流水寄托政府高效运转。据称新官邸不仅拥有全球最先进的通讯设备，而且在抗震方面也是目前日本最强的建筑。

首相官邸一层为记者接待室和官邸公关部门；二层为首相举行大型宴会或欢迎外国首脑的场所；三层为政务办公场所；四层为内阁会议室和首相秘书、发言人、首相助理等人的办公室；五层为首相办公室和官房长官办公室。

佐藤教授急于要找的是日本全国危机管理的中枢部门——首相官邸危机管理中心，它位于首相官邸的地下一层。日本首相官邸危机管理中心在处理危机事件方面的能力，在全球是出了名的，甚至成了各国危机管理学习的楷模，它处理危机的成功案例不胜枚举：如1998年5月印度尼西亚发生暴乱，为了紧急输送滞留在印尼的日本人，事发当天，首相官邸危机管理中心就成立了“印度尼西亚危机官方对策室”，当天就调专机将滞留在印尼的所有日本人全部解救出来；如，2005年3月20日上午10时53分，日本福冈县以西海域发生里氏 7 级地震，7分钟后，日本政府就在首相官邸危机管理中心设立“福冈地震官邸对策室”，30分钟内，政府各省厅的防灾负责人赶到危机管理中心集合，并启动内阁府地震防灾情报系统，分析研究由自卫队、警察、消防、国土建设省等部门通过直升机拍摄的图像资料，然后根据这些资料统计人员伤亡和建筑物受损情况，讨论应急对策。同时，气象厅、消防厅、总务省、警视厅等14个府省厅根据所辖范围分别设立“灾害对策室”，实施对口救灾工作；再如，2006年8月16日，当天上午7时40分左右，在日本和俄罗斯存在争议的“北方四岛”（俄罗斯称为“南千岛群岛”）附近水域，一艘日本渔船遭俄罗斯边防警备厅警艇枪击并扣留，其中一名渔民被打死，这也是俄罗斯（包括前苏联时期）50年来首次击毙日本渔民，这起“射杀渔民事件”发生后的当天上午9时半，首相官邸危机管理中心就设立了信息联络室，及时指挥、协调政府各部门的行动。首相官邸危机管理中心一般的反应能力甚至可以控制在8分钟内。

首相官邸危机管理中心戒备森严，要想进里面的危机指挥室、危机对策本部、事务室等部门须经过严格的审查。中心装备了最先进的联网式多功能通讯系统，不仅可以传递数据图片、音像资料，还可以召开电视会议。特别是当发生大规模地震、恐怖活动以及核事故等威胁国家安全的紧急事态时，这里将成为分析处理危机信息、召开紧急灾害对策的本部会议室，是政府作最后决策的场所。

心急如焚的佐藤教授提着黑色公文包径直来到中心的咨询台。

“先生，您好！”咨询小姐双手平放，鞠躬问道，语气非常柔和，但眼光却十分犀利，似乎要将人一眼看穿，内行人一看，她们训练有素。

“麻烦您，请帮我找危机对策本部部长，我有急事汇报。”佐藤教授一边说，一边递上名片，日本人外出办事总离不开名片。

咨询小姐双手接过名片，看清佐藤身份、职务，彬彬有礼地问：“请问教授有什么事找对策本部部长？”

“有急事要报告。”佐藤教授递上昨晚赶出来的《关于紧急应对中国曲东论文的报告》。

“请您稍等。”咨询小姐拿着报告进了里面，不一会儿又回到咨询台。

“教授，请您跟我到会客室。”

佐藤教授在咨询小姐引导下来到会客室，咨询小姐递上水：“教授，请您耐心等一会。”说完便退了出去。

10分钟、20分钟过去，仍不见有官员进来，无论在哪里，等人的时间最难熬。不过，佐藤教授是通情达理的人，他想，自己所写的报告有五千多字，涉及很多专业性术语，一时半会要理解里面的内容着实不易。半个小时，足足半个小时，只见挂着“小野寺志辅佐”胸牌的中年男子推门进来，右手上拿着佐藤教授的那份报告。

照例又是一番寒暄，日本人嘛就是礼节多。以作风干练闻名东都大学的佐藤教授急着说：“报告您看过了？”

“是。”

“我个人认为，官邸危机管理中心有必要立即成立应对曲东论文的工作室。”

小野寺志辅佐一听这口气，满脸不悦，暗想：“真不知天高地厚，你以为你是谁呀，你也不瞧这是什么地方，开启危机应对室是何等严肃、何其重要的事！”他有些居高临下地说：

“教授，您的报告我拜读过了，谢谢您对我们工作的大力支持。恕我直言，一个中国学者在学术讨论层面上，提出这样一个假设，或者说设想，不值得大惊小怪。”

“大惊小怪，您认为我大惊小怪！” 佐藤教授诧异。

“对不起，我不是说您大惊小怪，我只是认为，中国学者曲东的观点只是一个理论设想，从字面上看也没有威胁、敲诈等痕迹。恕我孤陋寡闻，中国在地震研究方面算比较落后吧，与我们国家有相当大的差距，完全不在一个档次，这个叫曲东的作者动机嘛，我看，无非想在您主持的学术刊物上发表论文。”

佐藤教授顿时两眼冒火，他被小野寺志轻描淡写的态度激怒了：“您知不知道世界上有多少惊天惨剧是由于事前疏忽，告诉你，‘9·11’事件发生前几周，美国底层的特工就已发现蛛丝马迹，就已经上报到高层，就是因为没有引起高层的重视，才造成了那样的惨剧，我们日本国不能犯同样错误！”好脾气的教授一反常态，话很刺耳。

小野寺志对佐藤教授的教训非常气恼，不过，看在教授是著名大学教授的份上，外表上还得强挤笑容，客气地回答：“教授，请不要生气！请理解我们的工作。我们官邸危机管理中心主要是应对突发灾害，应对有关国家安全的大事，至于学术层面上的事，您可以找有关专业委员会讨论。”他站起身来，有送客的意思。

佐藤教授终于忍无可忍，霍地站起，大声训斥：“小野寺志辅佐，您怎么能这么武断呢，这篇论文潜伏的危机有多大，您知道吗？它关乎我们大日本的命运！找你们室长过来！”外表儒雅的佐藤教授几乎在咆哮，连走廊上的人都听得很清楚。

如此大声，如此放肆，在首相官邸也许是第一次出现，教授的发火，不但引起了咨询小姐的注意，也招来了其他部门工作人员的关注。

小野寺志大惊失色，心念如电：这个佐藤教授来自东都大学，东都大学的人可不好惹，首相官邸室长以上官员中，约有五分之一出自他们东都大学，战后，首相、总理大臣不少也出自东都大学，他在这里大声吵闹显然对自己不利。小野寺志想及此一层，态度来了180度的大转弯，立刻和颜悦色起来，谦逊地说："教授，您的报告专业性太强，我学的不是这个专业，给一点时间让我慢慢消化，然后再向上汇报，我们会在最短的时间给您一个答复，您看好吗？"

佐藤教授悻悻然从官邸危机管理中心出来。毕竟，他是德高望重的老教授，修养极好，平时鲜有发火的时候。他从中心出来之时，也就原谅了小野寺志，心想，人家是外行，一时半刻要看明白这份报告确实有点强人所难。不过，此事乃国家、民族存亡之大事，岂能轻易放弃。佐藤教授打定主意，如果官邸危机管理中心两日内不给答复，自己将再次上门。小鬼难求，阎王好见，下次来我就会点名道姓，直接找内阁危机管理总监坂本恭正，他是我们东都大学的学生，对母校的著名教授，总不会不接待，总不敢敷衍吧！

4

按原计划，上午9时，佐藤教授须主持地震观察数据月度分析会。东都大学地震研究所分布在全国20个地震、火山、海啸观测站的站长们都会从各地赶来出席这个重要会议。佐藤教授从首相官邸出来，返抵地震研究所会议室时，足足迟到了两个半小时，所幸，所长助理高桥顺平能力比较强，代替所长主持了分析会。

佐藤教授快步走进位会议室，一个劲地向与会者点头、致谦。他平素最讨厌那些不守时之人，今天，自己竟然迟到，很不好意思。本想解释一下，想想，还是没有解释，没法解释，也不能解释，曲东论文中的内容，知道的人越少越好。

观察站站长们在一一汇报，佐藤教授因为心中有事，心不在焉，总集中不了精神，拿着笔记本，也没记下一个字，曲东论文的观点在脑海中横冲直撞，让他始终无法安静下来。

佐藤教授手机在安静的会场突然响起，打破了会场的宁静，与会者十分诧异：怎么回事，佐藤竟在开会时不关机，这不像他平时工作作风呀！佐藤教授赶忙伸手去关手机，食指正要下压关机键，突然间，手下意识地缩了回来，他做出了更为反常举动，在众目睽睽下，竟然还看了一眼手机显示屏，来电号码不熟。他思忖，会不会是自首相官邸危机管理中心打来，心念及此，他边按接听键，边快步离席，走出会议室，来到走廊接听："我是小野寺志，请您无论用什么交通工具，务必在中午1点整赶到官邸危机管理中心。"

佐藤教授一看表，现在是11时40分，只有1小时零20分钟。

他顾不上返回会议厅，快步从二楼下到一楼。一路上，一向和蔼、平易近人的他，遇到几个部下，招呼都没打一个。他快步跑出地震研究所办公楼，向东都大学校门奔去。

东大校门口车流如梭，佐藤教授拦了一辆出租车，焦灼地钻了进去。

"到新首相官邸，越快越好。"佐藤教授气喘吁吁地吩咐司机。

司机一轰油门，出租车立即融入滚滚车流中。佐藤教授放弃私家车，选择出租车无疑为了节省时间。在日本东京，出租车被公认为最昂贵、最方便的交通工具，普通市民一般都不轻易乘坐，因为，那是富人才可以享受的奢侈品，其价格特别昂贵，从成田机场到东京市中心约60公里，要20000日元，大约1320元人民币，而从北京机场到市中心约45公里，不过百元左右。俗话说得好，一分钱一分货，东京的出租汽车，主流车型几乎都是凌志、丰田、奔驰等高级轿车，司机素质非常高，有的司机甚至会打开手提电脑，用电子地图跟顾客讨论去目的地的最佳行车路线。

佐藤教授赶到首相官邸，来到危机管理中心，离小野寺志辅佐约定的时间尚有10分钟，他长长地舒了一口气。前台咨询小姐早已得令，将教授领向第一会议厅。当咨询小姐推开会议厅的大门，佐藤教授大吃一惊，里面已经坐了不少人，与会者个个是熟面孔，有日本地质调查局地质断层研究中心副主任谷川保、日本综合地球环境学研究所所长坂本雄、神稻大学防灾研究所所长竹内慎也、气象厅精密地震观测室主任内田三利、气象厅地震情报所长横崛非，日本地震研究学会六大常务理事悉数到齐。

佐藤教授心中暗赞：“如此短时间，全国地震研究权威一个不落，全部到齐，不可思议。神稻大学防灾研究所所长竹内慎也，他在神户呀，神户到东京有多远呀，天哪，他怎么赶来的呀！也许，他正在东京出差吧，首相官邸危机管理中心的工作效率，太神奇，太不可思议！”

12时57分，危机管理中心对策室室长中村正雄健步走进会议厅，将手上复印好的一小叠材料分发给大家，每人两份，一份曲东论文，另一份佐藤教授所写《关于紧急应对中国曲东论文的报告》，每份材料的首页右上角写明，阅后请交回字样。1时整，会议正式开始。

“各位专家、各位教授，你们辛苦了！” 中村正雄起身来向大家鞠躬，也没其他客套话，话锋即刻切入正题：“今天上午，东都大学地震研究所所长、佐藤一郎教授将他所撰写的《关于紧急应对中国曲东论文的报告》亲自送到我们中心，这份报告以及中国学者曲东所写的论文，所涉及内容太过专业，我们中心无法确认中国学者提出的理论能否成立。我们认为，如果这个理论万一能成立，那么，我们官邸危机管理中心绝不能等闲视之，也不会等闲视之。所以，要诸位专家紧急赶来，就是要听取你们的意见，以便我们做出正确的判断。下面给各位半个小时时间看手上的材料。”

半个小时一过，中村正雄对大家说：“下面请佐藤教授发言。”

佐藤教授从昨天晚上看到曲东的论文到现在几乎没有好好休息过，但一听到叫他的名字，立即振作精神，他的声音有点沙哑：“昨日傍晚，当我看到中国学者曲东寄来的这篇论文的标题时，我就感到事态严重。不瞒大家说，三年前，我在研究近代日中地震历史时，就发现了曲东的推论，当时，我就吓出一身冷汗。因为这个推论的结果太可怕了，所以，我希望能够永远的不为人所知。我悄悄将手头上有关材料全部毁掉，祈祷着再也没有人涉足这一领域。很不幸，竟有中国学者发现这一秘密。”

“教授，您在三年前对此进行过研究？” 中村正雄大为惊讶。

“是，我可以负责任地说，中国学者这个观点完全可以成立，黄海海底岩石层将我们日本列岛与中国黄淮地区联系在一起，那是个结点，是我们日本国的命门所在，如果被恐怖分子或敌对国家知晓，那他们随时可以捏住我们国家的命门……”

“太荒谬！简直无稽之谈！”好不容易等佐藤教授讲完，神稻大学防灾研究所所长竹内慎站出来，大声表示反对，“恕我直言，中国学者的观点，如果在学术层面上进行探讨，无可厚非，可是，将它送到国家最高危机管理部门来，太不严肃了，太过分了。”与会的地震研究界的学者们都知道，竹内慎与佐藤一郎一直斗得很厉害，相互攻讦，相互不服。

“竹内君，请不要激动！我说万一，万一中国学者这个推论能成立，你承不承认我们日本的命根子捏在他人手里？试问，我们日本国输得起吗！什么叫防患于未然？”佐藤教授平时让他三分，这回他并不示弱。

“请您不要拿国家命运这顶大帽子吓我！”

“我不想吓谁，竹内君，也请你在国家命运的大是大非面前，放弃我们彼此间的恩怨！”

“本人心胸不至于如此狭窄。”竹内慎曾与佐藤一郎争夺日本地震研究学会会长一职，败下阵来，一直耿耿于怀。

“竹内君，不要一开始就定性，请拿出反驳的理论根据出来。”

“好，假如中国学者理论能成立，咱日本列岛、中国黄海海底岩石层、中国黄淮地区是一个小板块中的三个部分，三者有机联系着。那我就要请问了，既然一个板块，咱日本发生大的地震，受力的传导影响，最西面的黄淮板块也必然有震动，为什么中国黄淮地区没有呢？试问，我们日本历史上的几次特大地震那头有反应吗？”竹内慎毕竟是全日本为数不多的权威，反驳的观点颇有力度。

“竹内君，你懂中文吗？”

“不懂，这与懂中文有什么关系呢？”

“很遗憾，原来你不懂中文，所以才提出这样的问题。请在座的同仁看清中国学者曲东的论文，看清曲东论文的附注，注意附注11，中国的《宁乾县志》和《文荣府志》，大家就会发现， 近代历史上，我国每逢发生大地震，中国那头都有不同程度的影响。如1707年我们日本江户时代的宝永大地震，就曾引起了中国黄淮地区宁乾县的地震，《宁乾县志》记载：‘康熙四十八年，城楼官舍、民房并村落寺观一时俱倒塌如平地，鸡雉鸣响。山川移易，道路改观。屹然而起者成阜，坎然而下者成壑，倏然而涌者成泉，忽焉而裂者成涧。压死官吏军民奏报有名者八万三有奇，其不知名未经奏报者复不可数计。’康熙四十八年就是1707年呀。再看1854年我们的安政东海地震，也曾引起了中国黄淮地区文荣县的地震，《文荣府志》有明确记载：‘咸丰四年，文荣府城，有声如雷，城垛全塌，城倾大半，屋倒火起，五昼夜烟焰方熄，地上行者，如在舟中大风飘摇之势，人亦不遑惊愕。官民房屋、寺庙、监库、城垣俱倒。六房文案，沉压无存，周围百里并无存屋。’此系必然性联系还是偶然性联系，我个人相信一定是必然性联系。如果一定要说偶然性，我也坚信，这偶然性中隐藏着必然性，对不起，我不是有意在此卖弄哲学。”

“这《宁乾县志》和《文荣府志》会不会是作者杜撰，或将时间来了个乾坤大挪移。”竹内慎嘴仍不服。

“竹内君，你真是煮熟的鸭子。”

“什么意思？”

“嘴硬！”

“你……”

会议进行了四个多小时，专家们对曲东的理论各抒己见，也曾发生过激烈争论，最后，除竹内慎外，所有与会专家都认为，中国学者曲东提出的观点在理论上可以成立。

第四章

1

佐藤教授从首相官邸危机管理中心出来，心里沉甸甸的一块石头终于落了地。他想，会议认为曲东论文的观点在理论上可以成立，那么，危机管理中心决策层肯定会对曲东的理论高度重视。危机管理中心有丰富的危机处理经验，自会统筹考虑，将危机扼杀在萌芽状态。他心里释然，乘车返家，刚到家门口，手机又响了，首相官邸危机管理中心官员小野寺志辅佐打来的，小野寺志告诉他，晚上8时，务必出席危机管理中心举行的一个重要会议，马不停蹄地召开会议，佐藤知道，他的报告已经引起了足够的重视。

晚晖渐渐隐去，暮色乘机笼罩，国际大都市东京灯火次第亮起。

官邸危机管理中心第一会议厅灯火通明，佐藤教授走进会场，只见除中心工作人员外，出席会议的只有5人，全是陌生面孔，没有一个认识，他们都在聚精会神地看着曲东的论文和佐藤教授的报告。晚上的会议可不比下午的会议，下午是全日本超一流的地震研究专家，晚上，出席会议的个个来头不小，均来自国家情报部门：日本内阁情报调查室副室长、日本警察厅公安部副部长、外务省国际情报局副局长、防卫省调查科科长、陆上自卫队中央情报队副队长。全日本情报机构总共七家，今晚就来了五家。鉴于这些人身份的特殊性，会议主持人当然不会介绍。

会议按时举行。中心对策室室长中村正雄主持了会议：“大家好，辛苦了！今晚，会议主要议题是分析中国学者曲东论文事态的发展。这篇论文的作者曲东，是中国黄海市地震局职员，年龄不详、职务不详、写作动机不详。曲东以英文论文的形式寄给东都大学地震研究所所长、《地震研究》杂志主编佐藤一郎教授。教授昨晚才看到此篇论文。下面，请佐藤教授为大家讲解曲东的理论，讲解曲东理论扩散可能给日本带来的严重后果。”

佐藤教授讲解了一个多小时，他讲述时，充分考虑到与会者非专业出身，尽量讲得通俗易懂。

听完佐藤教授讲解，陆上自卫队中央情报部队副队长木村猛幸抢着第一个发言：“佐藤教授的讲解，本人心情可以用四个字来形容：胆战心惊。这篇论文如果被公开，让地球人都知道，那就等于我们国家的命门暴露在光天化日之下。这个命门如果在咱国内，即使暴露，倒也不怕，我们有能力、有信心保卫。眼下最要命的，咱国家的命门偏偏不在自己国内，在中国，在中国的黄海海底。如果，我是说如果，恐怖分子或敌对国家有意同我们过不去，随时都有可能抓住我们帝国的要害，什么时候高兴了或不高兴都可以捏你一下，那样的话，我们日本国必将处处受制于人，处处被动。都说21世纪是太空争霸世纪，不错，那是对美国、俄罗斯和中国而言，对我们日本国而言，如今看来，21世纪多了一个地幔之争。本人认为，要用一切手段制止曲东理论的扩散，最好、最快的办法就是让他在地球上消失。”木村猛幸态度十分强硬，这也难怪，他所在的陆上自卫队中央情报部队里，在日本七大情报机构，他们成立的时间最短，资历最浅，人马却最为强壮。

“我个人观点，尽可能将曲东请到我们国家来，用高薪聘请他来工作，让他的‘核钉构想’永远烂在肚子里，堂堂日本国还养不起一个学者吗！”防卫省调查科科长山木森比较理智。

“本人不同意木村君的观点，不能用外科手术方式将曲东从地球上清除。我认为，我们特工要在中国领土上悄悄清除一位中国公民不难，但是，在短时间内，要不留蛛丝马迹干掉他，有一定难度。你们不要小瞧中国警方，莫瞧不起他们经常运用的人海战术，事实上，你不得不承认，中国警方命案破案率在全球是比较高的。这倒不是中国有多少神探，而是因为他们破案体制比较好。我们日本警方强调警察的个人素质，重视采用高科技侦破手段，而中国警方的绝活是广泛发动群众，那些退休的老头子、老太太、摩托车搭客司机，那些散落在街头的小贩等都是他们的线人，这些线人无处不在，无孔不入，任何事情都逃不过这些人的眼睛，按中国人的说法，一切皆逃不过群众雪亮的眼睛。如果用外科手术式清除曲东，那不等于主动招惹中国警方，他们不笨，他们肯定会顺藤摸瓜，注意到曲东的论文，这样反而弄巧成拙。”警察厅外事科科长岛崎之介支持山木森的观点，看得出来，岛崎之介对中国同行比较了解。

“岛崎之介科长所言极是，本人也反对派特工在中国搞暗杀。道理很简单，万一中国警方能证明暗杀是我们所为，那必然引起巨大的外交风波，这种外交风波我们无法承受。”外务省国际情报副局长广田三重视野更宽，胸怀更广，想得也更全面。

晚上12时左右，特别会议才结束。待出席会议的人都离开后，官邸危机管理中心决策者通宵达旦在研究，研究应对曲东论文事件的最佳方案，一直到凌晨，最后，做出三项决定：

一、即日起成立“官邸曲东事件观察室”，由小野寺志辅佐具体负责，这是危机管理中心成立以来第一次设某事件观察室。一般情况下，危机管理中心是针对重大突发事件或灾害成立由精兵强将组成的联络室；由于曲东事件的特殊性，直接成立联络室为时尚早，所以先成立两个人的观察室，这在首相官邸尚属首次。

二、如果曲东事件有恶化的痕迹，就将“官邸曲东事件观察室”升格为“官邸曲东事件联络室”， 由危机管理中心对策室室长中村正雄负责，同时在警视厅、外务省国际情报局、陆上自卫队中央情报队成立“曲东事件联络室”。如果事件再次升级，“官邸曲东事件联络室”将再升格为“官邸曲东事件对策室”。

三、委派佐藤一郎教授立即赴中国，以东都大学地震研究所所长的身份同曲东秘密见面，争取用高薪将曲东请到东都大学地震研究所工作。日本警视厅外事二科科长村冈谦随行，对外身份，地震研究所所长助理，村冈谦为此次中国行的行动组组长。

2

两天后，即4月30日早上，村冈谦，佐藤一郎教授一行二人，乘早班机从东京成田机场直飞上海。临行前，佐藤教授只告诉夫人喜多加代子他要出去几天，去哪里、干什么，他没有说，也不能说。

9时25分，村冈谦一行抵达上海，在机场公用电话亭，村冈谦让佐藤教授给曲东所在办公室打电话。村冈谦拨通电话，将话筒递给站立一旁的佐藤教授。之所以不在日本国内事先与曲东联系，而是来中国，用机场公用电话与曲东联系，这都是危机管理中心决策层事先安排好的，魔鬼藏在细节中，日本人深谙此道。

“请帮我找一下曲先生。”村冈拿起电话，拨打曲东所在办公室电话。

“您好，我是曲东，请问您是哪位？”。

“曲先生，您好！我是日本东都大学地震研究所佐藤一郎。”村冈已将话筒交给了教授，教授用英语同曲东交流。

“您—您是佐藤所长，佐藤总编辑呀，久仰、入仰！”在世界地震研究领域，尤其在亚洲，佐藤教授是这个领域内领军人物，曲东读过他的许多论文，对他一直很崇拜。听到对方说是佐藤，曲东激动得热血沸腾，半天说不出话来。心想，天哪，佐藤教授亲自给我打电话呀，他肯定收到了我寄出的论文。

“您寄给我的论文收到了，我也拜读了，总体上说，写得不错，不过，有些提法过于猜测，过于推理，缺乏实证。”

“请您批评指正，我可以按照您的要求修改。”曲东这厢，论文只要能发表，做什么修改都行。

“好，这种治学态度值得称赞。哦，本人今天下午飞到济南，明天，即5月1日，到泰山旅游，如果你有时间，如果你方便的话，我们可以见见面，就你的论文可以当面交流一下。”佐藤欲擒故纵。

曲东受宠若惊，忙不迭地说：“有时间，有时间，方便，方便，请您告诉我，具体在什么时间、什么地点见面？”

“那就初步定在5月1日中午，泰山脚下的泰松大酒店，我们在酒店大堂见。”

“教授，您不认识我呀？”

“没问题的，我们来个约定，我手上拿着一份《朝日新闻》。”如今都用手机进行联系，教授提出的联系手法有点像冷战时期的间谍，老土，不过，应该管用。

“好，好，好，我一定准时到！”曲东放下电话，顿时心花怒放，恨不得立刻就见面。他心想，佐藤教授愿意在来中国旅游的间隙，抽出宝贵时间与自己见面，太难得了，按照逻辑推理，本人寄给他的论文发表的可能性大大增强，否则，他不会，也没有必要与我这样一个小人物见面。哇，能在世界最著名专业刊物发表论文，多么荣耀，多么幸福，简直幸福死啦，哼，等论文发表了，我就去告诉米梅，米梅一定会对我刮目相看，兴许还会放弃与我离婚的打算。

打完电话，村冈谦和佐藤教授没再在机场停留，直奔黄海市。

日本人做事历来讲究“知己知彼”，按理说，孙子兵法中“知己知彼”是咱中国的文化遗产，可你承认也罢、不承认也罢，真正活学活用的绝非中国，而是日本。说远的，听老人们讲，抗日战争时期，如果某个城镇突然莫名其妙地多了补锅、修锁、铲菜刀的手艺人，不用几日，日军准会杀到，那些手艺人全是探子；说近的，日本跨国公司哪家不将《孙子兵法》当作必修课。对一个可能给日本国带来巨大麻烦，甚至灭顶之灾的曲东，日本首相官邸危机管理中心决策者自然想彻底了解曲东，了解他工作环境、生活环境，并从中判断他写这篇论文的真正目的。

出租车在高速公路上跑了约七个小时，于下午5时左右才赶到黄海市。出租车在小小的黄海市市区兜了一二十分钟，找来找去，硬是找不到地震局。说句良心话，绝非上海的这位出租车司机太精明，有意多挣车钱，即使土生土长的黄海市市民，也真没几个人知道地震局所在地。出租车司机七问八问，好不容易在一段长长上坡路的中间位置找到了地震局，村冈谦没让出租车停车，在过了地震局大门一百米处才停下。打发出租车回上海，他俩徒步往回走，来到地震局门口，佐藤教授一瞧，“黄海市地震局”，六个字同日本字基本一样，不用翻译。

他俩装成过路人，很“随意”地在地震局门口朝里面扫了一眼，里面的一切尽收眼底。佐藤暗自嘀咕：“一条大黄狗，一个佝偻看门老头，一个小院子，一棵大槐树，一辆皮卡，一栋老式四层家属宿舍，一栋破旧三层红砖办公楼，嘁，破庙！难怪中国的地震预测部门无所建树。”

一眼就能看穿的地震局，没必要再看第二眼。

佐藤教授顿感轻松，原来曲东在这所破庙工作，看来，这里并没有什么学术气氛，曲东的推论也不会引起更多的关注，他写这篇论文动机深不到哪里，可能只是想发表论文而已。瞧这个破庙，里面的仪器设备绝对不可能先进，这里的工作环境、科研环境同东都大学地震研究所没法比，简直是一个天上一个地下。请曲东到我们东都大学的研究所工作，曲东一定会受宠若惊。亲眼看见了曲东的工作环境，判断出他写此论文目的，他俩来中国的第一个任务轻松完成。这时俩人才感到饿得慌，原来他俩除了在飞机上吃过早餐外，颠簸了一天，还没有进食呢。

村冈谦在中国留学多年，一个中国通，他知道，在中国人生地不熟的城市，找吃的最好的办法是让本地出租车司机带路。他和佐藤上了一辆出租车，司机听说他们要找饭馆，特别热情，开着车七拐八转，将他俩带到 “一品楼”大酒楼。酒楼颇有气势，从外部看，青砖小瓦马头墙，有着浓浓的晚清建筑风格。步入宽敞的一楼餐厅，精致而婉约的装修风格让人仿佛置身风景灵秀的江南水乡，此时，正值晚餐时分，大堂二十张中式餐桌，座无虚席。服务小姐殷勤地为村冈谦他们临时加了一张桌。一落座，服务小姐就递上印刷精美的菜单。村冈谦在中国留学时就迷上中国菜，他看着菜牌，麻利地点了太子片皮鸭、鲍鱼青瓜烙、盐水毛豆、荷花天香藕四个菜，这四菜全是这家酒楼的招牌菜。日本人真够“傻”，真够孤寒，公费出差也不知道借机铺张一番，就点四个菜，四菜中还有两个素菜，既不要白酒，又不要包房，与他们的雄厚国力太不相称了吧，与他们国家的GDP太不相称了吧，与他们国家的外汇储备太不相称了吧，远远比不上咱中国一个小小局长出差，甚至比不上一个股长，一个村长出差。

热气腾腾的“鲍鱼青瓜烙”第一个端上桌，淡淡的香味弥漫开来，里面的腰果味道很特别，再加上青瓜的余韵，清香入口，给人清爽中有点甜的感觉。也许是饥肠辘辘，也许是第一次品尝正宗中国菜，佐藤教授吃得满嘴生香，情不自禁大赞：“哟西，哟西！”

话音刚落，人声鼎沸的大堂顷刻间静了下来，所有人好像被武林高手点穴似地停止了动作。来回走动的服务员停了下来，忘了给客人端茶、倒水、送菜；食客停止了说话，停止了猜拳，停止了碰杯；小孩停止了喧闹，停止了捣蛋；婴儿停止了哭喊。整个大堂静得不像中国餐馆，一根针掉落地下都能听清。20桌客人齐刷刷用眼瞪着佐藤一郎，如百把飞刀一般，齐刷刷飞过来，大有仇人相见分外眼红的感觉。佐藤教授顿时感觉到周边陡生的浓浓敌意，顿时感到突然间不小心掉进了狼窝，将被群狼撕咬。他十分困惑，问村岗谦：“我只赞叹一声菜的美味，声音不大呀！有比我嗓门大的，有喝酒吐了一地的，有大声吆喝加饭添菜的，为什么偏偏对我横眉冷对呢？”

村冈谦忙用眼神示意佐藤不要再出声。他在中国留学多年，自然知道教授刚才是祸从口出。

几分钟后，服务员的工作恢复了常态，陆续给村冈谦上了“盐水毛豆”、“荷花天香藕”，在周边浓浓敌意中，他俩再也无心慢慢品尝这淮扬风味的佳肴，草草吃完便出了餐馆。

“村冈君，我不明白，我们怎么就得罪了所有就餐的客人？”佐藤迫不及待地问。

“教授，以后要注意，千万、千万不能在中国国土上说‘哟西’。”

佐藤是个万事都要弄清楚、弄明白的老教授：“说‘哟西’有问题吗？‘哟西’在我们日本是人们使用频率最高的词，它只是一个中性词，为什么中国老百姓一听，就同仇敌忾呢？”

“‘哟西’从翻译的角度讲，相当于中文的‘好的’，‘是的’意思，但在中国却有了新意，不能随便说。”村冈答道。

“太奇怪了，为什么呢？”

“教授，咱们是不是来中国执行特殊任务？”

“当然。”

“那就假装是哑巴，拜托，千万不能再说‘哟西’，中国人听到

‘哟西’会感到十分刺耳、甚至受伤。”

“你看在上海机场，那些美国人不都大声说good, very good, 也没见中国人对他们有什么不好态度呀！”佐藤教授死活就要弄明白。

“唉，教授，你没在中国生活过，不知道‘哟西、哟西’在中国意味着什么？”

“哟西在中国有其他意思吗？”佐藤真倔，他刨根问底。

“中国人对这词很痛恨，他们一听这个词就有很强很强的屈辱感，他们脑海中就会浮现大日本皇军屠杀中国百姓、强奸中国妇女的镜头。教授，你要知道，几乎每个中国人，都是看着抗日电影，抗日电视剧长大的，哟西，在中国电影电视剧中，成了日本皇军准备杀人或强奸中国女人的前奏曲。”

“你在中国留学时看过他们的抗日电影吗？”佐藤非常清楚影视作品的影响力。

“当然看过，那时，为了解中国老百姓的抗日情绪，我专门看了几部中国所说的抗日题材的电影，如《铁道游击队》、《地道战》、《地雷战》和《鸡毛信》，在这些电影中，留着仁丹胡子，形象猥琐的大日本皇军挥舞着武士刀，他们屠杀中国老百姓时说的最多的就是‘哟西’；看到中国妇女，准备强奸时，也总会说，‘花姑娘，哟西哟西’。”

“唉，日中两国积怨太深，不是我们这一代所能解决的。有这样的历史积怨，看来，曲东论文的危害性更大呀，你说是吗？”

当晚，他俩打的赶到泰山脚下的泰安市，入住五星级的泰松大酒店。

3

5月1日凌晨，东方初白，夜不能寐、浮想联翩的曲东早早起来，悄然离开地震局大院，搭摩托车赶到东郊的长途汽车站，坐上了首班开往济南的公共汽车。上午11时40分左右，他在泰安高速路口下了车，他权衡再三决定打出租，没再搭摩托车，搭摩托虽然便宜，那也太丢咱中国公务员的面子。

12时整，曲东按照与佐藤教授约定的时间，赶到泰松大酒店。此时，正值午饭时间，酒店大堂人不多，曲东没瞧见老教授模样的人。手上拿着报纸的倒有一位，三十多岁，身形挺拔、健硕，哟，他手上拿着竟是《朝日新闻》，与昨日佐藤教授与自己约定的联络方式一样。是《朝日新闻》，难道他是学术泰斗佐藤教授，不会，不会这么年轻吧，可他手里明明拿着《朝日新闻》。曲东犹豫地走上前去，用英语怯怯地问："您是佐藤教授？！"

"您是曲东吧，我是佐藤所长助理村冈谦，教授在8026房等您呢，您先上去，我随后就来。"曲东心中暗叹，所长助理普通话真标准，特好听，普通话中夹着京韵，比中国人还中国人。曲东独自乘电梯上到八楼，找到8026房，按响了门铃，一位精神矍铄的老者将门打开， 然后是45度鞠躬："曲先生，见到您很高兴，一路辛苦！"日本人重礼节，一个堂堂著名教授，对一个默默无闻的年轻人竟如此谦恭。

不擅社交的曲东见教授行如此大礼，赶忙回礼。情急中，也学佐藤教授，来了个45度的鞠躬。唉，咱中国号称礼仪之邦，但几十年来，中国人似乎忘记了行礼，曲东唯一记得的只有少先队队礼。佐藤教授躬身，那是几十年的习惯动作，自然，准确，得体，到位。而曲东的弯腰，腰部神经是直的，怎么看怎么不自然，倒像点头哈腰："教授您好，真，真是太荣幸了。"

五星级泰松大酒店，房内面积比一般酒店要大不少，靠窗户处还有一张豪华麻将台，四张真皮靠椅，佐藤教授将曲东请到了麻将台，分坐两边，与曲东用英语交谈。在麻将台上探讨曲东的论文，讨论日本列岛存亡之大事，看起来很滑稽。

"曲先生，冒昧问一句，您在贵局主要从事哪项工作？"佐藤问。

"本人在监测预报科。"

"科长？"

"不，科员。"曲东脸刷地一下子红了，为自己的没有进步而红。

“您什么时候开始关注日本列岛与中国黄淮板块的联系？”佐藤教授一惊，哇，一个小科员，研究能力就如此了得，那他的科长，那他的局长，岂不更了得。

“在中国地质大学上大一时。”

“啊！大一？”佐藤教授双眼瞪得像石狮子的眼睛一般大，那是无法相信的眼神。

“是，记得大一时，在学校图书馆无意中发现了《日本沉没》这本书，是贵国作家小松左京所写，写得太好了，简直就是地震灾害小说的鼻祖。从某种意义上说，这篇小说将我带进了亚欧大板块东北部小板块的研究领域。”

“哦，曲先生也看过《日本沉没》。”

“不过，从专业角度来看，我认为，这位作家对地震发生的机理属于一知半解，他描写日本列岛沉没发生的原理很不科学，经不住推敲。”

“他只是一个作家嘛，只是文学作品而已，当不得真。”

“是的，作者的观点，在我们专业人士看来，太业余了。日本列岛作为亚欧板块中的一小部分，如果没有外力作用，不会随随便便就会滑入太平洋海沟，因为，它同亚欧板块这个母体是紧密联系在一起的。退一万步说，太平洋板块再不安分，在与亚欧板块碰撞时，在下面总挪动、挤压，日本列岛也只会在这个作用力的影响下不断弹跳，就是大家所看到的多发地震吧。”曲东在谈到自己专业领域的内容时，侃侃而谈，一扫刚才口舌的笨拙，似换了一个人，甚至忘了自己和身份。

“从那以后，您一直在研究日本列岛与中国黄淮板块的联系吗？”佐藤教授啧啧称奇：中国一个破烂地震局里还真藏龙卧虎呀。

“是，从那时起，我迷上了地球板块学，随着专业课学习的深入，我发现，板块学从宏观而言没有错，但具体到某一大板块的某一部分，板块学理论就显得太过简单，板块学最大缺陷是对六大板块之间的关系没有一个系统的理论，只含含糊糊地认为地球六大板块之间是碰撞关系，没有具体论述碰撞角度，更没有论证碰撞将产生的结果。说具体一点吧，日本列岛与太平洋板块之间的关系，板块学只是泛泛而谈，说是碰撞，这种说法就太粗糙了。我通过研究发现，它们之间的关系更像是骑手与悬崖的关系。”

“等等，你说日本列岛与太平洋板块，他们之间的关系是骑手与悬崖的关系，怎么打这种比喻呢？”

“教授，你是否承认，日本列岛作为亚欧板块最东边的一小部分，它是骑在太平洋板块西北角之上的。”曲东太不像话啦，都不知道自己几斤几两了，有这样同学术泰斗说话的嘛！

“这在学术界已成公认。”

“那么，太平洋板块与亚欧板块相撞时，由于前者太薄，后者太重太厚，太平洋板块被迫俯冲钻入地幔之中，作为亚欧板块最东边的日本列岛就乘势骑在太平洋板块之上。”

“这一点学术界没有分歧呀。”

“为什么贵国地震特别多呢，祸根就在于日本列岛骑在太平洋板块之上，而太平洋板块又在不断地动，就如一个人骑在疯马上，肯定颠得厉害，所以地震就多了。”

“呵，呵，原来你的比喻是从这个角度出发。”

“是，是从这个角度。按理说，日本列岛被颠了千万年，而它东边是众所周知的太平洋深海沟，应该早就被颠到太平洋了，之所以没有被颠进太平洋，本人认为，关键是日本列岛肯定不是独立的小板块，他肯定属于亚欧东北部一个板块，我给它取名叫‘黄淮日本列岛板块’，这个‘黄淮日本列岛板块’由日本列岛、黄海海底岩石层、黄淮三部分组成。日本列岛之所以没有被颠下 ，道理很简单，有黄海海底岩石层拉着。”曲东平时沉默寡言，不善言谈，在他的生活圈子中，没人能听得懂这么深的话题，也没有人会相信他的异想天开。所以，他很难找到人愿意听他的高谈阔论，今天，话逢知己，就忘乎所以起来，甚至得意忘形，忘了是在与学术泰斗探讨问题，也浑然忘却了中国有句俗话：班门弄斧。

“你能写英文论文，很不简单。”佐藤有意岔开敏感话题，心中暗叹，“人不可貌相，水不可斗量，这其貌不扬的中国年轻人理论功底扎实，学术研究能力超强，看来，日本列岛同中国黄淮板块的联系，他并非碰巧发现，肯定是做了长期研究的结果。唉，这就更棘手了，如果他凑巧碰到这个问题，碰巧发现这个问题，很容易遗忘，很可能不会再重视，问题是，这是他长期研究的结晶，他一定还会深入研究下去，他越研究，对日本国越不利。”

“教授，我，我那篇论文有没有希望发表？”从黄海市到泰安市，跑那么远，来回车费都得花不少钱，曲东最关心论文能否发表，他鼓起勇气问道。

“目前看来，能否发表，问题不在我，而在您。”

“我不明白您的意思。”

“你都知道，鄙人负责的《地震研究》在世界上总算一流专业刊物吧，所刊发的论文要求作者绝对原创，绝对不会刊发已经发表，或有相似观点的论文，也绝对不允许一稿多投，你明白吗？”

“明白，明白。”

“你现在务必如实告诉我，《恐怖分子震断日本列岛与亚欧板块后果初探》一文有没有将它寄给其他刊物？”弄清曲东的论文扩散与否，是佐藤教授中国行最主要目的，前面的谈话绕来绕去，实际上都想套出这方面的内容。

“教授，请您放心，我绝对没有一稿多投，我以人格保证。”曲东斩钉截铁地说。曲东以前写的论文，在国内投稿，次次都大撒网，虾也没捞到一只。这次写的英文论文《恐怖分子震断日本列岛与亚欧板块后果初探》，他没有这样做，说恰当一些，考虑寄到国外的邮费问题，他还没来得及这样做，只寄给了日本东都大学《地震研究》。

佐藤教授如释重负，心中一阵窃喜，外表却不敢有丝毫表露，佐藤教授没想到有如此顺利。行前，“官邸危机管理中心曲东事件观察室”曾确定三个目的：一、了解曲东工作环境；二、弄清曲东论文是否向其他刊物投过稿；三、曲东论文内容在没有扩散的前提下，尽一切可能将他“请”到日本来工作。

“曲先生，从你写的论文看，本人觉得你非常有才华。通过刚才的交谈，我觉得，如果你有好的科研环境，一定会更有成就。”

“谢谢，谢谢教授夸奖！”佐藤教授的话说到曲东心坎上，他一直有个梦想，梦想有一天能在好的实验室工作。

“怎么样，来我们所工作？”

“到，到，到你们所工作！”曲东话有些哆嗦，他不敢相信 佐藤刚才所说的话，毕竟英语不是母语，他以为听错了。他扶正眼镜，瞅着教授，意思是请你再说一遍。

“欢迎你来我们所工作，我们有世界上一流的实验设备。”

曲东血脉贲张，心咚、咚、咚地狂跳，激动地手足无措，有一种在飞翔的感觉。大学毕业七年来，事事都不顺心，工作上被不学无术、学兽医专业出身的奚科长压着；经济上窘迫，既要负担妹妹上大学全部费用，还要寄钱给父亲看病；夫妻感情上，早已破裂，漂亮的老婆一心要离婚。现在好运突然从天而降，砸在自己头上。

“谢谢！”由于高兴，曲东一时不知道说什么好。

“先别谢，这事我还得回去向校务委员会汇报，不过，一般没问题，那只是走走程序。今天是5月1日，下周，校务委员会有个例会，如果通过我们地震所提出的聘用申请，那9日，我就派助手村冈君来中国同你签合同，初步约定在青岛签吧。”佐藤教授察言观色，感受到了曲东内心的狂喜，他担心曲东忘乎所以，将论文一事说出来，补充道，“曲先生，我希望您在等待来我们所工作期间，严格保密，你们中国人说，祸从口出哟！”

“教授，您放心，我决不辜负您的殷切希望，一定牢记您的叮嘱，一定为贵所献出自己微薄的力量，一定努力完成各项任务，一定会努力学习，一定会努力工作，一定会团结同志，一定会……”天上掉下一个机会，离开兽医专业毕业的奚科长，摆脱那个认为“动物反常现象是今后地震预测的发展方向”的局长，锂鱼跳龙门，能不开心吗！

曲东表决心没完没了，堪比范进中举，疯了。心情可以理解，换谁谁疯。

4

盼星星，盼月亮。

5月8日晚，曲东终于盼来了佐藤教授助理村冈谦的电话，村冈谦告诉他，东都大学校务委员会通过了地震研究所聘请曲东为外籍教授的报告，他已经带着聘用合同飞抵青岛，请曲东在明天午3时，赶到青岛港湾大酒店。

9日下午，曲东乘长途大巴，赶到青岛，再打的，准时到达港湾大酒店。村冈谦站在酒店门口，等候曲东。他不愧为日本顶尖警察，眼尖，远远看见了曲东，他热情地迎上去："曲先生，辛苦啦！"

"哪里哪里，您辛苦!"

村冈谦领着曲东乘高速观赏电梯上到37层，村冈谦用磁卡将37008号房门打开，两人一前一后进了房。37层按行政楼层设置，行政楼层的房间比豪华房要大不少，除豪华卧室外，专门设一个典雅的小办公间，办公间备有高速网络接口。曲东与村冈谦在泰松宾馆有过一面之交，算熟人了，曲东没了第一次的拘谨。 两人进了房，没有更多的客套，在办公间书桌旁，村冈谦从包里取出一小叠文件，躬身双手递给曲东：

"曲先生，恭喜您，我校校务委员会已通过我们地震研究所有关聘请你为外籍教授的申请报告。"

"万分感谢！"曲东忙不迭地说。

"今天，本人代表我们地震研究所同您签聘用合同，合同书一式两份，请您务必看清楚所有条款。"

"谢谢。"曲东以无比激动的心情接过聘用合同书，合同书为英文文本，系东都大学聘请外籍学者的标准化合同，没什么陷阱。合同约定，聘请部门，东都大学地震研究所；聘期八年；初始年薪700万日元；工作起始时间，6月9日，即一个月之后。日本是个法制社会，合同条款详细规定了双方的责任与权力，如税金、 社会保险医疗、违约责任、不可抗力等内容。

曲东认真地将合同看了两遍，见没什么破绽，欣然在合同文本最后一页乙方一栏中签下了自己名字，中文名字，笔力甚为遒劲。

曲东将签完字的合同合上，庄重地将它交还给村冈谦，郑重地同他握手，同时侧过身来，像电视新闻中重大签字仪式一样，这个书呆子，还以为是国与国之间签字，电视新闻真看多了。

接着，应村冈谦要求，曲东将大学毕业证书、学位证书、身份证的复印件等递给他，以供东都大学即雇佣方为他申请技术签证用。还应村冈谦要求，他在日本入境管理局指定的专用纸上填写了个人简历。

一切手续都办妥，已过四时。曲东将属于自己的那份合同小心翼翼地放进挎包，焦急地说："村冈先生，我得走了。"

"我们一起吃晚饭吧。"

"谢谢，不行呀，再晚就赶不上最后一班车了。"

村冈谦热情地将曲东送到电梯口，并提醒他，去日本驻华使馆记得带上刚刚签的聘用合同。

一进电梯，曲东迫不及待地掏出手机，他要将这个特大喜讯告诉父母亲。父母含辛茹苦地将自己养大，一直没有很好地报答，现在合同签了，去日本工作，拿高薪，那是铁板钉钉的事，终于可以向父母大人报喜了。

曲东家穷，没有固定电话，曲东将电话打到同村的小姑家。

"喂，细姑呀，我是东仔。"小姑在当地称之为细姑。

"哟，东仔呀，我就去叫你姆嚒来接电话？"当地人称母亲为姆嚒。

"不要哩，你讲给她听就可以，我要去日本工作了，下个月。"曲东用家乡话同小姑说，要她告诉妈，他下个月要去日本工作。

"你，你要去日本？"小姑那头不敢相信。

"是个。"

"好事哩，我这就去告诉你姆嚒。"

"告诉我姆嚒，到日本，我会给她寄很多钱的。"

在电梯，一位高个靓女微微向曲东身旁靠，她在用心听曲东打电话。电梯下到大堂，曲东电话也打完，他出得电梯，高个靓女快步上前来，用眼肆无忌惮地看着他，好像发现新大陆一样。曲东脚步放缓，向靓女一瞟：哇，风姿撩人、国色天香呀！脸庞圆润、身材高挑、气质高雅，流露出成熟女人的风韵，如绽放的玫瑰，有着绝非二十几岁的女孩所能企及的魅力。

曲东一愣，他停下脚步，判断一下到底怎么回事，只听美女坏坏地猛喊一声："卖扁仔，你是坪江人！""卖扁仔"三个字用家乡话说出来，那叫一个亲热，直译成普通话却万万不行，普通话意思是“妓女的儿子”。

“你也是坪江人哟。”老乡见老乡，两眼泪汪汪，何况是这么漂亮、高贵的异性老乡，曲东喜出望外。

“你屋里在坪江哪里？”美女亲热地问，屋里就是家里的意思。

“盘龙镇。”曲东回答。

“我也是。”靓女跳了起来，听说曲东家同自己在同一个镇，兴奋又激动，手舞足蹈起来。

美女个性很强，强拉来到宾馆大堂休息区，在宽大的沙发坐下继续聊。

他俩越聊越近：原来，他们来自同一个省、同一个市、同一个镇，甚至同一座山，只不过，曲东家在山前，美女家在山背。他俩越侃，共同点越多：他们在同一所中学读过书，在同一条河里洗过澡，在同一口山泉喝过水。爬过同一棵大樟树，走过同一条回家小道，见过同一个疯子在路口唱歌，偷过同一株桃树上的桃子。靓女早他三年毕业，是师姐。师姐问了师弟一些情况，也主动告诉曲东，她姓撒，名白蓉，从家乡的盘龙镇中学考入省重点中学，坪江市一中，从一中考入上海财经大学，财大毕业后考取了英国牛津大学硕士，毕业后留在英国工作，目前在一家投资银行，这次来青岛，是带部下来中国旅游。

交谈甚欢，一眨眼一个多小时过去。曲东一看表，惊叫一声：“哎呀，我要赶车回去了。”边说边从座位上弹起，欲往酒店外冲。

撒白蓉跟着站起，两手一伸，拦住曲东的去路，霸道地说：“东仔，不要走，今晚我们痛痛快快聊一下。”

“再晚没车回去了？”曲东心急如焚。

“切，明天一大早我派车送你回去。”

“莫开玩笑，你在英国工作，在中国哪有车，我要走了！”曲东急着要赶路，再晚，他今晚真回不去了，明天要上班，迟到不好办，科长定会给小鞋穿。

“切，明早我雇出租车送你就是啦，急，急什么呀，今晚，在这家宾馆给你开间房。”撒白蓉阅人无数，瞧曲东穿戴，判断出他经济的窘迫。他对老乡曲东非常理解，受累于农村家庭，当年自己又何尝不是呢，她感同身受啊。

曲东没了强走的理由，他潜意识里也想留下来，自己刚同东都大学签完聘用合同，内心多么渴望有人同他分享成功、分享喜悦，在黄海市，自己无亲无友，老婆又与自己分居了，回到单位更找不到好朋友分享，师姐能同自己分享快乐那再好不过。况且，自己马上就要出国工作了，师姐在国外待了很多年，有比较丰富的国外生活经验，可以借机讨教一番。他答应留下来。

“走，洽饭哩。”撒白蓉还是喜欢用家乡话，她像大姐一样领着师弟来到宾馆最高层的旋转餐厅，这里可以一边品尝美食，一边俯瞰整个海滨都市的瑰丽景色。

撒白蓉选了一个靠窗的座位，咯咯笑道：“师姐请客，放心点菜，不要怕宰我。”有钱人口气就是不一样，人家在英国挣英镑，在中国花，花不穷。

“我想吃小泥鳅炒辣椒。”曲东一脸童真。

“嘻，嘻，我也想，”撒白蓉的神态一下子从干练职业女性变成调皮的山村妹仔。

在南方农村，尤其山区，家境贫寒的小孩要吃上肉只能在逢年过节，平日改善伙食要靠自己，靠自己一双小手，到水沟或水田里抓泥鳅。泥鳅抓回来交给母亲，用山泉水一冲，心疼孩子的妈妈会在锅里多放些茶油，嘴馋的弟妹赶紧在灶肚里加几把干柴，干柴燃起烈火，火焰轰的一声窜出灶口，泥鳅和辣椒被油一煎，香气弥漫灶间。

俩人点了几个菜，边吃边聊。聊的话题都是家乡的山、家乡的水、家乡的老师、家乡的同学、家乡的亲戚，家乡亲戚的亲戚。家乡掌故，凡是撒白蓉知道的，曲东几乎全知道，曲东知道的撒白蓉也基本上全知道。其实这也不足为怪，文化大革命时期，他俩所在的自然村曾同属一个公社，一个大队，他俩越谈越投机。

撒白蓉轻声细语、柔和温馨地念道：“蝉叽叫，新米粜；哥哥讨婆娘，我也要。”这是她小时候妈妈教的一首乡谣。

“对面岭上一副磨，皇帝老子不敢坐。”曲东不甘示弱，抑扬顿挫地回念一首。

“麻雀叽灰内里滚耶个滚，哥哥要我扯小笋；小笋不好呷，哥哥要我买把尺；尺又不好用，哥哥要我买把铳；铳又不好打，哥哥要我买匹马；马又不好骑，哥哥要我买张犁；犁又不好犁，犁价哥哥只脚板皮。”撒白蓉在国外待了那么多年，对小时候的歌谣还是那么熟悉，念的过程甚至没有一点停顿。

“鸡叽叫，鸭叽叫，各人寻到各人要。”曲东不落下风。

乡谣是美丽的，乡谣令人陶醉，乡谣撩动海外游子的浓浓乡思，撒白蓉感动的泪水、幸福的泪水奔涌而出，游子对家乡的思念和眷恋不会因为时间冲淡，恰恰相反，只会随着时间的推移而变得越来越浓。撒白蓉，没有拿起桌上的餐巾纸，她不想擦去眼泪，让眼泪尽情流淌，让乡愁尽情宣泄。

曲东不解地问师姐，好不容易回国一次，为什么不回家看看。她解释说，她是公司一个部的部长，年初，她曾答应过部下，如果本部门上半年的投资收益达到或超过50%利润，她就请所有部下来中国旅游。当时，她只随口说说而已，半年50%利润，谈何容易，不曾想到5个月时间，利润轻易越过百分之五十。为履行诺言，她便带着八位部下来了中国，首站，她选择了青岛。公司只给了7天假，两天在来回路上，在中国旅游时间只有5天，他得带部下游完青岛、泰山、北京、西安，时间太紧凑，无法抽身回家。

撒白蓉关心地问起了师弟近况，曲东简单介绍了自己工作情况。

撒白蓉不解地问：“你在黄海市地震局工作，到青岛来，是出差吗？”

“不是，我是瞒着单位，偷偷跑来，与日本东都大学地震研究所签聘用合同的。”

“真的？”其实，在电梯里，她已经听到曲东给家里打电话的内容。她走南闯北，不相信日本一个大学的研究所会请他去工作。一个本科生，不可能就有什么见树，著名的日本东都大学岂会聘你，就算你是一个博士，或博士后，他们也未必会聘你。

“肯定真的啦！”

“不会是骗钱的吧？小心一点哟！”撒白蓉怕师弟上当，好心提醒。

曲东自尊心受到了伤害，他是个敏感的人，自尊心特强的人，他急于让师姐相信："绝对，绝对真的，10天前，我在泰山还见过东都大学地震研究所所长佐藤教授，他是世界著名的专家。"

"现在什么都有假的呀，专家、教授也可能是假的。"

"不可能，我们谈的都是地震研究领域内的专业知识，假的没这水平。"

"谁帮你联系的？"

"没人帮我，我自己联系的。"

"是吗？"撒白蓉的眼神表明，她不相信。

"真的，上个月，我寄了一篇论文给那位所长，他叫佐藤一郎，他很欣赏我的论文，说我是个搞科研的料，五一这天，他到泰山来旅游，约我见过一次面，第一次见面，他就向我发出了邀请。"

"哇，蛮厉害！什么论文呀，这么神奇？"撒白蓉好奇地问，她在牛津大学读过硕士，比较了解国外的大学，世界著名大学的研究所聘请外籍专家，如果没有博士学历，根本不可能，而小师弟曲东只在国内一所大学读过本科而已，这样的人才遍地都是。

"是探讨咱中国黄淮板块与日本列岛联系的。"

"中国黄淮与日本有什么联系呀？"

"从地球板块上来说，当然有联系。"

"不是隔海相望吗，记得郭沫若曾作诗：'赤县扶桑，一衣带水，一苇可航。'"

"那是常人角度，如果从地球六大板块这个宏观角度看，一衣带水，一苇可航，算不到什么。"

"瞧你，越说越玄，什么论文，说给我听听嘛。"

"说出来你也不会明白，隔行如隔山。"

"说说看嘛。"

"论文题目叫《恐怖分子震断日本列岛与亚欧板块后果初探》。"

"震断日本列岛与亚欧板块？哈哈，真搞笑，震得断吗？"撒白蓉一脸的质疑。

"当然能震断。"

“中学我也曾学过地球板块理论，每一个板块厚着呢，你以为是一块木板呀，说锯就锯，说震就震，说断就断！”撒白蓉完全不相信曲东的理论。

“用核钉，肯定能震断。”

“什么核钉呀？”

“就是在中国大陆和日本列岛相连接的中间地带，即黄海海底引爆几枚原子弹。”

“黄海海底岩石层那么厚，起码也有百十公里吧，几枚原子弹有什么用？”

“原子弹乱放当然不行，如果放在海沟里，那儿的岩石层很薄，一炸就断，或一炸就有裂纹。”

撒白蓉一听，两眼放出光芒，似狼的眼光捕捉到猎物一般，倾身追问：“几枚就能炸断？原子弹哪有这么大威力？”

“你有时间看看古埃及人开采巨石的书籍就会明白，他们在山上开采巨石时，会在巨石靠山体一边打两个小孔，只打两个，然后在小孔中打两根干燥的木楔，倒上水，木楔吸水而膨胀，一个晚上就能将几吨甚至几十吨的巨石震出，什么叫四两拨千斤，这就是四两拨千斤，在物理力学上，专业名称叫‘劈楔’。”

“有那么神奇吗，我从没听说过这个理论呀！”

“你当然不可能听说，不是我吹，世界上第一个提出此观点的学者非我莫属。”曲东自负地说。

“我想拜读一下。”撒白蓉眼神充满崇敬，她对男人的了解比对女人还深还透，她知道，男人最喜欢在女人面前，确切地说在美女面前显示自己的才能、显示自己的伟岸，同自然界所有雄性动物一样，总喜欢在雌性动物面前充分展示自己的力量。男人嘛，在征服世界时，他往往是那么的不自信，常常要靠征服女人来做佐证，俗话说得好，男人靠女人来征服世界，女人靠男人来征服世界。

“没问题，我回去就给你发电子邮件。”曲东见美女露出崇拜眼神，迅速地飘了起来，男人嘛，都这德性。

“我带着手提电脑。”撒白蓉做期货的，期货行情瞬息万变，每时每刻，手提不离身。她从黑色手提包里取出手提电脑，开机，然后，将手提电脑移到曲东面前，说：“你来吧。”

曲东打开在网易的邮箱，从发件箱里将论文取出，复制到师姐电脑的文档里，然后将电脑又移到她面前。

“能改变我师弟命运的论文一定要好好看看，东仔，你早点休息，明早5点钟出租车在楼下等，行吗？”

“行。”

撒白蓉与曲东从旋转餐厅下到一楼大堂，在服务台，撒白蓉为曲东开了间豪华房，让师弟早点休息，便回到自己房间。一进房，关上房门，便迫不及待地打开电脑，打开文件夹，找到《恐怖分子震断日本列岛与亚欧板块后果初探》一文，狼吞虎咽地阅读全文，看了一遍，似懂非懂，又看一遍，兴奋得手舞足蹈，喃喃自语：“师弟呀师弟，有缘啊有缘，你真是我的上帝！”她情绪极度地亢奋，连夜写出《关于用核钉炸沉日本列岛做空日元的报告》，然后通过电子邮件，分别将曲东的论文和《关于用核钉炸沉日本列岛做空日元的报告》发了出去，发给了她所在财团的董事会主席罗尼。

当把这一切都做完，东方已经泛白。撒白蓉无丝毫倦意，她十分亢奋地等待财团董事会主席罗尼的表态。

5

次日，天还没亮，撒白蓉预定并已付费的出租车准时准点到达港湾大酒店。曲东紧赶慢赶，回到单位还是迟到一个多小时。

奚科长摆着谱，训斥道：“小曲，上班不能迟到早退，有必要提醒吗？”奚科长知道曲东骨子里瞧不起自己，在没当上科长时，他处处“克己复礼”，如今，我是科长，我是头，我的地盘我做主，今天，我就要借题发挥，就整你，你奈我何！

“科长大人，您上班迟到的次数应该远远多过我吧？”

“你，你！”奚科长无力反驳。

“俗话说得好，上梁不正下梁歪，我这还不是跟您老学的呀！”曲东反唇相讥，破天荒地回敬科长，话里夹枪带棒。自打老奚升任科长，平时，曲东表面上对科长一副唯唯诺诺、逆来顺受的样子，从没顶过嘴。可是，在曲东的内心却怨气冲天：文革农大，工农兵，学兽医，老母猪何时下仔算你懂，地震预测呢，你懂个屁，白痴。如今，老子马上就要去日本工作了，合同都签了，老子怕你什么呀！你老奚这种人，如果在日本东都大学地震研究所，呸，扫地都没资格！

科长被呛，一愣一愣，脸铁青铁青，半天回不过神来，待他回过味来，十分错愕："这是曲东吗？怎么完全变了性？这个乡巴佬，平时要他往东不敢往西，恭顺得像只绵羊，今天吃了豹子胆吗！"

都说人逢喜事精神爽，自从青岛回来，曲东是天天哼着歌上班，唱着小曲下班。你说他小人得志也罢，说他春风得意也行，甚至说他咸鱼翻身也可以，反正一个月后，他就要出国工作了，不用再在单位受窝囊气。他嘴里没有说，但他的一言一行都在表明，他要扬眉吐气、大声说话、挺直腰杆做一回人啦！

15日早上，曲东正准备离家去上班，分居半年的妻子米梅赫然站在家门口，这让曲东喜出望外。自他10日早晨从青岛回来，打了很多次电话给米梅，都不接，一次，米梅被他的电话打烦了，怒气冲冲地接了，曲东在电话中说，请她务必回家一趟，有特大好消息告诉她。今天，一大早，米梅终于回来，终于可以将去日本工作的喜事亲口告诉她。

"小曲，我们现在去办手续吧。"

"办— 办手续？"

"离婚手续呀。我们分居半年，法院完全可以强判离婚，今天去把离婚手续办了吧！"米梅从小在体校打乒乓球，一直打到省队，虽然也有个大专文凭，实际水平呢，充其量高中，她哪有法律素养，她认为的夫妻分居半年，法院就可以强判离婚。那是她情人、市委副书记秦胜利在床上教的。其实，这位主管宣传、政法线的副书记法律水平也忒差，法律只规定夫妻分居两年，证实双方感情确已完全破裂，无法和解，才会强判，而不是半年。当然，如果米梅能证明曲东有婚外情，法院也可以强判离婚，问题是米梅自己有婚外情，总不可能举证自己吧，如果是那样，还有廉耻吗！

"阿梅，我有好消息告诉你。"

“我不感兴趣！”米梅不笨，她决不相信在曲东身上会有什么好事发生。

“阿梅，我们重新开始好吗？”

“重新开始，可能吗？”

“重新开始，重你个头呀，这半年，你怎么还没闹明白呢，我和你已经不可能了！”米梅一听他还想拖，心中火起，出言不逊。

“阿梅，真有好消息，日本东都大学地震研究所已经聘我去工作，薪水很高，年薪700万日元，你跟我去日本好吗，你不用工作，我可以养活你。”曲东是山区农民的儿子，骨子里对婚姻的态度是白头偕老，何况，他确实喜欢漂亮、性感的米梅。他企图用去日本工作，用命运即将改变这个特大利好消息来挽救名存实亡的婚姻，他太了解米梅，知道她的价值观，知道她有极强的趋利性。

“哟，白日做梦吧！”谁知，米梅压根就不相信。

“骗你不是人，五一劳动节那天，日本东都大学地震研究所所长佐藤教授还在泰山见过我呢，前些天，我们都已经签了合同，单位我都没告诉，我第一个就告诉了你。”

“你就编故事吧，手淫安慰有意思吗？”米梅粗话也太粗过了头。

“真不骗你，我已经到市公安局申请了赴日签证。”

“你就意淫吧，有快感了不是！”米梅做了秦副书记的情妇，思想境界没有跟着领导同步提高，粗话倒越来越粗。

“呸，在单位连个中级职称都评不上，还有脸说日本大学请你去工作！”

“你这个破鞋！不同你离婚，我是你孙子” 迟迟评不上中级职称，是曲东的一块心病，这个病灶，不能撞。米梅了解这一点，为了离婚，米梅用最恶毒的话刺到了曲东最痛处。曲东态度顿时来了个180度大转弯，终于做了回男人，狠狠回骂了一句，这是曲东与米梅婚姻史上，曲东骂得最痛快的一句，也是唯一的一句。

他俩没有孩子，没有存款，没有房子（现在住的是单位的宿舍，一栋即将要拆的房子），最值钱的不过彩电、冰箱、洗衣机，外加一辆女装摩托车，没有值得纠缠的夫妻共同财产，所以，当天上午，离婚手续办得出奇快。办完手续，双双从街道办出来，米梅骑着那辆女装摩托，头也不回，绝尘而去。

目送米梅的摩托车消失在视野中，曲东自己都觉得奇怪，咦，怎么没有悲伤，怎么没有惆怅，怎么没有“天要下雨，娘要嫁人，由她去吧”那种无奈感，反而有种解脱感，甚至有解放感。唉，同米梅结婚一年来，半年吵架，半年分居，分居难熬，不分居，日子过得更不舒坦，天天生活在老婆冷嘲热讽中，生活在老婆白眼中，生活在老婆的鄙视中，老婆同意让他上一次床，那好像莫大的恩赐，那简直是皇恩浩荡，他得谢主隆恩，得三呼万岁。而秦副书记，却能随心所欲地在米梅那曲线明显的身躯上信马由缰，任意驰骋。

在咱中国，无论大单位，或小单位，都形成了“木秀于林，风必摧之”的社会风气，但是，对弱者，又都会给予同情。地震局广大干部职工听闻曲东被妻所休，对曲东的同情，怜悯心油然而生，并在全局迅速弥漫开来，人人见他，都免不了送上几句安慰话，最没水平的安慰话嘛，要数守门汪大爷说的“那个骚货，离得好”；而最有水平的安慰属于局长大人的“小曲呀，天涯无处不芳草！”

几天来，地震局广大干部职工积聚了大量的安慰，想一股脑儿的倒给曲东，然而，现实却让大伙失望了，曲东由于与东都大学地震研究所的签约，心情出奇的好。其实，在男人的骨子里，事业是第一位的。至于与米梅的婚姻，在没离时，怕离，真离了，也就真的解脱了！

动物反常会地震，人反常了呢？

第五章

1

撒白蓉供职于伊萨克财团，该财团总部设在伦敦。

伊萨克财团是个地道的犹太财团，拥有一百多年历史。在欧美国家，一般民众对犹太人的罗斯柴尔德财团耳熟能详，却鲜有知道伊萨克财团的。可是，在外汇市场、有色金属期货、石油期货三大投资领域，无论金融大鳄、小鳄，或小虾，无不时时感受到它的威胁。即使同为犹太人的索罗斯和巴菲特这样的超级金融大鳄对它也惧怕三分，如果从外汇盘面、期货盘面上，一旦感觉到伊萨克财团在某个产品上做多，绝不敢独自与它对抗而傻乎乎的去做空，也不敢明知他做空，贸然做多，除非与其他几个财团联手才敢与其开对手仓。

伊萨克财团长期蛰伏在世界金融及期货沼泽中，它最大的特点，就是低调、低调，再低调。它秉承财团创始人老伊萨克极端低调的行事风格，绝不张扬。由此，全世界都被媒体造成的表面现象所迷惑，都以为当今世界上最有钱的犹太人是诸如纽约时报、华盛顿邮报、华尔街日报、时代华纳、福克斯、洛克菲勒、摩根财团 、福特汽车、迪斯尼、壳牌石油的老板。此乃天大的误解，殊不知，世界上还有不少像伊萨克这样的犹太财团，它们深潜在世界金融、期货及衍生品海洋的深处，从不冒出来炫耀，从不露出水面与其他财团争风吃醋，外界对他们一般是看不见，摸不着，但是，你只要进入世界金融及期货中去投资，自然就能感觉到它的威胁无处不在。很不幸，当你感受到它的存在，感受到它有威胁时，你的资金可能已经在缩水，甚至一夜间已经从巨富变成了穷光蛋。只有像巴菲特和索罗斯这样的投资天才，有一双慧眼，才看得见伊萨克财团在国际各类资本市场中翻手为云，覆手为雨。

伊萨克财团还有一大特点，即高层职员为清一色的犹太人，撒白蓉属唯一例外。伊萨克财团高层管理人员清一色男性，撒白蓉又是唯一的例外。财团每次召开高层管理人员会议，穿得漂亮而干练的撒白蓉在西装革履的男人中颇为显眼，有点像我们曾在电视新闻中所见，当年，伊拉克前萨达姆总统主持的最高军政会议，唯一的女性“炭疽夫人”阿马什，尽管她在会上一言不发，但还是吸引了全世界的眼球。

伊萨克财团董事长伊萨克•罗尼特别喜欢来自中国的撒白蓉，这在公司高层尽人皆知。罗尼是神龙见首不见尾的大人物，其他高层管理人员一年也只能见一两次，撒白蓉却经常能见到，而且单独相处，这让大家十分嫉妒，又十分羡慕。罗尼有时派专车来接她，有时会派私人直升机来接。

罗尼之所以特别喜欢撒白蓉，盖因他有很深的中国上海情结。1939年，罗尼父母为躲避德国纳粹的迫害，带着罗尼兄妹从德国逃难到上海，1947年秋才离开，罗尼在上海整整待了8年。 他精通上海话，每每与撒白蓉聊天，用的都是地道上海话。他早已进入暮年，对性没要求，可每次俩人在一起聊天时，在氤氲的茶香中，他总是用眼睛盯着撒白蓉，眼神中饱含浓浓情意，作为女人，撒白蓉能真真切切感受到，那一定是爱意。

罗尼每次约会撒白蓉，单处时，从不问她工作上的事，好像就是为了酣畅地说一通上海话。每次见撒白蓉总会用上海话说：“看见侬老开心格。”她送他一个小礼物，他会兴奋地说：“谢谢侬、谢谢侬！”他还会俏皮地问：“礼拜日侬辣做点啥？”有一次竟同撒白蓉开玩笑，说：“侬陪我荡马路好伐啦？”罗尼只能讲上海话，不会讲普通话，甚至听不懂普通话。这可苦了在湘赣边界山区长大的撒白蓉，她虽然在上海财经大学读了四年书，基本能听懂上海话，说就不行了。为此，前些年，她曾让在上海工作的同学寄来学讲上海话的录音教材，拿出当年考雅思的干劲，“头悬梁、锥刺骨”恶补上海话，撒白蓉何其聪明，且又有语言天赋，上海话突飞猛进，很快，能比较流利地用上海话与老板罗尼进行交谈。

撒白蓉在青岛邂逅曲东后，将曲东的论文和自己连夜撰写的《关于用核钉炸沉日本列岛做空日元的报告》通过电子邮件发给了董事长罗尼后，她让部下先行去泰山游玩，她独自一人留在青岛，呆在所下榻的宾馆，她在等老板的回复。

夕阳西下时分，床头柜上手机铃声骤响，她拿起手机，一瞧，区号44，她猜十有八九是老板的电话。果然，电话是老板秘书依蓓尔打过来的，她告诉撒白蓉，老板急着要见她，还不无嫉妒地说，老板将派私人飞机到上海接她，请她务必在明天上午11时前赶到上海，公司已经向上海浦东机场商务航空中心申报了航线。

放下电话，撒白蓉欣喜万分：老板派私人飞机专程来接我，从伦敦直飞上海，这足以说明，老板一定认同了曲东的理论，认同了我写的“关于实施‘核钉’计划的报告”！如果能成功实施“核钉”计划，那将是前无古人、后无来者的策划，伊萨克财团的资本将翻几十倍，本小姐也将得到上亿美金的奖励，想到这，撒白蓉是心花怒放。

撒白蓉智商高，情商更高，她狂喜之余，思忖：回去送什么给老板好呢，再贵重的东西在他眼里都不值钱。是哟，他有特别浓的上海情结，他曾不止一次说过，上海城隍庙豫园小吃特别的美味，嘻嘻，本姑娘就是比一般人聪明，那我就送城隍庙豫园小吃，这叫千里送鹅毛礼轻情义重。主意既定，她拨打简秀的手机，简秀是她大学同室好友，毕业后留在上海工作，简秀惊喜万分地接了电话，并保证明天上午将撒白蓉要的东西送到浦东机场。

第二天，撒白蓉从青岛乘机于9时20分抵达上海浦东机场。航站楼出口处，简秀远远见撒白蓉款款而出，撒白蓉比一般女人稍高，一眼就能分辨。简秀兴奋地喊道：“阿蓉，阿蓉。” 她们大学一别弹指9年，久别重逢。

撒白蓉三步并作两步奔出浦东机场出口，俩人相拥在一起，简秀喜极而泣，她早已是做妈妈的人了，还是那么喜欢哭。撒白蓉见简秀模样大变，羡慕地说：“阿秀，看爱情把你滋润的，越来越漂亮了。”

“你也是呀，越来越美丽！越来越有风度！”简秀对撒白蓉有一份特殊的感情，她现在的幸福生活与撒白蓉当年的计谋分不开。大四时，撒白蓉为简秀出奇招，帮她将现在的丈夫“骗”到了手。

“小孩多大了？”

“5岁。”

“哇，好羡慕哟！男孩还是女孩？”

“男孩。”

“恭喜你！我猜也是男孩。”撒白蓉也不知从哪本杂志看到，说男女造人过程中，如果女的更爱男的，结果造出的孩子男性居多。

“结婚了没有？”简秀关切地问。

“还没呢。”

“有男朋友吗”

“没呢。”

“还是回国找吧！我来物色。”

“呵，呵，你想还我人情。”撒白蓉戏言道。

“阿蓉，你看那边。”

撒白蓉朝她所指方向望去，20米外，一个四方形透明大塑料箱旁竟然站着她昔日恋人，大学同班同学满金。她粉拳轻打简秀胸前，嗔道：“就你多事。”

简秀挽着撒白蓉来到满金跟前，满金兴奋中有羞涩、有渴望，他仍然深深爱着初恋情人撒白蓉，而且不能自拔。

“阿蓉，你应该给小满一个拥抱，表示感谢才对呀。”

“凭什么？”撒白蓉笑逐颜开。

“都说你是全班最聪明的，怎么出国喝咖啡喝傻了。”

“我傻了吗！”

“瞧瞧这一大箱子东西，都是您老人家钦点的。人家小满一早就跑豫园，买了松月楼的素菜包，桂花厅的鸽蛋圆子，松云楼的八宝饭，豫园商场南翔小笼包。城隍庙的“糖炒栗子”和“五香豆”也各买了一包。这一大箱东西，我一个小娘子，能扛得动吗！”

撒白蓉红了脸，毕竟与满金曾经有过那么一段恋情，说：“谢了！”

“一声谢就够了？”简秀说。

撒白蓉有意转移话题，问：“点心放在箱子里不会馊吧？”现在全球气候反常，五月中旬的天，热得胜似酷暑。

“放心，小满什么人呀，他办事你放心，他在箱子四周放了不少冰块。”

撒白蓉一窘：当初同满金分手，就是不喜欢他做事不像男人，嫌他做事总是婆婆妈妈，瞻前顾后，小心翼翼，现在看来，如果一心过日子，这些倒变成了优点。

简秀在大学时期，一直苦口婆心，力劝撒白蓉接纳满金，现在也没忘此使命，轻声说：“阿蓉，小满还在等你呢！”

“等什么。”撒白蓉故意装作听不懂。

“人家也不容易，三十好几了。”简秀急了。

撒白蓉收敛笑容，对站在一旁颇为尴尬的昔日恋人说：“小满，好女孩多的是。”

“是，好女孩多的是。”

“那就行动呀。”

“行什么动？”

“追好女孩呀！”

“好女孩不让我追。”

“你这样做不值。我没有结婚，不是因为你！”

“我知道。”

“那就赶快找个好女孩吧！”

满金深吸一口气，叹道：“曾经沧海难为水，除却巫山不是云。”

撒白蓉展颜一笑：“你就酸吧！小满，说正经的，如果你想离开现在的公司，想创业，我在经济上一定帮助你。”

满金的脸马上暗淡下来，她的洒脱让满金彻底失望了，他没有再接话，黑着脸走到一边去了。

撒白蓉对满金的寡情，简秀简直看不下去，生气地说：“瞧你，财大气粗，出口伤人。”

“我没财大气粗呀，我只是觉得对小满很愧疚，想帮帮他。”

“听口气，我猜，你的目标都已经达到了，还拼搏什么呀，快回来结婚吧，要不然就成了真正的剩女了，而且是齐天大剩级别。”简秀当然知道撒白蓉的目标。100万美金曾是撒白蓉大学时目标，对此，大学同寝室的人人皆知，撒白蓉也从不掩饰她的观点。有的女同学为此看不起她，背后还曾冷嘲热讽，什么拜金主义者，山旮拉进城没见过钱，说什么难听话的都有。唯有简秀不这么看，她从撒白蓉床头那本已经被她翻烂的法国作家大仲马的小说《基度山伯爵》，以及平时的片言只语，分析出撒白蓉对钱渴望的真正原因，为了报仇，为死去的父亲报仇，为受辱的母亲报仇。简秀清楚记得撒白蓉曾不止一次对她说：最欣赏基度山式的复仇，基度山伯爵让三个仇人全落得悲惨的下场：一个变疯，一个自杀，一个破产。

简秀不愧是撒白蓉最要好的朋友，她猜测没错，撒白蓉要钱，要大把的钱，就是为了要报仇，要申冤。撒白蓉的仇家叫彭德高，上个世纪80年代至90年代，时任撒白蓉家乡盘龙镇党委书记，这个地头蛇，曾多次强奸撒白蓉母亲，致使她父亲不堪戴绿帽，悲愤自杀。 10年前，在大学时，撒白蓉数次努力，将举报信寄到县纪委、市纪委、省纪委，最后，举报信都回到了彭书记的手中。当时，告他不倒，现在，更难扳倒他，因为，彭德高书记已经“光荣”退休了，而且，他在退休前，通过乡镇企业转制，“合法”攫取了亿万资产。

2

上海浦东机场商务飞行区，撒白蓉登上了“全球快车XRS”远程公务机，这架飞机是伊萨克财团董事长罗尼花费4500万美元巨资购得，内部设施相当豪华，有办公舱、小会议室。

经过11个小时长途飞行，“全球快车”在英国希思罗机场降落，伊萨克财团石油期货部部长希络开着宾利雅致 Mulliner728来接撒白蓉。希络身材魁梧，41岁，犹太人，曾在E国著名的特种部队服役。他很喜欢撒白蓉，喜欢这个天资聪颖的外汇交易部部长，喜欢这个谜一般的东方女子，但仅仅是暗暗喜欢，可不敢有丝毫表露，谁敢夺老板之爱呢！撒白蓉对希络也颇有好感，身体健硕，做事果断，修养极好，男人，这才是男人，不像国内的男人，奶油味重的让人受不了，还常常自我欣赏。

宾利轿车在高速公路上行驶40分钟左右，在一片茂密树林前下来，缓缓在乡村柏油小路上行驶，微微起伏的山峦郁郁葱葱，小黄花点缀着郁郁草坡，令人赏心悦目。车子驶过一座颇具气势的拱门，进入一个满是绿色的古老庄园，车沿着笔直的道路向前行，路两旁是修剪得非常好的碧绿草坪及几个如镜小湖泊。柔软起伏的草坪上星星点点地开着不知名小花，几只小鸟在草地上飞舞追逐，小车驶过，小鸟竟然好像没看见，似乎天生就不知道怕人。笔直道路尽头，有一个硕大的喷泉，汽车绕过喷泉，停在了一座雄伟辉煌的哥特式古老建筑前。

这座气势恢宏庄园的主人，原是个伯爵。伯爵的后代由于受不了英国高达40%的巨额遗产税，被迫在上个世纪80年代中期，以较低的价格卖给了一次性付款的罗尼。在英国许多维多利亚时期的庄园都捐献给国家了，因为维护不起，这个伯爵后代算够幸运的，最少他成功将庄园卖出去了，低价倒是低价，不过，总算拿到了真金白银。

撒白蓉对这庄园并不陌生，老板曾经请她来过多次，她下得车来，与希络并肩拾阶而上，穿过大厅来到右侧的会客室。会客室壁炉两旁，放着几张皮沙发，老板罗尼坐在右边的第一张沙发上，左边沙发上坐着一位老人。两位老人，无论身材、神态，还是脸部轮廓，都非常像。撒白蓉快步走向罗尼，罗尼慢慢从沙发上站起，非常绅士地拥抱撒白蓉。罗尼给她引见了在座客人：从不抛头露面的伊萨克财团第二大股东，罗尼堂弟伊萨克•兹维卡。130多年前，罗尼祖父伊萨克•摩思在欧洲的心脏德国柏林创建了伊萨克商业银行，随后，还在波兰开设了分行。摩思在遗嘱中，按照西方长子继承制的思维分配了股权，长子占60%的股权，弟弟占40%，罗尼就是那位长子的长子，伊萨克财团世袭第一大股东。兹维卡就是摩思小儿子的独子。如今，第二股东兹维卡早就不问公司之事，将权力交给了儿子。罗尼将退居二线的堂弟找来，讨论的事自然非同一般。

撒白蓉和希络在离老板罗尼最近的沙发上坐下，罗尼嘴角一努，示意希络让斟茶倒水的女佣退出，希络将厚重的两扇大门关上，会客厅只剩下财团两大股东、撒白蓉和希络。

撒白蓉见罗尼和兹维卡手上都拿着《关于用核钉炸沉日本列岛做空日元的报告》，倏地生出一份成就感。罗尼神情严肃地说："撒小姐，我和兹维卡都详细看过你写的《关于用核钉炸沉日本列岛做空日元的报告》，今天，用专机将你接回来，就是要当面听听你的分析。"

"谢谢董事长的信任，谢谢副董事长的信任。"撒白蓉心里清楚：两大股东聚首机会非常难得，自己一定要珍惜这个十分难得的机会，尽可能说服财团两大股东。他俩既然都已经详细看过我写的报告，就没有必要重复报告已写的内容，那，在汇报时，就重点阐述没来得及写的。她深吸一口气，汇报道："今天，我很荣幸，有机会当面向公司两大股东汇报我的策划思路。首先，请允许我汇报一下撰写这份报告的缘由。两天前，我带着本部门的骨干到中国旅游，在青岛市一家宾馆，巧遇《恐怖分子震断日本列岛与亚欧板块后果初探》一文作者，作者名叫曲东，即是本人老乡，又是师弟。他在中国黄海市地震局工作，中国地震防震减灾管理部门分三个层次，中国地震局，各省地震局，各地级市地震局，曲东所在的地震局属最低一级的防震减灾管理部门。他于4月下旬，将论文《恐怖分子震断日本列岛与亚欧板块后果初探》寄给了日本东都大学地震研究所主办的《地震研究》杂志。杂志主编佐藤一郎教授收到论文后，5月1日即赶到中国，在中国的旅游胜地泰山秘密会见了作者曲东，并当面向他发出邀请，邀请作者去他们研究所工作，一周后，再派助手到中国青岛，与作者签订了正式聘用合同。"

"日本这家地震研究所认为他是个人才，聘用他，很正常呀。"兹维卡不解地说。

"我个人认为，不正常，非常不正常。我特意上网查过，也当面请教过曲东，日本这家地震研究所不是一般的研究所，它在世界地震研究领域，无论硬件或软件，这家研究所都居领先地位，所长佐藤教授更是全球知名教授，如此有声望的所长，居然放下架子，千里迢迢，专程从日本赶到中国，与中国地震防灾减灾管理部门最底层一个小职员相见，不久之后，不定期与他签订了聘用合同，这太违反常理了。我想强调一点，论文作者仅仅只有本科学历，而日本是个典型的学历社会，这只能说明，曲东在论文中提出的理论引起了日本东都大学地震研究所高度重视。两位前辈一定知道，日本人被称为世界上最精明的经济动物，他们如此不顾论文作者的教育背景和低微的职务，迫不及待地要将他请到日本去，本人认为，日本方面，非常担心曲东的理论会扩散，非常担心他的理论会被其他国家或恐怖分子所知晓、所利用。”

罗尼颔首称赞，他就是欣赏撒白蓉，他就是喜欢撒白蓉，他就是信任撒白蓉。

兹维卡狐疑地问：“既然是地球板块，那它的厚度就应该非常大，两枚原子弹就能震断，可能吗？”

撒白蓉胸有成竹地回答：“理论上，能。本人当面详细问过作者，他说，板块的厚度在不同区域有不同的厚度，厚的区域有上百公里，确实用原子弹不可能震断，但是，也有薄的区域，如亚欧板块最东部平均厚度只有5公里，最薄的地方在中国南黄海断层，厚度只有三四公里，如果原子弹在南黄海断层中的海沟引爆，肯定能震断或部分震断日本列岛与中国黄淮板块的联系。如果全部震断，日本列岛一两周内将会沉入太平洋；如果部分震断，由于日本列岛自身重力产生的下降势能，可能几个月后就会滑入太平洋……”

撒白蓉用最通俗的语言对曲东论文作了诠释，讲得深入浅出、精彩纷呈。罗尼和兹维卡听得入神，眼睛都放出光芒，那是思想的光芒，智慧的光芒。犹太人啊，犹太人，他们不愧为世界上最聪明的民族之一，他们似乎天生就有很强的抽象思维能力，最能透过现象看本质，马克思、列宁、爱因斯坦、弗洛伊德等等，哪一个不是抽象思维超群。

罗尼兴奋地说：“日本，它可是全球第二大经济体呀，如果它滑入太平洋，整个世界将会产生史无前例的经济海啸，几乎所有的商品价格都会扭曲，正如撒小姐在策划书中所说，做空日元，做多美元，或英镑，利润可以达到不敢想象的程度，哈哈，如果我们财团实施这个项目，一定是人类有史以来利润率最高的一次投资。”

兹维卡做事向来谨慎又谨慎：“撒小姐，你在报告中说，如果实施核钉计划，只提出在外汇市场做空日元，做多美元，为什么没有考虑其他金融产品及衍生品呢，比方说，做多航空期权，做多航运公司股票呢？我们试想一下，如果日本沉没，一亿多人要逃离家园，航空公司和航运公司肯会生意暴增，会挣个盆满钵满，我们事前做多航空期权，一样有巨额利润呀。”

撒白蓉从容回答：“本人用计算机做过模拟操作，做多航空期权，利润率不可能高过外汇保证金交易，航空期权最高杠杆不过10倍而已，外汇保证金交易杠杆最高有500倍，当然，我们不会选择最高杠杆的，只会选择主流的100倍的交易方式。”

“那选择做空日经指数呢？”兹维卡再问。

“如果核钉计划能成功实施，那日本股市会飞流直下三千尺，跌得它爹妈都不认得，做空日经股指，肯定会有很高的利润，不过，我分析过，无论是新加坡日经股指期货，或日本本土的日经指数期货每天的交易量都不大，几天之内，不说几十亿美金，就算几亿美金进场，开空仓，那也会惊得日经股指期货市场那些个做多的资金鸡飞狗跳。”

罗尼再次向撒白蓉投去赞许的目光，他就是喜欢撒白蓉。

兹维卡接着问：“外汇保证金交易有很多杠杆，在报告中，你为什么只青睐100倍的？”罗尼和兹维卡，两人都是金融及期货投资领域中行家中的行家，他们当然知道外汇保证金交易有多种杠杆，有1∶10，1∶50、1∶100，1∶250甚至还有1∶500的。杠杆比例越高，风险越大，如果不是人为制造事件，人为地造成外汇巨幅波动，大的投资者一般都不会选择最高杠杆。

“还是那句话，1∶100，它是外汇保证金交易主流交易模式。”撒白蓉从容回答。

“你认为我们投资多少为宜？”兹维卡问。

“投资80亿美金为最佳规模。”

“为什么是80亿，而不是更多，你是不是怕万一整个策划失败，80亿美金还不至于给公司带来毁坏性打击，公司完全能承受得起。”

“不，不是。我提出80亿，有我自己的考量。本人认为，全球汇市大约每天交易量有1.5 ～2.0兆美元，我们用80亿美金中的一半资金，即用40亿美金建仓（期货有一句名言：满仓必死），做空日元，做多美元，选择1∶100杠杆，可建4000亿美元的头寸，分4天，每天投资10亿，建1000亿头寸，分别买入美元/日元、欧元/日元、英镑/日元看涨合约，这样做，基本上可以做到神不知鬼不觉。”

“请你预测一下，如果我们所策划的核钉事件发生后，日元底部会在哪里？”

“以昨日国际汇市美元与日元比值1比102计算，咱们策划的核钉事件发生后，日本国将不复存在，那日元从理论上说一文不值，它没有底，如果一定要说有底，那只是零。我估计，在核钉事件暴发的最初几天内，在各种因素共同作用下，它最少也将贬值到1比204。”

犹太人心算能力比计算机还快，两个犹太老人心里迅速地盘算着：“如果几天内日元真的从1比102贬值到1比204，那可是10000点的大浪，100点资金翻一倍，而10000点资金翻100倍，实际建仓的40亿美金将翻100倍，达到4000亿美金。”从事过炒汇的都知道，国际汇市有一个显著特点，即它平时不会产生巨大波动，因为只要汇价稍微偏离轨迹，各种国家机构、世界组织便会大肆干预，像欧元、美元、澳元这些货币，没有惊天动地的大事件发生，它每天一般不会超出250点的波动。正因为平时偏离轨迹不会发生或绝少发生，所以才有100倍，甚至500倍的保证金杠杆。

“这真是前无古人、后无来者的策划。”兹维卡啧啧称赞，他心想，2008年9月《福布斯》公布的全球首富排名，第一名股神巴菲特，个人财产580亿美元，核钉策划实施后，伊萨克财团实力将是巴菲特的十倍，甚至更高。

“就这种策划来说，不是前无古人，我们只是第二。”撒白蓉如实说。

“有第一个吗，不可能吧！”

“有。”

“谁呀？”

“基地组织。”

“啊，基地组织？我怎么没听说？”

“我认为，基地组织堪称天才级金融投资高手，如果单纯地讲投资收益率，巴菲特、索罗斯只配给基地组织负责人提鞋。”撒白蓉的话骇人听闻。

“有根据吗？”

“本人对‘9·11’事件作过专门研究，我认为，有充分的证据表明，基地分子制造这起事件，除了警告、威胁美国外，还有一个不为人知目的，即为基地筹集经费。”

“这个观点有意思，愿闻其详。”

“‘9·11’事件后，根据美国中情局调查，基地组织在‘9·11’事件发生之前，就已经秘密购买了美国航空公司的看跌期权。”撒白蓉认真地回答。

“有实证吗？”

“当然有。证据一，9月6日，基地组织在美国联航看跌期权上建仓，当天，联航期权开仓一下子高达20万股，平时日交易量只有几千股；证据二，9月7日，基地组织在波音公司的看跌期权上建了仓，因为，波音期权当天成交达2729400股，这个量是日均值5倍；证据三，在9 月10日，基地在美航的看跌期权建仓，当天，美航期权成交达153500股，相当于平时一周的建仓量。‘9·11’事件前夕，这些神秘资金在大肆购买美国航空公司的看跌期权，显然，这批神秘资金的拥有者知道‘9·11’事件将会发生。‘9·11’事件的结果是四架飞机被劫持并撞毁，加上9月11日至16日6天期间，美全国航班一律停飞，美国航空业损失巨大。9月17日，美国股市首日复盘，美国航空公司股价全面下挫，普遍暴跌65%。美国航空公司（AMR）股价下挫11.7美元，收市报18美元；联合航空母公司（UAL）跌13.32美元，收报17.5美元；大陆航空市值也跌掉一半。基地组织事前在美国航空股期权上做空，做得实在太漂亮、太精彩，太富有想象力，那利润可是天文数字呵，基地组织将恐怖袭击与大规模金融战巧妙地结合起来，他们才是世界上金融超限战真正鼻祖，我们只是向他们学习而已。我们可以静下心来思索一下，分析一下。近几年来，为什么基地武装在美军及多国联军围追堵截下，不仅没有消亡，而是又有所恢复，有所壮大，假如他们没有巨额经济做后盾，他们不可能恢复得如此之快……”撒白蓉滔滔不绝。

撒白蓉所言不虚，基地组织的策划是如此精确有序，使得人们不寒而栗，恐怖分子只是借美国的几架民航机作为炸弹、借美国发达的传媒向全世界现场报道世贸大厦被毁的全过程，在大厦瞬间崩塌，在3000条生命刹那间毁灭之际，全球亿万民众眼里看到的只是一场人类文明的浩劫，哪里会想到，另一场金融超限战在悲剧前已悄无声息地展开，以匪夷所思的方式把巨额资金敛入基地组织的口袋中。

罗尼很满意撒白蓉的分析，不过，他知道，这个策划的实施难度非常非常大，一着不慎，满盘皆输，弄不好，百年家业将毁于一旦。可是，他又不愿意错过这千载难逢的向日本复仇机会，同时，更不愿意错失获取暴利的机会，于是，他慎重地问："撒小姐，核钉计划的风险系数有多大，你评估过吗?"

"我可以大胆地说，它的风险非常小，小到几乎为零。"

罗尼和兹维卡同时一怔：做高杠杆的外汇保证金交易，比一般期货的风险还要高十倍，说无风险，扯淡，说话太轻狂了吧！

"你们是我的前辈，按着我们中国民间的说法，吃的盐比我吃的饭还多，走的桥比我走的路还多。但是，我还是要斗胆地说，核钉计划的风险系数几乎为零。"

"讲具体一点。"罗尼催促道。

"好，我们可以设想一下，如果原子弹安放在中国黄海海沟的前5天，咱们选择1∶100杠杆，悄悄用40亿美金，在外汇市场建仓，做空日元。那么，核钉计划实施前后可能产生三种情况：第一种情况，我们购买的原子弹还没有运到中国黄海，就被某国所侦破、所制止。结果会如何呢，结果是全球媒体疯狂炒作，甚至会以讹传讹，日本国以后始终处在这种恐怖袭击的阴影中，日元一定会遭受投资者抛售，一定会贬值，短期内贬值力度最少也会有5%的幅度吧，按照1∶100杠杆，我们也能挣500%的利润，有200亿美金的进账；第二种情况，原子弹运到中国黄海，并成功放置在黄海海沟，等待定时引爆，如果原子弹被发现，中日两国联手拆除原子弹，那么，在这个拆除过程中，全球媒体必然会进行实况转播，拆除有成功和失败两种可能，必然造成全球外汇投资者的恐慌，日元肯定会暴跌，我们将有十倍或百倍的利润；第三种情况，原子弹成功引爆，几个月后，日本滑入太平洋，日元价格中枢会立马下到零，日元一文不值，成了废纸，那咱们的利润又何止千倍。综合以上三种情况分析，我认为，无论哪种情况发生，我们的投资都不会有风险，只不过是利润大小而已。为了防范不可预知的风险，核钉事件暴发后，咱们不要贪，按咱中国的俗语，贪字多一点，就是贫，我们每天都兑现一部分利润，每天都将一部分利润转到更加秘密的账户中去，这样的话，即使事情最后不幸暴露，国际刑警追查过来，咱们不会有损失，本金早就收回，只是利润少了一些而已。”

“撒小姐，二战时期，日本国曾经侵略过贵国，制造过南京大屠杀，至今还没有向贵国道歉，你这个策划有没有为民族、为国家报仇的因素，请如实回答。”兹维卡担心撒白蓉另有动机。

“哼，为国报仇，那是国家层面上的事，起码也是男人们的事，我一个小女子不想担也担不起这个重担。我直说吧，为了丰厚的奖金。”

撒白蓉说的是大实话，她之所以如此卖力地策划核钉事件，确确实实为了钱。按照伊萨克财团长期实行的激励机制，一个项目成功实施后，项目经理可以在所实现的利润中抽取千分之一作为奖励金，同理，核钉事件，撒白蓉作为项目经理，可以在项目所获利润中，获得千分之一奖金，这个数目可不小。如果按撒白蓉策划书中所分析，成功实施核钉计划后，财团至少将有4000亿美金的利润，那么，撒白蓉将可以获得公司给予的4亿美金提成奖。犹太人聪明之处在于，总会留一部分利润给创造利润的人，而中国许多民营企业恰恰相反，公司有了利润，甚至超额利润，那是老板资本的功劳，统统归老板一个所有，关你员工屁事，你爱干不干，以致许多人才宁愿将创新思想烂在肚子里也不说出来。

撒白蓉在从上海飞英国的专机上，已预料到董事长罗尼一定会同意她的核钉计划。她太了解老板，太了解伊萨克财团，特别是她太了解资本追逐利润的天性。她在大学时，曾熟读马克思得意之作《资本论》，马克思说得多好呀，说得多精辟呀：“资本害怕没有利润或利润太少，就像自然界害怕真空一样，一旦有适当的利润，资本就胆大起来。如果有10%的利润，它就保证到处被使用；有20%的利润，它就活跃起来；有50%的利润，它就铤而走险；有100%的利润，它就敢践踏人间一切法律；有200%的利润，它就敢犯任何罪行，甚至冒绞首的危险。”撒白蓉心想，为了200%的利润，资本拥有者就敢犯任何罪行，甚至冒绞首的危险，200%利润算什么呀，不就40亿美金变成120亿吗，核钉事件，它能让40亿美金创造出4000亿的利润，那可是1000%的利润呀！哦，不，算错了，是10000%的利润，为了10000%的利润，不用说老板罗尼敢冒绞首的危险，就是被剥皮的风险，他也敢冒。更何况，老板罗尼又不是用全部身家押上去，80亿美金，不到他个人资产的五分之一。

3

送走撒白蓉，罗尼与堂弟兹维卡在府邸餐厅用餐，长长餐桌上摆放着精美的银质餐具，餐盘中佳肴全都是撒白蓉从上海带来的小吃：松月楼的素菜包，桂花厅的鸽蛋圆子，松云楼的八宝饭，豫园商场南翔小笼包。他俩尽情享受着半个多世纪前曾品尝过的美食。

兹维卡感叹：“像，太像了！您还是忘不了她。”上个世纪40年代，罗尼在上海的初恋情人，叫杨素素。兹维卡所指“太像”，指撒白蓉很像她。

罗尼忧伤地说：“您还记得素素？”

“哈哈，当然记得，素素太美了！我们回欧洲后你找过她吗？”

“唉，找过3次，没有任何线索。”

半个多世纪前，当德国法西斯在欧洲大陆疯狂迫害、屠杀犹太人的时候，犹太人逃亡的首选目的地国是美国、英国。由于逃亡的人数实在太多，这些国家不得不对逃亡者进行了严格限制，即使搭载逃亡难民的船只抵达它们的海岸，这些国家也绝不允许犹太人下船。而在相距万里之遥的中国上海，善良的上海人以宽广的胸怀，无条件地向落难的犹太人敞开了大门，使得上海一度成为欧洲犹太人最主要的逃亡地之一。从上世纪30代后期到40年代初，逃亡到上海的犹太人有3万人之多，比当时加拿大、澳大利亚、印度、南非接收的犹太难民还多。德国法西斯没收了在柏林的伊萨克银行全部资产，罗尼的父亲，这位伊萨克财团兼德国伊萨克银行董事长，不得不携全家于1939年从德国乘船逃难到上海，住在虹口区兆丰路（如今叫高阳路）。是年，罗尼年仅11岁。一年后，罗尼堂叔，即兹维卡的父亲，伊萨克银行波兰分行行长伊萨克•古斯利带着一子二女从华沙辗转来到上海，这一年兹维卡7岁，他们两家住在同一个里弄，直到1947年罗尼一家移居英国。在上海的岁月，罗尼18岁时，他认识了上海姑娘杨素素，开始了他的初恋。兹维卡小罗尼4岁，罗尼当时的跟屁虫，对罗尼的初恋情人素素自然十分熟悉。

兹维卡话锋一转，神态严肃地问："堂兄，您同意撒小姐的核钉计划，有没有为姐报仇的成分？请对我这个堂弟说实话。"兹维卡揣测，罗尼之所以同意撒白蓉的策划，可能因他姐戴莲被日本士兵枪杀，向日本复仇。1943年2月18日，日本在上海的占领当局发布命令，所有1937年后抵沪的犹太难民迁入"无国籍难民隔离居住区"，这个隔离区位于虹口，西起公平路，东至通北路，南起惠民路，北至周家嘴路，包含有15个街区。隔离区周围有铁丝网架着，犹太人进入这个隔离区后，行动就失去了自由，得到通行证后才能外出，隔离区进出口处都有日本士兵严加把守，犹太人出入时，首先，要向日本士兵敬礼，然后，拿出身份证接受检查，有时还要搜查携带的东西。罗尼和兹维卡两家同1.8万犹太难民一道被赶进了隔离区。

战时的上海，物质短缺，隔离居住区雪上加霜，物资更加短缺，犹太难民生活十分艰难。1943年年底，一个大雪纷飞的傍晚，罗尼持续高烧，呼吸困难，一位犹太医生被请来就诊，医生诊断为大叶性肺炎，急需抗生素盘尼西林。隔离区哪会有如此精贵的药品，罗尼姐姐戴莲决定冒险为弟弟买药，她化装成男人离开隔离区。当时，抗日战争进入最困难的相持阶段，日本士兵被侵华战争和太平洋战争拖得焦躁不安，日本士兵所到之处，见花姑娘就抢，甚至闯进尼姑庵，劫掠年轻美貌的尼姑充当慰安妇。戴莲用父亲给的一根小金条才在西药店买到盘尼西林。在急忙匆匆回家的路上，途经一日军岗哨，日军照例摸了一下裤裆，发现是个女扮男装，再揭开帽子，竟然是一个金发碧眼的美女，五六个士兵兽性大发，将她拖进哨亭，撕衣剥裤，对其轮奸，轮奸完，丧心病狂的日军还欲将她送去上海最大慰安所“海乃家”，路上，戴莲乘机逃跑，被日本士兵射杀。

罗尼沉思半晌，说：“我承认，有为姐姐报仇的成分，但又不完全是。”

“堂兄，您决定实施核钉计划了吗？”

“决定了。”

兹维卡若有所思，良久，才说：“堂兄，对不起，权衡再三，我决定不参与此事，我决定从财团中退股。”兹维卡占有伊萨克财团40%的股份。”

罗尼惊诧：“你不参与？”

“是。”

“刚才我看你兴趣还比较大，怎么一下子改变了主意。”

“堂兄，您实施这项计划，我非常理解，君子报仇十年不晚嘛，何况，这个项目如果成功实施，我退出后的伊萨克财团资产将有几十倍的增长，说富可敌国一点也不夸张。唉，这个钱我是想要又不能要哇！”

“我还是不明白，你究竟为什么突然提出退出。”

“堂兄，正如你所知，日本国有恩于我家，我们犹太民族是一个知恩图报的民族，我不能以怨报德，昧着良心拿这个钱。”

从兹维卡家庭角度看，日本国确实有恩于他家，说日本人是他们家的大恩人、大救星一点也不过。1940年7月，兹维卡的父亲古斯利带着一子二女从波兰华沙逃到立陶宛，27日清晨，他同数百个一起逃过来的犹太人来到位于立陶宛中部河港都市的日本领事馆，要求签证，日本领事杉原千亩见要求签证的人太多，只得请进了几位代表，兹维卡的父亲古斯利就是其中之一。杉原千亩详细听取了他们的要求，原来，数万德军正在包围立陶宛，从波兰逃来的犹太人唯一出路是先从立陶宛入境前苏联，然后经过西伯利亚，再渡海到日本，最后逃到无需签证的上海。当时，苏联不允许没有第三国签证者入境，所以，逃难的犹太人需要日本入境签证才能取得过境资格。杉原千亩听后，比较急，赶忙打电报给外务省，请示如何办，外务省很快来电，态度很鲜明，绝不允许。

项目上横扫一切对手。希络在莫斯科出生，在莫斯科长大。上个世纪90年代初，前苏联犹太人掀起移居以色列狂潮，一时间，苏联50万犹太人移居以色列，希络父母带着全家也加入其中。翌年，希络通过勇气、毅力、心理、体格、智力、文化、忠诚等测验，加入以色列的特种部队哈贝雷（古希伯来语，意为“野小子”）。

“是啊！20多年了！”

“你小子不够朋友，前几年，你到莫斯科，也不来看看我。”

“我那不是陪着老板，抽不出身嘛。”

“老兄，我真羡慕你呀！”

“我还特羡慕你呢，产业遍及整个欧洲，名头又响。”

“哎，我这行，名头响不好啊！”

“你看，你们卡特里集团成了一个名副其实的跨国公司。”

“我的公司与你们伊萨克财团比，你们是航空母舰，我们只是小舢板。”

“我们伊萨克财团再大，我也只是个打工的，你船再小，你怎么样还是船的老板吧。”

“希络，你大老远来，不会是找老同学聊天吧！”

“不行吗？”

“行，你还是直说吧。”

“好，我说，我说出来，你可不要吓坏哟。”

“你以为‘高加索黑狼’随意叫的吗！”

“我要两个大家伙。”希络双眼瞪着平诺夫，伸出两根手指，诡秘地说。

“您要什么？”高加索黑狼不明其意。

“我要两枚伊万。”

“您——您要伊万？”高加索黑狼大惊失色。

希络肯定地点点头。

对于“伊万”，现在俄罗斯年轻人也许不知道，但从苏联时期走过来的人几乎没有人不知道伊万的。1961年10月30日，前苏联在新地岛引爆了名叫“大伊万”的氢弹，有5800万吨ＴＮＴ当量，威力要比美国二战时期投向日本广岛的原子弹大1万倍。当初设计者计划是1亿奸，轮奸完，丧心病狂的日军还欲将她送去上海最大慰安所“海乃家”，路上，戴莲乘机逃跑，被日本士兵射杀。

罗尼沉思半晌，说：“我承认，有为姐姐报仇的成分，但又不完全是。”

“堂兄，您决定实施核钉计划了吗？”

“决定了。”

兹维卡若有所思，良久，才说：“堂兄，对不起，权衡再三，我决定不参与此事，我决定从财团中退股。”兹维卡占有伊萨克财团40%的股份。”

罗尼惊诧：“你不参与？”

“是。”

“刚才我看你兴趣还比较大，怎么一下子改变了主意。”

“堂兄，您实施这项计划，我非常理解，君子报仇十年不晚嘛，何况，这个项目如果成功实施，我退出后的伊萨克财团资产将有几十倍的增长，说富可敌国一点也不夸张。唉，这个钱我是想要又不能要哇！”

“我还是不明白，你究竟为什么突然提出退出。”

“堂兄，正如你所知，日本国有恩于我家，我们犹太民族是一个知恩图报的民族，我不能以怨报德，昧着良心拿这个钱。”

从兹维卡家庭角度看，日本国确实有恩于他家，说日本人是他们家的大恩人、大救星一点也不过。1940年7月，兹维卡的父亲古斯利带着一子二女从波兰华沙逃到立陶宛，27日清晨，他同数百个一起逃过来的犹太人来到位于立陶宛中部河港都市的日本领事馆，要求签证，日本领事杉原千亩见要求签证的人太多，只得请进了几位代表，兹维卡的父亲古斯利就是其中之一。杉原千亩详细听取了他们的要求，原来，数万德军正在包围立陶宛，从波兰逃来的犹太人唯一出路是先从立陶宛入境前苏联，然后经过西伯利亚，再渡海到日本，最后逃到无需签证的上海。当时，苏联不允许没有第三国签证者入境，所以，逃难的犹太人需要日本入境签证才能取得过境资格。杉原千亩听后，比较急，赶忙打电报给外务省，请示如何办，外务省很快来电，态度很鲜明，绝不允许。

项目上横扫一切对手。希络在莫斯科出生，在莫斯科长大。上个世纪90年代初，前苏联犹太人掀起移居以色列狂潮，一时间，苏联50万犹太人移居以色列，希络父母带着全家也加入其中。翌年，希络通过勇气、毅力、心理、体格、智力、文化、忠诚等测验，加入以色列的特种部队哈贝雷（古希伯来语，意为“野小子”）。

“是啊！20多年了！”

“你小子不够朋友，前几年，你到莫斯科，也不来看看我。”

“我那不是陪着老板，抽不出身嘛。”

“老兄，我真羡慕你呀！”

“我还特羡慕你呢，产业遍及整个欧洲，名头又响。”

“哎，我这行，名头响不好啊！”

“你看，你们卡特里集团成了一个名副其实的跨国公司。”

“我的公司与你们伊萨克财团比，你们是航空母舰，我们只是小舢板。”

“我们伊萨克财团再大，我也只是个打工的，你船再小，你怎么样还是船的老板吧。”

“希络，你大老远来，不会是找老同学聊天吧！”

“不行吗？”

“行，你还是直说吧。”

“好，我说，我说出来，你可不要吓坏哟。”

“你以为‘高加索黑狼’随意叫的吗！”

“我要两个大家伙。”希络双眼瞪着平诺夫，伸出两根手指，诡秘地说。

“您要什么？”高加索黑狼不明其意。

“我要两枚伊万。”

“您——您要伊万？”高加索黑狼大惊失色。

希络肯定地点点头。

对于“伊万”，现在俄罗斯年轻人也许不知道，但从苏联时期走过来的人几乎没有人不知道伊万的。1961年10月30日，前苏联在新地岛引爆了名叫“大伊万”的氢弹，有5800万吨ＴＮＴ当量，威力要比美国二战时期投向日本广岛的原子弹大1万倍。当初设计者计划是1亿吨，当设计者们计算出爆炸威力的半径为1000公里时，感到为难了，离新地岛750公里就是人口稠密居住区。他们直接请示当时苏共中央总书记赫鲁晓夫，总书记要求装药量减少一半，装药量改成5800万吨。据称，“大伊万”氢弹空爆后，远离爆炸中心250公里的工作人员惊奇地看到一道强光，感觉比100万个太阳还要亮，大家的眼睛感觉到强烈的灼痛，当时铁红的蘑菇云竟升腾到天空70公里。受其影响，前苏军整个通讯系统一度陷于瘫痪，相互之间失去联系的时间长达一个多小时。美军驻阿拉斯加和格陵兰岛上的北美防空司令部的电子系统大都受损，雷达无法操作，通讯中断。“大伊万”爆炸后，赫鲁晓夫还曾威胁美国，如果苏联将一枚“大伊万”在靠近美国的太平洋海底引爆，高达数百米的海啸会淹没美国西海岸 。

高加索黑狼踌躇片刻，说：“现在很难搞到，美国中情局盯得太紧。”他说的是实话，2001年“基地”组织曾向俄罗斯某黑帮购买用于制造核武器的原料，被破获，并缴获了几公斤来自俄罗斯的高浓缩铀。

“我只听说过种瓜得瓜，种豆得豆，没听说原子弹埋在地里会长出金子。”

高加索黑狼一听，惊出一身冷汗来。不可思议，希络怎么会知道自己藏有一枚原子弹呢？十年前，黑狼为中东某组织搞到这枚原子弹，因美国中情局盯得太紧，交易受挫，大笔资金沉淀在这枚原子弹上，不能盘活，此乃黑狼一块心病。原子弹这个东西，想卖的未必能找到买家，找到买家，未必能出好的价钱；对于想买的，也未必能找到卖家，找到卖家，卖家也未必肯卖给他。

“什么都瞒不过您!可我手上只有一枚。”

“什么事能难倒你呀，无非价钱嘛。”希络手上有钱，心中不慌。

“爽快！我就喜欢您这种人。说吧，要什么规格和型号？”高加索黑狼兴趣盎然起来，谁说金钱不是万能的。

“你手上那枚当量有多少？”

“400万当量。”

“我还要一枚，必须300万当量以上。”

高加索黑狼伸出两手指："两枚，这个数，我就接下这笔生意。"

"2亿美金？"

高加索黑狼脸露不快："不！20亿美金。"

希络猛摇头，颇为生气："您狮子大开口呀！"

"你是我老同学，我怎么会呢！"

"据我所知，1998年冬，你当时准备以6000万美金将手上那枚卖给中东一个组织，您不否认吧？"

"那不是没成交嘛！"高加索黑狼惊诧，"这家伙对我们卡特里集团内部秘密知道的还真不少。"

"因美国中情局作梗，你们才没成交。事实上，你曾同意以6000万美金出手，我说得没错吧？"

高加索黑狼吃惊不浅，这事他竟然知道得如此详细，谁是买方，什么价钱都知道，难道我们卡特里集团核心层有他的人，这种有备而来的谈判对手真难缠。当然，难缠归难缠，如今原子弹确实难弄，价格可不能轻易松口。所谓此一时，彼一时，现在，货源越来越少，要货的人越来越多，不仅有中东的组织要，美国十分讨厌的国家也在寻找。

希络是地道的犹太人，犹太人在讨价还价方面个个天才，当然，讨价还价的前提是知己知彼，了解行情。在找高加索黑狼前，他通过道上的朋友，做了大量的调查，了解到，俄罗斯黑帮中有能力弄到原子弹的并非卡特里集团一家，他决定采取以迂为直的谈判策略，于是，他以轻松的口吻说："哎，本来想与老同学做生意，现在看来不行啦，我只有找'伏尔加燕子'帮忙啦。"伏尔加燕子是圣彼得堡黑手党老大，克格勃培养出来的最得意燕子，上个世纪70年代曾弄翻了好几名西方外交官，为此，她还获得过一枚红星勋章呢。

高加索黑狼一怔，思忖："贩卖军火，走私人蛇，走私汽车，在俄罗斯黑帮中，自己称第二，没人敢称第一，不过，说到走私军火方面，特别是核武器方面，自己的能力远不及有军方背景的'伏尔加燕子'。"

想到此一层，黑狼口气软了不少："希络，你脚踏两只船，不够朋友哟！”

“不能这么说吧！我从老板那领了任务，第一个就找你，你说我够不够朋友。”

“谢了。”

“我向你表个态，在同等条件下，我当然愿意同您做这笔生意！”其实，希络早就打定主意，即使黑狼开价高一点，只要不离谱，就同他做这笔生意。如果找“伏尔加燕子”，要通过中间人，保密性不够，时间也不允许。

高加索黑狼有些发急，毕竟那枚原子弹砸在自己手里十多年，说值钱嘛，有人买你的，才值钱，没人买你的，躺在山洞中，一堆废铁，一文不值。如今有人找上门来，他不想放过这笔生意，他采取晓之以理的战术，说：“在老同学面前，我哪里敢狮子大开口，如果十多年前，6000万可以卖给你，甚至3000万都行，那时弄一枚原子弹像弄一部汽车一样容易。”

高加索黑狼说的不假，1991年苏联解体后，原苏联十多个加盟共和国纷纷独立，独立后，由于各派争夺政权、国内经济严重衰退，军费急剧减少，军人待遇急转直下，很多军人为养家糊口，为填饱肚子，纷纷从军火库偷武器卖给军火贩子，甚至发生过从导弹里拆电池卖、引发整个弹药库爆炸的惨剧。当时，这些国家被迫分到了不少原子弹，不要都不行。前苏联，共拥有战略和战术核弹头27000余枚，苏联解体时，约有20%的核弹留在了哈萨克、乌克兰、白俄罗斯等加盟共和国境内，这些国家被迫接手了5000多枚核弹。那时，核弹到处都是，核弹是个烫手的山芋，不值钱罢了，还是莫大的累赘，得有人看管呀。美国起初还按协议，出钱拆了一批核弹，后来由于种种原因终止了拆除费，因此，不少核弹一时无人管或管得不严，那时，要弄一枚，只要出价500万美金，保证第二天你家门前的卖主会排长队。

“咱们各退一步，每枚原子弹3亿，两枚共6亿美金，时间为一个半月。”希络非常乐意谈判，他享受谈判的乐趣。

“一枚3亿，行，我只能卖你一枚，就是我十年前弄的那枚。另一枚，3亿，实话告诉你，我没有这个能力。”

“另一枚，5个亿，怎么样？”希络将价格提高了一点。

“不行， 2枚10亿，以300万当量为基数，每增加100万当量再加1亿美金。这个价钱是我的底线。希络，我之所以同意以这个价钱卖给你，最主要的因素是看中你们的付款方式。”黑狼说的又是实话，伊萨克财团支付的钱不用再去洗，不用再去漂白。

“哈，哈，我记得在中学时，你曾骂我们犹太人狡猾，我看你比我还狡诈。”

“嘿，我本身就有四分之一犹太血统。”

“好，成交。不过，交货地点在太平洋或印度洋某个岛。”

“没问题，火星都行。”

第六章

1

曲东天天哼着歌上班，哼着歌下班，与米梅离婚也没有影响他的心情，他沉浸在马上就要去日本工作的无比幸福之中。东都大学地震研究所的高薪，能不高兴吗，初始年薪就能拿到700万日元，相当于年薪45万人民币，比现在的收入高十倍，这个数目对曲东来说那不啻是个天文数字，就算纳税，租房，吃饭，零用等用去一半，还有20万可以作为存款，太美了。不过，700万日元毕竟是远水，它不能解近渴呀，随着赴日工作的临近，曲东为赴日本所需经费犯愁，他粗略算了一下：拿到护照后要去北京，到日本驻华使馆办签证，来回路费外加签证费要用去2000元；从离日本最近的青岛到东京，机票3450元，外加320元的燃油附加费；到了日本还要安顿下来，又是一大笔费用，这3项费用加起来起码要3万人民币，这么多钱一时到哪筹措。

正当曲东为赴日经费一筹莫展之时，5月29日上午，收到一封来自英国的信。他惊讶万分：英国，撒彻，没熟人呀，哦，有一个，师姐撒白蓉，难道是她？不可能，她说过，她在伦敦工作，将信撕开，展开一看，一封全英文的国际学术研讨会邀请函：

尊敬的曲东先生：

为全面推动世界地震预测理论的技术交流，进一步加深对勒皮雄板块理论的研究，鼓励地震研究领域的创新精神，培养新人。国际地震中心(ISC) 决定在泰国曼谷举行“板块构造学说”国际学术研讨会。本中心郑重邀请您出席会议并宣读论文。

读论文时，一定要请工作人员帮咱多拍几张照片，我要放大几张带回来给局领导们看看，这样，不是更稳妥、效果更好吗！届时，局长大人一定会瞠目结舌。等他瞠目结舌后，再过些天，我应该可以拿到了日本的工作签证，那时，哼，我要让全局的人都大跌眼镜。

晚上，欲上床休息时，他接到撒白蓉打来的电话，感到很突然。

“东仔，我是撒白蓉。”

“师姐呀，你回国了！”

“没回国就不能打电话了。”

“你从英国，从伦敦打来？”

“是呀，不可以吗？”

“有事吗？”

“没事就不能打吗！”

“国际长途哟！”

“哈哈，不给你开玩笑了，告诉你一个好消息。”

“好消息？”曲东颇感疑惑：师姐生活在英国，自己生活在中国，她从事期货投资，自己从事地震预测，完全不在一个生活圈子，既然不在一个生活圈子，她能有什么好消息告诉我呢。

“我男朋友在英国北海石油钻探公司工作，你听说过这家公司吗？”

“当然知道，很有名的。”

“他们公司新近成立了非洲石油勘察部，我男朋友刚刚调到非洲石油勘察部负责，他那急需地质专业人才，我向他推荐了你哟。”

“师姐，谢谢。不过，不过！”

“不过什么呀？”

“你都知道啦，我已经同日本东都大学地震研究所签证了8年工作合同，去英国，那不是毁约了吗！”

“东仔，人往高处走，水往低处流，在非洲石油勘察部工作收入非常高喔！”

一听收入非常高，曲东倏地来了兴趣；“师姐，在那工作收入有多少呀？”

“年薪24万英镑，月薪2万英镑，还有高温津贴。”年薪24万，相当于年收入两百多万人民币，高出日本方面开出的年薪4倍。

“有那么高吗？”曲东无法相信。

“当然有，东仔，你是我师弟，我给你说实话吧，欧洲的技术人员嫌那儿太苦、太累，白人嘛，最受不了非洲的高温，都不愿去，所以薪水才定那么高。”

曲东心念如电：“月薪2万英镑，年薪24万英镑，相当于人民币220万。日本东都大学地震研究所开出的年薪700万日元，仅45万人民币，两者相差5倍。”年薪的天平太过明显，曲东被北海石油钻探公司非洲石油勘察部高薪有所打动，说：“那毁约要不要赔钱呀？”

“找个借口不去，他们也没辙。”

“没什么借口呀，合同都签了，白纸黑字呀。”

“真笨，要找借口还不容易吗，你就说，你们东都大学所在的东京房子太贵，去了也买不起房子，没地方住，我不能去。”

“这样不好吧！”

“有什么不好的，你知道东京的房价吗？”撒白蓉问。

“我最近认真研究过，东京房价全球最高，离车站近点儿，周围环境稍好的，一套100平方米的三居室约需1亿日元。”

“日本那家地震研究所给你年薪多少？”

“700万日元。”

“那你算算，扣除个人所得税，吃饭、穿衣，再买些日常生活用品，你一年能存多少钱？”

“300万日元左右。”

“那你再算算，要多少年才能在东京买一套100平方米的房子。”

“33年。”

“那时，你多少岁了？”

“63岁。”

“呵，呵。”

“那我可以不买房呀，我租房。”

“哼，东京房租比我们伦敦高得多，你了解过没有？”

“我上网查过，80平方米二居室，月租金40万日元左右。”曲东当然不知道，实际租房时，费用还不止这些，日本有个讨厌的坏习可以在泰国曼谷机场办落地签证。办落地签很方便的，只要会英文，预先准备好几张2寸的相片和300泰铢，两分钟即可办好，方便、快捷。”其实，撒白蓉也不懂中国国情，泰国确实让他国公民办落地签证，可我国海关不会给没有签证只有护照的人出去，即使你已买好双程机票。

正如撒白蓉所说，他们所找的青岛天海旅行社前台服务小姐信誓旦旦地保证，三天肯定能办下旅游签证，要他放一万个心。

3

6月1日晚，日本首相官邸危机管理中心第一会议厅，“曲东事件观察室”在此召开紧急会议。日本内阁情报调查室副室长、日本警视厅公安部副部长、外务省国际情报局副局长、防卫省调查科科长、陆上自卫队中央情报队副队长等出席了会议。日本警视厅外事二科科长村冈谦，科员西尾勇已被临时性抽调到官邸“曲东观察室”，他俩也出席了会议。

对策室室长中村正雄亲自主持会议。

日本人开会守时，讲效率，没有繁文缛节，没有一个接一个地领导发言。会议开宗明义，直奔主题，村冈谦首先作汇报：“今天下午5点36分，我以东都大学地震研究所所长助理的身份与曲东先生通了电话，问他护照有没有办下来，他说早已办好。然后，我告诉他，我们东都大学地震研究所为他申请的技术签证手续也办妥了，请他去我们驻华使馆办技术签证。他的回答让我非常吃惊，他说过几天要去泰国出席一个国际学术研讨会，没时间去北京到我们驻华使馆办签证。

我个人认为，此事十分蹊跷。本人在中国多年，一直又在从事中国情报的研究，对中国的情况比较了解，对中国体制内一些事情也比较了解，像曲东这样一个最最底层的地震防灾减灾工作者，不用说出席什么国际性会议，即使他们国内甚至他们那个省的学术讨论会也轮不到他。中国不同与欧美，也不同与我们日本，它是个官本位非常严重的国家，衡量学术水平的高低完全不看你能力，主要看你官职大小，参加学术研讨会议的多半是有官衔的科研人员，绝对轮不到一个默默无闻的小人物。曲东在电话里说，他要赴泰国出席国际研讨会，没有时间去我们驻华使馆办理工作签证，有悖常理，我感到十分惊讶，十分不安。”

日内阁情报调查室副室长平冶边抢着发言：“如果村冈科长所言属实，那么，我们原先实施的‘欲擒故纵’策略就可能有问题。从上个月9日，村冈科长在中国青岛与曲东签聘用合同，到今天，整整22天时间，我们对曲东没有进行任何监控，对他的一举一动毫无所知，这是极端不负责的行为。我个人建议，亡羊补牢，立即派精兵强将到中国，在不惊动中国警方和中国国安人员前提下，对曲东进行全面监控。”

“曲东去泰国参加国际学术研讨会，这其中可能有圈套，曲东到泰国，也许出得机场就会消失在茫茫人海中。” 外务省国际情报局副局长广田三重曾同国际上形形色色的组织打过交道，颇有经验，他不无担忧地说。

“广田局长，假设曲东出席的那个国际研讨会真是个圈套的话，您有什么好的建议。”中村正雄讨教。

“我有两项建议：第一迅速派人去中国，秘密监视曲东的一举一动，起码要让曲东每时每刻处在我们视线之中，不过，这种行为事前没知会中国警方，是违背国际法的，所以，派去的特工千万不能暴露自己身份和行为，否则，极易引起外交纠纷；第二以金钱引诱他尽快来我们日本工作，我承认，这一招很土，招式也太老，不过我认为对中国人，非常顶用。”

会议最后做出决定，抛弃“欲擒故纵”策略，采取主动出击策略，迅速派遣监控小组赴中国，对曲东进行全面监视。组长仍由村冈谦担任，组员为警视厅外事二科科员西尾勇外、松田武夫随行。

4

村冈谦在与曲东通话中，旁侧敲击，了解到，曲东正在青岛，他在青岛等旅游签证。

6月2日下午，村冈谦率监控小组乘机抵达青岛，从外表看，村冈谦和西尾勇，身形挺拔，眼光犀利，而松田武夫则不然，他酷似著名相扑运动员贵乃花，从外形上看，怎么样也不能将他与日本警视厅最好的电子监控专家画等号。三人约定，在中国，无论何时何地，彼此之间不能用母语进行交流，凡是同中国人接触，一律由中国通村冈谦出面，在特殊情况下，在公开场合，三人之间如果必须交流，只能用英语。

监控小组一行入住港湾大酒店。一进房，门一关，电子监控专家松田武夫迅速从黑色手提箱中拿出一台IBM手提电脑，这其实并非手提，是一台有着IBM手提电脑外壳模样，经过细心改装的高科技手机监听器，能同时监听8部手机。只要输入对方的手机号码，对方一通话，这台监听器立刻会有铃声提示，监听时，对声音源做了过滤处理，声音达到高保真要求。监听器还有自动录音功能，在不方便监听的时候会自动录音。它还具有三维立体地图卫星定位系统，可定位对方在哪个城市、哪一条街、多少号，在许多城市甚至可以定位在哪栋大楼。松田武夫开启监听器，通过它的三维立体地图卫星定位系统，发现了目标，曲东正在号称亚洲最大的海滨浴场汇泉湾海滨浴场。

村冈谦不顾旅途疲惫，带着西尾勇和松田武夫出得酒店，打的向汇泉湾海滨浴场赶去。村冈谦做了化妆，以免曲东认出。

汇泉湾海滨浴场，弯月一般的沙滩上人头涌涌，眺望远处，天海连成一线，白云朵朵，白帆点点。

化了妆的村冈谦卷起裤脚，手拎皮鞋，赤脚下到沙滩，四处睃视。特工就是特工，只一会，村冈谦就在一把特大太阳伞下，沙滩椅上，找到穿着短裤的曲东，他正惬意地喝着可乐。同一把太阳伞下，另一张沙滩椅上，一位漂亮女子慵懒地躺着，乌黑的秀发写意地垂在椅背上，胸部丰满撩人。

松田武夫遵照村冈谦指示，与西尾勇一道，在靠近曲东的地方，租了一把太阳伞。松田武夫坐在沙滩椅上，悄悄将“定向对话监听器”对准十米开外的曲东，曲东与撒白蓉的对话被全部录音。

太阳西斜之时，曲东与撒白蓉离开浴场，打的返回酒店。村冈谦一行尾随其后，赫然发现，原来他们也住在港湾大酒店。村冈谦暗想：小心哟，千万不要让曲东撞见自己，如果被他看见，还真不好解释。

回到房间，村冈谦心急火燎地打开“定向对话监听器”的录音，他急切地想知道曲东与身边那个女子对话的内容。他越听脸色越难看，最后成了苦瓜状，他失望地关了录音。西尾勇察言观色，猜出村冈谦可能听不懂曲东与女伴的对话，心中责怪：“村冈科长，国家出钱让你在中国留学四年，平时，每年起码两次还派你到中国，让你保持语感，你在中国混日子的吗？怎么连中国话都听不懂呀。”

村冈谦听不懂曲东与撒白蓉之间的对话，太正常了，莫说他一个日本人，即便土生土长的中国人，只要非坪江市人，一样听不懂，即使坪江市人，如果不是盘龙乡人，一样有许多听不懂。咱中国有3,700余种地方方言，其中1,900余种方言完全不能互通，尤其是南方，三里不同俗，十里不同语。一位语言学专家曾同广东梅州市一位法院院长交谈，该法院院长说：“我们一定要说好普通话，只有说好普通话，才能骗民。”专家听了实在奇怪，法院院长，说好普通话是为了骗民？经追问，才知道是“便民”！客家话把不送气的“便”说成送气的“骗”。同样是这位专家，他在广州白云山公园，向一位老者打听“缆车在什么地方”，老者说：“很方便的啦，向前走，一拐弯就到了。”专家依言向前走，一拐弯，迎面而来的是“男厕”！原来广东人管“缆车”叫“索道”，说“缆车”，就听成了“男厕”。莫说日本人在中国留学四年，就是留学四十年也不可能听懂中国百分之一的地方话。就是一句最常用的“我爱你”，东北人说“俺稀罕你！”，广东话是“我中意你！”，闽南话是“哇爱利”，无锡话是“偶哭喜你”，上海话是“吾艾侬”，陕西话更绝，是“饿爱你”。

高级特工村冈谦何其聪明，顿时想起曾看过的一部美国大片，叫《风语者》，讲美军在二战时期太平洋战场上，在美军所有舰队、海军陆战队和空降兵里都聘请了纳瓦霍人。从瓜达卡纳尔群岛、塔瓦拉岛、贝里流岛到硫磺岛，那些操着一口纳瓦霍语的美国土著人参与了1942年到1945年间太平洋舰队发起的所有进攻行动。他们用自己部落古老的土著语言为美军无线电通讯进行加密，这是一种日本人到战争结束也不曾破译的语言，日军为此吃尽苦头。想到此，他灵机一动，对呀，我为什么就不可以找曲东家乡人来充当翻译呢。

宾馆房间内有宽带接口，村冈谦随即用手提电脑上网。他从曲东在签聘用合同时提交的身份证复印件中，了解曲东是坪江市人。他迅速进入坪江门户网站，在网站求职招聘栏发了一则招聘信息：青岛市福尔摩丝调查事务所欲招聘一名坪江籍职员，工作性质，文员。要求，女性，大专以上学历，能讲流利普通话，月薪七千元，包吃住，并提供来回机票。招聘帖子在网上一挂，不出10分钟，应聘者如云。这让村冈谦喜出望外，他选中了一位去年才从坪江高等专科学校中文系毕业的女孩，叫晏萍。当即打电话给她，让她明天一早乘机来青岛上班。电话那头，晏萍支支吾吾，半天没答应。这也难怪，这年头，社会上的骗子无处不在，无孔不入，骗财骗色的比比皆是，哪有一般文员给七千如此高工资的，还包吃住，还提供来回机票。晏萍在电话中谨慎地提出，要求将机票钱汇过来，她才来青岛。

村冈谦在中国多年，了解中国民众之间越来越大的信任危机，第二天一早，他就将机票钱打进了晏萍的银行账户，甚至还预付她一个月的工资，7000元呀！这让大学毕业一直找不到工作的晏萍感动得不行。她二话没说，带上行李，先打的到机场，乘机，再打的，千赶万赶，终于在晚饭时分，赶到村冈谦下榻的港湾大酒店。

为打消晏萍的疑虑，一见面，村冈谦就主动向她介绍，说他是青岛市福尔摩调查事务所经理，前几天接了单业务，英国一家公司大老板的中国籍妻子回到青岛，大老板怀疑自己妻子有外遇，要求福尔摩丝调查事务所找到证据，以便在离婚分配财产上争取主动。这位大老板提供信息，说他妻子偷偷摸摸从伦敦跑来青岛，同中学的初恋情人秘密幽会。这位老板的妻子是坪江市人，她初恋情人也是坪江市人，他俩用家乡话对话，所以，才请晏萍来。晏萍对这份短工十分满意，工资高，又好玩，又刺激，还不辛苦，到哪找这么好的工作呀，有人出钱让自己出来玩玩也好。

在酒店房间内，晏萍狼吞虎咽吃完村冈谦为她准备的快餐，便开始了工作。村冈谦打开录音机，让她翻译成普通话。

录音机播放着昨天下午和今天一天曲东与撒白蓉的对话：“还有

三公切泰国，个几公切哪里耍。”晏萍翻译道：“这对狗男女说，还有三天去泰国，这几天我俩去哪里玩呢。”她的价值观十分鲜明，对偷情的人就称狗男女。

“陪亨切崂山。”意思是这几天陪去崂山玩。

……

曲东与撒白蓉的对话，村冈谦发现有两点很有价值：一、曲东去泰国的时间为6月5日；二、曲东在赴泰国前将一直待在青岛，一直同这个女人在一起。村冈谦暗暗庆幸，庆幸聘请了这位坪江籍的方言翻译，要不然，即使曲东到了曼谷还不知道呢。村冈谦要求晏萍继续听录音，自己借故抽烟，急忙来到隔壁房间，通过电话，向危机管理中心对策室室长中村正雄作了详细汇报。

第七章

1

6月3日傍晚，村冈谦拨通曲东的手机，问道：“您好，曲先生，我是佐藤所长助理村冈呀。”

“您好！”曲东哪里知道，现在，村冈谦与自己同在一家宾馆。

“您去我们日本驻华使馆办签证了吗？”

“对不起，还没呢。”

“来我们所工作的时间没忘吧？”

“当然没有，合同约定9号嘛。”

“再不抓紧时间去办签证，可能来不及了。”昨天下午和晚上，通过监听曲东与撒白蓉的对话，村冈谦得知曲东5日将赴泰国，飞机起飞时间为为下午18时20分。村冈谦向中村正雄作了汇报。当即，中村正雄指示，要求他想尽一切办法，让曲东放弃去泰国，提前或按时来日本工作。

“对不起，我不能来贵所工作了，请您代我向佐藤所长表示深深的歉意。”曲东吞吞吐吐地说，佐藤所长对他有知遇之恩，他对佐藤教授从内心充满感激。

“啊，您说——说什么？为什么不来我们所工作？佐藤教授很看重您的才华，具体工作都为您安排好了，何况已经签了合同呀。”村冈谦惊愕：上次他只是说要到泰国参加一个国际研讨会，没时间去北京到我们驻华使馆办签证，没有任何不来日本工作的意思。曲东对来日本工作的态度变化得也太快了，前后判若两人。他清楚记得，20多天前，滨海大酒店，曲东在与东都大学地震研究所签聘用合同时那份喜悦，那份兴奋、甚至感恩的表情全部写在脸上。

“真对不起，我朋友介绍我到英国一家石油钻探公司工作。”曲东觉得，本身对东都大学地震研究所就有愧，再相瞒，就太不够朋友了，于是，他实话实说。

“曲先生，我想问一个问题，请您实话实说。”一项沉稳的村冈谦发急了，他太了解中国人，现在很多中国人将诚信看得淡，看得很轻，一诺千金的古风荡然无存。现在的中国人，对答应的事，或签了合同的事，事件发展在不利于他时，往往不去遵守，心中还很坦然。

“请说。”

“您突然决定不来我们所工作，要去英国那家石油钻探公司工作，为什么？”

“没，没什么”曲东支支吾吾，他当然不好说，人家薪水高，人往高处走，水往低处流之类的话。

“是英国那家公司收入更高吗？”

“嗯，有这个因素。”曲东不好意思地承认了。

“哦。”

“对不起，我也是不得已才这样做。说句心里话，我非常喜欢贵所的工作，我梦寐以求的就是从事研究工作。可是，可是，如果我丢掉人人羡慕的公务员工作，到贵所工作，将来的结局嘛，还不是‘一碗豆浆’与‘豆浆一碗’。”

“‘一碗豆浆’与‘豆浆一碗’什么意思？”

“就是没有什么区别，来你们所工作，生活质量没有任何高。”

“不可能呀！”

“真的。”

“我们地震研究所给你开的年薪不是有700万日元吗，相当于人民币45万哟，比你现在的收入高七八倍吧？”村冈谦真是个专家级的中国通，中国的事，门儿清。

“在贵国收入高那只是名义上高，没用呀，我得带老婆过来，总得有地方住吧，可是，按我在日本的收入，除了必要的开支，每年存不几个钱，这些钱，存到我退休，也买不起房。”曲东一心想去英国那家公司工作，也就撒起谎来，说要带老婆，半个月前，他已与前妻米梅办理了离婚手续。

“你们中国现在不也是自己买房吗？”

“是呀，可我们中国房价低呀，在我们黄海市城区，好一点的地段，6000块一方，买100平方二居室，60万就能拿下，我是公务员，还可以用公积金贷款。”

“来我们日本，可以租房呀。”

“租，不行，你可能不知道，咱中国人天生就不喜欢租房。退一步说，就算租房，在你们东都大学附近，租一套100平方米的房子，楼层、楼向不是最好的，每月也得40万日元，一年相当于500万日元，在扣除个人所得税，吃饭、穿衣等日常生活用品，基本上无法存钱了，我工作一年，赚不了几个钱。”曲东说得振振有词，心想，我又不是颜回，“一箪食、一瓢饮，在陋巷，足矣”。

“曲先生，你的意思，只要解决住房问题，还是非常想来我们所工作。”村冈谦在中国多年，深知中国人对房子那种天生的感情，汉字　“家”就是一栋房子，养几条猪，才算家。

“是。”曲东回答得很干脆。如果东都大学为自己解决了住房问题，一年可省下二三十万人民币，他当然愿意去东都大学地震研究所工作，毕竟他非常喜欢搞研究。何况，去非洲从事石油勘察，那儿的气候条件极其恶劣，自己未必能适应，如果不是自然条件恶劣，人家也不会开出2万英镑的月薪。

“这样吧，我们帮你解决住房问题，保证在东都大学附近给您解决100平方米左右房子，你看如何？”

“您说真的？”

“是，不过，你也知道，我只是所长助理，我要请示一下，过一个小时再答复您。”

一个小时后，得到首相官邸危机管理中心对策室室长中村正雄最新最高指示的村冈谦再次与曲东通了电话：“曲先生，我刚才请示了佐藤所长，所长又请示了学校，学校同意为你解决住房问题。”

“是不是真的？”曲东怀疑道。

“真的，请你放心。”

“可，可，我丢掉公务员这个金饭碗，万一来到贵所工作，又没房住呢，那我岂不是自找苦吃。

曲东心想，口说无凭呀。

“噢，这样吧，请你将银行信用卡卡号告诉我，我明天就将一百万美金打到你账上。”

“一、一百万美金？”曲东打死也不敢相信。

“曲先生，咱们先小人后君子，先把话说明白，这一百万美金是你在东京的购房款，必须专款专用，如果您在我们地震研究所工作满8年，这所房子产权就归你；如果工作不满8年，你因个人原因离开，我们有权收回。”

“当然，我明白！”曲东喜出望外，自己抬出将赴非洲从事石油勘察作筹码，东都大学竟帮我解决住房问题，太好了，太美了，工作满8年，房子就归我，那时，如果我想回国，或东都大学解聘我，我服务期限已到，这100万美金买的房子我可以卖了，就算不升值，原价卖出，100万美金，相当于630万人民币，再回国，也不亏呀！他蓦地升起对师姐浓浓敬意。

“那你快去北京办技术签证吧！”

“好的，我明天就去。”

“泰国的国际研讨会就不要去了，时间来不及。”

“好，不去了。”一贯讨厌口是心非的曲东居然阳奉阴违起来，因为，他在打着小算盘：国际地震中心举办的国际学术研讨会，指名要我参加，这可是千载难逢的机会，研讨会5号报道，7号结束，我7号下午就从曼谷直飞北京，8号一早，到日本使馆办签证，9号能如期到日本，两全其美，何乐不为呢。至于非洲石油勘察的工作，师姐男朋友在那负责，不去，那还不好说。

2

村冈谦信守诺言，4日，将100万美金汇入曲东在中国银行青岛海滨支行新开户头上。解决了住房，解决了后顾之忧，曲东非常乐意去日本东都大学地震研究所工作。他十分抱歉地对师姐撒白蓉说，自己梦寐以求搞科研，如今，东都大学地震研究所帮助解决了住房问题，他还是愿意去东都大学地震研究所工作，不能去英国北海石油钻探公司非洲石油勘察部工作，北海石油钻探公司预支的赴非洲机票及安家费6000英镑请师姐转交给他们，并请转达歉意。

曲东担心，师姐一定会骂自己出尔反尔，让他大跌眼镜，撒白蓉听罢，只抿嘴一笑，若无其事地说，人各有志，不去没关系。竟还说，同师弟一起去泰国，她想到旅游天堂芭堤雅玩几天再回伦敦。

5日下午，曲东瞒着村冈谦，与撒白蓉在青岛乘18时20分的TG665航班开始了泰国之行。此行，对曲东来说意味着三个第一：第一次出国，第一次乘飞机，第一次出席研讨会。

在机场，当他将护照和身份证递给安检人员时，见安检人员锐利的目光在自己脸上扫射，他怕身份证头像与自己现在的形象不一样，笔挺地站在安检柜台前，一脸严肃，希望这样使自己看起来年轻一点，能更接近照片上的自己。跟在后面的撒白蓉扁扁嘴，露出不易察觉的轻蔑微笑。

飞机经过4个多小时飞行，于晚上10时15分抵达曼谷廊曼国际机场。出得机场，打的40分钟便到达东拉翁酒店。

曲东入住大会会务组为他安排的房间，撒白蓉则在同一楼层另开了一间房，曲东洗浴完已过12点，可他没有丝毫睡意，亢奋得很，第一次出国，心情可以理解嘛。他依窗眺望灯火璀璨的城市夜景，恍惚在梦中一般。一个月来，世界著名地震研究所请自己去从事研究，还给了100万美金购房款；接着又在人海中遇见才貌双全的师姐撒白蓉，她牵线搭桥，将我引荐给英国北海石油公司非洲石油勘察部，还被邀请来参加“板块构造学说”国际学术研究会，这一切都是那么的不真实，又是那样的触手可及，自己不就在曼谷五星级东拉翁酒店吗！

东拉翁酒店主楼29层，副楼2层，主楼与副楼之间有一个大花园，种了无数热带植物，副楼为颇具规模的国际会议中心，大大小小的会议厅有六七间之多。“板块构造学说”国际学术研讨会安排在二楼的202会议厅。

第二天上午9时20分，曲东提前10分钟来到202会议厅，进入会议厅，眼前不禁一亮，整个大厅金碧辉煌，只见演讲台有一块巨大的背景幕布，巨幅画布以大面积的蓝色渲染着画面中间的地球图片，背景幕布上有两行白色英文字，上一行的字比较大，写着“板块构造学说”国际研讨会，最下一行字比较小，写着主办单位：国际地震中心International Seismological Centre (ISC)，在巨幅画布下方，摆放一排散尾葵。演讲台前，摆放着一排鲜艳的一叶兰、一品红等花卉。

台下，宽大整洁的桌子，简单舒适的座椅，给人以典雅、庄重、大方的感觉。曲东在第三排挑了一个位置坐了下来。

整个会场布置的非常大气，可是，出席会议的各国专家比曲东想象的要少，只有二十几个人，有些人还比较年轻，这让曲东大惑不解，他想，如此高规格的国际学术研讨会，出席者起码都得学富五车，满头白发的教授才有资格参加吧，怎么没见几个教授模样的人呢，难道这次会议邀请的人都是年轻学者吗？

9时30分，研讨会正式开始，国际地震中心主任费尔顿博士走向演讲台，他亲自主持会议并致欢迎词：

女士们、先生们，上午好！

今天，我们在这里举行“板块构造学说”国际学术研讨会，我谨代表国际地震中心ISC对研讨会的召开表示热烈的祝贺，对出席会议的各位专家和来宾表示诚挚的欢迎！我十分荣幸地向大家介绍出席研讨会的国际地震中心ISC执委会委员：乔·弋尼克先生，托马斯·罗威利先生，汉斯·哈默尔先生，杰夫瑞·萨克斯先生，加夫里科夫斯基先生，森口武治先生。

我衷心地希望世界各国地震学家携起手来，相互交流地球板块学说最新研究成果，将法国地质学家勒皮雄创立的板块构造理论更多地应用到地震预测领域，为全球的地震防灾做出应有的贡献。

祝此次研讨会取得圆满成功。谢谢大家。最后，我要向所有关心和支持本会议的专家，以及会议秘书处辛勤工作的人员等表示衷心的感谢！

曲东很惊讶，自己竟被安排在第一个宣读论文。他自离开大学校园，走向社会，他还从没有机会出席任何层次的学术研讨会，更遑论国际学术研讨会。有生以来，第一次被邀请出席研讨会，就是国际研讨会，而且第一个宣读论文，且还得用英语，这叫他如何不紧张？

虽然，为了今天的论文宣读，他已经练了无数遍，练到几乎可以脱稿发言，但他还是非常紧张。他诚惶诚恐地走上演讲台，面对台下众多国际学术权威，喉咙发紧，半分多钟竟张不了嘴。直到下面再次响起掌声，他才缓过劲来，开始宣读论文。他讲的英语同中国绝大多数学过英语的一样，是富有中国特色的中国式英语，英语国家的人士很难听得懂的英语，台下的专家听得一愣一愣，但没有一个人发出任何声响。看得出，台下的专家、教授修养极好，都在聚精会神地听。

一家欧美国家电视台的记者，将一架广播级的索尼数码摄像机架在演讲台下10米外的地方，对曲东发言进行全程拍摄，还有几个记者在不同位置，用不同角度进行拍摄。

3

晏萍自从被村冈谦以“青岛市福尔摩调查事务所经理”的假身份聘到青岛后，一个旅游景点也没去，一直待在宾馆房间中，专门听曲东在各种场合下的电话录音和谈话录音，及时翻译给村冈谦听，这7000元月薪太合算了，她可帮了村冈谦大忙。由于她的出色翻译，使村冈谦对曲东赴曼谷的具体日期、航班，甚至下榻的酒店等等信息，一切都在掌控中。

曲东赴泰国当日，村冈谦做了精心化妆，改用另一本护照，带着西尾勇和松田武夫，与曲东乘同班机抵达曼谷，下榻在同一家酒店，只是刻意不在同一楼层。

村冈谦乘机离开中国赴泰国之前，得到上级最新指示：如果曲东出席一个正规国际学术研讨会，不要惊动他，顺其自然；如果发现这个研讨会是个阴谋，是个陷阱，行动小组可以采取非常措施，将曲东“请”到日本。

第二日，一早，村冈谦亲自到楼的202会议厅侦察过，感觉会场布置比较专业，没什么破绽，曲东在东拉翁酒店的一举一动，全在村冈谦一行的视线范围。

曲东从主楼走向附楼，走往202会议厅的过程中，村冈谦远远跟在其后。曲东进入会议厅，村冈谦没进，他只是瞟了一眼会议厅，出席研讨会的人员也颇有休养，还有报社和电视台记者，没有疑点。他一直朝前走，走到走廊尽头，向右，从楼梯口下到一楼，再从大门出来，来到绿树成荫的花园，与西尾勇和松田武夫会合。三个超一流的日本警察，三双眼睛盯着副楼大厅的大门，他们非常自信，曲东的行动一切绝对在掌控中。

如此守候约一个半小时，村冈谦放心不下，再次走进副楼，乘电梯上到二楼，装作“路过”202会议厅，会议厅麦克风传来声音，国际地震中心主任费尔顿博士在说，下面请国际地震中心执委会委员，森口武治宣读论文。村冈谦步子已越过会议厅大门，他一听“森口武治”，这不是咱日本专家吗，他很想倒回去瞧瞧森口武治，又怕引起与会者注意，只得作罢。不过，他倒是计上心来。他快步下到花园，在一棵高大椰树下，用手机拨打佐藤一朗教授。

“佐藤教授，我是村冈谦。曲东正在泰国曼谷出席板块构造学说国际研讨会，刚才我经过会议厅门口，听会议主持人说，请国际地震中心执委会委员，森口武治发言，请您迅速同森口君秘密联系，我想了解会议全部议程。”

“好，我马上联系。”森口武治是日本地质调查局活断层研究中心研究员，佐藤教授与他私交甚深。

只一会儿，佐藤教授回电：“村冈君，森口——森口——他——他没去泰国，他现在在国内呀！”

“他在国内？你能肯定吗？”

“绝对肯定，他亲口对我说的。他还说，他本人也确实是国际地震中心执委会委员，但是，他说，从未听说过国际地震中心在泰国举办国际研讨会，如果有，他不可能不知道。”佐藤教授接着补充，“按照惯例，国际地震中心主办学术研讨会，根本没可能邀请一位名不见经传的小人物。”

村冈谦第一感觉出大事了，出天大的事了。他背脊发凉起来，拿手机的手颤抖利害，脸刷地一下白了，白的瘆人。他霎时明白过来，这个所谓“板块构造学说”国际研讨会只是一场戏，这场戏演得如此逼真，绝对不可能由曲东背后的那个女人一人所能导演，肯定有一个组织或一个集团在操控。看得出这个组织或集团真乃“用心良苦”，计谋颇深。他们如此用计为什么，为什么？村冈谦一时想不清楚、想不明白，也没时间容他多想。此事很快将失控，他当机立断，命令松田武夫守在副楼一楼大厅接应，他带着西尾勇“嗖”从台阶冲上202会议厅，准备不惜代价，要将曲东抢救出来，迅速将他带到安全的地方，将他控制起来。只有将他控制，才能查出后面的组织，查出这个组织精心策划这一切的目的。

村冈谦如箭一般飞向202会议厅，猛地推开厚重的大门，会议厅竟没一个人影，出席会议的二十几个人突然人间蒸发了，不可思议，简直不可思议！

村冈谦疯一般从202会议厅冲出，推开在二楼的其他小会议室，哪还有曲东踪影。村冈谦脑子飞快转着：副楼只有一楼的一扇大门可供进出，曲东包括二十几个所谓出席国际研讨会的人员如果从大门出来，不可能逃出我们三个的眼睛，那么，只有一种可能，酒店副楼一定还有其他出口。对了，唯一的可能是电梯，电梯可能通向地下停车场，他想及此一层，奔向电梯，果然，电梯键上有副一层的键。村冈谦与西尾勇急忙乘电梯来到副一层，果然是酒店的地下停车场，停满了小车。村冈谦快跑地从地下停车场出口出来，才发现，出口开在宾馆后面。再看出口处不宽的小街，车流如梭，曲东及那些个所谓出席会议的人一定是从这个出口逃脱的。

村冈谦狠狠地拍了一下脑袋，十分地懊悔，悔恨自己犯了一个如此低级错误，大意失荆州，曲东竟然在自己眼皮底下消失。

4

曲东9点20分在去202会议厅的路上，撒白蓉也没闲着。

她站在酒店房间的窗前，居高临下，目送着曲东进入副楼内。她离开窗前，泡了一杯茶，待茶稍微凉了一些，便端着茶，踱到窗前，她无暇眺望曼谷的风光，她也盯着副楼的大门。不经意间，见主楼与副楼之间的花园玫瑰丛中，三个大男人无所事事的样子有些怪，咦！那个腰大膀粗的年轻人好眼熟悉呀，噢，对了，这个像相扑运动员的年轻人，见过，是，肯定见过，在青岛港湾大酒店。地球村真小，不会吧！在青岛住在一家酒店，在泰国又住在国一家酒店，不会如此巧遇吧！再细看下去，那三个男人不时用眼盯着副楼首层大门，一定有什么重大企图，莫非他们是警察，中国警察？还是日本警察？

大事不好，撒白蓉用电话通知了她的人，然后，她从主楼乘电梯一直下到地下停车场，在地下停车场找到副楼的电梯，上到副楼的二楼，悄无声息地进了会场，曲东正聚精会神听“森口武治”宣读论文。她俯身拉起曲东的手，不容分说，拖着他出了会议厅，来到走廊。

“东仔，论文都宣读完了，走吧，我带你去吃正宗泰国菜。”

“不好吧！”曲东犹豫地说。

“放心啦，所有代表的论文都会收集成册，你以后有的是时间，慢慢看。”

“中途走，不礼貌吧！”

“你以为在国内开会呀，国际研讨会随意的很，走吧。”

曲东有些不情愿地跟着撒白蓉，乘电梯直下到了地下停车场，停车场很大，有几百个车位，分ABCDEF六个区，如迷宫一般。撒白蓉轻车熟路地很快找到出口，显然，她事前踩过点。

来到出口，撒白蓉招了一辆出租车，用英语对司机说，去半岛酒店，曼谷的出租车司机都能听懂英语。出租车载着他俩来到曼谷市区昭披耶河旁的半岛酒店，这间酒店颇有名气，东西方名流淑媛们都热衷入住。下得车来，一位彬彬有礼的门童，为曲东和撒白蓉恰到好处地拉开巨大的门，脸上绽放着热情、谦卑的笑容，让曲东蓦地生起一种从未有过的主人感觉，贵族感觉，这种感觉真好，有钱人真好。曲东有些诧异，门童每天对着成百上千客人，怎么还有如此富有真情的笑容。步入酒店大堂，所见之处有着超乎想象的奢华，这种奢华浸透在大堂的每一个角落。

在服务生引导下，他俩来到美食长廊，要了一间房。撒白蓉仍旧那种大姐作风，没征求曲东意见，利索点了东阴功汤、脆米粉、泰式咖喱鸡、清蒸蕉叶咖喱鱼、清烹大龙虾五道泰国名菜，瞧她点菜样子，对这里的美食十分熟悉，不像她所称，从没来过泰国。点完菜，她借故上洗手间到外面打电话去了。

撒白蓉对美食浅尝辄止，她静静地看着曲东狼吞虎咽、风卷残云。饱餐之后，她在酒店大堂服务台开了一间房，尔后，带着曲东乘电梯来到酒店主楼2908豪华套房，曲东纳闷，怪，为什么只开一间房呢？

他俩乘高速电梯来到29层，进了2908。半岛酒店的豪华套房在全曼谷算风景最好的房间，可以270度看到充满热带风光的昭披耶河景。套房内部设计颇具匠心，为宾客量身打造的舒适服务，总在不经意地藏在细腻之处：如房间电话响起时，只要按一下按钮便可通话，此时电视机会自动静音，还有更绝的，浴缸的水声等杂音也都一一被过滤。

曲东拉开窗帘，远眺掩映于茂密翠绿丛中的大皇宫，金碧辉煌；近看湄南河两岸，旖旎的风光美不胜收。

“叮咚”，门铃响了，撒白蓉拉开房门，门口站着一对白人男女，男的细目虬髯，人高马大，40岁出头，右手提摄像机；女的金发碧眼，20有余，手上拿着一支标有CNN的录音筒。曲东一眼就认出人高马大的摄像师，在东拉翁酒店板副楼202会议厅，演讲台前，用摄像机拍摄的就是他。

CNN金发记者抢上一步，落落大方地主动来了个自我介绍：“曲东先生，我是CNN记者康妮，国际地震中心主任费尔顿博士专门推荐了您，他对您的论文推崇备至，希望我们做个专题报道，行吗？”

曲东一愣，咦，我刚到进房，记者怎么就知道了，哦，国外的记者不像国内党报的记者，他们工作拼命的多，况且，他们还有狗仔队，无孔不入。让人喷鼻血的美女提出要求，岂能拒绝，曲东受宠若惊地说：“没问题。”有生以来，第一次接受记者采访，能不激动吗，曲东甚至有了飘起来的感觉。

“那我们抓紧时间，现在就开始好吗？”

“行，不过我有一点不明白，按照研讨会议程，不是安排在晚上接受采访吗？”

“是呀，不过，我们有新的任务，必须赶回去，所以，我们提前采访。”

摄像师将一张凳子提到电视柜旁，让曲东坐着，脸朝窗户，窗外的光线柔和地照在曲东突然变得生动起来的脸上。摄像师站在窗前，将三脚架架好，对曲东进行拍摄。

“请问曲先生，您在什么单位工作？”美女记者将标有CNN字样的录音棒递在曲东身前。

“中国黄海市地震局。”

“多少岁？”

“30。”

“毕业于哪所大学？”

“中国地质大学，北京那所。”

“学什么专业？”

“地球物理学专业。”

“学历？”

“本科。”

记者在询问一番曲东的简历之后，将问题切入专业领域。

“请问曲先生，您什么时候完成《恐怖分子震断日本列岛与亚欧板块后果初探》一文的？”

“今年4月中旬。”

“你写《恐怖分子震断日本列岛与亚欧板块后果初探》这篇论文的动机是什么？”

“从防患于未然角度，提醒日本国，在国际恐怖活动有增无减的大背景下，要提防恐怖分子在日本国的命门处下手。”曲东将自己的写作动机作了拔高，其实，他当初写这篇论文，不就是为了评中级职称吗。

“请问，世界上，谁第一个发现日本列岛地震会同步引起中国黄淮地区地震？”

“可以肯定地说，是本人。”曲东口气颇为自信。

“这个发现有什么实际意义？”

“它证明，日本列岛与中国黄淮地区是‘挠挠板’的关系，众所周知，‘挠挠板’中间有个支点，如果支点附近这块板断了，那后果难以想象。”

“这个支点在什么位置？”

“在我们中国黄海中部和南部的海沟。”

“您上午在宣读论文时，曾说，如果恐怖分子在这个支点，即你们中国的黄海海沟引爆两枚及以上核弹，日本列岛就会被推入太平洋海沟，为什么那么肯定。”

“我在论文中已经作了详尽的理论阐述，作为亚欧板块最东边一小部分的日本列岛，在板块碰撞力作用下，它骑在了太平洋板块之上。我们可以看世界地图，日本列岛东面几十公里处都是6000多米深的太平洋海沟。打个形象的比方，日本列岛如同一部集装箱大卡车开到一处悬崖边，车头的轮子已经临崖悬空，司机吓得半死，但是，这部车不会掉下去，因为后面车体很重、很沉。只有在外力作用下，才有可能跌落。”

“您的意思，日本列岛是在悬崖边上的车头，中国黄淮地区是载货车身，车头和车身之间处是你们中国的黄海海沟下的岩石圈。”

“是的。千百年来，日本群岛之所以没有跌落万丈深渊，那得感谢中国大陆这个好邻居，好伙伴，是它，不知疲倦地，任劳任怨地，不求任何报酬地死死拉着日本列岛，硬是不让它滑入深不可测的太平洋海沟，我们中国，是真正意义上的国际主义战士。”

“曲先生，按照您的思路，朝鲜和俄罗斯也是国际主义战士吧！”

“勉强称得上吧！”

“为什么说勉强呢？你在论文中说，朝鲜海峡和俄罗斯库页岛的宗谷海峡下面的地质在拉住日本列岛，它们也有贡献呀！”

“我不否定它们的贡献，但是，与中国的贡献相比，那要渺小得多。再打个比方吧，日本列岛是车头，中国黄淮地区是车厢，那黄海海底就是两根钢梁，朝鲜海峡和俄罗斯库页岛的宗谷海峡下面的地质构造只是两根小皮带，倘若没有两根钢梁拉着，单凭这两根小皮带，日本列岛这个车头几万年前就沉入太平洋啦。”

“曲先生，你的比喻非常形象。”

“谢谢！”

“曲先生，您上午在宣读论文中说，如果恐怖分子用两颗核弹就能震断中国黄淮地区与日本列岛的板块联系，地壳那么厚，有几十公里甚至上百公里厚，炸得断吗，本人表示怀疑。”

“您表示怀疑，我可以理解，毕竟你不是学地质专业的。如果用一个鸡蛋来做比喻，地壳的厚度要比蛋壳薄得多。让我们一道来看看地球，它的地壳厚度呈南大北小中间鼓的“梨形”，地壳平均厚度为17公里，大陆地壳较厚，平均为33公里，海洋平均厚6公里，科学家通过对地球引力波动的测量发现，在距离日本群岛不过200公里的马里亚纳海沟，其底部的地壳厚度仅为1.7公里。中国黄海海沟附近地壳厚度只有3至10公里左右。”

“中国黄海海沟下面的岩石层，就算厚度3公里，两枚原子弹能炸断3公里的岩石层吗？”

“我没说过要炸断呀。”

“不炸断，那，日本列岛怎么会失去与中国黄淮板块的联系呢？”

“炸出许多裂缝总可以吧。”

“只炸出许多裂缝有什么用？日本列岛还是同你们中国黄淮地区沾在一起呀？”

“恕我冒昧，你去过埃及吗？”

“去过。”

“有没有参观胡夫大金字塔？”

“到埃及旅游的人没有不去参观胡夫大金字塔的。”

“那您看过胡夫大金字塔的石块吗？”

“看过，我还坐在石块上照过几张相，这些石块真大，据说平均每块重2.5吨，相当于一辆小汽车。”

“4500年前，古埃及人在西奈半岛的采石场开采金字塔的石块时，工匠就在是石缝中，打入几根小木楔，将巨石从山体震出，你信吗？”

“这，这很难相信！”

“当时埃及生产工具极端落后，没有铁器，只有铜器，铜是古埃及人当时掌握的最硬金属，采石工人使用淬火硬化过的铜凿，首先将一块石头底部和两边凿成槽，靠山体一面凿两个小孔，然后在孔中打入干燥木楔，并在上面浇水，木楔浸水膨胀，在石块中胀裂出许多小缝，小缝变中缝，中缝变大缝，最后，将巨石震出。”

“哇！曲先生，您真是天才！您的意思，假如恐怖分子在黄海沟沟引爆两枚原子弹，用核钉的办法，在中国黄海海底岩石层上打两个孔，海水无孔不入，涌进或渗进无数个缝隙中，缝隙膨胀，又有无数海水渗进，缝隙再膨胀，这个澎涨力将把日本列岛推向它东部的太平洋海沟，那是日本的梦魇。”

“‘核钉’原理与古埃及人采石是异曲同工，中国俗语称之为‘四两拨千斤’，物理力学叫‘劈楔’。”

5

村冈谦大意失荆州，让曲东在自己眼皮底下消失。他奔回宾馆房间，快速开启手机监听器，利用它的三维立体地图卫星定位系统，很快侦测到撒白蓉与曲东在湄南河河旁的半岛酒店。村冈谦思忖，曲东这几日发生的一切，都与他师姐，那个叫“阿蓉”的有关，这个“阿蓉”何许人也？

村冈谦一行心急火燎打的赶到半岛酒店。所谓吃一堑，长一智，村冈谦下车后，没有急于进酒店。他仔细察看了酒店的周边环境，然后做了分工，命西尾勇守在酒店地下停车场出口处，长相似相扑运动员式的松田武夫守在半岛酒店独自拥有的过河渡口，他自己则守在酒店大堂。村冈谦想：“这回封锁了酒店每个出入口，曲东身边的女人再狡猾，也插翅难飞。”

曲东在半岛酒店房间里，对CNN美女记者的提问，有问必答。

撒白蓉手机骤响，为不影响曲东接受采访，她从房间退出，来到走廊中接电话，没说几句，“噌噌噌”奔回房间，打断采访，礼貌对记者说，有急事，曲东现在得走，请他们谅解。两位记者非常体谅，非常配合，提着摄像机快速离开了房间。

“东仔，有急事，我们快走！”

“去哪里呀？”曲东不悦。这也难怪啦，对一个内心时时渴望出人头地，时时盼望得到社会承认的人来说，你突然打断记者采访，岂不等于坏人好事。

“芭堤雅。”

“你不是说过，等会议结束之后去吗？”

“会务组刚才来电话，说研讨会应大家的要求，明天的会议放在芭堤雅开。”

曲东心情豁然从阴转晴，好呀，在旅游点开，太好了！

“那我们在东拉翁酒店的行李呢？”

“回曼谷再拿吧。”撒白蓉回答。

芭堤雅这三个字曲东听得多了，可以说神往已久。那里有碧海银沙，有袒胸露背、搔首弄姿、极尽风骚的女人，那里的空气中隐含着欲望的气息，对了，芭堤雅还是男人的天堂。

“师姐，到芭堤雅要多长时间？”

“不塞车一个小时吧！”撒白蓉说假话从来不打腹稿，几乎信手拈来。其实芭堤雅位于首都曼谷东南154公里，从曼谷出发，沿苏库威高速公路，要两个多小时才能到达。

出得酒店大门，撒白蓉睃视一番，领着曲东走向酒店大门右侧林荫道，那里泊着一辆正在维修的出租车。撒白蓉用普通话对司机说，去芭堤雅。司机二话没说，将车头前盖合上，极快地将车发动，一轰油门，消失在车流中。曲东有些不解，刚才车还在修，怎么瞬间跑得比什么车都快。还有一点觉得奇怪，师姐没有用英语，直接讲普通话，她怎么一眼就能断定司机是当地华人。

撒白蓉这一切，早被守在酒席大堂的村冈谦双眼逮住，他悄然尾随其后，在撒白蓉所乘出租车启动之时，村冈谦随手招了一辆出租车，如箭一般上了出租车，要司机追上撒白蓉所乘的车，许诺多给一倍的钱。司机淡定地笑笑，曼谷是全球有名的“慢谷”，再好的车都跑不起来，司机大佬胸有成竹，这钱真好挣，这样豪爽的客人委实太少啦。

村冈谦在车上用手机急呼西尾勇和松田武夫，让他俩急速赶来，他俩仍在酒店过河渡口和酒店停车出口处傻傻地干等。

撒白蓉和曲东乘坐的出租车好不容易出得拥挤的曼谷市区，在苏库威高速公路飞驰，撒白蓉电话不断。出租车向南行驶约两个小时，曲东指着一个路牌惊呼：“师姐，你看，路牌Pattaya，这儿是芭堤雅路口呀，怎么不下高速？”

“我们又不去芭堤雅逛街，我们直接去海滨的酒店。”

芭堤雅在曼谷东南部的暹罗湾，车应该朝东南方向行驶，可出租车实际上是朝正南方向行驶。曲东学地质专业出身，方向感应该很强，他之所以没有发现，只是因为他太过信任撒白蓉。撒白蓉从包里掏出一支矿泉水，打开盖，微仰脖子，欲喝。见曲东瞧着自己，口干舌燥的样子，她没有渴下去，她将矿泉水瓶递给身旁的师弟，曲东不好意思地接过矿泉水瓶，咕嘟咕嘟，一口气喝完。不一会，曲东人一歪，睡得像死猪，天踢下来他也不会知道。他哪里察觉到师姐在演戏，她压根就不会喝那瓶矿泉水，因为，那是给曲东准备的，放了安眠药。

出租车又向南行驶了六七个小时，晚10点多，来到了泰国南部第一大城市合艾市。司机从高速公路路口下来，他从倒后镜发现，后面一辆曼谷牌照的出租车紧跟其后，他一惊，忙掏出手机，打了个电话。撒白蓉所乘的出租车在灯火璀璨市区穿梭。后面那辆曼谷牌照的出租车紧追不放，上面坐着村冈谦。

撒白蓉所乘出租车来到一个大街的十字路口，绿灯，它放慢速度，愣是不过，绿灯变黄灯之际，它却来了一个突然加速，跟在其后的那辆出租车不顾红灯欲强行跟上，不料一辆白色佳美车不顾红灯，疯了一般，从右边车道急速飞来，向村冈谦乘坐出租车撞去，好在司机车技了得，猛打左胎，好不容易避过佳美车。

村冈谦乘坐的出租车几乎在原地来了个大转弯，360度转弯后，出租车又回到原来的位置，原来的方向。司机再向前方望去所追踪的出租车哪里还有踪影?

泰国司机脾气真好，明知对方故意相撞，一点都没生气，泰国素以包容著称，在泰国，发脾气是下下之策，泰国人认为当众骂人是卑劣的表现，所以出租车司机天天在路上跑，与人发生摩擦是经常的事，但从来都不通过吵架来解决。

村冈谦受过特种训练，在车急速转弯之时，临危不乱，眼睛始终盯着曲东乘坐的出租车，看清了曲东乘坐的车在十字路口并没有直行，而是向右转弯。司机按照村冈谦手指方向，急速追去，飞驰了几公里，仍不见目标。村冈谦心想，此时晚上10点多，路灯黑，岔口多，前面的车随便往那个路口一拐，甚至往路边树荫底下一靠，车灯一熄，车子立马可以消失得无影无踪，这样瞎追不会有结果，他让司机停车，停止这徒劳的追赶。司机意犹未尽，还想追，乘客早在曼谷时，就已许诺，会多给一倍的钱，再追一天，司机都愿意。村冈谦拿起手机，给在后面赶来的松田武夫打电话，让他启用手机监听器，用它的三维立体地图卫星定位系统找寻曲东和他身旁的女人。

第八章

1

曲东乘坐的出租车在十字路口得到“帮助”，向右急转之后，对本城道路熟稔的司机穿大街走小巷，急驶四五分钟，在一条小街拐弯处，猛打左胎，驶向路旁的一家按摩院，在院中一株硕大菩提树下一个急刹，随即关掉发动机，关掉所有车灯，顷刻间，出租车好似人间蒸发一般。由于出租车急刹，巨大的惯性将撒白蓉拽起，人头向车的挡风玻璃撞去，好在她眼明手快，情急中用双手死撑着，头才没被撞破。后排屈腿昏睡的曲东却倒了大霉，他被重重抛起，跌下来时，腰被撞在后坐上，被撞醒，痛得直咧嘴。

撒白蓉赞道：“段老板，车技真好！”原来，她与司机很熟。显然，中午时分，曼谷半岛酒店，撒白蓉领着曲东来到酒店大门右侧林荫道，这辆出租车是在假装维修，实则，司机一直在等她。难怪当时曲东有些不解：刚才车还在修，怎么瞬间跑得比什么车都快。

她钻出汽车，拉开后门，喊道：“东仔，下车罗。”

“师姐，这——这是什么地方呀？”一路颠簸，曲东被弄得七荤八素。

撒白蓉一时不好回答，好在司机段山反应快，说：“走吧，进去就知道啦。”

迷迷糊糊的曲东被领进按摩院。“老板娘，找一位手法好的帮这位先生服务。”看得出，出租车司机段山对这里熟门熟路。段山的普通话带有明显的云南口音。

曲东不解地问：“师姐，他们都能说普通话？”曲东懵懵懂懂中仍没忘记自己是在国外，印象中，既然在国外，要么讲英语，要么讲泰语，怎么可能讲中文呢？

“这有什么奇怪，十个泰国人中就有一个中国人，五个合艾人中就有一个中国人。”撒白蓉解释道。合艾市被誉为“泰南心脏”，是泰马两国的交通要冲，号称泰国华人最多的城市，华人几乎垄断了这里的经济命脉。在合艾，无论谁想要做生意，都得学会讲客家话或潮州语，广东梅县客家话在这里竟成了第一语言，就连来自印度、巴基斯坦的商人，也得学会讲客家话或潮州话。置身合艾，仿佛置身中国南方沿海城市，举目可见的店铺招牌十有八九用中文书写。

“我们在合艾？你不是说我们到芭堤雅吗？”曲东迷惑地问。

撒白容一窘，自知说漏了嘴，她赶紧解释：“没错，我们到了芭堤雅，现在正值芭堤雅旅游旺季，宾馆没有房间，所以，我们就跑到芭堤雅隔壁城市合艾来找宾馆。”撒白容从娘胎出来就擅长撒谎，且撒谎起来，脸不改色，心不跳。合艾市离芭堤雅远着呢，直线距离有着好几百公里，根本不是什么隔壁城市的关系。曲东学地球物理出身，方位感十分强，若在平日，若没有喝撒白蓉给的渗有安眠药的矿泉水，根本不可能骗得到他。

曲东被领进贵宾按摩房，环顾四周，天呀，设施简陋得离谱，陈旧的小房间里放着一张旧木床，床上铺着薄薄的垫子，没有空调，只有一把破旧的风扇吃力的旋转，这跟中国的桑拿房完全不在一个档次。当然，这样的环境并不能影响曲东的情绪，他极兴奋地躺在床上，思绪飞到一个月前的那个晚上。那天，他在单位食堂吃过晚饭，无所事事来到街上闲逛，路过一家桑拿中心。也许鬼使神差，也许是门口小姐性感长腿的诱惑，他竟然走了进去。这是他有生以来第一次进桑拿场所，经验老到的妈咪最喜欢这种傻乎乎的客人，曲东刚一进门，立即叫来八九个小姐，小姐们如同士兵列队，齐刷刷地站在曲东面前，任曲东挑选。昏暗的灯光下，曲东望着一个个穿着十分暴露的小姐，用一个男人少有的羞涩眼光挑中了一个小鸟依人般的小姐，进了单间。当小姐将门关起来，成了两人天地，他马上明白，这里所谓的桑拿其实就是色情场所。哎，“桑拿”名词真好，男人如果直接说去妓院，既过不了同事朋友的关，也过不了家人的关；而如果说去

“桑拿”，那就多了一层遮羞布，可以从容地说是为了应酬，为了工作。正因为如此，神州大地，桑拿这个舶来品，如同水浮莲在中国泛滥一样，四处扎根，成了中国男人私下公认的剩余产品集中销货处。俗话说：“没吃过猪肉，还没见过猪跑呀！”曲东虽第一次步入桑拿中心，可他在网上见多了桑拿场所发生的种种故事。他贼溜溜地盯着小姐的敏感部位，见她将按摩油在床头柜上一放，然后转过身，十分娴熟地将一块浴巾搭在按摩房房门中间玻璃上方的两个铁钩上，瞬时，小房间与外界完全隔离，一下子无限私密起来，在里面不管怎么翻云覆雨，外面也不知。

按摩小姐以例行公事的口吻问，要打飞机还是放炮，也可以选择冰与火的考验。曲东战战兢兢地问了三种服务的内容和具体价钱，除必须付的钟点费外，打飞机另付小费100元，放炮300元，冰与火的考验500元。曲东只在网上了解过这方面的事情，实际要操作，他还是紧张得不行。他口是心非，嗫嚅着说要正规按摩，小姐抿嘴一笑，说“嘁，市长到我这里都不正规。”

“你——你接待过市长？”

“有什么好奇怪。”

“他也做那种事？”

“不做那种事来这做什么？”小姐觉得曲东的问话真是好笑。以她多年按摩实践，切身感受到，脱去西装换成白净桑拿服的市长，同普通客人没有什么本质不同，如果一定要说有什么不同，那就是市长没普通市民那么猴急，没市民对价钱那么计较，大多市民一进房门，就撕衣扒裤，强行施工，挥汗如雨，有的还不肯戴“安全帽”。市长嘛，一般都不忘思维政治工作的特长，一般都会先问寒问暖一番，小姐，你哪里人呀？多少岁呀？来多久啦？有没有签劳动合同呀？老板有没有拖欠工资呀？有没有买社保呀？

曲东属于小姐眼中典型的普通市民，小姐职业的眼光不错，没看走眼，果不其然，没等她为曲东按摩两分钟，曲东就来了一个反客为主，迫不及待地为小姐服务起来，最后，除了给钟点费，以他给按摩小姐300元凯旋而归。这300元是他刚借来准备寄给读大学的妹妹，那是妹妹一个月的伙食费呀。

曲东以为泰国的桑拿同国内不会有什么不同，正当他心旌荡漾想入非非之时，一位黝黑矮瘦的婶婶级妇女走了进来，曲东急道：“请你帮我催一下，怎么小姐还不来。”

中年妇女躬身用蹩脚客家话说：“先生，是我为您服务。”

曲东心中不由得一叹：“命苦！怎么碰到这么老这么丑的呀！”但他没敢说出来，他毕竟受过高等教育，知道这是在国外，不可造次。 “婶婶”却读懂了曲东眼神，不过，她一脸坦然。她从曲东脚趾开始作业，娴熟地施展捏、拽、揉、按、摸、抻、拉等功夫，手法轻柔、和缓又有力度，让曲东的每一寸肌肉都得到最大舒展。她似乎用了全身的力道来指压客人的穴位，将手掌心的力量均匀渗透到肌肉深处，然后再把客人身体各个部位都最大限度地拉伸。在婶婶按摩师用力使其身体转动的时候，曲东仿佛能听见“咔咔咔，咔咔咔”骨头和骨头拉开的响声，犹如脱胎换骨，全身的筋骨都得到了放松，这对于长途跋涉之后的曲东来说，非常受用。婶婶按摩师十分地敬业，曲东也完全抛弃了刚才的邪念，惬意地享受正宗的泰式按摩。

撒白蓉与段山没进按摩房，他俩坐在院子的藤椅上。

“段老板，现在都快12点了，咱什么时候走呀？”

“不急。从曼谷跟来的人兴许满大街在找我们。”

“他们是泰国警方？”

“绝对不是。”

“为什么你那么肯定？”

“泰国警察皮肤黑很多，没有那么白净。”

“哪会是谁呢？”

“现在还无法判断。”

“你们的住所离这远吗？”

“不远，我们在海滨大道，20分钟左右车程。”

“曲东关在那安全吗？”

“您放心，我的房子在海边，前门靠海滨大道，后门是大海，有逃生通道，绝对安全。”

2

南天造船厂坐落在海南省天涯市远郊，老牌国营企业，主要生产捕捞船，五年前，生产不景气，每况愈下，奄奄一息，一度处在半停产状态。后来由于红潮袭击使沿海鱼虾急剧减少，渔民要吃饭，必须发展远洋捕捞。于是，远洋捕捞船的需求呈几何级数增长，以生产远洋捕捞船为主业的南天造船厂也因此枯木逢春，呈现勃勃生机。

厂区高大挺拔的椰树林中，耸立着一座刚装修完工的四层办公大楼，大门上挂着白底黑字的招牌：南天造船厂。总经理办公室设在四楼东首，总经理邱晓川正在同总工程师刘域研究“大东海”大型捕捞船的龙骨铺放问题。

桌上电话响起，邱晓川拿起话筒，对方说着标准的普通话：“喂，您好，我找邱晓川总经理。”

“在下正是，请问有何贵干？”

“邱总，您好！我是中国人民解放军N战区军需处参谋廖志东。”

“您找我？”邱晓川不敢相信。

“是的，我们部队要秘密订购一批产品，中国船舶设计中心向我们总后推荐了你们厂，说你们船厂在设计和制造远洋捕捞船这一方面，综合势力在全国名列前茅。还介绍说，你们的科研队伍和生产管理水平也非常高，能达到生产军需品的要求，我们已将你厂列为军需品采购名录。我们N战区军需处领导对此事非常重视，副处长白敏少将将亲自来你们厂考察并商谈合作事宜。明天下午3点40分，白敏副处长将抵达你们的天涯机场。”

“欢迎，我将亲自机场迎接。”

“哦，对了，注意，千万要保密，再见。”

放下电话，邱晓川疑窦丛生，心里嘀咕：“现今社会上骗子多如牛毛，骗术五花八门，制造秘密武器为什么不选择全国赫赫有名的大造船厂，而选择我们这样一个默默无闻的小厂呢？N战区离上海更近，为什么舍近求远，跑到我们天涯市来呢？对方说，我们南天造船厂在设计和制造远洋捕捞船方面，综合势力在全国名列前茅，这句话没错，看来，他们对我们厂比较了解，也许真是中国船舶设计中心推荐。如果真能接到部队订单，那当然妙不可言，生产军需品利润高还在其次，最主要部队绝对重合同、守信用，能保证按合同付款，绝不会拖欠尾款，全世界，谁都想与军队做生意啦！”

3

天涯机场候机楼出口处一片喧哗，戴着各家旅行社帽子的游客操着南腔北调涌出机场，年轻又漂亮的男女导游举着各自旅行社的牌子，在等待出港客人。

南天造船厂总经理邱晓川携总工程师刘域挤在接客的人群中，刘域手上举着一个小牌子，上有电脑打的黑体字：南天造船厂。

肩扛一颗金星的女军官英姿飒爽地走向出口处，后面跟着两名男军官，中年男军官是个上尉，他首先见到刘域举着的南天造船厂牌子，他抢上几步，到刘域面前，问道：“请问哪位是邱总经理？”

“您好，本人就是。”邱晓川腰杆挺直，热情地伸出双手，浑身散发着军人的气质，退伍几十年，没有退色。

上尉主动介绍：“邱总，您好！我介绍一下，这位是我们军需处副处长白敏少将。”

邱晓川诚惶诚恐地同少将握手，寒暄道：“一路辛苦了！”他当兵时，同他握过手的最高职务是营长，同这位少将差着好几级呢。心中暗暗称奇，这个少将好年轻呀！也不出奇，现在小品演员，参军没几年，不也都混上个少将了吗，听说，跳舞的也有跳出少将的呢。

白敏少将既威严又彬彬有礼，说：“这次来可要麻烦你们了。”

出得机场，白敏少将上了邱总的专车，两位男军官上了总工程师刘域的车，两部小车一前一后徐徐驶离机场。

这位白敏少将的确太年轻、太漂亮，假扮者撒白蓉，她本来只有30出头，尽管在化妆时刻意将自己化老成些，可再怎么化妆，30多岁的皮肤无论如何化不成邱晓川心目中的少将年龄。而那位中年男军官竟是泰国的段山。

天涯虽然属省会级城市，但不大，城市规模充其量只有珠江三角洲一个地级市那么大，从东到西，或者从南到北，驱车不过二十几分钟路程。小车从机场出来很快上环城高速，约半个小时就开进船厂的厂区，两部小车钻进高大挺拔的椰林，来到厂办公大楼。大楼门口右侧立着一个长方形的宣传牌，宣传牌贴着红纸，上写：热烈欢迎解放军首长莅临我厂指导工作！

厂办公楼没有电梯，“白敏少将”一行步行上到四楼，来到简陋的总经理办公室，沙发茶几上早已摆满了椰子、火龙果、菠萝等热带水果，邱总经理亲自为客人沏上珍藏的功夫茶，待所有工作人员离开后，他轻轻关上门，郑重其事地说：“首先，我代表全厂广大干部职工对解放军三位首长的到来表示热烈的欢迎。我代表厂党委表态：如果首长考察我厂合格，如果信任我们，将产品交给我们研制和生产，我保证全厂干部职工一定会尽一切努力去完成。”

“白敏少将”霍地站起身，敬了个标准的军礼：“感谢南天造船厂对我们部队工作的支持。我们千里迢迢来到天涯市，考察并与贵厂寻求合作，这不是偶然的，更不是一时心血来潮随便挑一个厂，我们是在作了一番详细的调查，深思熟虑后做出的决定。我们选择贵厂合作有两个原因：第一，中国船舶设计院专家组的推荐，他们认为南天造船厂规模在全国而言不算大，但在远洋捕捞船的产品设计和建造质量上始终处于全国一流水平，你们有良好的产品质量保证体系；第二，保密的需要，大连造船厂、广州造船厂、上海浦东造船厂、江南造船厂等几个全国知名的造船厂都处在人口密集的大城市，船厂附近流动人口多，不容易做好保密工作，更何况国外间谍组织常在这些船厂周围转悠，天上侦察卫星不断地在这些船厂上空拍摄，保密工作难上加难。

《孙子兵法》有一计叫：瞒天过海。我们来考察你们厂，看中的就是你们厂远离珠三角、远离长三角、远离渤海经济区，地处一隅、不足以引起国外情报机构的注意，便于保密。我想，国外那些情报机构这回要大跌眼镜啦，他们做梦也想不到，中国军方会将一件如此秘密的武器交给一个小厂生产。最后，我希望军地精诚合作，共同努力来完成秘密武器的生产。”

邱晓川自接到N战区军需处打来的联系电话后，脑海中始终有挥之不去的疑惑，听罢“白敏少将”一席话，邱总经理感到在情在理，心中一块疑云顿时消散。他激动地再次站起来又作一番掷地有声的表态：“我们南天造船厂在全国同行中虽然挤不进十强，但是，在制造远洋捕捞船这一领域，我们的技术力量雄厚，我们有信心有能力完成军需品的试制任务。”

“白敏少将”压低嗓音说：“这次在你们厂秘密试制的武器将直接用于解放台湾，完成祖国统一大业。”

邱总经理精神为之一振，大有“天将降大任于斯人”的豪气。他义正词严地说：“30年前，我当兵的第一天，部队领导就给我们讲，一定要解放台湾，完成祖国统一大业。今天，能为解放台湾做贡献，是本人的骄傲，也是我们企业的骄傲。”

撒白蓉见邱总经理的认真劲，心中暗道，找对人了，我们完全可以利用他的这个认真劲为我们卖命而不走漏任何风声。她神秘地说：“第二次世界大战时期，著名的诺曼底战役，几十万英美联军悄悄越过英吉利海峡实施登陆作战。那是一场名留青史的跨海登陆作战，只可惜，所谓此一时彼一时，现在要组织这样的战役完全没有可能。要知道，在我们看似空旷的天空，有上百个间谍卫星高悬，军队大兵团的调动已无秘密可言。军委要求我们出其不意，攻其不备。根据这个要求，战区作战部决定在大部队发动攻击之前，在神不知鬼不觉的情况下，先将一批特种部队士兵秘密送到台湾东西海岸。今天我们来到贵厂，就是要求你们船厂帮助我们试制可以秘密运载士兵的工具，说具体一些，即研制出无动力潜水艇。”

“技术上有什么具体要求？”

“要求无动力潜水艇能装载6000公斤，就内部空间来说，长度为5米，宽度为2.5米，高1.8米。说的再具体一点，即无动力潜水艇必须能装载两具红箭-8L反坦克导弹发射器，以及20名全副武装的突击士兵，舱门设计要求同装甲车一样，开在后面，便于士兵进出。为绝对保证我们士兵的人身安全，要求最大下潜能力可以达到100米。”

“潜艇不是很好吗，为什么用无动力潜水艇？”邱总经理不解地问。

“我军拥有亚洲最强的潜艇部队，不过，潜艇再先进，它们都有一个致命缺陷，即在水中有噪音，号称世界上最安静的基洛636型潜艇的噪音也有118分贝，即使在潜艇上加装了消声瓦，或在潜艇表面装上一层人造鲨鱼皮，也仍旧有100分贝以上的噪音，这么大的噪音很容易被反潜声呐设备侦测到，难以达到隐形的效果。所以，我们才需要一批无动力潜水艇，可以用普通渔船拖着走，不容易被敌方发现，更不容易被美国间谍卫星发现。我们要求贵厂先试制出两艘样品，我们将样品带回部队试用，在试用中找问题，然后你们厂就可以在保密的前提下进行批量生产。现在是市场经济，我们部队仍将坚持不拿群众一针一线的优良传统，一定会在尊重价值规律的前提下与贵厂合作。”

说罢，“白敏少将”从黑色手提包里拿出一张现金支票递给邱晓川，郑重地说：“邱总，这600万元现金支票是两艘无动力潜水艇研制的启动资金，样品试制出来后，贵厂可以根据生产成本加上合理的利润，向我们报价，我们将在交船时全额结清。”她顿了顿，说：“不过，在试制之前，我们有个要求。”

接过600万元现金支票，邱晓川惊喜得话都说不囫囵，原来仅存的一点点疑窦也随即抛到了九霄云外，他想，骗子哪有如此大手笔，真金白银给600万人民币的。他不无感激地说：“白少将，有什么要求尽管说。”

“两艘样品必须在一个月内完成。”

邱总经理掂了掂手上的支票，斩钉截铁地说：“没问题，铁人王进喜曾经代表工人阶级说过，有条件要上，没有条件创造条件也要上。请部队首长放心，我们一定会如期完成试制任务，我们将动员全厂技术人员中的党、团员骨干力量，让他们集中起来，吃住在厂里，拼死也要在一个月内完成试制任务。我们家两代军人，我父亲作为志愿军战士牺牲在朝鲜，本人也当过兵，对部队有一份特殊的感情，我会亲自参与整个试制工作。”其实，别看邱晓川一副老实本分国有企业领导的样子，既然他能当上这家国有企业的总经理，自有他过人之处，他虽没上过正规大学，但是，他天生就有成本核算概念，他在短短几分钟内，大致心算出成本：每艘无动力潜水艇材料成本充其量不过100万，参与试制的技术人员和工人工资成本不过70万，其他的都是利润，当然，这个利润会以好听的名词出现，即高科技产品高附加值。

“白敏少将”再次从座位上站起来，动情地握着邱总经理的手：“谢谢地方领导对我们部队工作的支持，如果无动力潜艇在部队试用满意的话，贵厂将至少接到200艘的订单。”

“200艘！”邱总经理心花怒放。

4

邱晓川总经理在伏案办公。

总工程师刘域推门而入，他双手捧着一个似橄榄球形状的潜艇模型，一脸兴奋地说：“邱总，技术处的党员骨干连续奋战五天五夜，提前两天将无动力潜艇的三维图像和模型搞了出来，您看，这个模型是按250∶1的比例制作出来的，漂亮吧！”

邱晓川欣喜地从刘总工程师手中接过模型，仔细端详，以专业眼光打量着它的每个细节，颔首称赞：“好，非常好！”又想起什么，“听办公室黎主任说，这些天你老婆生病住院你都没去陪她？”

“我妈在医院陪她。”

“真难为你，今天不要上班了，快到医院去陪陪老婆。”邱总爱惜地说。

刘域是个专业技术人员，对政治一贯不感兴趣。但是，他对中国人民解放军始终有种挥之不去的情结。这种情结的产生可以追溯到他高中时代，即1976年。当时，一人参军全家光荣，有人参军的家庭门楣上都会有当地政府张贴的“参军光荣”的红纸，人们路过都会露出羡慕的目光，女青年以嫁给军人为光荣，城市户口的退伍回来还可以安排工作。1976年那年，刘域高中毕业，他同当时所有男女青年一样，最大的梦想就是参军。那年冬，他以城镇待业青年的身份报了名，体检顺利过关，接下来就是政审，政审将他参军的梦碾碎。问题出在家庭成份上，他家的成分是小土地出租，这种成分非常怪异，有的地方将它当作中农看待，有的地方将它当作富农看待。刘域所在的小县城就将小土地出租当作富农，“地富反坏右”这反革命性质的五类分子的子女绝对不允许参军。当兵路虽被彻底堵死，但他永远向往部队，羡慕军人。这次能为中国人民解放军研制秘密武器，他的心情非常激动，他满腔热情地投入到对无动力潜艇的设计中，这种充满激情的工作是多年不曾有过的。

“邱总，我们技术部有一个意外收获哟。”

“有意外收获？”邱总经理猜不出。

“技术处窝里斗消失了！”

“窝里斗消失？太阳从西边出啦，不可能吧！”邱总难以相信。这也难怪他了，南天造船厂是个老国有企业，技术处的工程师们相互斗了几十年、斗成了两个水火不相容的派系，甚至发展到不同派系之间的人彼此都不说话，矛盾不可调和。两个派系之间都遵循一个原则：“凡是敌人反对的我们就拥护，凡是敌人拥护的我们就反对。”一方设计的图纸再好，另一方必然坚决反对，反之亦然。

“邱总，千真万确，这次设计军方产品，技术处水火不相容的两派破天荒进行了合作，而且，合作起来非常融洽，大家都不计前嫌，齐心协力，相当开心，要不怎么可能提前两天完成设计任务。”

“好，太好了！真让人喜出望外呀。”

南天造船厂已实现全厂计算机内部联网，刘总工程师走到邱总专用电脑前，调出无动力潜水艇三维图像，他手指三维图像说：“邱总，所有设计数据和图纸我们都已经搞出来了，万事俱备，只待你拍板，你一声令下，立马可投入生产。”

5

村冈谦在泰南合艾市区跟丢了曲东，他让随后赶来的松田武夫启动手机监听器，试图侦测到曲东和撒白蓉所处位置，对方似人间蒸发一般，饶是你用再高科技的设备，也无法侦察到他们。村冈谦不死想，租车在合艾市瞎忙一个晚上，毫无结果，最后只得接受现实，带着莫大的负罪感回到日本。

村冈谦一行回国当天，官邸危机管理中心“曲东事件观察室”召开紧急会议，对策室室长中村正雄主持会议。会议重点研究曲东事件的事态发展。警视厅外事科、外务省国际情报局、防卫省调查科、陆上自卫队中央情报队等情报机构专家再次聚在一起分析情报，商讨对策。

村冈谦被安排第一个发言，他内疚地从座位上站起，向与会人员深深鞠躬、道歉。然后，他将泰国之行作了详细汇报：“6月5日，下午18时20分，我们行动小组在中国青岛乘TG665航班，与曲东乘同一架班机抵达泰国，入住同一家酒店即东拉翁酒店。6日上午，9点20分，曲东从宾馆主楼穿过花园，走进副楼，进到202会议厅，出席国际地震中心主任主办的‘板块构造学说’国际学术研讨会，本人假扮酒店服务生，悄悄跟在他后面，在会议厅门口，我向会议厅扫了一眼，感觉出席研讨会的人员颇有休养，还有电视台作现场拍摄，没有破绽，也没有疑点。于是，我们行动小组三人就守候在副楼唯一的大门前。约一个半小时后，本人放心不下，再次上到202会议厅，在会议厅门口，听说下一个宣读论文的是森口武治，忙打电话给佐藤教授，向他求证，教授随后打来电话，说森口武治压根没出国，就在国内。我当时就预料到出大事了，带着西尾勇冲过去，会议厅人走楼空，他们乘电梯从副楼地下停车场逃之夭夭。我个人认为，这个所谓‘板块构造学说’国际研讨会戏演得如此逼真，绝对不可能是曲东背后的那个师姐一人所能导演，肯定有一个比较大的组织或集团在背后操控。这个组织或集团，如此‘用心良苦’，精心策划一个假冒的国际学术研讨会，策划者动机绝不单纯……”

“本人基本赞同村冈科长的观点，曲东的那篇涉及我们日本帝国安危的学术论文很可能被一个国际犯罪组织所获得。如果这个推论能够成立的话，那么，我们就绝不能小瞧了这个国际犯罪组织，试想一下，这个组织处心积虑，让曲东离开中国大陆，在曲东到了泰国曼谷，他们完全有能力让曲东立即消失，而他们没有这么做，而是不厌其烦，煞有介事，像模像样地搞了一个‘板块构造学说’国际学术研讨会，显然，有它不可告人目的。从中我们也可以看出，这一切的幕后策划者是个高手，非常善于运筹，节奏掌握得非常好，他们在布一个局，布一个对我们日本帝国非常不利的局，我们绝不能等闲视之。村冈科长，请你谈谈，他们为什么要举办一个有专业水准的”板块构造学说’国际研讨会？”中村正雄问。

“从泰国返回的路上，我一直在思考这个问题，对不起，我左思右想，始终想不出为什么。”

“曲东到了泰国，他师姐背后的那个组织要将曲东控制下来很容易呀，为什么要多此一举，举办一个像模像样的国际学术研讨会？”中村正雄还是非常想知道这个问题的答案。

“对不起，这个问题我还是无法回答。泰国之行，使我更深感受到，曲东师姐背后的组织或集团存在一天，对我们日本国就威胁一天。我们要审时度势，迅速调整工作思路，动员一切力量，动用一切资源，尽快找到这个组织或集团，弄清它的目的，必要时将它彻底摧毁。”

与会者纷纷发表自己的看法，献计献策。还是情报“鬼才”内阁情报调查室副室长武男雄的建议更具建设性，他说：“本人完全同意村冈君的观点，我个人认为，我们必须改变思维定式、跳出原来的框框。我们的工作重点有必要做一个重大调整，即由单纯追踪曲东、控制曲东，改为寻找，或者说追捕一直在操纵曲东的那个女人，继而追查她背后的组织或集团，现在，一切一切的信息都表明，曲东从中国到泰国，背后的推手是那个女人；曼谷那个所谓的国际研讨会，背后的推手也是那个女人；曲东在泰南合艾市的消失，背后还是那个女人。单凭这个女人一己之力，不可能摆脱我们特别行动小组的跟踪，她后面一定有一个组织。我们下一个工作重点，就是要将追查这个女人作为重点，然后，顺藤摸瓜，找到她那个可怕的组织。”

“对那个女人，我们手上的情报实在太少了，简直少得可怜，只知道她是曲东的老乡，中学时的学姐，30出头，在英国一家投资银行工作，仅凭这一点情报要找到她也许比登天还难，你有什么具体建议。”中村正雄问。村冈谦插了一句，“问题的难点，找寻这样一个中国籍的女子却不能请求中国警方帮助。”

“毋庸讳言，此乃我们情报工作一大失误。本人建议，村冈君立刻秘密去中国，到曲东的家乡走一趟。首先，找你们曾经雇请过的曲东家乡方言翻译，让她带着你到曲东的家乡去。本人查过资料，那个地方是中国人喜欢说的革命老区，从地图上看，是个地道的山区，我分析，中国这样的落后地区，出国工作的人不会多，通过努力，也许能找到那个女人的父母，也许能找到她的亲友。”武男雄不愧是情报高手。

情报“鬼才”果然名不虚传，此计一出，在座的情报高手频频点头。

次日，村冈谦孤身飞抵上海。在浦东机场，他打通了晏萍的手机。

“喂，小晏，您好！”村冈谦的京腔还是那么富有弹性，对女人来说，很有吸引力。

“您是谁呀？”对方似乎明知故问，带有愤懑之情。

“我是青岛福尔摩调查事务所程经理。”

“什么事？”那头口气生硬，态度显然不好。也难怪啦，10天前，她一个小女子，千里迢迢赶到青岛，为“程经理”打工才3天，就莫名其妙地被炒了鱿鱼。尽管“程经理”十分慷慨，付了她一个月薪水，还给她买了回程机票，不过，晏萍对工作三天就被辞仍耿耿于怀。

“我想请您帮个忙。”

“我能帮你什么！”

“帮我查一下北京那个房地产大老板妻子的老家。”

“无聊，老娘冒得闲！”晏萍冷冷地摔出一句当地土话。

村冈谦，谁呀，名副其实的中国通，他太了解中国人最喜欢挂在嘴边的一句话“有钱能使鬼推磨”，了解这句话的全部内涵，他急中生智：“小晏，如果帮我找到她老家的父母，我给您一万元酬劳，您看行吗？”

“一、一万？”晏萍那头声音有些发颤。

“没错，一万元人民币。”

“口说无凭哟！”

“见面我首先预付3千，找到她家，当场再给7千，你看如何。”

“君子一言，驷马难追。”

“您放一万个心！”

“行，一言为定，你什么时间过来？”晏萍急不可待。

“明天早上8点，在你们的起义广场纪念碑前见面，行吗？”村冈谦对“知己知彼，百战不殆”十分推崇，他来中国之前，上网查过坪江市的概况，这个市城乡居民有263万，面积2689万平方公里，一个半山区的地级市，起义广场是市内著名的旅游景点之一。

“行，绝对没问题，不见不散。”

当天，村冈谦乘飞机从上海抵达长沙，然后乘出租赴坪江。抵达坪江市区时正值华灯初上，他找了一间酒店住下。说实话，村岗谦对此行没敢抱什么奢望，几百万人口，茫茫人海，要找一个人，连名字都不知道，难度堪比大海捞针。手上只有三条价值不大的信息：一、她曾在国内读大学，毕业后在国外读研究生；二、只知道她名字最后一个字的发音“容”或“蓉”；三、几张不清晰的照片，在曼谷追踪时所偷拍。不过实在没有别的办法，用中国人的一句俗话说，死马当活马医。

第二日早上8时，村冈谦提前5分钟乘车赶到起义广场革命烈士纪念碑，晏萍在此等候多时，一天赚一万，半夜起床都愿意啦！彼此寒暄几句后，晏萍热情地向“程经理”介绍坪江的旅游景点，著名小吃，还尽讲些不着边际的闲话，诸如坪江漂亮不漂亮呀、今天早上真凉快、早上你吃了些什么之类，就是不提找“英国公司大老板妻子的老家”之事，说来说去，不切入正题。晏萍如此做，自然有她的想法：“现在的老板没一个正经，坑、蒙、拐、骗样样精通，手段五花八门，如果帮他做完了事，他拍拍屁股走人，我搬石头打天呀！不先给钱，我就是不带他去。”

村冈谦风尘仆仆从日本赶来，肩负国家、民族存亡的重任，他耗不起这个时间，几次想打断她的话，又觉得太不礼貌。他看穿了对方的心理活动，也明白晏萍的小算盘，无非钱嘛，中国人说得没错，瞎子见钱眼开。他趁晏萍停顿的空隙，直截了当地拿出钱来：“晏小姐，给，3000元。”

村冈谦将一叠钱轻轻地放在晏萍柔软的手心，晏萍脸倏地一下子灿烂起来，人也一下子漂亮、可爱起来。钱不是万能的，但没有钱可是万万不能的。

“的士！”晏萍亢奋地举手高叫，所有的废话戛然而止。

“晏小姐，我们去哪里呀？”村冈谦一上出租车便问晏萍。

“去盘龙镇。”。

“为什么去盘龙镇？”村冈谦在网上查询过，坪江市有79个乡镇，他要弄明白为什么独去盘龙镇，自己总不至于跟着一个丫头片子乱走一气吧。

“程经理，去盘龙镇没错的，您放心啦！在青岛，我在听曲东与相好聊天时，我早就发现他们之间讲的是盘龙话。外人听我们讲坪江话，好像都一样，其实差别大着呢，在我们坪江话中有七个小方言，曲东与相好讲的就是七个小方言中的一个方言——盘龙话。”

“你敢肯定吗？”

“当然敢肯定啦！我外婆就是盘龙人，我是外婆带大的，对盘龙话很熟悉。不信？走错了我跟你姓。”我跟你姓，这句话在咱中国可是一句毒誓，发誓人对事情没有百分百把握不敢如此发誓。村冈谦了解这一独有的中国国情，心中窃喜：“哟西！看来真验了中国一句古话：踏破铁鞋无觅处，得来全不费工夫。这样的巧合，看来天也不想灭日本。”

盘龙镇非常偏远，出租车翻山越岭，在崎岖山路上走了三个小时才驶入盘龙镇。村冈谦透过车窗，一阵恍惚：怎么一下子从21世纪回到了中国古代，小溪边，巨大的水车悠悠地转着；田间小路上，大坨牛屎散发着沤烂的青草味；老农赤脚在田里吆喝着水牛在耕田；农妇提着小竹篮在自家地里采摘青菜；几乎每个农户家后面都有一条接起来的毛竹，引山泉水到家，这里仍保留着中国4000年前的生产、生活方式。昨日早晨自己还置身在国际化大都市东京，中午在繁华的大上海，今天好像从时间隧道突然来到中国古代，这反差也忒大了。村岗谦在诧异之余，蓦地里从心灵深处生出强烈愤怒：一个保留着几千年前生产方式和生活方式山区，一个如此落后的地方，一个如此闭塞山区小镇，竟走出两个怪胎，他们有可能是日本列岛永远挥之不去的梦魇。一时间，村岗谦觉得世事十分的无奈，甚至觉得万念俱灰。

在晏萍引路下，出租车径直开进了盘龙中学杂种丛生的操场，这是全镇唯一的一所全日制初中。

“到中学来干啥？”村冈谦不解地问。

“放心啦，不会带错的。”晏萍对盘龙镇太了解了，这个坪江市最穷的山区小镇，有一个人在英国工作，谁不知道呀！这是该镇唯一的一所初中，那个叫阿蓉的人十有八九在这读过书，于是，她带着“程经理”找到教务处。

教务处破旧的办公桌旁，坐着一位年过半百，佝偻着背，穿着灰色中山装的老师，他自称教务主任。听说有人从遥远的青岛来此，找在英国工作的阿蓉家，非常客气：“撒白蓉是我的学生，你们找她家呀，等会我带你们去。”

村冈谦喜出望外，他终于知道，曲东的师姐原来叫撒白蓉。

“您教过撒白蓉？”

教务主任得意地说：“我就是撒白蓉的班主任，当年，在她念初一时我就带她们班，那时，她只是一个中等生，我发现她读书有天赋，就让她做了班上的学习委员。自从她做了学习委员，学习成绩年年上台阶，她是那年我们盘龙中学唯一考上市一中的，她在一中以全校第二名的成绩考取上海财经大学，要不是在填写报考志愿时胆小，凭她的成绩完全可以上北大！……她是我们盘龙镇唯一在国外工作的人，是我们盘龙中学的骄傲。她这个人啊，真有孝心，每年都寄很多钱回来，她们家去年刚盖了间三层小洋房，听说图纸都是她从国外寄回来……” 教务主任好像多年没找到合适的人炫耀一般，一说就没个停。

如果让他啰唆下去，肯定没完没了。晏萍借故要赶回市区离开了盘龙中学，热情有加的教务主任亲自送到学校门口，遥指着河边那座十分耀眼的红瓦绿墙的洋楼，说那就是撒白蓉父母家。

出租车来到撒白蓉家，林冈谦让晏萍留在车上，他提着带来的几瓶酒，独自进了撒白蓉父母家的小院。撒白蓉母亲正在小院中晒衣服，村冈谦主动走上前，自报家门，谎称自己是撒白蓉的大学同学，出差到坪江，特意来看望老人家，还说几瓶酒不成敬意。好客的山里人十分单纯，心里不设防，说话如竹筒倒豆子。村冈谦只用10分钟，就将撒白蓉过去和现在的情况全部摸清，甚至还有一个意外收获，即撒白蓉将最喜欢的弟弟带到了英国伦敦读大学。

回城的路上，斩获颇丰的村冈谦感觉特爽，将一沓钱放在晏萍手上，调侃道：“晏小姐，你这一万块钱赚得忒轻松了吧，就带个路，一天赚一万。”

“嘻！嘻！回去我请您吃饭，去吃我市著名美食王麻子米面。”晏萍抿嘴而笑，心道：“百年老字号王麻子米面，嘿嘿，大碗8元，小碗5元。”

出租车司机听罢，恨不得将车直接驶下左边的万丈深渊，心中痛骂：这个臭娘们，上午在租我车时，拼命帮别人压价，逼我两百块钱走一趟崎岖山区，她自己坐在车上，轻轻松松挣了一万块，不得好死的东西，出门迟早被车撞死！

第九章

1

7月3日，下午，欧阳木师徒在省公安厅刑侦总队副总队长丘松林带领下，乘机抵达泰国曼谷。泰国皇家警察总署委派高级警官蓬吉上校协助中国警方，蓬吉上校亲自开车来到廊曼国际机场迎接中国同行。

机场出口，蓬吉上校举着写有中文名字的牌子，名字是约定的假名：张冰。丘松林大步向前：“蓬吉上校，您好！”

“丘队长，辛苦了！”他能说普通话，不过带有广东客家口音。

“这位是欧阳木警官。”

“上校您好！”

蓬吉上校曾多次接待过中国警察，几乎每个来泰国办案警察都是人高马大，初见欧阳木，觉得其貌不扬，他有意试试欧阳木的功力，在同欧阳木握手之时，手上暗暗使劲，欧阳木也不含糊，也暗自催劲在手掌，两力相较，蓬吉立马处在下风，好在欧阳木适时卸力，蓬吉上校的手只是微疼而已。双方暗赞对方功力了得，却都没露声色。

“这位是撒白蓉警官。”

“上校，您好，见到你很高兴！”

蓬吉上校瞪大了眼睛，甚至思维出现少许障碍：这是警察吗？比我还高呀，今天，是奉命来接待中国同行的呀，没搞错吧！这位身材高挑、穿着牛仔裤的俏丽女子怎么可能是警察？太像T型舞台上的女模特，不，比我们泰国模特还要艳丽、还要妩媚、还要高。也就是结实这一点，使她还有点像警察。

蒙娜大大方方地主动同上校握手，并用流畅的英语作了自我介绍。握手之时，蓬吉上校用暗劲将蒙娜向前拉，欲证实一下她的真实身份，情妇、女友、二奶、三奶，抑或真正的警察。结果，蒙娜气沉丹田，稳扎下盘，也暗中使劲，蓬吉没有心理准备，差点被蒙娜带倒，身子不自然地往前倾，十分尴尬，但脸露赞许之色。

当天晚上，丘松林副总队长在所下榻酒店，就曲东失踪案向蓬吉上校作了详细介绍。说是详细介绍，其实，有价值的东西实在太少，只有一个稍有价值的线索，即6月5日，曲东在青岛乘18时20分的TG665航班到曼谷，买的是单程机票，可能住在东拉翁酒店，出席一个国际研讨会。至于曲东到曼谷后，他是否确实在东拉翁酒店住宿，则无法确认。

次日，整整一天，曲东失踪案工作组一行被晾在酒店，干等蓬吉上校的消息，不等，又能怎么样，在人家国土上，没有执法权，没有侦察权，如果擅自去人家酒店查，弄不好还可能引起外交纠纷。欧阳木心中感慨：唉，要在国内，可以直接上酒店亮出警察身份，调出监控录像，不用闲着干着急。在国外就得尊重人家的规矩，这也应了那句著名的广告词：我的地盘，我做主。

蓬吉上校可没有将中国同行晾在酒店的意思，这不，他没闲着。一大早，他只身来到东拉翁酒店，带着中国警方提供的曲东护照资料和曲东照片，在服务台，查6月5日的住宿和会议登记，一下子就有重大发现：曲东当天确实住在东拉翁酒店，国际地震中心（ISC）也曾预定了6月6日的202会议厅，会议内容是“板块构造学说”国际研讨会。他调出5日和6日酒店内外的监控录像，发现了曲东。上校还调看了酒店副楼的录像，从上午一直看到下午5点钟，终于有了收获，在酒店地下停车场出口处，曲东在一位高挑的小姐陪同下，快步从地下车场走出，上了一辆出租车，好在泰国车牌号码不复杂，从监控录像中能基本看清车牌号码。不过，蓬吉上校很奇怪，与曲东形影不离的女子，太像这次来的漂亮警官蒙娜，无论个头，还是长相。蓬吉纳闷，对曲东身边的这个女子，中国警方在介绍案情时，为什么只字不提呢？

当晚，蓬吉上校费了好大劲，找到了上个月6日上午曲东所乘坐的出租车司机，司机看着蓬吉上校手上曲东的照片，还能记起曲东、撒白蓉当时种种诡异的举动。他告诉蓬吉上校，6日上午11时左右，他将曲东载到了昭披耶河河畔的半岛酒店。

晚上十点，蓬吉上校打电话告诉丘松林，6月5日，曲东确实下榻在东拉翁酒店，并出席了次日的国际研讨会，当天上午11时左右，曲东与一名高挑女子从地下停车场徒步出来，打的离开了东拉翁酒店，到了半岛酒店，之后再也没有回东拉翁酒店。蓬吉上校说，他准备明天去半岛酒店继续寻找线索。

7月5日中午，曲东失踪案工作组抵达到曼谷的第三日，蓬吉上校将半岛酒店6月6日的录像带带到中国同行所下榻的酒店，让曲东专案组自己找。

在酒店憋屈三日的欧阳木这下可来了精神，看起监控录像十分投入，甚至晚饭也只扒了几口，便又全身心地去看录像。丘松林看着欧阳木的工作劲头颇为感动，几次劝他休息都被婉拒。蒙娜嘛，在丘松林和欧阳木一道看录像时，好像没她什么事一样，埋头看着英文书籍，对此，丘松林心里颇为不满，只是碍于情面，没有说出来。

半岛酒店是五星级酒店，规模远比东拉翁酒店大，录像监控点比较多，录像带也特别长。欧阳木从中午一直看到晚上12点，他终于顶不住了。也真难为他，在录像播放机前一待就是11个小时，就是铁人，也受不了呀。欧阳木疲惫地倒在床上，丘松林更是早早累趴在沙发上。

蒙娜典型的夜猫子，喜欢夜战，也善于夜战。当欧阳木他们累了时，她反而最为精神，她接着看录像。不过，蒙娜工作方式与师傅欧阳木迥然不同，欧阳木查找录像资料，是全身心地投入，目不转睛地看着每一个镜头，不会放过任何一个细节。而蒙娜则戴着耳机，边听着流行音乐边看录像，还不时啜口冰镇饮料、吃点零食。她一会坐着，一会蹲在播放机前；在播放机前，她是一会将带子快倒，一会又看一段，认为没有价值的就跳过去几分钟十几分钟，什么时候觉得哪里要重看的又将带子倒回来，对于这架陌生的机器，她鼓捣地得心应手。

“曲东，曲东在酒店门口出现了，哟，旁边还有一位小姐！他们一起上了出租车。”蒙娜因兴奋而惊叫起来。在沙发上小憩的丘松林霍地站起身，一个蹭步来到播放机前：“快将出租车号码记下。”丘松林惊讶地说：“咦，小蒙，曲东身边的那个小姐太像你了，简直是一个模子出来！”

欧阳木揉着蒙眬的睡眼凑过来，惊叹：“小蒙，你不会有姐姐吧！”

蒙娜瞧瞧副总队长丘松林，副总队长不苟言笑，一本正经，不像在开玩笑，她戏言道：“我没听我妈说过我有姐姐，处长，您不会忘了咱们国家的基本国策吧！”

蒙娜又多看了几遍曲东身边的那个女人，感到副总队长所说不假，确实非常之像。

三个人一起看着监控录像，突然，村冈谦出现在镜头前，“日本特工！”蒙娜惊叫，可不是吗，这位特工，欧阳木师徒曾在泰山脚下的泰松酒店录像中见过，还通过省厅查过他的背景。半岛酒店录像中，那个中国名叫程风的日本警视厅特工跟在曲东身后，在曲东所乘出租车离开酒店时，他也招了辆出租车，尾随而去。

丘松林急道：“快将日本特工乘坐的出租车牌记下。”

蒙娜立马抄下曲东和日本特工所乘坐的出租车车牌号码，恭敬地递给副总队长，副总队长满意地点点头。实际上，蒙娜单独看录像时，处长在沙发上是假寐，不时偷眼看蒙娜如何在录像中寻找所需要的信息，起初，见她一会儿喝饮料、一会儿听音乐，很是来气，心中责怪她，做事太不认真。没想到，一个小时，只有一个小时，蒙娜就找到有价值的画面，处长对蒙娜的看法一下子来了一个180度的大转弯：哎，新新人类没有我们这一代的实干精神，但工作方法前卫，优点很明显哟，他们的工作不拘形式，讲究效率，追求效果，不错。看来，对他们我行我素、特立独行、标新立异和自我张扬的生活方式和工作方式以后要多多包涵。直到这时，他才明白，一向十分慎重的查副厅长当初为什么会同意蒙娜来执行如此重要的任务。看来，派这个初出茅庐的警官出境执行如此重要的任务确实要独具慧眼。

当即，丘松林非常抱歉地将电话打到蓬吉上校家里，吵醒了已入睡的蓬吉，将曲东和日本特工所乘坐的出租车车牌号码告诉了他。蓬吉上校不愧是泰国警界有名的高级警官，办事效率高得惊人。次日上午10时左右，蓬吉上校就查出了结果：曲东离开半岛酒店所乘坐的出租车是当日被盗的出租车；日本特工所乘的出租车司机已经找到，他叫努德努姆。

烈日炎火，中午时分，蓬吉上校带着曲东专案组一行来到半岛酒店停车场，出租车司机努德努姆如约在此等候。

“我是蓬吉上校，请你看看这幅照片。”蓬吉将在录像上拍到的日本特工村冈谦的照片递给出租车司机，“你在6月6日下午搭过这个客人吗？”

努德努姆只瞄一眼，肯定地说：“搭过。”

“你为什么想都不想，就那么肯定。”蓬吉上校思忖：“出租车司机一天到晚不知要载多少客人，一个月之前的事你还能记清？”

“这个客人给我印象太深啦！”村冈谦事后如约给了他双倍的车钱，况且是长途，甚至可以说超长途，这个钱挣得那叫个爽呀。

“请讲具体一点。”

“好，6月6日下午，我空车路过半岛酒店，照片上这个人一上车，说要我追前面那辆出租车，给我双倍的钱。他说，他是私人侦探社的，说有一个大老板怀疑漂亮的妻子有外遇，要他们侦探社搜集相关证据，侦探社经过多方调查，发现富翁妻子带着情人偷偷地跑到我们泰国来度假，所以他们一直跟踪那个有钱人的妻子。前面那辆出租车上那对男女就是富翁妻子和她的情人。哎，那一天我可累扒了，我开车从曼谷一直追到合艾。”

“什么，他搭你的车追到合艾？”合艾在泰国南部，距曼谷约900公里车程。

“没骗你，真的呀。”

“有几个人上了你的车？”

“就一个。”

“照片上这个人吗？”

“是。”司机再次拿起照片端详一下，然后肯定地说。

“你们跟到合艾，前面那辆出租车最后去到了哪里？”

“我们悄悄跟到合艾，在合艾市内一个十字路口跟丢了。”

“怎么跟丢的？”

“如果不是一辆私家车撞过来，凭我的技术绝不可能跟丢。”司机不忘炫耀自己的车技。

“等等，你刚才说一辆私家车撞过来，你认为他有是有意还是无意。”

“当然有意啦，我的车是绿灯走，他那个方向是红灯。”

“什么牌子的车？”

“好像是日本的佳美。”

“旧还是新？”

“九成新。”

“车牌什么颜色？”泰国车牌五花八门，有黄底黑字的，有白底黑字的，有红底黑字，有白底绿字，还有花底黑字。

“嗯，不记得了。”

“车牌号码呢？”

“尾数好像是888。”

“车主可能是华裔。”蓬吉上校脱口而出。蓬吉并非凭空下结论，他太了解中国人，尤其是泰籍华人。泰国民众对数字的喜好不同于中国人，泰国人并不是特别喜欢“8”，他们最喜欢的数字是“5”和“9”。因为，泰国民众很崇拜五世皇和九世皇，泰国陆上交通厅每半年都会在全国拍卖一次“吉利车牌号”，带“9”的车牌号总是最先被抢光，要是叠“9”，如9999的话，能拍到五六百万泰铢呢（相当于人民币一百多万元）；泰国人也比较喜欢“7”，泰国曾是法国的殖民地，“7”对于法国人来说代表着幸运和祝福。在《圣经》中，上帝创世在第7天进行休息，每个星期有7天，因此“7”代表着轮回、生命力和改变。车牌出现888，十有八九是华裔。

蓬吉上校将新发现用英语讲给蒙娜听，由蒙娜再翻译给两位级。

丘松林副总队长认同蓬吉上校的思路和判断。

蓬吉上校要中国同行先回酒店休息，他马上同合艾警方取得联系，请他们协助查找车牌号码为888的佳美车。丘松林副总队长来泰国4日一直紧锁的眉头终于舒展开来，脸上溢出喜色，是呀，来泰国4日，几乎天天窝在酒店，案件一直没有实质性进展，今日终于发现真正有价值的线索，曲东没有死，他还活着，他现在可能在泰国南部城市合艾，看来，曲东失踪案的侦破工作初现曙光。

2

泰国南部第一大城市合艾，汽车拥有率比首都曼谷还要高，百万人口拥有汽车三十万辆，要在这三十万辆车中找出那辆九成新的佳美车，那无异于大海捞针。合艾警方办事特别讲究方式方法，他们首先在电脑资料中找佳美车13000辆，然后，根据九成新的情报，查近三年上牌的佳美车，剩下4500辆，然后，再找车牌尾数是888的车，前后只用几分钟，便找到了车主，车主果然是华裔，泰国名叫柏伦，中国名叫段山。合艾警方将段山的住址、家庭电话、犯罪记录等资料一一传真给仍在曼谷的蓬吉上校。

当天下午，蓬吉上校带着中国同行乘机抵达合艾。合艾警方派高级警官弗雷曼杜特协助调查，他将蓬吉上校一行从机场送到酒店。

在酒店安顿下来，欧阳木心想，合艾警方传真件上说，“888”车牌号码的佳美车车主段山住在海滨大道南一栋别墅，不如趁此休息时间，先去看看地形。他向丘副总队长请示，要求出去熟悉一下这座城市海滨的情况，丘松林沉吟片刻，同意了欧阳木的请求。蒙娜执意要求同行，她担心欧阳木，怕他因语言不通回不了宾馆。丘队长叮嘱，在这儿，我们没有执法权，不要暴露身份，早去早回。

他俩来到酒店门口，几辆泰国特有的“嘟嘟车”围过来，司机们抢着用客家话招徕生意：“先生，去哪里呀？”欧阳木一愣，咦，这在泰国吗？怎么全讲客家话呀？久违的客家方言使他感到十分亲切，他在广东惠州42集团军特种兵大队服役8年，驻地是全国最大的客家方言区，一个多情的客家妹还曾追过他，他能听也基本上能讲客家话。

欧阳木得意地瞧了蒙娜一眼，意思明白不过，谁说我没有语言优势，英语也不是万能的吧。他拉着蒙娜上了一辆崭新的嘟嘟车，用半生的客家话对司机说：“去海滨大道南，多少钱。” 嘟嘟车实际上就是泰国版的三轮车，在泰国人多的地方通常都会有嘟嘟车聚集，很方便，也很不规范，要会讲价，并且上车前就要讲好，否则很容易被宰。

“200，来回400。”

“老乡见老乡，背后捅一抢，你想宰我们呀！”欧阳木与司机理论起来，他在宾馆服务台看过合艾地图，知道海滨大道南并不远，在国内，打的，一个来回，充其量不过五六十元。400泰铢，按1比4.2计算，相当于95元。

“我手上只有人民币，五十块，这生意你做不做？”欧阳木的客家话有些生硬。

“算了，算照顾老乡啦。你俩公婆去海边散步呀？”

蒙娜啐道：“开你的车，胡说些什么呀！”虽然她不懂客家话，但客家话毕竟是中国话，毕竟发源于中原，车夫所说“俩公婆”这三个字她还是听得懂。欧阳木却装作没听见，他讲义气，够朋友，也挺懂得幽默，但从来不喜欢讲荤笑话，更不想沾自己搭档的油水，尽管蒙娜比他的老婆要年轻漂亮许多。

嘟嘟车飞快地在街上跑起来。泰国嘟嘟车的外形有别于国内的三轮，最大的不同是四周敞开，这可能是泰国属于热带的缘故，它既通风凉快，又可惬意地坐在车上，一边尽情说笑，一边尽情饱览城市风光。

欧阳木惊叹：“哇，太像国内了，这简直就是一个活脱脱惠州嘛！”街道两旁的店铺招牌，大都用中文。其实，这也用不着奇怪，合艾本身是全泰国华人最多的城市，居民中，泰籍华人占多数，主要是客家人、潮州人，所以客家话为这里的第一语言，即使当地正宗的泰国人，在合艾做生意也得会讲客家话或潮州话。

嘟嘟车不是出租车，它不打表，司机当然不会兜圈，10分钟左右，就上了海滨大道，大道左边是一望无际的大海，岸边椰林婆娑，欧阳木师徒无暇欣赏风景，他俩细心观察沿海岸而建的房子，这么一块好方，房子却杂乱而建，看不出有规划的痕迹。

次日，红日西斜之时，蓬吉上校从合艾警察局赶回酒店，来到丘松林的房间。他将一张合艾地图和一张合艾警方手工画的海滨别墅草图摊在床上，指着地图说：“这是海滨大道南一路，根据侦察，曲东就关在南一路的这个地方，是一栋老式别墅。”然后又指着旁边手绘草图："这是老式别墅周边地形图，这栋独立别墅院子前门对着海滨大道，后门是海滩；别墅院子四周是插着玻璃的高墙，别墅与左右两边的民房间各有一条甬道，可以通向大海。据线人提供的情报，曲东被关在别墅底层车库。据合艾警方说，这栋别墅的主人就是那个拥有佳美车的段山，华裔来的，曾是一个贩毒组织的头目，据说，他两年前就金盆洗手了。"

丘松林急切地问："合艾警方什么时候展开行动？"

"今晚9点。"

"为什么不在白天行动？"

"白天，不行，合艾靠旅游收入吃饭，大白天兴师动众，出动大批警力包围别墅，如果发生枪战，被新闻报道出去，那会对合艾的旅游业有相当大影响的。"

"我们中国专案组能参加行动吗？"

"请放心，我们泰国警方有能力进行解救。"蓬吉上校的回答让丘松林颇为尴尬，这句话本身就不应该问，问者无意，听者有心，这岂不是不相信我们泰国警方的能力吗！

蒙娜见丘副总队长要求太过直接，她的口气委婉许多："蓬吉上校，我刚加入警界不久，没有经验，能不能让我观摩一下，学习学习，让我有机会长长见识？"

蒙娜婉语相求，说得那么诚恳，何况美女本身就是最好的通行证，蓬吉上校不得不同意蒙娜到现场观摩。

夜幕高挂，大地沉寂下去，大海却咆哮起来。

蓬吉陪同中国三位同行，乘警用面包车来到海滨大道南一路，停在离曲东被关押处很远的地方。不多时，从一辆大型警车下来十多名身着防弹衣，头戴钢盔和夜视仪，手持微型冲锋枪的特警，悄悄向别墅靠近。9时整，行动开始，几名特警跑向别墅墙脚，弯腰蹲下，只见一名特警一个助跑，踩着其他特警的背部，翻墙而入。都说动物的反应比人快，此话不假，别墅内的狼狗狂叫起来，接着听见一声枪响，狼狗倒在了血泊中。

第一个跳进别墅院内的特警，去打开院子的大铁大门，其余冲向别墅，用脚猛踹厚重的大门，别墅内所有房间的灯光霎时熄灭，随即枪声大作。丘松林、欧阳木和蒙娜颇为规矩地站在院外观摩。

枪声只持续了几分钟，别墅内很快沉寂下来。特警小心翼翼地搜索每一间房，竟没发现一个疑犯，所有歹徒突然人间蒸发，不知所踪。来到线人所说的别墅底层车库，更无曲东的影子。

负责此次行动的弗雷曼杜特警官心想，没理由呀，线人提供的情报不可能有误，那只有两种可能：第一种可能，线人提供情报后，曲东被秘密转移；第二种可能，别墅内可能有通向外部的地下通道，第二种可能性要大些，他立即吩咐手下，仔细在院内寻找秘密地道口。

别墅大院六七十米外，汹涌的海浪与岸边礁石相撞击发出巨大的声响，一层比一层更高的海浪乘着夜色更加肆无忌惮地在礁石中横冲直撞。

欧阳木耳尖，在海浪拍打礁石的间隙，他突然听到“叶、叶”的声音，这声音从海滩礁石处传来，只响了几下，忽然又没了声音，十多秒后，又传来了“叶、叶、叶”声。欧阳木一惊，这声音好熟悉，天哪，这不是大飞发动机发出的声音吗！当年，他在广东惠州当兵，每年都有几次海训，地点就在香港对面的惠州海域，那里曾一度是走私的重灾区，海训时，经常能见到走私分子用大飞从香港往大陆走私电器，他听惯了这种声音。大飞的结构十分简单，一般尾部安装6至8个发动机 ，总马力可达2000匹，最高航速达到60节（相当于时速90公里），纵使用中国海军最快的3300匹马力“湖川”级水翼鱼雷快艇也追不上，要追上它，只有直升机。

欧阳木大喊一声：“海边有情况！”他不顾同蓬吉上校的约定，拔足穿过别墅与隔壁民房间的甬道，朝海滩礁石方向猛跑，一旁的泰国特警也反应过来，紧跟其后，蓬吉上校不明所以也跟了上来。

欧阳木判断没错，海边果然停泊着一艘大飞，朦胧月光下，只见一名身挎冲锋枪的胖子坐在大飞驾驶台上，侧身朝艇尾的一名同伙咆哮，要他赶紧将大飞发动起来。大飞左舷，只见曲东被另一个武装分子押着，蜷缩在那，还有一名精瘦武装分子蹲在舷的右侧，手托冲锋枪瞄着别墅方向，担任警戒。大飞也许很久没用，也许保养不当，也许武装分子手脚忙乱，始终无法启动。

欧阳木冲在最前面，他见大飞右舷精瘦歹徒手臂上有动作，这个动作在他当特种兵时太熟悉了，接下来，精瘦歹徒手中的冲锋枪就要喷火了。情急中，欧阳木充当起指挥员的角色，虽然语言不通，但手势相通，他朝后面的人作了一个卧倒的手势，中泰警察全部卧倒。好在欧阳木卧倒手势打的及时，大伙在扑向礁石后的一刹那，一梭冲锋枪子弹全扫在了礁石上。欧阳木朝后一伸手，一名泰国特警非常默契的将自己的冲锋枪递给他，欧阳木接过枪正欲还手，一梭子弹又打在了自己前面一米处的礁石上。密集的弹雨扫得大家抬不起头来。此时欧阳木已然明白，前面两次的冲锋枪扫射形成覆盖式弹着，用意明白不过：对方无意击伤警察，如果再追，那子弹就不是打在礁石上了。

在别墅内搜索的特警听到海滩上的枪声，砸开别墅大院后门冲向海滩，大飞上精瘦男子将一梭子弹打在众警察前一米的沙滩上，压得大家不敢动弹，只能纷纷卧倒，参战的都是合艾市的特警，个个行家，岂会不明白，对方手下留情，不想警方流血。

欧阳木伏在礁石后，听枪声，这枪声清脆、明快，富于猛烈突击的味道，他判断对方使用的可能是德国HK公司生产的MP59mm冲锋枪，这种冲锋枪的弹匣容弹量很大，应该是30发。欧阳木曾是最优秀的特种兵，在冲锋枪使用上，特种兵和普通兵的区别在于，前者能听出冲锋枪一阵扫射后弹匣里还有多少颗子弹，并判断出对方换弹匣所需要的时间。换弹匣需用多长时间，用什么动作换，生死往往就取决于这换弹匣的一瞬间，这也是特种兵在战场上的生存能力远高于普通士兵的主要原因之一。这可是滴水穿石的功夫，不苦练休想得到，因为，世界上的冲锋枪的种类实在太多，弹匣容弹不一，以色列乌兹 Uzi 冲锋枪来说 ， 可容纳300发 9mm*19 子弹，美国M11式冲锋枪有16发和32发两种，中国国产85式762毫米轻型冲锋枪弹匣容量30发。欧阳木虽然从特战大队退役多年，可功夫没废。大飞右舷精瘦歹徒身子微微下蹲欲换弹匣时，欧阳木在碓石后身形暴起，欲射击，突见大飞左舷处歹徒主动补位，适时站起，端着冲锋枪，两眼盯着礁石处。欧阳木如果扣动扳机，凭他的枪法，在这60米的距离内，他有能力将子弹打在大飞左舷歹徒脑门上。但是，大飞右舷处的歹徒换弹匣肯定完成，他也可以将一梭子弹打在自己身上，打成蜂窝状。

就在双方僵持片刻间，大飞轰鸣声骤响，八台发动机同时启动，大飞一下子窜进黑色笼罩的大海深处。

欧阳木最终没开枪，伏在他身子左侧的丘松林悬着的心落了地，他心里狠狠地在责怪欧阳木，责怪他的鲁莽，责怪他的无知。出国前，上级领导早就给定下铁的纪律，行动小组在没有得到所在国警方同意，任何情况下不得擅自动用武力，如果开枪，那违纪责任就大了去。

卧在欧阳木身后的蓬吉上校站起身，从容地拍去身上的沙子，亲昵地拍拍欧阳木的肩，朝他投来赞许的目光。蓬吉上校同样军人出身，也曾在特种部队服役，他从欧阳木一招一式，看出这个中国同行的确身手不凡。蒙娜向欧阳木投去敬佩的眼神，自从局里分派欧阳木带她执行任务以来，她嘴上不敢说，心里却对这个老黄牛式的大哥有点瞧不起，不懂电脑，不懂英语，办案方式老套。今晚，欧阳木的表现使她想起美国大片《第一滴血》的主人翁兰搏，太专业，太勇敢，太不可思议……

3

夜色笼罩着寂静的南天造船厂，悬吊在空中的几十颗星星疲惫地躲在薄薄的云层里时隐时现。

船厂最小的4号船坞旁，昏暗的灯光下聚集着十几个人，他们都是南亚造船厂的党员骨干，正在秘密出席为“N战区”试制的无动力潜艇举行下水仪式。选择晚上举行简短仪式是邱总经理的意思，为军方保密，他用心良苦。

没有鲜花、没有掌声，也没有麦克风。邱晓川在简易演讲台上发表激情洋溢的讲话：“我首先代表全厂干部职工热烈欢迎N战区首长来我厂出席交船仪式。借此机会，我代表厂党委向为参加设计和建造特种潜艇的广大干部职工表示衷心的感谢。我们厂很荣幸、很光荣地参加了我军秘密武器的试制任务，并圆满地研制出合格的产品，希望我们试制的产品能使我们的特种部队指战员用得满意，最后祝它远航成功。”

按照事先的通知，出席仪式的党员干部只能控制激动的心情轻轻地鼓掌。

自称“N战区”军需处处长的白敏少将步履轻盈地走上演讲台，她向大家敬了一个标准的军礼，然后精神抖擞地代表军方发言：“首先，我代表战区首长向贵厂表示衷心的感谢。我们的特种部队将会以最快的速度对这两艘无动力潜水艇进行各种气象条件和各种海况的实战实验，如果试用成功，我希望能在贵厂秘密批量生产。最后，对贵厂干部职工的辛勤劳动表示衷心的感谢。”

下水仪式，按惯例要由船的主人简单介绍新船的基本状况，例如船型、吨位、马力、长度、高度、吃水、载重、用途、工价等，由于保密关系，这些程序一律给免了；按惯例要行掷瓶礼，掷瓶礼在国外由来已久，并已传入我国，它的目的，是要渲染出喜庆的气氛。它的作法，则是由身着礼服的特邀嘉宾双手持一瓶正宗的香槟酒，用力将瓶身向新船的船头投掷，使瓶破之后酒香四溢，酒沫飞溅，这道程序也因保密因素给免了。

船厂只是在两艘无动力潜艇顶部扎上用红绸结成的大红花。在穿旗袍的美丽司仪引导下，邱晓川总经理和“白敏少将”各持一把剪刀剪断红绸带，潜水艇缓缓从船坞滑进海水中，在两艘渔船的牵引下缓慢驶出船厂港区，邱总经理与“白敏少将”握手依依惜别，最后“少将”登上船厂的快艇，快艇将她送上渔船。船厂的党员干部们心情难以平静地目送拖着无动力潜水艇的船只远行。

望着远去的船帆，邱晓川突然感到心里空落落的，几滴滚烫的泪水在他古铜色的脸上滑落。

4

罗哇岛坐落在浩瀚太平洋与印度洋之间，它犹如天幕不小心抖落的一块小翡翠，鲜有人知道。小岛风光旖旎，到处是迷人的椰树、棕榈树和芒果树。全岛居民不过两百人左右，居住在小岛北部地势平坦区域，酋长姬柬•栉里统领着臣民，过着简单悠闲、淳朴的生活。

罗哇岛地形像一张单人皮沙发，南部是刀削斧劈的峭壁，似沙发靠背，东部和西部是丘陵，北部地势平坦，有一座简陋的渔船码头。小岛的宁静，昨天，已经被打破，12名武装分子乘船而来，兵不血刃，占领了小岛。

傍晚，太阳西斜，万道阳光洒在万顷碧波上，大海变成了金色的海洋。此时，一艘名为“海豚”的小型游轮披着万道光芒从远处驶来。12名头戴红色贝雷帽，胸前佩戴银色徽章，脚穿闪闪发光长筒靴的武装人员威武地站在渔船码头，每个人都将乌齐9mm冲锋枪耀武扬威地端在胸前，另一支美国产英格拉姆M8微声手枪别在腰际。

游轮泊在码头，船舷徐徐放下，身着特战服的伊萨克财团石油期货部部长希络第一个下来。在码头上等候多时的武装分子头目亨利•姆安迎上前去，啪的一声，并脚、立正、敬礼一气呵成，中气十足：“报告队长，按照您的指示，一切准备就绪。”希络曾在E国202空降旅服役，是姆安所在中队的中队长，所以，姆安在非公众场合仍习惯用“队长”称呼老上级。202空降旅是个让恐怖分子谈虎色变的特种部队，也是E国最精锐的特种部队，它成立于1953年，成员大多是从各部队中精选出的尖子。202空降旅战士个个能使各种枪炮，而且精通跳伞、搏击。军官大多去过美国北卡罗纳州“绿色贝雷帽”特种部队基地接受培训。这个旅数次行动都曾轰动全球：1976年7月，由该旅的280名官兵组成的突击队，万里奔袭，一举解救出在乌干达恩德培机场被困的百余名人质； 1988年4月16日，该旅18名官兵组成的小分队潜入突尼斯，在摩萨德特工的接应下，冲进巴解武装力量副司令阿布•杰哈德的住宅，将其本人以及警卫击毙，然后安全返回。希络退役后，来到英国，进入犹太人为主的伊萨克财团，从董事长罗尼的私人保镖做起。

姆安晚罗尼几年退役，退役后，几经辗转最后也来到英国伦敦发展，在老上级希络的资助下，创办了一家名为“雷霆”的保安公司，黑白两道都干，公司骨干全来自老部队。

“这里的原住民你仔细检查过没有？” 希络问。

“报告队长，除了小孩和老人，每个原住民我们都查过，整个岛每一个角落我们也全都检查过，没有任何死角，没有任何可疑地方。酋长姬柬•栉里介绍说，罗哇岛近半年不曾有外人来过。”

“好，很好。”希络赞许地点点头，他十分相信训练有素的老部下。

游轮船梯上，两位老者步履蹒跚地走下来，神态显得极为疲惫，从外表看，年龄最大的可能是耄耋之年，最小的也有古稀之年。他俩好不容易下到码头，精神好像突然焕发，手舞足蹈起来，像两个老顽童，从渔船码头上下来，直奔沙滩。也许，他俩来自高寒地带，第一次见到如此美丽的热带沙滩，才如此兴奋。

姆安望着两位白发老人，心里充满疑虑：怎么看也不像请来的核专家，倒像老年旅游团团员。他狐疑地问：“队长，您不是说随船会来世界一流的核专家吗？”

“哈哈，姆安，别戴有色眼镜看人哟。别看他们现在老态龙钟，想当年，他们可是苏联的功勋科学家，也是美国中央情报局极想找到的人物。”

确实，希络亲自出马请来的这两位老人曾经非同凡响。他们有过大喜，有过大悲。大喜时，是苏联国家的栋梁之材，被誉为苏维埃共和国的脊梁；悲凉时，惨得连普通人都不如，因为他们没有普通人的技能。随着苏联的解体，昔日的功勋人员几乎在一夜之间，从共和国的精英一下子变成了普通公民，他们的生活水准一落千丈，连温饱都难以保证。

唉，这是时代大悲剧演绎下的个人悲剧。前苏联，从事大规模杀伤性武器研制的人数有几十万人之多（当然，没有人知道确切数字），其中高级工程师和专家大概在13万人左右。冷战结束后，前苏联迅速解体，非俄罗斯裔的核专家，大多回到了自己新成立的国家，原来的辉煌成了零，新的国家不认这个账，他们中许多人失业了，过着贫困潦倒的生活。于是，相当多的核专家为了生计流落到其他国家。美国对此胆战心惊，曾惊呼“这比核材料的扩散更让人担忧”。一个在1993年就被某国用高薪聘走的前苏联核武器专家几年以后回到家乡乌克兰，在接受记者采访时说：“别以为核武器有多么神秘，能制造它的大有人在。”他虽然没有说出聘用他的国家，但他说出的事实让所有人感到害怕。

希络请来的两位专家分别来自乌兹别克和阿塞拜疆。前苏联时期，他俩原来在同一个研究所工作，是非常好的朋友。自苏联解体后，各自回到自己的国家。一年中，他们也会有那么几次电话联系，相互问候。

希络通过朋友关系，不费吹灰之力，首先在乌兹别克找到核专家格因罗夫，再由他去找他原来最要好的朋友曼苏尔。格因罗夫打电话给曼苏尔，动员他出来接这个活，说时间一个月，薪金50万美金。曼苏尔曾是莫斯科大学核物理专业的副博士，国家级专家，接到老友要他出山的电话，当时有过犹豫，毕竟是犯罪行为，风险太大，一旦被抓就可能被判终身监禁。但最终还是经不起巨额酬金的诱惑，权衡利弊，他决定冒这个险。因为他太需要这笔酬金了，他要治病、要修补漏水的房屋、要给孙子孙女买套新衣、要补交一直拖欠的暖气费。

深夜的罗哇岛，月亮大大方方地从大海的深处走来，将粼粼的光波在海面撒成一片。

希络带着他原来的12名部下悉数来到码头。

一艘拥有全景式驾驶室，具备减摇装置的小型滚装船徐徐靠上渔船码头。船舷放下，两名武装人员率先下到码头，尔后，“高加索黑狼”平诺夫才从船舷上下来，微笑着和希络打招呼。

希络迎上去相拥老同学：“您亲自押货，辛苦啦！”

“哎，这趟买卖，让我想起刚出道那阵子。”平诺夫感慨地说。他现在位居卡特里集团老大，以他现在江湖地位，早就不亲自参与具体交易。这回，他不顾路途遥远，不顾海上颠簸，亲自出马，实在是此桩生意非同一般。他最怕坐船，每次坐船都吐得天翻地覆，这次亦不例外，吃的苦，受的累让他想起了出道时的艰辛。

希络与平诺夫并肩离开码头，来到百米开外的大型军用帐篷，希络用眼神示意部下退出，帐篷中只剩下他俩。

“平诺夫，我羡慕死你哟！”

“羡慕我什么呀？”

“轻轻松松10亿美金，免税哟。”

“嘁，站着说话不腰疼，你不知道第二枚原子弹有多难弄呀！”平诺夫弄第一枚原子弹时，可以说轻轻松松，那时，苏联刚解体，原苏联加盟共和国都不喜欢被迫接收的几千枚核弹，弄一枚原子弹像偷一部汽车般容易。

“第二枚哪弄的？”

“天机，天机不可泄。”

“对我也保密？”

“抓紧时间验货吧。”平诺夫没心思闲聊，江湖多年经验告诉他，夜长梦多，早验货，早收钱。

平诺夫走到帐篷外，朝手下打了一个手势，不一会，两辆盖着帆布的轻型卡车从滚装船中驶出，压得渔船码头“咔咔”作响。酋长姬柬•栉里带着他的臣民在远离尘世的小岛过着古朴、原始的生活，在建渔船码头时，他哪里会想到，会有汽车在上面走。整个岛只有酋长一人离开过小岛，也只有他一个人见过汽车。两辆汽车一前一后在军用帐篷前停下，平诺夫几个手下爬上车，将帆布掀去，赫然露出核弹，在皎洁月光下，核弹折射出碜人的寒光。

平诺夫带来的手下都曾是军人，做事颇为麻利，他们将汽车上的车板打开，然后，滚装船上开来一辆大型液压装卸车，将原子弹从汽车上卸下，然后小心翼翼地搬进大型军用帐篷里。现代核弹已经不像它的老祖宗那么笨重，世界上最早的两枚核弹，一枚是1945年8月6日投在日本广岛的原子弹，名为“小男孩”，有4吨之重；另一枚是1945年8月9日投在长崎的原子弹，名为“胖子”，重4.9吨。现在核弹小巧许多，如美国核武库中B53核弹（以及在“大力神”Ⅱ导弹上使用的弹头W53），当量900万吨，爆炸威力大过美军投在日本的原子弹450倍，重量却只有4吨。高加索黑狼平诺夫搞来的这两枚核弹，最重的不过2吨多一点。

两枚原子弹放置好之后，希络和平诺夫下令各自的部下退出帐篷，帐篷内只剩下他们俩个。希络走到帐篷外，亲自将两位核弹专家请进帐篷。两位专家一入帐篷，见到两枚核弹，刹那间，眼睛倏地放光，混浊的眼突然变得年轻，腿脚也好使了，腰也不佝偻了，几步奔到核弹跟前，完全没了下船时的那副老态龙钟样子，好像一下子年轻了十几岁、几十岁。

白发苍苍的格因罗夫抚摸着最大那枚核弹，老泪纵横，哽咽道：“曼苏尔，你还记得吗，这枚就是我们研究所第一设计室设计的呀！

当时，我带领的小组负责内爆式设计（利用化学炸药爆轰，通过内爆压缩处于亚临界状态的裂变材料，使其密度加大而达到超临界状态）。你瞧，这枚应该是1979年那一批次的，当时那个批次的核弹大约造了40枚……”

曼苏尔：“一点没错，我记得清清楚楚，在负责它的允许发谢线路设计时……”

希络不喜欢老人的唠叨，他最关心两点：一、平诺夫弄来的两枚核弹是不是真的，能不能百分之百肯定，如果能肯定，就通知在英国的部下，将钱划到平诺夫提供的银行账户；如果是假的，已预付的3亿美金定金要即刻追回，将平诺夫扣下，自然能追回，绝不会打水漂；二、了解这两枚核弹各自的当量。他急切地问格因罗夫：“教授，这两枚核弹是真的吗？”

“假不了。”

“你能否百分之百肯定吗？”

“本人敢以自己的性命担保，绝对真货！”

“现在什么都可能假冒。”

“我不是说了吗，以自己的性命担保！”格因罗夫非常生气，“以您瞧，这两枚核弹的外壳。”格因罗夫轻扶细摸原子弹外壳。

“外壳能说明什么问题？”

“现在已没有国家再生产这类钢铁了，再看外面的各个部件，都有着当时工业加工的痕迹，就说切割工艺吧，原子弹某些部位钢材，我们那时用焊枪切割，现在用激光切割，现在如果要去假冒，用焊枪切割，现在不可能请到那么好的工人，就我们内行来看，原子弹许多细微之处都无法模仿。”

“就算外表不能仿照，那里面的关键部位给拆了，那它可能是个空壳原子弹呀？”

“哦，这个也很容易解决。”

“容易吗？”

“对外行来说，比登天还难，对内行来说，那太简单了，只要检测一下核弹外壳10厘米处的伽马射线值就能判断出。现在核弹防辐射工艺十分先进，基本能屏蔽伽马射线，在核弹外壳基本上检测不到对人体有害的伽马射线。而以前的核弹，由于当时的设计相对比较落后，防辐射的材料也比较差，所以，当时造出的核弹，在它外壳处都有一定量的伽马射线释放出来，你看，我带来了放射性物质探测器，我现在就测给您看。”说出，他从随身带来的包里拿出一个电表样子的仪表，轻轻贴在原子弹外壳上。

“嘟、嘟、嘟。”果然，教授手上的放射性物质探测器发出声响。

“教授，空壳原子弹只要在里面放一点核辐射材料，一样能释放一定值的伽马射线，你带来的放射性物质探测器自然会有反应，这好像不是判明核弹真伪的根本标志吧！”希络不放心地说。

“哈哈，你呀，外行就是外行，假原子弹固然能释放伽马射线，但是，它绝不可释放出真原子弹特定数值的伽马射线。”格因罗夫颇为自负地说。

“那真原子弹伽马射线值是多少？”

“这话问得比较弱智。”

“教授，我不明白您的意思。”希络对教授开始肃然起敬，称呼从“你”改成了尊称“您”。

“不同当量的核弹它释放出来的伽马射线是不同的，不同时期生产的原子弹，释放出来的伽马射线也是不同的。”

“那这两枚核弹如果是真的，它释放出来的伽马射线是多少？”

“哈，哈，我不是说了吗，这话问得比较弱智，你真不应该问这个问题。”

“为什么？”

“这是秘密，我不能说。据我所知，目前世界上知道这个秘密的人不会超过七八个。我只能说，通过刚才的伽马射线的检测，我可以再次向你保证，它是一枚真的原子弹。”

“小的那枚当量是多少？”

“400万当量。”

“大的那枚呢？”

“575万当量。”

“您不会记错吧！”

“你瞧不起我这老头子吗，你怀疑我专业？”格因罗夫显然又在生气，真是个倔犟老头。他补充道：“当年，我们试爆这枚大的原子弹型号时，是575万吨，我还记得，从情报部门传回来的绝密情报，与我们试验几乎同时，美国试爆的三叉戟2型D5／MK5 潜射导弹的w88型核弹头，当量为475万吨，我们的超过它整整100万当量，当时，我们都很骄傲，所以，对它的当量记得十分清楚。”

站在一旁始终没说话的平诺夫一把将格因罗夫拉过来，右手搭在他的肩上，手掌重重地拍着他的肩背，高兴地说：“教授，谢谢，我从小就梦想当科学家，我非常、非常佩服科学家。”

格因罗夫怔怔地看着平诺夫，不明白为什么他如此激动。难怪啦，教授当然不知道平诺夫欣喜若狂的原因，只有希络最清楚：一个多月前，他在俄罗斯旅游胜地索契，与平诺夫谈原子弹交易时，所方约定，2枚10亿美金，每枚以300万当量为基数，每增加100万当量再加1亿美金。平诺夫早就知道小的那枚原子弹，也就第一枚，当量为400万，而对新近弄到手的那枚，他并不知道它的具体当量，教授一句话，说是575万当量，比300万当量增加了175万，也就是说，希络必须多支付1.75亿美金，他怎能不喜出望外。他并非是没见过钱的主，但，1亿多美金确实非一个小数字。

“原子弹的引爆都有密码保护，我们能解开密码吗？”希络问。

站立一旁，一直没开腔的曼苏尔指着原子弹，骄傲地说：“能，当年本人负责‘允许发射线路’的设计，可以说，目前除俄罗斯外，在原苏联的15个加盟共和国中，对原苏联制造的核弹，掌握‘允许发射线路’的科学家目前还活着的只有老夫一人。”核弹那可不是闹着玩的东西，一不小心就会引发世界核大战，将人类送回石器时代，所以，当年，原苏联最高当局制定了十分完备的控制和使用核武器的规定，采取了极其严格的措施，特意在原子弹上安装了“允许发射线路”，以防止未经当局批准而擅自使用。“允许发射线路”说白一点，如果没有原子弹引爆密码，绝对无法引爆原子弹，纵使在原子弹外面绑一枚炸弹，炸弹爆炸，只能将原子弹炸坏，而不能将它引爆。

希络问：“曼苏尔教授，这两枚核弹是美国同俄罗斯达成协议封存的那一批，还是现役的。”

“我判断，小的那枚是封存待销毁的那一批，大的那枚还在现役，咦，奇怪，真奇怪，怎么现役的核弹你们竟然也能弄到手！”

希络失声道：“天呐，平诺夫，你搞来的这枚大的，竟是现役的呀！太容易被发现啦！”

“您再给10亿，我能再给你弄两枚！”平诺夫阴恻恻地补了一句，“现役的！”

第十章

1

夜幕被缓慢揭去，黎明漫过荒凉的大海，大飞在苍茫的大海中航行。

由于整夜没有阖眼，曲东身心疲惫，他无力地将身子靠在大飞左舷。这时，大飞正从一座小岛旁掠过，小岛葱葱郁郁，像一颗绿色的蓝宝石镶嵌在浩渺的大海。小岛美景让曲东从一夜惊吓中解脱出来，精神为之一振，他调整好坐姿，背着风，脸朝后，心情愉悦地欣赏小岛风景。他惊奇地发现，20多分钟，大飞竟然从4个小岛旁边掠过，这些岛形状相似，个个荒无人烟。

这是曲东被歹徒关押以来，第一次出来看到外边的世界。一个多月前，曲东被撒白蓉从曼谷骗到合艾，后被关押在海滨别墅地下室，他并不知道合艾在泰国南部，还真以为离芭提雅不远呢。关押期间，他见看守都能听懂普通话，大为惊讶。他想方设法与看守交谈，不断套对方的信息，几经努力，终于获知，他被半押的地方根本不是芭提雅，而是泰国南部城市合艾。曲东对地球的经纬度有着比普通人更深的认识，他了解泰国在地球上的位置，也很快推算出合艾市的经纬度。昨晚9点10分左右，歹徒架着他上了大飞，从合艾突围，现在大概清晨6点钟左右，大飞在海上大约航行了9个小时，除了两次停下来用油桶加油，在海上航行了足足8个小时。从大飞前进方向看，海的尽头映出一片彩霞，几分钟后将会出现第一缕阳光，依此判断，大飞整晚都在向东或东南方向行驶。再从大飞掠过的4个小岛地貌特征看，陡壁幽洞，怪石嶙峋，普通人看是风景，在学地质人眼里那却是几万年、几十万年、几百万年前火山活动留下的痕迹，这些色彩绚丽的岩石分别叫海蚀崖、海蚀洞、海蚀沟、海蚀柱，都是火山活动时流出的岩浆在不同情况下冷凝、再经海潮的洗礼、雕琢而成，依此判断，这4个小岛肯定是火山岛，四岛连在一起，是一个标准的火山岛链。

曲东遇事总喜欢用专业知识来思考周围的一切。几十天被关押、转移、失去自由的生活，如果是一般人，可能变得十分烦躁和焦虑，但曲东就是曲东，他竟将眼下的危险之旅当成一次考察，一次在小小黄海地震局永远也不可能有的考察机会。大飞继续飞驰，曲东在思考："整个太平洋区域，只有两个区域有火山岛链，第一个区域在太平洋中部，即夏威夷火山岛链，这条链上有关岛、塞班岛、提尼安岛、贝劳群岛、俾斯麦群岛、所罗门群岛、新赫布里底群岛及萨摩亚群岛等，在这个火山岛链，每个火山岛，全都在泰国东部和东北部，不可能在泰国的东南部，从直线距离上来说，它们离泰国南部最近的岛也有几千公里，大飞一个晚上，实际航行了8个小时，8个小时，充其量不过能走五六百公里，不可能到达几千公里外的海域，因此，大飞刚才经过的火山岛链，肯定不属于夏威夷火山岛链范畴；第二个区域在环太平洋上，地质学称之为环太平洋火山带，南起南美洲的科迪勒拉山脉，转向西北的阿留申群岛、堪察加半岛，向西南延续至千岛群岛、日本列岛、琉球群岛、台湾岛、菲律宾群岛以及印度尼西亚群岛，从大飞运行时间和运行方向看，现在应该在印度尼西亚与马来西亚之间的海域，这个海域才有可能出现相连的火山岛链。对了，这4个小岛就在这个海域，大约是东经n度、北纬y度左右的地方。"

正当曲东认真推算时，大飞前进方向又出现一个小岛。曲东朝第5个小岛望去，涌出一阵惊喜："清晨所见的5个小岛，此岛最大，火山岛痕迹更明显呀，百米之外也能清晰的见到火山熔岩流淌的丝丝纹理，这几个岛一定是环太平洋火山带西南角的一个支系。"

大飞稍稍减速，看来，它没有掠过这个岛的意思，大飞在平静的海面上划出一道弧线，停泊在小岛极其简陋的水泥码头上。码头上拴着几艘机动渔船，从渔船甲板散落的渔网看，这些船有相当长时间没有下海捕鱼。

大飞泊在码头，4名歹徒押着曲东上到码头。此时，只见小岛半山腰的石径路上跑下来两位皮肤黝黑、体格健硕的年轻男子，他俩与从大飞下来的歹徒打着招呼，说说笑笑地押着曲东上山，原来他们是一伙的。

上山的石板小路笔直，一米见宽，通向小岛密林深处。曲东边走边看，见山坡右侧有一块五颜六色的大土块，土块有黄、红、蓝、黑、褐、紫等颜色，这些颜色层次分明，形成硕大的“夹层面包”，外人看，这是风景，曲东看，这是典型的火山地貌，只在教科书中见过，没想到今天能亲眼所见，此时，曲东完全忘记了自己的处境，心中再次升腾起一阵惊喜，对能够亲眼见到如此典型的火山地貌感到兴奋。

小岛最高处海拔不过三四百米，笔直的石板路到了半山腰来了一个向右直角转弯，颇有“曲径通幽处，禅房花门深”的味道。再向前行走不过五六十米，树木更加茂密，幽静小路尽头，出现一个硕大院子，院子围墙不高，只到人的胸前而已，它由一块块青灰色的火山岩石砌成，每块石头上面布满细微小孔。院子内，一排水泥平房依山而建，坐南朝北，房间大概有七八间。水泥平房右侧几步外，搭了一间铁皮屋，缕缕炊烟从铁皮屋顶袅袅升起，青灰色的炊烟袅娜四散，顺着炊烟往上看，蔚蓝的天空，特别的纯净。

2

曲东被带进院子，赶进了平房东首的小屋。小屋15平方米左右，地上铺着两张席子，屋角一个木制尿桶，屋后一扇铁窗，屋前一扇铁门。歹徒锁上由粗钢筋焊成的栏栅式铁门后扬长而去。曲东昨晚始终处在极度紧张、甚至惊吓状态，一夜未眠，进得囚禁小屋，反倒觉得比海上安全多了，不久，便在草席上疲惫地睡去。

曲东醒来时，只觉全身无力，饿得慌，他爬起身，走到铁门前，向外张望。见阳光垂直照射，他猜，现在可能是中午时分吧，噢，不一定，小岛在赤道附近，在赤道地区，一年四季，太阳垂直照射的时间非常长，在国内用阳光角度来判断时辰的办法在此行不通；从日温差来判断，更不可能，赤道附近上午和下午几乎没有温差。正当他对时间的判断有些迷茫之时，一位体态丰满、皮肤白净，怀有身孕的少妇手上端着一碗饭走到曲东根前。

“七（吃）饭喽！”少妇将饭碗从铁门下端开的一个小洞送进。

曲东接过饭碗，心想，听口音，看神态，少妇一定是中国人，蓦地，心中升腾起一线希望：“在赤道附近的无名小岛，竟能遇见中国人，并且是个即将做母亲的女人！”

“大哥，七（吃）呀。”

少妇慈眉善目，一看就知道，她绝不是坏人，或者说不是歹徒一伙的。曲东早已饿得肚子响锣鼓，他狼吞口咽地吃了起来。

“妹子，你是湖北人？”曲东从少妇说话中的浓浓湖北味，判断她可能是湖北人。少妇说“七饭”，这使他想起大学时的一个故事，当年大学入学时，他们班一位湖北籍女生闹了一则笑话，当时，那位湖北姑娘被分配睡上铺，她一爬上去，发现床边没有栏杆，担心掉下来。她急忙跑去问宿舍长，床上没拦的，怎么睡啊？可她的湖北口音实在太重，竟说成了： 床上没男的，怎么睡啊。同寝室的女生迅速地将这则笑话传遍全校，并且成了中国地质大学经久不衰的经典。自那以后，曲东对这位曾闹出笑话的女同学多了几分注意，那带有浓郁湖北口音的普通话伴随着大学的时光，深深地留在了他的记忆里。

“是呀。”

“你怎么知道我是湖北人？”

“我有一个同学是你们湖北的，说话口音同你一样，那，我叫你妹子好吗？”

“好呀。”

“妹子，这个小岛叫什么名字？”

“他们叫吉卜岛。”

“哪个国家的。”

“不知道。”

“你不知道在哪个国家？”曲东无法相信。

“大哥，我真的不知道。”湖北妹子一脸真诚。

“岛上有多少个中国人？”

“只有我一个。”

“那押我来的那几个人都能讲普通话。”

“他们是能讲普通话，但不是中国人，听说，他们父母是中国人。”

“就你一个大陆来的，你，你怎么跑到这里来了？”

“被骗来的。”

“被骗？”曲东细看铁门外的湖北妹子：两眼水灵，面若桃花，衣着光鲜，皮肤细嫩，小腹微微隆起，一幅养尊处优样子，怎么看也不像被骗来受苦的，倒像这个小岛的主人。

“大哥，我真是被骗来的。”

“他们从国内将你骗来？”曲东一副打死也不相信的样子。

“说来话长，一开始，我不是被骗来这里，先被骗到大马。”

“这个小岛属于大马？”

“我不知道这个小岛属于哪个国家。我开始是被骗到大马，后来才被骗到这个岛上”

“来小岛多久了？”

“有半年多了吧。”

“谁骗的呀？”

“开始是被国内一家中介公司骗。去年夏天，我在广东佛山南庄一家陶瓷厂打工，看到报纸上有则对外劳务输出广告，说赴马来西亚务工，每天工作8小时，一个月至少能赚五六千元人民币，如果再肯多加班，一个月赚个8000到1万元人民币都有可能。”

“这种广告你也信。”

“唉，在那家陶瓷厂太辛苦，车间里温度很高，粉尘又大，工作时间长，看到报纸广告说得那么好，就心动了，我和同厂的几个姐妹找到广告上说的这家中介公司，将在广东4年打工存下的3万元作为中介费给了他们。中介公司帮我们办好了一切出国手续，将我们12人送到新白云机场，说对方有人会来接机。飞机到大马已经是晚上，一下飞机，来接机的大马老板将我们的护照一并收起来统一保管。第二天，我们才发现，所谓的工作是在油棕园工作，我们女工负责摘棕榈果。没日没夜地工作了5个月，大马老板只给每人3000马币生活费，工资一分没付，我们罢工，向老板讨要工资和护照。老板坚决不给，还说，你们要钱我没钱，要护照我宁愿烧掉也不给你们。后来，我们12个人就逃出了油棕园，四处流浪。一天，我和另外一个姐妹到庙里偷吃供品，正巧我男人带着几个弟兄去庙里烧香，被他撞见。他骗我，说请我去他家做保姆，我见他脖子上金项链有牛绳一般粗，以为有幸遇见了有钱人，就傻傻乎乎地跟着出了庙，最后就到了这里。”

“你男人也在岛上？”

“他有时在，有时不在，现在不在。”

“他和岛上这些人是什么关系呀？”

“他是大哥。”

“他叫什么名字？”

“中国名字段山，泰国名叫柏伦。”

“哦，我见过。”曲东想起来了，一个月前，他被撒白蓉从曼谷骗到合艾时，在一家按摩院，撒白蓉就称那位假冒的“出租车司机”为段大哥，后来，被关在合艾海滨别墅地下室时，也曾见过撒白蓉所称的段大哥。

“你怎么会见过？”

“呵，那你现在是压寨夫人罗？”曲东没有回答湖北妹子的话，也不好回答。

“大哥，看你还有心情开这种玩笑。”湖北妹子的一句话，提醒了曲东自己的处境。

“你男人对你好吗?”曲东话一出口就知错了，瞧湖北妹子，保养得极好，显然，这句话白问了。

湖北妹子扑哧一笑：“我男人对我算好吧！不过，被困在小岛，怎么样说都是难受的呀。”

“你男人叫你来给我送饭？”

“不，我自己来的。”

“为什么？”

“我听说你是大陆来的，所以我就主动来送饭。”

“你男人是中国人吧，他普通话讲得不错？”在合艾，撒白蓉与段山的对话，曲东仍记忆犹新。

“他是泰国人，又是咱中国人。”

“妹子，你真有意思，你老公到底哪国人呀？”

“他不是我老公，是我男人。”

“你男人不就是你老公哟。”

“他有老婆的，在曼谷。”

“你是她二？”奶字，曲东没敢说出口。

“哦，对了，你在船上做什么？”湖北妹子有意岔开话题，她算不上聪明，也不会笨到二奶都听不明白。她第一眼见曲东，也曾怀疑他的身份，她的男人从事海盗勾当，为了获取高额赎金，平时抓来的人，不是船长就是大副。可这位中国老乡，细皮嫩肉，瘦胳膊瘦腿，怎么看也不像船上的人。

“我没在船上工作，我在地震局工作。”

“那我男人抓你干吗？”

曲东一时语塞，不知如何回答她的提问。他对最近发生在自己身上的事，既明白又糊涂。说明白，在青岛与撒白蓉萍水相逢后，她投计，将我诱骗到了泰国，然后，她又与歹徒联手，将自己骗到泰国南部城市合艾，并囚禁起来，撒白蓉却从此黄鹤一去不复返。

说糊涂，确实没办法想通，撒白蓉既是老乡，又是师姐，与她无冤无仇，她为什么要这样做呢？在曼谷召开的“地球板块学说”国际研讨会，看起来一切都是那么正规，还有电视台记者采访，总不可能是她安排的吧，如果是她安排的，目的又是什么呢？她为什么后来又将我骗到泰国南部城市合艾，并将我关押起来，难道她要与这些个歹徒联手搞恐怖活动，去制造或购买原子弹，将日本列岛推入太平洋，或者借此敲诈日本政府一大笔巨款。可是，可是，就所见的这样一些歹徒，有什么能力策划原子弹袭击，有什么财力去秘密购买原子弹，即便有钱，原子弹是那么容易买的吗？退一万步说，即使他们搞到了原子弹，他们也找到不黄海地壳最薄处的海沟，引爆原子弹也没用呀！

“你想家吗？”曲东无法回答湖北妹子关于“那我男人抓你干吗？”的问题，他转移话题。

“当然想啦，快想疯了。”湖北妹子不假思索地回答。

“那几时回去看看。”

“回去，不可能，绝对不可能，我男人不会肯的。”

“我有办法让你回去。”

“你有什么办法？”湖北妹子瞪大眼睛。

“你男人有手机吗？”人在危难时刻，真的会变得聪明起来，平时不善言辞、不善交际的曲东，很快找到了同盟军。

“有哇！”

“打过电话给家里吗？”

“我男人不让打。”

“那将他的手机偷来让我用一下，我让国内的人来救咱们。”

“我，我不，不敢。” 湖北妹子胆怯地说。

“那，你用你男人的手机，偷偷发个短信回去。”

“不行，如果被他发现，他可以像捏死一只虫子一样将我捏死。”

“我有个办法让他发现不了。”

“什么办法？”湖北妹子是又想又不敢。

“我给你两个手机号码，你只要发五个阿拉伯数字和两个英文字母，我朋友就会通知国内警方来救咱。”两个手机号码，一个是他顶头上司奚科长，另一个是佐藤教授。曲东筛选了他的所有亲朋好友，觉得在这个世界上现在最想救他、又最有能力救他的人应该算佐藤教授，毕竟他拿着日本东都大学一百万美金的购房款呢。便说：

“那手机上会留有发件信息呀？”湖北妹子仍不放心。

“真——”曲东本来想说，你真笨，此时此刻，伤人的话岂能说出口，他提醒，“妹子，你发完信息后，你可以将手机发件箱中的信息删除呀。”

“哦，万一被他发现了呢？”

“如果他问你，你就说乱按的，让他没办法怪你。你认得英文单词吗。”

“我在乡下读完了初中呐！”

“那太好了，我们俩都有救了。”

湖北妹子情绪被调动起来：“大哥，您刚才说只要发4个数字和3

个英文字母，国内就会派警察来救咱们？”

“是，我保证。”

“是密电码吗？”她的脸红润起来，显得非常兴奋，显然受影视剧的影响较深。

“可以说是吧，记住数字是X2505，英文字母是IS，记住了吗。”

“记住了。”

3

湖北妹子口中的“我男人”，中国名确实叫段山，祖籍云南保山，其父为之取名山，就是让他不要忘记故土保山。

段山的父亲在抗日战争时期参加国民党军队，在解放战争后期，他们从云南败退中缅边境，后几经辗转落脚泰北。作为国民党残部，回国不行，台湾也去不了，于是，蒋介石只得发布所谓训令，让他们借居在泰国北部与缅甸和老挝交界的山区，等待所谓“光复大陆”的时机。泰国政府对于这样一支不请自来的大部队，态度很坚决，赶他们走，甚至还在联合国提出过有关议案。可是，这支在解放军手下屡战屡败，屡败屡战的国民党残部并不是真正的“残部”，他们是真正的正规军，有清一色的美式装备，与侵华日军打了8年，又与解放军打了5年，积累了丰富的作战经验，讲起孙子兵法来，也是一套套的。对于数倍于自己的泰国军队，竟然所向披靡。几场大的战斗下来，泰国政府终于明白，他们要消灭这些中国来的国民党残部，必须付出沉重的代价，如果招安他们，还可以为己所用。于是，泰国政府主动谋和，承诺提供一片土地供其定居。当然，天上自然不会掉下馅饼，泰国政府也开出了附加条件，即国民党必须参加平定泰国反政府武装的战斗。当时，泰国国内有几股反政府武装颇有势力，游击战打得漂亮，泰国政府军一时拿他们没办法。国民党官兵为了自己的生存，决定与泰国政府军站在一起。最后，经过浴血奋战，以1000余士兵生命的代价完成了平定反政府武装的战斗，泰国政府也履约给了他们合法的栖身之地，这个栖身之地后来演变成了世人皆知的毒品金三角。

随着时间的变迁，国民党残部后代人数逐年增多，泰国政府为了控制人数，只给参加平定反政府武装战斗的老兵及家属泰国身份证，即取得合法的泰国国籍。对于没有参加平定战斗的老兵及家属只发难民证。段山的父亲没有参加平定泰国反政府武装的战斗，自然没有资格获得泰国国籍，子女也无法获得泰国国籍，只有“高山难民证”。殊不知，“高山难民证”与泰国身份证有着天壤之别，持有身份证的可以享受国民待遇，而仅持有“高山难民证”的，不但无求学、升迁等发展的机会，连活动区域都会受到严格限制，他们不能随便到泰国各地去工作与生活，如果在外地打黑工被查，会很惨，会被罚款、监禁，或遣返。

1983年夏，段山在金三角美斯乐的兴华中学读完高中，他不甘困在泰北山区，听说泰南华人多，于是，他带着左右邻居7个孩子，偷偷跑到泰国南部打黑工，自称八大罗汉，干了几年后，他们用打黑工攒下的钱买了一条机帆船，干起了毒品运输的勾当。当时，毒品金三角如日中天，毒品产量巨大，段山一伙就利用金三角从事毒品的大多是同学，或同学的父兄关系，从金三角进货。一开始，他专做泰国到香港的毒品海上运输，有了积累之后又添置了新船，其航线逐渐延长到台湾地区、韩国、日本。几年后，段山用偷运毒品挣来的钱，在泰南的合艾市海滨购得一栋别墅，以此作为毒品贩卖的中转基地。几年前，段山还用贩毒挣来的钱，为自己，也为七名骨干将“高山难民证”换成了梦寐以求的身份证，正式取得泰国国籍，结束了几十年无国籍的生涯。因为有了钱，他还在曼谷买了房，娶了一位正宗泰国女子。

21世纪初，中泰缅三国联手打击金三角毒品，金三角的农民在中国政府帮助下，开始种植水稻和其他热带经济作物，段山的毒品运输没了货源，生意急转直下。为谋新的生路，段山最后决定，发挥自身熟悉海上运输的优势，带着原来的弟兄们成功转型，租下吉卜岛作为存放抢劫商船货物和扣押人质的基地，做起了海盗。

其实，做海盗并不像电影《加勒比海盗》那么浪漫、那么富有诗意，真实的海盗是刀口上舔血的买卖。海盗有句行话：赚十次不如赔一次。去年年初，段山带着弟兄袭击一艘大型韩国商船时失手，损失惨重，死了5个弟兄，死者当中，有3个是当年的八大罗汉，那可是一同从泰北山区出来闯江湖的兄弟，另两个虽然不是1983年夏天跟随段山的，可也是国民党残部的后裔，只不过他们更年轻，是第三代。这起事件，使段山一伙元气大伤，一蹶不振。段山考虑，手下这么多弟兄，坐吃山空呀，必须转行，做什么好呢？正在踌躇之际，去年下半年，伦敦“雷霆”保安公司总经理亨利·姆安经人介绍，亲赴泰国曼谷，与段山会面。会谈套用一句官方用语，“会谈是在亲切友好的气氛中进行”，姆安要求段山不要再从事任何形式、任何规模的海盗、贩毒等活动，他们的合作项目规定为：袭击过往的大型油轮。袭击时间和次数听从姆安电话指挥，每成功袭击一次，可获50万美金酬金，外加路程补助，以吉卜岛为中心计算，袭击地区每超1000公里，补助 3万美金。如果在一年中，下达的任务不够，分配的袭击活动不够3次，段山仍能获得保底性收入150万美金。附加条件也很简单，段山不能过问袭击的目的、对象、结果。

段山对此项合作，着实兴奋了三天三夜。段山想，这是天上掉下的馅饼，美差呀，比起海盗来说，风险低，成功率高，还有保底收入。更让他欣喜的，自己手下的“人才结构”非常适合做这件事，可以说，在袭击过往大型油轮方面，他的手下个个是天才，个个是行家。受父辈的影响，段山一伙从小生活在战火纷飞的金三角，父辈一会同泰国政府军打，一会同反政府武装交火，一会又向泰共游击队开炮，打枪放炮，那是国民党残部子弟天生的本领，他们自娘胎里就听惯了枪炮声。

段山对双方合作十分满意，但还是心存疑虑：为什么不袭击有油水可捞的商船，而袭击油轮；为什么袭击油轮却规定不能上船抢劫，不能上船绑架人质，索取赎金。打沉油轮，什么都没有捞到，这不是做无用功吗，图什么呀！可100万美金预付款打到他账上后，他的疑虑在美金面前倏地消失。管他妈的，只要给钱，要老子袭击什么就袭击什么。

段山与姆安在曼谷商谈后不久，姆安从地下军火市场轻松地弄到20具前苏联RPG-7火箭筒，这种武器在国际武器黑市上售价仅200美元，差不多为官方价的八分之一。RPG-7名头很响，前苏军将它作为重要的反坦克武器，价格便宜量又充足，它和AK47系列步枪搭配，被称为穷人的最佳选择。RPG一7火箭筒发射程序非常简单，任何人都可以在很短时间内学会发射。这种火箭筒早已停止生产，用现在的眼光看，它只是采用光学瞄准镜，手动修正目标速度和风对弹道影响，太老土，可老土归老土，你却绝不能小瞧它，它的威力曾让美军吃尽苦头。1993年10月3日，美军在索马里首都摩加迪沙进行的“黑鹰行动”中，索马里反政府武装就用它击落了两架UH-60“黑鹰”武装直升机，正在执行任务的美军三角洲特种部队的18名士兵当场毙命。

一日，姆安亲自将20架RPG-7火箭筒送到吉卜岛，在一处海滩上，他以一个老特种兵的身份、以权威的口吻，对段山和他的部下进行耐心细致的示范性教学，他扛起火箭筒，下蹲，认真地讲解射击要领，令他气愤恼的是，段山部下完全忘了眼前的人是他们的衣食父母，丝毫不给姆安面子，个个捧腹大笑，姆安恼怒之极，大声呵斥，要他们认真一点，说，这火箭筒威力巨大，不是闹着玩的。段山看不惯姆安那种瞧不起人的眼神，也有意露一手，便朝一名年龄只有十五六岁的马仔打了个手势，小马仔若无其事地走上前，端起火箭筒，架在肩，同时下蹲，眯眼，扣动扳机，只听轰的一声，百米外，一块礁石被击得粉碎，那动作娴熟之极，简直一气呵成，整个动作，全没姆安讲解的要领，速度奇快，准度奇高。十几年特种兵生涯的姆安惊呆了，看傻了。他哪里想得到，段山一伙的父辈曾将RPG-7火箭筒当烧火棍，他们在金三角，当年，用得最多的就是中国69式40MM反坦克火箭筒，69式40MM反坦克火箭筒，设计原理，脱胎于苏制RPG-7型火箭筒，发射原理完全一样。

从去年下半年到今年5月，9个月左右，段山一伙接单袭击油轮三次，平均每三个月接单一次。整天待在小岛上，段山他们耐不住寂寞，有时瞒着远在英国伦敦的姆安，做些老本行，偷袭过往商船。一个月前，姆安第二次来到泰国曼谷，与段山密谈，要段山将袭击油轮的事暂搁一边，让他协助撒白蓉，将曲东从曼谷骗到合艾，扣押起来。然后，他与撒白蓉一道，冒充中国军方，到南天造船厂订购两艘无动力潜水艇，并将它秘密运到吉卜岛。姆安前几日，给段山打电话，让他做好准备，从吉卜岛装运两枚巨型水雷，运到东北亚某国海域，整个活动，酬金200万美金。预付款30%，即60万美金。段山二话没说，当场便答应下来。他思忖：这桩买卖太划算了，简直是天上掉馅饼，秘密运送军火与运输毒品没有两样，搞海上秘密运输，那是他段山的强项，更何况，巨型水雷放在无动力潜水艇中，不容易暴露。

当然，段山如果知道将要运输的并非水雷，而是原子弹，200万酬金绝对不干，一定会狮子大开口，一千万，两千万，甚至五千万他都敢开口。

4

段山与亨利•姆安合作，一直想不通：亨利•姆安出高价，只要求袭击油轮，而不袭击有油水可捞的商船，更不可思议的是，袭击油轮却规定不能上船抢劫，不能上船绑架人质，索取赎金，图什么呀！

“天下熙熙，皆为利来；天下攘攘,皆为利往”，“雷霆”保安公司总经理亨利•姆安此举当然是为了利，这个利比段山偷运毒品还要大。

去年8月，伊萨克财团最大、最重要的一个部门——石油期货部部长加里特因心脏病突发去世，作为外汇交易部部长的撒白蓉认为，老板罗尼青睐自己，且自己又是英国名校牛津大学毕业，学的又是投资，自己是加里特继承人的最佳人选，志在必得。最后结果出乎她的意料，也出乎财团所有人的意料，对撒白蓉十分宠爱的董事长罗尼，一反常态，竟让自己的保镖，一个毫无期货投资经验的希络担任此职。此举，让撒白蓉很受伤：“我堂堂牛津大学金融投资专业硕士，这些年来，在外汇实盘交易市场和外汇保证金交易市场做得风生水起，为伊萨克财团创造了丰厚的利润，这是有目共睹的。希络有什么呀，行伍出身，打枪放炮，行，对极具风险的石油期货却是十足的外行，他能看懂MACD、KDJ、BOLL、DMI、CR等技术指标吗？他对这些指标的浊化了解吗，他懂底背反和顶背反吗，他能对石油期货的趋势作出正确的判断吗，他有自己的交易系统吗？他能适时把握止赢、止损点吗？他能掌握期货最要命的顺势操作吗？”

希络在众多怀疑的目光中上任。上任刚过半年，等着看希络笑话的撒白蓉失望了，希络领导的石油期货部取得了骄人成绩，利润超过百分之百，期货是以赢利说话的天下，她不得不低下高昂的头。

撒白蓉在投资领域摸爬滚打六七年，十分明白，期货投资中，不可能随随便便成功，期货一百年历史数据表明，赢利者只有2%，打平为3%，95%亏损。她猜想，希络一定有独门利器，她决定探个究竟。她以女人的优势约会了石油期货部首席交易员切尼，在轻而易举将他灌醉之后，切尼有问必答，撒白蓉轻松地将希络的投资方法问了个底朝天。原来，希络上任以后，在石油期货上做了三次短线行情，每次仓位开得都很重，方向上全部做多。第一次在纽约商交所原油期货56至58时，他将总投资额度的一半，即20亿美元在原油近期和中期合约上建多仓，建仓资金占可支配资金的一半，这在期货行业中，此乃重仓中的重仓，一有风吹草动，不用说已建仓的20亿，就是后备的20亿资金也有可能顷刻间成为零。当时，希络手下的交易员对此吓得要命，希络却像没事一般，胸有成竹地告诉大家，一周内必然有一波上升行情。果然，完成建仓后的第三天，两艘大型油轮分别在在东南亚海域被火箭袭击，着火燃烧，全球石油海上运输70%在东南亚海域，受此消息刺激，石油应声狂飙，纽约商交所原油期货两天内涨了6至7美元，期货价格上涨8.5%。纽约商交所最低交易保证金为合约价值的8%，也就是说，石油期货每上涨8%，看多的合约就有100%的利润。石油期货部所建仓的20亿美金有了100%的利润，摊薄到总资金收益率，也有50%的利润。在撒白蓉追问下，切尼终于和盘托出了惊天秘密：大型油轮被炸的幕后推手可能是希络。切尼还说出，他们所做的第二波和第三波行情同第一波行情的手段如出一辙。

听君一席话，胜读十年书，切尼一席话让纯技术派的撒白蓉傻了眼，继而是醍醐灌顶：天哪，完全可以设想，只需给海盗区区几十万美金，至多几百万美金，就能将几十万吨的大油轮炸毁，全世界媒体必然大肆炒作，纽约商交所原油期货受恐慌性买盘推动，必然顺势上扬，几百万投资带来的是几十亿的利润，这个投入产出比太高了，希络的策划堪称投资领域里最伟大的策划。从此，撒白蓉对希络佩服得五体投地，很快，他俩成了无话不谈的好朋友、狼狈为奸的好战友。

不过，在公开场合，他俩仍保持着距离，在公司见面时，只是礼貌性打招呼，希络可不敢夺老板之爱。

一次，希络在与撒白蓉闲聊中得意地说：“我的原油期货投资，有今天的成绩，得感谢你们中国的伟人毛泽东。”

撒白蓉大感迷惑：“你知道毛主席？”在中国，很少人直呼毛泽东。

“当然知道啦！”

“为什么？”

“你知道我什么出身吗？”

“我早就知道你曾是特种兵，还是个军官。”

“为什么我们E国特种兵能得到全世界的赞誉？”

“你们一天到晚打仗，当然容易出名啦。”

“撒小姐，你看到的只是表面现象，我可以坦率地告诉你，我们国家特种兵军事理论学习特别多，我们就开设了贵国的《孙子兵法》和《毛泽东军事思想》两门课。”

“哇，真想不到哟！”

“我策划海上袭击油轮，主要受毛泽东游击战思想的启发。”

“毛泽东十大军事原则，没有讲海上袭击呀？”撒白蓉懂得还真不少。

“毛泽东的游击战十六字诀你知道吗？”

“当然知道啦，‘敌进我退，敌驻我扰，敌疲我打，敌退我追’嘛！”

“厉害，真是厉害，难怪美国大兵们怕你们中国人，原来你们中国人个个会功夫，个个懂兵法。”

“你还没说毛泽东游击战十六字诀和你袭击油轮有什么关系呢。”

“你看，现在大型油轮都配备了武器，船员们也都受过射击训练，要靠近油轮也不那么容易。我们的人就采取‘敌驻我扰，敌疲我打’的办法，等他们疲劳，放松警惕之时，就驾驭渔船悄悄接近油轮，趁其不备，用火箭发射器朝几十万吨大油轮射击，几十万吨的油轮像座山一样，目标特别大，就是闭上眼扣动扳机，也能百发百中。

油轮被击中后，只需将火箭发射器往大海一扔，拿起渔网去打鱼，任凭哪国海警都找不到作案的证据。”

“太绝啦！”

5

一天的疾风骤雨耗去了大海所有能量，乖戾的大海在黑夜吞噬之后，竟然一下子温顺起来。

吉卜岛，两艘渔船泊在离码头60米开外的岸边，其中一艘渔船将探照灯灯光射向码头，码头上，姆安肩挎乌齐9mm冲锋枪，腰别英格拉姆M8微声手枪，带着几个手下在此等候客人，段山也带着十几个人在此迎接。两拨人形象完全不同，姆安的人虎背熊腰，个头比段山一伙高出大半个头，站姿威武，段山的人就像占山为王的土匪，没什么规矩。

“海豚”号游轮从黑黝黝的海中钻出，徐徐靠近吉卜岛，泊在小码头。一身作战服的希络快步走下船梯。

姆安带着几个弟兄提前一天到达吉卜岛，打前站，在码头恭候多时。希络下到码头，姆安碎步上前问候：“队长，您辛苦了！我给您介绍一下，这位是段山。”

“段老板，辛苦了。”

“哪里，哪里！谢谢您的关照。”

“附近海域的安全状况如何？”希络无意寒暄，他问姆安。

“请您放心，都检查过，没发现可疑船只。”

“潜水艇在哪？”撒白蓉秘密订购的两艘无动力潜水艇。

姆安侧身向左指，说：“潜水艇就在前面两艘渔船的下面。”两艘渔船泊在离码头50米开外的岸边。

“渔船上的吊机起重量够吗？”

“老板您放心，渔船上的吊机能起重10吨。”

“好，不错，抓紧时间，按计划进行吧!”

“是。”

段山用对讲机命令一艘渔船开过来，渔船徐徐开过来，停泊在渔船码头。停稳后，他朝渔船上的水手们作了一个下水的手势，一名水手娴熟地穿上潜水衣，来到船边，一个后翻下海，径直朝海水下三米左右的无动力潜水艇游去。借着潜水头罩上的灯光能看清潜水艇上的各种设备，潜水员左手扶着艇，右手轻按潜水艇尾部的一个开关，潜水艇上的小马达嗡嗡响起，它在将潜水艇两侧水箱中的海水抽去，增大潜水艇浮力，只一会儿工夫，潜水艇就慢慢浮上了海面。这时，希络才看清渔船和无动力潜水艇之间有一根手腕粗的钢缆相牵连。

渔船上一名水手动作熟练地开启吊机，将潜水艇平稳地吊到码头上，段山亲自带领手下，将无动力潜水艇后盖打开。

与此同时，码头另一侧游轮上的吊机开启，挂钩慢慢伸向游艇后舱，将一枚原子弹从游轮上吊到码头，只见原子弹被钢缆紧紧绑在小四轮车上，原子弹在探照灯灯光下发出瘆人的寒光。

段山一伙拿来预先准备好的一米多宽木板，将它搁在无动力潜水艇后门和码头之间，几个人合力将装有原子弹的小四轮车推进潜水艇腹部，然后用钢缆在四个方向将四轮车固定牢靠，最后，希络亲自将潜艇后盖合上。渔船上的水手再次开启吊机，将装有原子弹的潜水艇放入海水中。一名潜水员游向潜水艇后部，按下开关，只听潜水艇上的抽水泵发出细微的抽水声，两侧暗藏式水箱很快装满，艇身徐徐下潜，潜水员也跟着下落。当潜水艇下潜到海平面三米左右，潜水员按下水泵关闭开关，潜水艇停止下潜。这艘无动力潜水艇下潜到三米处，不再让它继续下潜，那是有讲究的，因为东南亚水域海水污染程度小，海水透明度高，如果偌大一艘无动力潜水艇下潜深度太浅的话，渔船拖着它在海上航行时，很容易被沿岸国海警用肉眼看出乾坤；如果潜得太深的话，在航行时，水中阻力又太大。所以计算来计算去，将潜水艇下潜深度确定为三米。

接着，希络一伙又如法炮制，另一艘渔船拖来第二艘无动力潜水艇，将第二枚原子弹也装了进去。一行人忙到午夜，吉卜岛码头才恢复往日的平静。从外部看，码头右边只是静静地停泊着一艘游轮，码头左边泊着两艘普通渔船，谁经过这个不起眼的小岛，都不会产生任何疑问。

晨光微露，曲东被段山的两个马仔押着，从山腰的院子沿石阶下到码头。正准备登上其中一艘渔船之际，希络带着核专家格因罗夫和曼苏尔从游轮上下来，朝曲东走来，将一封信递给曲东，以威胁口吻说：“曲先生，撒小姐要我亲手交给你，希望此行我们能合作愉快，记住，千万不要弄出不愉快的事来。”

曲东疑惑地接过信，展开细读：

师弟：你好！

合艾一别，弹指一月有余，甚念！

你可能天天都在诅咒我，也可能对我八辈子祖宗都骂过，这我都能理解。

俗话说，人在江湖身不由已，我以如此手段将你从国内请出来（你可能说诱骗吧！），那是不得已而为之。但没办法，谁让你在错误的时间、错误的地点遇见我，这是你的不幸，当然也许是你的大幸，遇见与否，命中注定；幸与不幸，全在你自己。

这一切的一切，不能完全怪本人，这多多少少也有你的因素在内。客观地说，这次用原子弹，通过核钉的原理，将日本列岛推向太平洋海沟的策划，你可算作始作俑者，都是你的论文《恐怖分子震断日本列岛与亚欧板块后果初探》的缘故，本人只是你伟大思想的追随者、实践者。

今天，你将被安排乘渔船回到我们伟大的祖国，回到你熟悉的黄海。为了保证原子弹能够发挥最大的威力，原子弹的安放位置就必须按照你在论文中所讲，放置在黄海一条直线上的两个海沟当中，在狭窄的海沟中引爆原子弹，才能形成向两边最大的推动力。你是中国地质大学的高材生，地质专业功底非常扎实，从你的论文可以看出，你对黄海的海床、海沟、洋流了如指掌。所以，请你务必为船长做好向导，用最快的速度指认出最佳的海沟。

在此，我以师姐的身份向你保证，只要你配合好我们的行动，准确指认原子弹安放的最佳位置，我们将保证你的生命安全，事成之后，还将给予100万美金的酬谢；如果不配合，或耍什么手段，那你的小命就难保了，你知道，在大海中的渔船上，杀死一个人，如同踩死一只蚂蚁，永远不会有人知道。

识时务者为俊杰，退一万步说，好汉不吃眼前亏，千万不要任性，拜托！

撒白蓉

曲东没有想到，看起来如此高贵、时尚的撒白蓉，写出的信竟如此拖腔拉调，像个老学究，又像个杀人魔王。

第十一章

1

夜深人静，佐藤教授端坐书房的书桌前，没有丝毫睡意，也静不下心来看书。

佐藤教授是那种责任感、使命感十分强的人。自村冈谦回国告诉他曲东在泰国失踪消息之后，他一直关心曲东事件的进展，为此，他寝食难安，度日如年。他比任何人都清楚，曲东事件关乎着大和民族的生死、关乎着日本帝国的存亡。窗外，登陆日本列岛的第二号强热带风暴狂撼大地、撕裂万物。这种强撼和撕裂在佐藤的头脑中无限地被放大，进而变成日本帝国的末日场景：数枚原子弹在日本列岛与中国黄淮板块之间的结点——黄海海沟爆炸，震断十分脆弱的日本列岛和中国黄淮板块的联系，日本列岛失去来自中国黄淮板块的拉扯力，向身旁万米深的太平洋西北部海沟滑去，伴随而来的是山一般高的海啸，百年来，傲立世界民族之林的日本国慢慢滑入深不可测的太平洋……

夫人喜多加代子迈着细碎的步子走进书房，来到佐藤身旁，俯身将手机递给佐藤，轻声道："老师，我不小心看了您手机前两天的一则信息，觉得很好奇。"喜多加代子曾是佐藤的学生，与佐藤结婚十多年，仍习惯称他为老师。

年逾花甲的佐藤眼睛已经老花，他接过手机，伸长手臂，将手机拿得远远的，好不容易看清了信息内容，这条信息没有一个日文，只有几个阿拉伯数字和英文字母。他浓眉微蹙，嘟囔："X2505 IS"，这则信息我看过呀，没什么意思嘛？垃圾信息？现在乱七八糟的垃圾信息也太多了，为什么就没办法治他们？他没好气地将手机放置一边。

“老师，我总觉得‘X2505 IS’怪怪的。”

“有什么怪，不就是一则垃圾信息，有什么值得大惊小怪的。”佐藤瞪大着眼睛看着妻子有些反常的举动，寻思：“她一向沉稳，怎么一条短信息竟让她如此较真？”

喜多加代子没有理会佐藤的表情，她拿起手机，拨打佐藤这部手机的运营商咨询电话，询问发“X2505 IS”信息的手机是不是国内的。稍等片刻后，对方说泰国。

“老师，您、您在泰国有朋友吗？”喜多加代子一听说“泰国”，声音变得发颤

佐藤教授沉吟片刻，回答：“没有哇！”

“老师，中国学者曲东不是在泰国失踪的吗？”

佐藤教授霍地站起身来，结结巴巴地说：“你、你、你的意思，这条短信来自曲东？”

“老师，以专业眼光来看，X25 05 IS是什么意思？”

泰国在地球上的位置马上在佐藤的头脑中定格，“哦，如果没有后面那两个英文字母IS，单纯就这几个阿拉伯数字，意思可能是东经X25度，北纬5度。天哪，天哪！”佐藤说着，他的心快要跳出来，“哪，哪IS是什么意思呢？”

喜多加代子略加思索，猜测道：“英语单词中最前面由IS两个字母组成的有Israel，以色列。”

“以色列？不可能，以色列大约在北纬31.30，东经34.45。”任何国家的经纬度在佐藤那是胸有成图。

“Islam，伊斯兰教。”

“中东和东南亚有几十国家信奉伊斯兰教，不过，印度尼西亚尼和马来西亚信奉伊斯兰教，这两个国家的经纬度可能在这个范围。还有其他意思吗？”

“Isolate，隔离的意思。”

“再看看还有其他意思吗？”

“island，岛，小岛。”

佐藤教授惊喜道："island，岛，在东经X25度，北纬5度可能有小岛，天哪，这可能是个密码。"

"老师，如果是密码，那太有价值了。"

"是，如果真是密码，那说明发信息的人处境十分危险，可能被关押在太平洋中某个小岛，快去将有关地图找出来。"

佐藤教授乃全日本甚至全球一流的地震研究专家，书房中几乎囊括了世界所有的地图，只一会工夫，喜多加代子就从书柜中取出一大摞地图，将它们一一放在书桌上。佐藤首先找出一张亚洲地图，拿着放大镜在东经X25度，北纬5度上查找。找了几遍，那片区域什么也没有，只有大海。佐藤不甘心，又从一堆地图中找出一张东南亚地图，在东经X25度，北纬5度处查找，果然有了发现，在此经纬度上标有几个芝麻大的小岛，不过，地图上没有标注小岛名称，说明这几个小岛比较小。佐藤教授想弄清这几个小岛名称，于是，找出一张东南亚海图，海图上清楚地标明东经X25度，北纬5度上有五个小岛，标明吉卜岛。至于吉卜岛是这些小岛的总称还是某个小岛并没作说明。

佐藤教授认定，手机上的信息来自曲东的可能性非常大，很可能是曲东发出的求救信息。作为专业人员、作为不同国度的同行，互相沟通的最好办法是英语和数字，曲东的短信如此简单，说明他的处境非常危险。事不宜迟，佐藤教授顾不了深夜打扰不打扰，拨通了首相官邸危机管理中心"中国曲东对策室"室长中村正雄的手机，将手机中的奇怪信息内容告诉了中村，并将自己的分析作了简略汇报。佐藤从电话中能感受到中村正雄的兴奋！中村在电话中也一再对佐藤教授表示由衷的感谢，他还要求佐藤教授迅速赶到危机管理中心。

佐藤急匆匆换上西装，系好领带冲出家门，夫人喜多加代子已从车库将小车开了出来，车在佐藤站立处停下。

佐藤教授走进首相官邸危机管理中心会议厅时已过12点。会议室已坐着七八个人，佐藤教授吃惊不浅：自己向中村正雄汇报完便拼命地往这儿赶，其他人竟比自己先到，真是匪夷所思。同时，佐藤心中也不由得生出一缕兴奋：我们国家决策部门对危机的处理如此高效，这个民族绝对不会就此消亡。

佐藤环顾会场，与会者他大都认识，一个多月前，上次在首相官邸危机管理中心开会时已经见过。他们是日本内阁情报调查室副室长、警察厅外事科科长、外务省国际情报局局长、防卫省调查科科长、陆上自卫队中央情报队副队长。今晚，紧急会议同前几次曲东事件分析会略有不同，以前来的是全国五大情报机构的有关负责人，今天，多了一家情报机构的负责人，即贸易振兴会情报一室主任龟田介义，贸易振兴会系日本七大情报机构之一，主要负责搜集商业情报。

会议照例由中村正雄主持。他首先请佐藤教授发言，佐藤教授简单讲述如何收到“X25 05 IS”这条信息，着重分析了这条信息可能隐含的内容。

很奇怪，一贯喜欢较真的日本情报官们听完佐藤教授的讲解和推测，竟没有一个人提出异议，从他们频频点头的神态可以看出，这六大情报机构的官员居然全部认可佐藤教授的分析。

中村正雄的目光投向右边座位上一位古铜脸色的中年人，说：“我来介绍一下，这位是田福远洋运输株式会社调度科科长渡边雄，他曾经在田福远洋运输株式会社一艘大型油轮上任船长，跑日本至中东的航线足足有15年，对东南亚水域堪称了如指掌，下面请他谈谈吉卜岛的有关情况。”

渡边雄诚惶诚恐地站起身，向与会者深深鞠了一个躬。他觉得自己能被请到国家最高权力机关，来到首相官邸危机管理中心出席会议十分荣幸，简直可以说受宠若惊，诚惶诚恐，对能亲自为国效力感到十分自豪。他将自己带来的一张航海图摊在椭圆型会议桌上，右手指着上面用红笔画的红圈：“在东经X25度，北纬5度区域，我以前经常驾驶油轮经过，我能清晰地记得那儿一定有五个小岛，这五个岛都很小，只有最南部的吉卜岛稍大，根据我的记忆，这几个岛好像没有人居住。”

“好像还是肯定？”中村正雄问。

“我不敢肯定。”

“吉卜岛属于哪个国家？”外务省国际情报局副局长广田三重询问。

“可能是泰国吧。”渡边雄口气比较犹豫。

“本人同意佐藤教授的分析，这个短信很可能来自曲东，有极大可能是在人身不自由的条件下发出的求救信息。从目前事态发展轨迹看，显然，曲东现在可能在某个国际犯罪组织手中。鉴于我们赴英国查找撒白蓉的小组工作没有实质进展，我们当务之急，采取果断措施尽快找到曲东，只有先找到他，才能顺藤摸瓜找到那个背后的操纵者，我请求允许本人率一个特战小组登陆吉卜岛。”陆上自卫队中央情报部队副队长黑木田大声道。

广田三重立刻提出反对意见：“我个人认为，此时，陆上自卫队出动人马有点不妥。陆上自卫队以国土保护为第一重任，在没有征得吉卜岛所在国也就是泰国的同意，就出动一国的军队，违反了国际法。我觉得暂时还是不要轻易派遣军人，那样太过敏感，不如派特警上吉卜岛，先行侦察一下。如果发现曲东被恐怖分子扣押在吉卜岛，可以立即寻求吉卜岛所在国警方的帮助，也可以通过国际刑警组织去解救。”

渡边雄截住他的话头，说：“我来出席会议的路上，用电话查了一下我们公司油轮运行情况，目前，我们一艘名为久丸的油轮在去科威特的路上，10个小时后将穿越巴士海峡，估计两天左右它会行驶到吉卜岛附近，如果情况紧急，可以考虑用直升机将特警送上久丸号油轮，在久丸号路过吉卜岛时，特警们可以利用夜幕掩护，乘橡皮艇悄悄登岛。”

广田三重击掌叫好：“渡边君的建议很好，从我们日本到巴士海峡全是公海，直升机飞过去，不会有侵犯邻国领空之嫌，也不容易引起邻国的注意。”广田三重来自外务省，看问题、做事情总会以国际视野去考虑国际关系。

会议经过认真讨论，最后决定，由东京警视厅“雄鹰”反恐大队选派8名队员，组成特别行动小组执行侦察吉卜岛的任务，行动代号为“野菊”，任命村冈谦为组长，反恐大队副大队长田中之介任副组长，西尾勇随队行动，下午（会议已经开到凌晨1时许）五时启程。田福远洋运输株式会社调度科科长渡边雄主动请缨，被批准作为编外人员参加行动。

会议同时决定，警视厅派出外事人员赴泰国，如果“野菊”行动组在吉卜岛上侦察到曲东，在无法解救时，能够通过在泰国的外事人员，在第一时间请求泰国警方帮助。

2

次日，太阳西沉。

“野菊”行动小组乘警用中巴抵达陆上自卫队陆航部队某基地，下午5点整，在村冈谦带领下，行动小组全部队员来到停机坪，先将两艘尚没充气的橡皮艇搬上支努干CH-47J运输直升机。CH-47J是美国陆军CH-47支努干直升机的日本仿制型，属于重型直升机，能承载60名全副武装的战士。CH-47J载着行动小组10名队员及一位编外队员向南飞行，2个小时后，首先抵达冲绳基地，加油，然后，在临时加设的3个副油箱帮助下连续飞行3个多小时，于次日凌晨2时抵达台湾以南的巴士海峡。

“久丸”号油轮船长早已接到公司指令，抛锚等候。

夜色似墨。CH-47J飞行员通过机上雷达搜索和无线电联络，很快找到“久丸”号油轮。飞行员打开夜照灯，见油轮甲板有3个足球场那么大（久丸号油轮为40万吨级油轮，长356米，宽71米；标准足球场长105米、宽68米，正好是标准足球场的3倍），放心大胆地准备将直升机直接降落在油轮甲板上。200米、100米，直升机往下降，编外队员，田福远洋运输株式会社调度科科长渡边雄冲到飞行员侧面，拼命地打着手势，要飞行员将直升机拉起，飞行员不明所以，但为了安全，还是将直升机急速拉起。

渡边雄原以为直升机会在油轮甲板上几米处悬停，特警逐一跳下，未曾想到，飞行员欲将直升飞机直接停在甲板上，曾任油轮多年船长的他吓坏了，只有他才知道，这油轮甲板绝对不能降落直升机。油轮从远处看，甲板平整又宽阔；从近处看，却不是那么回事，甲板密布各种管道，如输油、电缆、气体、液压管和压缩空气管，还有天桥、绞车等，如果直升机在上面降落，极易压断油管，引起火灾。更重要，油轮甲板下面是空的，有十几，二十多米高，不像军舰和商船有数层甲板，油轮甲板每平方米只能放2吨的东西，要是放3吨以上的物体就会变形，引起金属结构疲劳，断裂。支努干CH-47J运输直升机自重就达10吨，加上人员、冲锋艇，加装的副油箱等起码有16吨，油船甲板无法承受直升机的重量。

好在直升机飞行员训练有素，并不惊慌，及时停止了下降。他利用机上的微光夜视仪，使直升机悬停在油轮上空20米处，“野菊”行动小组队员们将橡皮冲锋艇从直升机吊到甲板上，接着，行动小组队员一一索降到甲板上。渡边雄没有受过索降训练，他在一名特警帮助下安全索降到甲板。

直升机完成任务后，与油轮分道扬镳，一南一北，直升机向北往回飞，“久丸”号油轮继续向南行驶。

漫长的航行中，天气炎热，行动小组队员不敢上甲板，只能待在有空调的船员休息室。只在早晚时分，稍为凉快时，才走上甲板，活动身体，保持体能。

“野菊”行动小组登上油轮38个小时后，残阳时分，在驾驶室用望远镜观察的渡边雄首先发现了吉卜岛，他兴奋地将望远镜递给站在一旁的村冈谦。村冈谦举起望远镜，朝渡边雄手指方向望去，果然看到一个葱郁的小岛。他问：“我们所在的经纬度是多少？”

“东经X25度， 45分，北纬5度30分。”

“这是火山岛链的第几个岛？”

“第1个。”

“吉卜岛是第5个吗？”

“是第5个，也是最大的一个。”

“以目前航行速度，多久才能到达吉卜岛？”

“大约40分钟吧。”

村冈谦暗喜：“好，X25 05，曲东发过来的信息果然没错。”他通过船上内部通讯系统向船员休息室的队员通报，已经到达吉卜岛附近海域。

不多时，村冈谦发现左前方出现了第二个小岛。十几分钟后，当油船驶近一些时，只见这个岛与第一个岛没有两样，都是陡壁幽洞，怪石嶙峋，不由得踌躇起来，寻思：“地图上标明这里有5个小岛，那曲东究竟在哪一个岛呢，总不至于每个岛都上去侦察吧，那样，太容易打草惊蛇，唉，只有看完五个岛再作打算了。”

当油轮行驶到第五个小岛附近时，村冈谦用望远镜望去，见一艘白色小游轮泊在简陋码头，码头左右几百米处没有任何船只，在码头尽头有一条小路，笔直通向山上，在密林中消失。

“田中君，你看到了那艘豪华游轮吗？”村冈谦问道。

“看见啦，如此荒凉的小岛，居然有豪华游轮，不太正常。”

“怎么上去？”情报工作出身的村岗谦，讲实战经验，远不如一直从事反恐的田中之介。

“你看，上山，只有一条路，地形易守难攻。”田中之介担忧地说。

“那我们立即请求国内增援？”

“不行，来不及了，夜长梦多，我看，最好的办法是趁夜偷袭。”

村冈谦心里一紧，他感到恐怖分子既然在此岛安营扎寨，肯定会防备森严，小岛海滨全是乱礁杂石，除了一个简易码头，没任何建筑。 小岛只有一条石板小道通向山中，石板路比较整洁，并无过多残支败叶，说明这条小道经常有人走，既然经常有人走，那么，密林中一定会有建筑物，曲东很可能被关押在里面。石板路如一线天，如果恐怖分子事先把守，只需一人在上面守着，那叫“一夫当关，万夫莫开”。强攻肯定不行，人家居高临下，只能如田中君所言，偷袭。如何才能神不知鬼不觉的上去，看来是横亘在行动组面前的第一大困难。

油轮船长遵照指令在吉卜岛外十公里外抛锚，因为 “久丸”号油轮船弦高29米，驾驶舱的高度离海平面至少35米，相当于三十层楼，一望无际的大海无遮无挡，10公里外，如果有任何灯光，都非常显眼，很容易引起岛上恐怖分子的注意，所以，必须实行灯火管制。

村冈谦指示西尾勇，让他给总部发报：“野菊”行动组已抵达吉卜岛，发现岛上有人活动的痕迹，行动小组预定凌晨1时实施登岛行动。同时与渡边雄约定，如果6个小时没有回来，油轮自行撤离。

1时整，“野菊”行动组全体队员奔向甲板，队员们给橡皮艇充气，油轮上的船员都主动跑来帮忙，他们配合默契地将两艘橡皮艇抬到左舷，将橡皮艇吊下大海，然后，全副武装的队员索降到橡皮艇上。

队员分乘两艘橡皮艇离开油轮，每艇5人，在离吉卜岛大约1000米处将发动机关闭，划桨前行，他们怕发动机的声音惊醒岛上的恐怖分子。

弯弯的月亮在薄云中穿行，淡淡的青光撒落小岛。

由于无法判断游轮上是否有人，橡皮艇不便在码头靠岸。两艘橡皮艇悄无声息地在离码头近百米地方靠岸。

田中之介让大家藏在岩石后，自己带一名队员沿着布满岩石的海边前行，小心翼翼地摸到码头。他匍匐在地，静静地观察豪华游艇，游艇黑灯瞎火，估计上面没人。为了保险起见，田中之介用红外线探测仪扫描游艇，没有任何生命信号，可以肯定，游轮上没人埋伏。

田中之介打了个手势，行动小组队员齐聚码头。行动小组组长村冈谦身先士卒，端着冲锋枪第一个窜上石板路，欲带队员上山，被田中之介拉住，他执意冲在前，将危险留给自己，让村冈谦殿后。

微弱的月光吝啬地洒在石板小道上。由于对地形不熟悉，对岛上的敌情不了解，“野菊”行动组只得走几步，就停下来观察一会，确认没有危险才继续往前走。在笔直石板路的尽头，小路在绿树掩映中开始蜿蜒向右延伸。借着微弱的月光，行动小组走过一座两米长的石板桥，左前方出现一座大院。田中之介向大伙作了一个悄悄靠近的手势，队员们轻手轻脚地向石墙挪去。

“轰，轰。”

院内扔出数枚手雷，刹那间，在行动小组中间爆炸。紧接着，院内的恐怖分子依托石墙有利地形，居高临下，11支冲锋枪朝“野菊”行动组队员一阵猛射。段山留守的6名人员算不上厉害，厉害的是希络的人马。希络原本一共12人，跟渔船去中国黄海走了大半，毕竟还留下4个，个个身手了得，他们手中的以色列乌齐冲锋枪好生厉害，子弹好似打不完一般，一梭接着一梭，这种枪有特殊设计，它将两个32发弹匣的底部焊在一起成“L”型，装满弹后，一个弹匣插入握把之中，另一个则处于枪管下方，当打完一个弹匣之后，即可将另一个实弹匣插入握把，等于一支枪有2支枪的子弹。

如雨的子弹狂扫在“野菊”行动小组队员身上，他们虽然训练有素，可是，根本没时间作反应，更无反击的空隙，顷刻间，前面8名队员皆身中数枪倒在了弹雨中，为国捐躯。

走在最后的村冈谦和西尾勇，当听到第一声爆炸，快若惊鸿地往路边一闪，扑倒在右边的岩石后，迅速借着岩石掩护进行反击，反击微弱又无效。

敌众我寡，地形不利，藏在岩石后的村冈谦，知道无力回天，急令西尾勇立即向总部发电，报告遇袭情况，他借着岩石掩护拼命用冲锋枪进行反击，尽力阻缓被擒的时间，直到西尾勇将电报发完。

3

村冈谦和西尾勇双双被擒，希络从他俩作战服和所持枪械判断出，来者可能是日方特警或特战队员。他们万里奔袭，表明他们的情报部门已盯上了吉卜岛。可有一点闹不明白，既然盯上了，为什么只派那么少人来呢，为什么不出动他们精锐的陆上自卫队第1空降旅第101空降大队呢？

他吩咐段山的副手白良德，将村冈谦和西尾勇关进囚禁室，严加看管。叮嘱完毕，希络则带着自己的人马离开小院，径直下山去，他决定乘游轮赶紧离开吉卜岛。

村冈谦和西尾勇被扔进了囚禁室，屋内很黑，伸手不见五指，村岗谦凭感觉马上发现囚禁室内还有人。他用手指轻捅西尾勇腰部，提醒他囚禁室有人，敌友不清，注意保护好自己。

晨光熹微，天将黎明。

借助微弱的光线，村冈谦惊奇发现，囚禁室内不但有人，而且是两个，居然还有一位女士，从她的气质尤其长相上看，不是欧洲人，也绝非东南亚人。

那女士见对方拿眼瞅着自己，也不怯生，她也在观察新来的牢友。她思索片刻，两眼倏地一亮，走到村冈谦面前，以一副老友重逢的口吻，说道：“程风，是你呀！”女士操标准的普通话。

村冈谦一愣，急速开启记忆之窗，可绞尽脑汁也想不起在何时何地见过她，他抱歉地说：“恕我眼拙，想不起来，您是？”

“我们老同学呀！”

“同学？”

“是呀，咱俩还一起打过篮球呢。”

村冈谦在中国留学时确实叫程风，喜欢打篮球，不过鲜有机会同女生打。他暗想：“倘若真的与她这么漂亮的女生打过球，不可能没有印象呀，自己比她大着十来岁，在中国留学时不可能与她同学。

“是吗？你这小妹妹什么时候跟我同学？”因不了解对方意图，村冈谦不置可否。

“逗你玩。”女士的话颇有几分调侃意味，倒不像在这囚禁室的对话。

村冈谦因行动失败情绪极差，死了8个战友，本来心中悲戚，此时被对方语言相逗，气不打一处来，斥道：“哪来的野丫头在此撒野。”村冈谦何等聪明之人，他很快判断出这一男一女的身份：能知道10多年前自己在北京留学时的爱好，能知道自己在中国留学时所用的中文名字，这位女士不是中国警察又是谁呢！想及此一层，他态度来了180度转弯，“野丫头，我早就知道你俩的身份了？”

村冈谦判断得没错，这一男一女正是欧阳木和蒙娜。欧阳木师徒进这间囚禁室比村冈谦早七八个小时，原因嘛，与村冈谦一行大同小异：曲东请段山的女人，湖北妹子发求救暗语短信，一条发给了佐藤教授，另一条发给了他所在单位所在部门的科长，科长将短信内容报告给了黄海市警方，省公安厅再次派刑侦总队副总队长丘松林带欧阳木师徒到泰国。与第一次略有不同，这一次是从香港转机，直飞合艾市，他俩租渔船上岛侦察时被擒。

正当村冈谦欲与蒙娜进一步交流时，段山的助手白良德出现在囚禁室门外，色眯眯地瞅着囚禁室内的蒙娜。片刻，他示意后面跟着的一名手下，用钥匙打开铁门。白良德右手拿着手枪走进囚禁室，朝蒙娜喊道：“走，跟我们走。”他的手下端着冲锋枪站在门外，以防不测。

“干嘛？”蒙娜见他只提自己走，心里害怕。

白良德不由她分说，直接用手去拉蒙娜的衣袖，欲强行将她拽出囚禁室。

蒙娜定住脚不让他们拖走，怒问："你想干什么？"她从白良德的眼神已瞧出他的动机。昨日下午，蒙娜被擒，白良德一见到蒙娜，就对她垂涎三尺，碍于老板的老板希络在此，他不敢造次。眼下，希络早已乘游艇离去，大哥段山带着一班弟兄驾渔船去了中国，岛上现在是自己说了算，两个小时后，所有人员都要撤离，再不风流一番就没机会了。

"小姐，去帮我们弟兄做早餐不用那么紧张吧！"白良德欲盖弥彰。

"不去，我不会做饭。"

"不会做饭，哪有女人不会做饭？" 白良德恼羞成怒，右手抬起，用手枪顶着蒙娜脑门。

站在墙角的西尾勇身形一晃，快如鬼魅夹在白良德和蒙娜之间，自告奋勇地说："我去帮你们做饭。"他中国话说得比较生硬，不过能让人听懂。

"去，一边去，你会什么呀！" 白良德不耐烦地说。

"我爷爷是厨师，我老爸是厨师，我的厨艺不错，我去帮你们做啦。"村冈谦暗笑："这小子英雄救美呀，谁不知西尾家族有三百年的辉煌史，名门望族，著名政治世家，他老爸是众议院"世袭"议员。"

白良德见上来一个坏自己好事的人，怒从心中起，恶向胆边生，想拿出点颜色给他看看。他左掌发力，向西尾勇肩头打去，西尾勇侧身避过，身子一矮，右脚反钩白良德左脚，白良德一跤坐倒在地。不过，他毕竟在江湖中混了20多年，身子重重摔在水泥地上，手枪始终没有离手。站在门外的同伙急忙端起冲锋枪，欲做扫射状。欧阳木和村冈谦身形暴起，挡在门口，似两扇墙一般。一时，囚禁室内外，双方怒目而视，剑拔弩张。但最后双方都没有采取使局势升级的举动，双方都有所顾忌：

中日警察担心，真正动起武来，对方一定会开枪，自己一边人数虽占些便宜，四比二，可手无寸铁，明显处于劣势。而要徒手闪电式夺枪，那只是电影和电视剧中的镜头，实际上根本不可能。

白良德也有所忌惮，他久历江湖，瞧得出被囚的几个人个个训练有素，刚才拉蒙娜时，竟拉她不动，可见她的下盘功夫颇为了得，如此近距离，真开枪的话未必讨得便宜。更何况，就算开枪，射杀所有男的，这美女泼辣无比，且身手不凡，霸王强上弓，硬要跟她上床，未必能得手。

相持良久，白良德见此，自己找台阶下，说道："算了，算了，不去拉倒，你们别想吃早餐。"白良德带着同伙悻悻地离开了囚禁室。

囚禁室内沉寂下来。

蒙娜向西尾勇投去感激一眸，这时，一日中最早的一缕阳光照了进来，蒙娜这才完全看清了西尾勇：哇，玉树临风，英气逼人，身上还有着在国内绝对见不到的贵族气息。脸一下子不听话起来，竟泛起红潮，情窦顿开。

西尾勇大胆地向蒙娜投去炽热目光。这一幕，欧阳木都看在眼里，心中暗笑："这大大咧咧的姑娘，平时天不怕地不怕，同男同事一起执行任务时，经常挤在一部车内甚至一间房里睡，从未见过她有什么不好意思，今天竟会对着那个日本年轻特工脸红、害羞？"

西尾勇第一眼见到蒙娜，就有一种触电的感觉，生出情愫，他有意了解她，接触她，他的中文说得不好，于是，他用英语主动上前同她攀谈："您贵姓？"

"蒙娜。"

"我叫西尾勇。"

"哦！"

"您，"西尾勇语塞，不知说些什么，双方你望着我，我望着你，半晌没有语言交流。

"您业余时间喜欢做什么？"西尾勇接着问，男人嘛，还是主动些。

"看动漫。"蒙娜不假思索，说完又有点后悔，动漫，毕竟大家认为是小孩子的玩意。

"我也是。"

“我们有共同爱好哟！”蒙娜说完，悔意顿生，女孩子家，有失矜持，幸好师傅听不懂英语。

“看过我们日本的动漫吗？”

“看过呀，不看日本动漫，那还叫喜欢动漫吗！”蒙娜卟噗一笑。日本在全球为动漫生产第一大国，不看它的，看谁的。

“都看过哪些？”

“那就太多了，《88战区》、《银河女战士》、《银河英雄传说》、《宇 宙 皇 子》、《金 星 战 记》、《五星物语》、《古灵精怪》、《灌篮高手》、《美少女战士》、《新世纪福音战士EVA》和《幽灵公主》都看过。”她一口气说出日本10多年来最有影响力的10来部动漫，可见她对动漫是何其爱好。对蒙娜喜欢看动漫一事，欧阳木曾当着同事的面，不止一次笑过蒙娜，说20好几了，还同儿童似的，爱看动漫，在欧阳木意识中，动漫那是小孩看的。这也难怪他，莫说他这么认为，20世纪70年代之前出生的几乎全都这么认为。他们先入为主，几乎没看过日本或欧美动漫，正因为没有看过，所以不知道如今的动漫已深入哲学、自然的思考，更不知道当今的日本动漫片子，基本上都以成年人的角度来写。

“你看过《渥太利亚》吗？”

“我很喜欢那个女主角。”蒙娜忧伤地说。

“我喜欢男主角。”西尾勇以知音的口气说。

没看过《渥太利亚》的也许不知道他俩对话的含义，如果看过这部动漫片子的话，那就能从这两句简单的对话，感知这对异国年青男女已在用心灵对话，已在爱情价值观上有了共鸣。《渥太利亚》是一哀婉的古典悲剧，王子与公主各自处在敌对的国家，很不幸，他们却真心相爱，但是，在历史积累下来的世仇面前，在各自肩负着的复仇使命的压力下，他们之间又不得不互相残杀，战死的公主其灵魂仍然遵守战前与心爱的人所作的约定。

“你看过《再见萤火虫》吗？” 蒙娜眼神变得温柔，声音娇美、动听。

“昭和二十年9月21日晚，我死了。”西尾勇惟妙惟肖地学着《再见萤火虫》主角独白，这是动画电影《再见萤火虫》的第一句台词，也是最震撼人的一句台词。显然，他不仅看过，而且熟得不能再熟。

“我超喜欢那个瘦瘦弱弱，纯洁如天使般的节子。”

“我也是。”

“哎，小节子太懂事，在那么艰苦的条件下，她从来没有向哥哥抱怨过，即使经常挨饿，她也很高兴能跟哥哥生活在一起。我要有一个哥哥就好了。”

“我喜欢节子的哥哥，他小小年纪却将所有的苦难一人扛起，在战乱的废墟上为妹妹擎起一片不下雨的天，无私无畏为妹妹挡风挡雨。”显然，西尾勇喜欢男主角。

“里面的警察真不错，很有人情味，当他了解节子哥哥是为了让妹妹不饿肚子才去偷，将他释放了，这在我们国家叫人性化执法。”

“你认为最感人的镜头在哪里？”西尾勇问。

“最感人的镜头嘛，在废弃的防空洞中，妹妹躺在冰冷漆黑的洞里，哥哥捕来一袋子萤火虫当照明。”

“真是英雄所见略同。”西尾勇兴奋地说。

“还有，还有更感人的镜头，节子的哥哥最后也死了。黑暗中，妹妹拉着哥哥的手，欢乐地吃着糖果，萤火虫在他俩身旁欢快地飞舞，兄妹俩灵魂在萤火虫飞舞的夏夜里重逢了，兄妹俩又可以永远地在一起，永远是那个年纪。”说到此，蒙娜泪水涟涟。

西尾勇和蒙娜双双完全进入角色，旁若无人起来，竟不约而同地轻声吟唱《再见萤火虫》那催人泪下的主题曲：

我在风中
随着你摆头
跌跌碰碰活在黑暗中
困在迷梦中握在你手中
同一片天空与你相逢
凝望夜空闪动
将你的爱握在手中
就让微风附和在泪中
随着呼吸落在你心中
在我飞往另一片蓝色天空

让我化作一只守护萤火虫
让你黑暗中看到我的笑容
让你看到我光芒降落在你怀中
愿我能找到另一片魄天空
让我送你一只守护萤火虫
再多一秒钟
再多给一秒钟
让我再多陪一分钟
再见吧萤火虫
……

“看了《再见萤火虫》，我才知道，原来你们日本也有人讨厌战争，反思战争的，使我第一次感受到侵略国家的人民也是受害者。”蒙娜感慨地说。

西尾勇眉头皱起，显然，他不喜欢听到“侵略国家”这个称谓。

村冈谦横眉怒对，冲着蒙娜大声说：“你说什么呢，谁是侵略国家？”

“我说错了吗，上个世纪，你们不是侵略了我们国家吗？”

“我们到你们东北去，带去了先进生产力。”

“呸，颠倒黑白！”

“我们帮助你们建造了小丰满电站，知道不，建好后的50年，还是你们东北电力的主力机组呢。”

“程风，我见过无耻的，没见过你这么无耻的。”

“我说的是不是事实，小丰满电站当时被誉为‘亚洲第一’水电工程，是不是当时最先进的？”

“那你不说，在建小丰满电站时，你们日军强征我们中国10万劳工，几千人伤亡。”

“搞这么大的工程哪有不伤亡的？你们国家搞工程死的人还少吗？

“你太无耻了，你在偷换概念。”

“谁偷换概念？”

“你狡辩，我再问你，‘731’部队怎么解释，你看过香港拍的

《黑太阳》吗？南京大屠杀又怎么解释！”蒙娜暴怒。

欧阳木见蒙娜与程风争得眼红耳赤，想帮也无从帮起，他的历史知识太贫乏。

“国际社会又不承认有南京大屠杀。”

“不是国际社会不承认，说准确一点，是你们国家的右翼不肯承认。”蒙娜两眼在冒火。

“战后，我们日本对你们中国作了补偿呀！”

“呸，补个屁！”

“我们给你们国家提供了天文数字的无息和低息贷款，要不，你们中国的经济还不知有多落后。”

“程风，你好歹在中国留学那么多年，竟说出如此颠倒黑白的话来。”

“谁颠倒黑白，按你们中国话来说，我这叫实事求是。”

“你们日本为什么在战败后能够飞速发展，按你们日本的一位经济学家所说，日本该感谢中国，因为中国政府主动放弃了天文数字的战争赔款，这笔钱对日本经济发展起了很大的作用。”

“我们日本战后在经济上帮助了你们中国，可是，十分遗憾，你们中国到处充斥着反日情绪。我在中国留学时，我无论走到哪，无论碰到大人或是小孩，都能真切地感受到他们都有很强的反日情结。

“你这是人话吗？你们一再修改教科书，否认大屠杀，否认侵略，自己不检讨，还好意思倒打一耙，指责我们的宣传，简直是十足的强盗逻辑！”蒙娜大学时，是校辩论队的主力队员，能言善辩。

“不谈政治好不好！” 西尾勇烦躁地大声阻止。

蒙娜鲜明的对日态度让西尾勇很受伤，他爱他的祖国，也很喜欢眼前这位中国女孩。

村冈谦不想在敏感的政治话题上纠缠下去，可是，刚才一番唇枪舌剑，自己落在了下风，大老爷们的面子过不去呀，必须抢占辩论的制高点，于是，话锋一转：“蒙警官，刚才你说看过十多部日本的动漫，我想问问你，买了几盒正版碟？”

“我当然买过正版！”蒙娜支支吾吾，实事求是地说，她确实经常买盗版碟。

“骗人，你们中国人都喜欢盗版碟。”

“黑格尔说过，存在是合理的。” 蒙娜嘴硬。

“强词夺理。”

“咱中国老百姓收入没你们那么高，盗版碟5元，正版碟50，你能让他买50的吗！”

“买不起不能成为买盗版的理由。”

“囊中羞涩的老百姓连欣赏艺术的权利都要被剥夺吗？”蒙娜真能侃。

“这不是剥夺的问题。”

“你敢说你们日本就没有人买盗版碟吗！”

“我承认有，不过很少很少。”

“那不就结了，你们日本有，咱中国有，五十步笑百步。”

“你们中国买盗版的比我日本多百倍甚至千倍。”

“多一点，少一点，在哲学上那只是个量的问题，在质上，没有区别。”

“你们中国侵犯知识产权，是屡教不改！”

“谁屡教不改，你们才是全世界侵犯知识产权最严重的国家。”

“信口雌黄！亏你还是一个警察。” 村冈谦一副义正词严的样子。

“事实胜于雄辩，你们日本从我们的唐朝开始，用我们的汉字有一千多年了吧，试问，你们日本方面付了版权费吗？”

村冈谦被噎得半天说不出话，不过，心思敏捷的他还是很快找到理由：“我们用汉字时，那时世界上还没有签署版权公约呀！”

“那现在有了知识产权保护公约，你们还在大量盗用汉字，为什么不给版权费！”

“蒙小姐，蒙警官，你知不知道版权保护是保护著作权人的权益到他去世后50年，汉字是仓颉发明的，死了有4千多年，你真是个典型的法盲！”

蒙娜被驳得脸红脖子粗，一时找不出恰当句子进行反驳，索性打横：“你们现在的国旗图案也侵犯我们的版权。”

“不可能吧，我怎么没有听说。”村冈谦哪里知道这是中国一些

BBS中的调侃话，说武大郎曾做过日本国王，他根据烧饼的形状设计了日本国旗。

“是我们宋朝武大郎的专利。”

村冈谦一听，顿时，怒发冲冠：“蒙警官，你可以不尊重本人，但请你尊重我的国家。” 日本人对中国四大古典名著并不陌生，他们读《水浒传》比中国人还迷，中国《水浒传》漫画“走俏”日本，村冈谦岂能不熟悉武大郎。

“开个玩笑生那么大气！至于吗？”蒙娜知道玩笑开大了，她有意缓和气氛。

村冈谦无语，苦笑。这回，他终于理解了中国一句古训：好男不与女斗。

西尾勇见两人笑着休战，长长吁了一口气。

第十二章

1

曲东在吉卜岛码头看完撒白蓉的信，恨得牙痒痒，不过，恨归恨，面对歹徒自己又能如何，他沮丧地上了拖着无动力潜水艇的渔船，下到船员休息室。

哟，这位细目虬髯、人高马大的好眼熟呀，他不是CNN摄像记者杰夫•贝尔格吗，一个多月前，他曾同一位漂亮的女记者在曼谷昭披耶河旁的半岛酒店客房对本人进行了独家采访。

大胡子、大块头的贝尔格主动打招呼：“您好，曲东先生。”贝尔格热情有加。

“你好！记者先生。”曲东没好气地回了一句，将“记者”两字咬得特重，同时在心里骂了一句：他妈的，你这个假记者，帮凶。不过，曲东还是不明白，贝尔格身边的专业摄像机表明，他肯定是来拍摄原子弹安放过程的，这些恐怖分子实施核钉计划也就罢了，为什么还要一而再，再而三地进行拍摄呢？拍我在板块学说国际研讨会上的发言，在酒店对我专题采访，竟还跟着渔船去黄海拍摄原子弹的安放，为什么，真是难以理解，简直匪夷所思！

贝尔格记者出身，见多识广，感觉到曲东心中的愤怒，他尴尬一笑：“曲东先生，请理解我的工作。”

曲东以嘲讽的口气说：“你们西方媒体总喜欢标榜公平、公正，而你却为虎作伥。”

“曲先生，你应该感谢我才对，不应该用这种态度对我。”

“哼，感谢？你害我，还要我感谢，脸皮还真厚。你拍的东西在电视台一播，全世界的人都以为我曲东直接参与了这个阴谋，以为我跟你们是一伙的，到时，我是跳进黄河也洗不清。”

“曲先生，请你明白，我这样做，无论我的主观动机是什么，从客观上说，你是最大的受益者。几天后，你将一夜成名，成为全球媒体曝光率最高的人，成为媒体追逐的对象，有名就有利，您说，是不是应该感谢我。”

曲东自从参加工作以来，不被单位重视，不被前妻重视，不被社会重视，他内心世界有着极强被人承认的原始冲动，贝尔格所言的出名，他为之怦然心动。他想，只要贝尔格将原子弹安放的录像带拿给西方任何一家电视台，电视台都会如获至宝，肯定在第一时间播放，如此重大新闻，西方媒体绝不会放过，必然争相播放。届时，地球人都知道我曲东撰写了《恐怖分子震断日本列岛与亚欧板块后果初探》一文，恐怖分子是运用我曲东的理论，实施了核钉计划，那时，不出名都难，没准还可以上时代周刊杂志封面。当然，出这种名有利有弊，从地震学上讲，提出这种理论，我走在世界的前列；但真将日本推入太平洋，我又是罪人，所以，最好让贝尔格拍摄的录像能够证明，我是在被胁迫情况下，做的这一切。

这时的曲东有点飘飘然：能成名人真好，看看那些名人过得多滋润，多风光呀。一个大屁股芙蓉姐姐一夜成名后，芙蓉姐姐热从大陆烧到港台，甚至还丑到了欧洲，广告费直往上蹿，代言某游戏网站，代言费达到七位数。再看那个李宇春，男不男，女不女，竟成了千万富妹。我总比芙蓉姐姐和李宇春文化素质高吧，我这次的知名度肯定要比她们高几倍甚至几十倍吧，核钉事件过后，只要我能证明，我所做的一切，都是在被胁迫的，那么，肯定有大把的公司请我做广告，对了，我可以将这起事件写成回忆录，还可以将版权高价卖给好莱坞。有钱了嘛，第一件要做的事，找一位国家乒乓球队漂亮女队员做女朋友，二队的，三队的，甚至退役的都行，只要你在国家队，国家青年队呆过，就比前妻米梅在省队呆过要强，你米梅有什么了不起，不就是省乒乓球队非主力队员嘛，充其量不过是队内第N单打。我要带国家女队的女朋友去黄海报社，找米梅打一场球，自己亲自做裁判，最好打米梅这个烂婊子三比零。一想到前妻米梅，他曾受伤的心就开始灼痛，于是，他很快回到了现实。

“你真是记者吗？”曲东不相信他是CNN记者，CNN如雷贯耳，美国主流媒介，它不可能为博收视率，让记者做如此反人类之事。

“你怀疑我的身份？曲先生，我敢跟你赌，用不了几天，全世界的电视台都会播放我制作的高质量的《核钉》专题。”贝尔格说话像在咆哮，他气愤曲东对他记者身份的质疑。

贝尔格以前确实是记者，而且是美国一家著名新闻集团的一名记者，一年前，被该集团派往非洲某国任首席记者。贝尔格为了出名，竟丧失新闻工作者的起码职业道德，花钱雇来“演员”，自编自导武装分子绑架十多名欧洲游客的假新闻。当时那则新闻轰动了全球，贝尔格也由此名声大噪，成为全球身价最高的记者之一。但没过多久就真相大白，他也因这起假新闻事件从巅峰跌落低谷，直至被开除，成了新闻界人人喊打的人。时至今日，他对自己这愚蠢的举动后悔不迭。

在撒白蓉和希络共同策划的核钉事件中，严格地说，贝尔格既不算同谋，也不能算参与者。他在美国因新闻造假事件，声名狼藉，不得已，来英国谋生，在一家婚庆公司担任摄像工作。当初，希络找到他，只说请他到泰国曼谷，帮助搞一个国际研讨会专题录像，他并不知道核钉阴谋，直到在吉卜岛，他才知道自己身陷一个惊天阴谋中，但此时身不由己。他反复权衡过，自己是在被蒙蔽和胁迫的情况下负责拍摄，没有法律责任，也不用负道义责任。当然，百万美元的酬金，是他准备卖命干的主要原因。

大海苍茫，两艘钢质渔船拖着无动力潜水艇向北航行。表面上看，这两艘渔船同普通渔船毫无区别，渔船上应该有的工具它都有，渔网、探鱼仪、高光效水下集鱼灯等等。其内部构造却与普通渔船迥然不同，它经过了一番精心改装：发动机由300匹换成了900匹增压柴油机，900匹的马力与船身比，典型的大马拉小车，所以，航行速度比一般渔船要快不少。渔船证件更可以是随着海域的变化而变化，它有四个国家的证件，泰国的，韩国的，日本的，还有一证是中国的。不管行驶到东南亚或东亚哪个海域，都能以“本国”渔船身份出现，可以避开很多检查。马力证书、捕捞许可证、四小证等都全部备齐。

7月28日晚，两艘渔船进入中国南沙群岛时，段山叫手下涂掉了原来泰国船名，改成了中国船名："浙岭渔25283"，"浙岭渔25284"，证件也相应换掉。曲东乘的是"浙岭渔25283"，段山也在这艘船上；姆安和核专家在"浙岭渔25284"号上。

两艘渔船顺利通过中沙群岛、东沙群岛和台湾海峡。

7月30日早上，曲东照例上到甲板活动筋骨。他朝渔船的左前方望去，有一座岛屿呈虾弓状，岛的东边悬崖绝壁，其岩石如刀削入海，气势十分雄伟，绵延一两公里。曲东认得此岛，叫嵊山岛，它是舟山群岛最东端的大岛。上次单位组织到普陀山旅游，乘船曾路过此地，对于这么一个小岛，如果普通人，也许真的是"过眼烟云"，但对于曲东来说，如此特殊的地理位置和地貌，能成为他永远的记忆。

两船继续向北航行，越过长江口北岸启东角与韩国济州岛西南角的连线，这是黄海和东海的分界线。曲东心里不安感开始增强，思忖，再过一两日，船将分别行驶到黄海南部和中部的多条海沟区域，那里有理想的放置原子弹的海沟。全世界只有他本人，也许还有佐藤教授才明白，如果在黄海南部和中部海沟各放置一枚原子弹，两枚原子弹之间能形成一线，两枚原子弹同时在海沟中被引爆，海沟深处本已十分脆弱的板块会被震断、撕裂，这一线就会将日本列岛与中国黄淮板块的联系切断，日本列岛最慢半年，最快一两个月，将滑入深不可测的太平洋，那场景太恐怖了，比《日本沉没》电影还要可怕一百倍。曲东压根未曾想到，当初自己只是为了评职称，写了这篇论文，竟被恐怖分子利用，从他内心深处来说，他不想看到日本列岛在地球上消失，如果日本列岛消失了，日本一亿多老百姓往哪走呀？离日本最近的三个国家，中、俄、韩，没一个与日本是真正的友好国家，尤其中韩两国民众，恨日本恨到骨子里，恨到骨髓中，一旦日本列岛真要沉没，中国也许为了维护负责任大国的形象，会收留一部分日本人，韩国嘛，那就不定了，很可能一个日本人都不会收留。而可能愿意大批收留日本难民的美国，它又隔着浩渺太平洋。现在日本总人口一亿有多，他们能去哪里？莫说一亿人难找去处，就算一百万要找容身之地也绝非易事，即便上帝为日本预备一千艘诺亚方舟也不够。哎，在这个老龄化十分严重的国家，当灭顶之灾难降临，几千万人会因此丧生，那将是人类有史以来最大的人道灾难，太可怕，太恐怖了。

曲东对自己所撰写的《恐怖分子震断日本列岛与亚欧板块后果初探》一文一直感到很得意。现在，拖着原子弹的渔船临近黄海之时，他开始感到后悔，后悔写出此篇论文。这篇该死的论文，它不仅给自己带来一连串厄运，还可能给一亿多无辜的日本百姓带来灭顶之灾。他极不情愿带这群疯子去放置原子弹，但开弓没有回头箭，此时退缩，为时已晚。那个可恶之极、阴毒无比的师姐撒白蓉在信中写得清清楚楚：“如果耍小聪明，糊弄咱，我们会有全程录像，届时，你会生不如死。”瞧渔船上的恐怖分子，哪个不是杀人不眨眼的恶魔，如果抗命，肯定死路一条，且死得很惨。

曲东脑海中也曾闪过拒绝合作想法，如果我不配合，原子弹就不能安放到“理想”的海沟，日本列岛可能安然无恙。如果日本列岛安然无恙的代价是自己必须死，曲东想，这种死，是重于泰山呢，还是轻于鸿毛。也许从日本人看来，我是白求恩式的英雄，国际主义战士，人道主义勇士，死得重于泰山，不，重于富士山吧，可在咱中国人看来，肯定是死得轻于鸿毛，国人会说：这小子，为小日本而死，为世仇而死，活该！死有余辜。如果我为了日本而死，家人就惨了，父母和妹妹不但断了生活来源，还一定会被村里人唾骂。我的母亲以后生活怎么办？我妹妹读大学生活费用怎么办，我为日本而死，日本政府会向我父母提供帮助吗？

哎，原子弹爆炸，日本沉没，事后，如果有活着回去的一天，很可能会吃官司，会被看作是此事件的始作俑者。关键是，到时候，谁来证明自己是被胁迫的，谁来证明自己是无辜的，贝尔格拍摄的录像能证明吗！越往下想，曲东越心惊胆战。对了，千万、千万要保护好撒白蓉的信，这封信能证明自己的清白，能证明自己无犯罪动机。但论点是我提出来的，地点是我帮他们找的，我能脱得了干系吗？

曲东又想：论点虽然是我提出来，又能说明什么？居里夫妇发现了放射性辐射，奥托•哈恩发现了核裂变，因为他们的理论，美国人在二战时期制造出了原子弹，扔到了日本，并没有人说这两个物理学家有罪呀！

他左思右想，终于想出一个自以为得意的好办法：在黄海古河道冲积的海底，那儿的海沟中有很厚很厚的沙土层，我误导恐怖分子，引导他们将原子弹安置在那，这样的话，即使原子弹真的爆炸了，有着厚沙土层的保护，核钉打入不深，威力不会很大，不至于炸断日本列岛同亚欧板块的联系。届时，自己既出了名，又没对日本列岛造成实质性的伤害，兴许，还能成为有勇有谋的大英雄。

船行半日，中午时分，一前一后航行的渔船再次靠在一起，曲东从“浙岭渔25283”被带到“浙岭渔25284”的船头甲板。甲板上放置着一台14寸电视机般大小的仪器，姆安坐在一张行军帆布椅上，娴熟地摆弄着它。曲东走近一看，原来是台回声探测仪，旁边一条黑线连着一台手提电脑。不错，这是美国Bio Sonics公司专为野外调查设计的DT-X回声探测仪，它只有13.6公斤，在探测海洋底部的地形和深度方面，是全球公认最先进的设备，它能在船只航行时快速地获得水下地形的连续数据，船行之处，哪是平坦海底，哪是海沟，哪是海槽，都一目了然地呈现在显示器上。此时显示器上出现的V字型曲线，显然，这下面是海沟。

曲东对黄海海底地形特点非常了解。他静静地蹲在姆安身旁，假装十分配合，认真地看着电脑上显示出来的曲线图，心却在计算着：船经过嵊山岛时，大约早晨7点30分左右，现在是中午，从渔船航行方位、速度，水的浑浊度判断，现在的船可能在黄海南部簸箕口一条狭窄海沟附近，这条海沟，他在论文中曾指出，此处板块层最薄，地质构造脆弱，又在日本列岛与中国黄淮板块联系的中间点上，此处引爆原子弹将对日本列岛伤害最大；如果将恐怖分子引入黄海古河道冲积区，那里海沟中沙子特别多，原子弹放置到那，爆炸威力会小很多，日本列岛有可能保住。

“曲先生，你看这V型图，是你在论文中所说的黄海南部簸箕口中理想海沟吗？”瞧姆安的眼神和语气，哪里是在征求意见，哪里是在询问，明知故问嘛。

“不、不” 曲东踌躇着，实际上，从回声图看，典型的V字形，看来，这些恐怖分子并非等闲之辈，比想象的要厉害得多，他们是有备而来，要蒙蔽他们，绝非易事，心中不由暗叹：“看来日本真的没救了。”。

“不，不什么呀？”姆安怒气冲冲地说。

“海沟中有很厚的泥沙沉积物，会影响原子弹的爆炸威力。”

“曲先生，亏你还是专业出身，请你看清楚一点，那只是非泥沙沉积物，绝不会影响原子弹的爆炸威力。无动力潜水艇放进这个海沟，沉积物会淹没潜水艇，就算日本出动他们最先进的深海科学探测船，船上的摄像机也很难发现，再说，这条海沟下面是相互交叠的玄武岩层，此处引爆原子弹，向下之力能震断本已脆弱的板块联系，能产生向左右两边的巨大推力，将日本列岛向东挤，东边一点就是深不可测的太平洋海沟。”

“您说得没错，它确实是一条海沟，但我认为，不能说是放置原子弹的最佳海沟，再找找看，也许能找到更理想的。”

“曲先生，你心里有鬼，我知道你心里想什么。”

“我心里才没鬼呢。”曲东驳道，心中暗叹，“这家伙真厉害，竟看出我的心思。”

“你怕你们中国的海军潜艇碰撞到它吧！放心啦，外部碰撞不会引发原子弹爆炸，只有内部引爆才会爆炸。”姆安从最近一段时间欧美媒体有关中国潜艇的报道，了解，中国潜艇在太平洋西北区域经常出没，可能是中国的潜水艇从黄海或东海的海沟，进入潜航状态，然后沿着较深的海沟进入太平洋深海。

“姆安先生，现代潜水艇装了主动和被动声呐，还安装红外线和磁力探测仪，特别是磁力探测仪，如果经过原子弹附近，一定会探测到原子弹外壳的磁力线。”曲东对知识的涉猎面较广，对潜艇、作战飞机等现代军事也略知一二。

姆安一愣，哟，这书呆子有两下子，没想到他对军事知识还挺内行。姆安从有些摇晃的甲板上站起身，让曲东在行军椅上坐下，态度一下子和蔼起来，犹太民族有一个传统，十分尊重比自己更有知识的人，即便他是自己的敌人，即便他是自己的俘虏。

“曲先生，您在论文中阐述过黄海南部簸箕口V型海沟是放置原子弹的最理想区域，是吗？”

“那您刚才为什么又说这不是理想之地。”

“那，那，我没说此处不可以放置原子弹，只是说不是最理想之地。”曲东感到有些理亏，因为，他在论文中确实如此阐述过。

姆安莞尔一笑，用对讲机命在“浙岭渔25283”上的段山，让他所在的船在此抛锚，等待下一步的指示。姆安则指挥“浙岭渔25284”，带着曲东，带着核专家继续北上，寻找第二个理想海沟。

翌日上午，薄云下的大海，泛着粼粼的波光。“浙岭渔25284”航行到黄海中部弧形舟状海槽区域，这个区域海沟比较多。甲板上，姆安坐在行军帆布椅上，盯着那台与回声探测仪连线的手提电脑，曲东不情愿地站立一旁。

“曲先生，你看，理想海沟出现了。”姆安抬头，拿眼看着曲东，让他表态。

“是比较理想。”曲东苦涩一笑，能不同意吗，这条海沟严格来说，不是V型，海沟剖面为“U”形，两坡陡峭，沟底较平缓，比V型海沟还容易放置原子弹，如果说不理想，那不摆明与姆安一伙对抗吗，那不是找死吗！

曲东十分明白，眼下的位置在黄海中部弧形舟状海槽区域，此处海底，在新生代时经受了大规模的断陷，地质不稳，基底不牢，地壳厚度很薄，原子弹放置在此处的海沟，进行引爆，原子弹这枚核钉会打得非常深。它会与第一枚原子弹形成一条引爆线，产生巨大向下切力，也就是物理力学上所说的“劈楔”，犹如切西瓜一样，切断日本列岛与中国黄淮板块的联系。

“曲先生，佩服，佩服！”

“佩服什么呀？”

“你的论文真有水平，对黄海中部海槽区域阐述的非常准确，你看，回声探测仪显出的曲线图都与你描述的基本一致。”姆安伸出拇指说。

“这家伙太专业啦，根本忽悠不了。”曲东心中叹道，哎，现代科学仪器也太先进，想瞒也瞒不过去。他瞧了一眼姆安手里拿着的GPS定位仪，心里默记着经纬度，曲东哪里想得到，记下经纬度的平常举动，竟彻底改变了自己的命运。

姆安自负地说：“如今不专业，能在江湖上混吗！”姆安大声命令，“大家回舱好好休息，晚上12点开始行动。”

夜色苍茫，大海停止了一天的喧嚣，变得宁静、温柔。

晚12时正，“浙岭渔25284”甲板上一下子忙碌起来。姆安、曲东和核专家曼苏尔都来到船头甲板处，“记者”杰夫•贝尔格真够“敬业”，提着摄像机一会走到左甲板，一会又跑到右甲板，忙得满头大汗，他在寻找最佳拍摄角度。

姆安的一名手下穿上潜水服，走到船边，翻身下海，朝三四米深的无动力潜水艇游去。黄海海水浑浊，水中能见度不到一米，潜水员借助潜水帽上的小探照灯，不好容易才找到潜水艇，他游到潜水艇尾部，找到开关，用力按下，潜水艇上小马达骤响。马达将潜水艇两侧水箱中的水渐渐抽去，浮力渐渐增大，只一会儿工夫，潜水艇便浮上水面，渔船上的吊机同时开动起来，将潜水艇吊上甲板。姆安的两名手下提着大扳手快步来到潜水艇旁，用板手将尾盖打开，只见原子弹安静地躺在里面。

曼苏尔步态蹒跚走到潜水艇边，在姆安搀扶下，弯着腰，进到潜水艇中。潜水艇内部空间比较大，长度4米，宽2.5米，高1.8米，原子弹搁在中间，两边还有许多空间。海浪摇晃着渔船，潜水艇跟着晃荡，曼苏尔一个踉跄，差点摔倒，他右手急扶艇壁才得以站稳。

曼苏尔再次见到自己曾参与研制的原子弹，心潮澎湃，两眼放光，一扫刚才的龙钟老态，手脚利索地打开随身带来的工具箱，从中拿出一把小罗丝批。他左肩靠在原子弹圆锥体的头部，两脚扎稳，费劲地用罗丝批打开原子弹引爆装置的防护板，露出一块长一尺、宽6寸的仪表盘。仪表盘分上下两个功能区，上功能区是显示屏，显示起爆时间；下功能区是原子弹引爆密码输入区，分两排，每排6个按钮，总共十二个按钮。

原子弹引爆不比普通炸弹，它要复杂得多，并非接上定时器就可以引爆。引爆原子弹，首先得让它进入自动控制系统，然后才能进入自动控制状态，即倒计时开始，从10到零点按顺序跳动，直到最后一秒从雷管点火，能量向内心聚焦，高温高压压缩铀235材料，待核材料达到超临界值，中子瞬时轰击原子核，原子核产生裂变，释放出大量能量，原子弹才开始真正爆炸。如果进行外部引爆，在原子弹旁放几枚手雷，引爆手雷，最多将原子弹弹体炸坏，并不能引爆原子弹。

要使原子弹进入自动控制系统，必须输入密码。这枚原子弹是苏联解体后，美国答应帮助销毁的，后被盗，盗者并没有偷到密码，没有密码谁也无法将它引爆。俗话说，没有金刚钻不揽瓷器活，曼苏尔敢接六位数美金的薪酬，自有他独一无二的本领。这枚原子弹他曾光荣地参加过设计，确切一点说，他所在的小组专门设计自动控制系统，设计密码及解码程序。当初，前苏联核专家为保证原子弹安全，特别设置了诱导线路，有了这个诱导线路，即便居心叵测之人掌控了原子弹，也无法引爆。如果拆开仪表板，只要一碰诱导线路，整个自动控制系统彻底自损，原子弹当即报废。

曼苏尔小心翼翼地撬开仪表板，将它轻轻地翻开一点，侧身观察着线路，仪表板下，线路密密麻麻，有粗有细。线缆有红、蓝、黄、绿四种颜色，非常复杂。在渔船上观看的人都屏住呼吸，大气都不敢出，大家明白原子弹的威力，如果一着不慎，有可能马上爆炸，在场所有人即刻会成为水蒸气，尸骨全无。

那个讨厌的记者杰夫•贝尔格还在不停地拍摄。

曼苏尔盯着一根红电缆达三分钟之久，迟迟不敢下手。这并非老眼昏花，只是这根红线旁藏有惊天秘密，它是两根纤细红电缆绑在一块，大小一样，颜色一样，其中一根是诱导线，曼苏尔曾参加过设计，自然能区分开来。他伸出小刀，欲将诱导线剥离。蓦地，一个大浪打在渔船上，甲板上的潜水艇一个晃荡，季托夫失去重心，手上小刀差点割破诱导电缆，曼苏尔吓得脸呈土灰色。

曼苏尔努力站稳身子，并将身子靠在潜水艇内舱休息一阵，见摇晃小了些，他再次靠近原子弹顶部，用小刀割掉红色诱导线。

他怕海浪再次袭来，两脚死死钉着潜水艇底板，用左肩紧靠在原子弹弹头上，待风浪稍微小一点，从衣服口袋中掏出只有巴掌大的定时器。这个定时器和早期的“定时炸弹”不同。几十年前，人们在听到不明物体中传出嘀嗒声时，可能会认为该物体有“定时炸弹”的嫌疑。现在已经进入电子时代，电子定时器早已是稀松平常的商品，满大街都能买到。曼苏尔手中定时器叫可编程电子定时器，时控范围1分～168小时（1周），内置一枚7号碱性电池作为电源，有液晶显示功能。曼苏尔看了一眼手表，手表显示8月1日，凌晨1时20分，星期五。姆安指示过，原子弹引爆时间为8月6日北京时间7时15分。曼苏尔左手拿着可编程电子定时器，右食指按设定键进入设定状态，第一步，按星期键，选定星期三；第二步，按时、分键，将时间调到7时15分。至于为什么要将原子弹引爆时间定为8月6日北京时间7时15分，曼苏尔不知道，也不想知道。

曼苏尔双手颤抖着从口袋中取出牙膏状万能胶，用力挤出均匀抹在定时器背部，两手握着定时器，欲用力将它按在原子弹弹头外壳上，此时，两手无力，虚汗淋漓，脸色煞白，气喘吁吁。

由于高度的紧张、害怕、甚至还有内疚，消耗了他太多体力和精力，加上年纪大，突然出现心悸、乏力、出汗症状，几乎接近休克。站在艇外的姆安见状，判断教授一定患有低血糖症，如果不及时补糖，很可能发展为神志不清甚至昏迷，他扭头朝身后大喊："快去给教授端一杯加糖的咖啡。"

姆安一名手下快步跑到渔船船舱，冲上一杯热咖啡，不忘加了两块方糖，双手小心翼翼地托着回到甲板，由姆安递给在潜水艇内部的曼苏尔教授。曼苏尔双手哆嗦地接过咖啡，慢慢地喝着，渔船上所有人没有发出一点声响，大家静静地看着疲惫不堪的曼苏尔，心里都明白，他如果家里没有迈不过的坎，是不会做这档子事，做祖父的人了，挣这个钱也真不容易。

对低血糖患者，加了糖的速溶咖啡作用十分好，七八分钟后，曼苏尔的精力渐渐恢复，脸色由煞白变得红润起来。

曼苏尔再次扎稳脚跟，左胯顶在原子弹弹体上。原先沾在电子定时器的万能胶早已风干，他不得不再将万能胶挤出，涂抹在定时器背部，然后用力将定时器压在原子弹弹体上。固定好定时器后，他将电子定时器上红电缆接上原子弹仪表盘下那根红色电缆，将它们缠绕在一块，再用绝缘胶将它固定。最后，他将原子弹仪表盘重新盖上，因为有细红电缆连着外面的定时器，原子弹仪表盘已经不能很好盖上，教授便用透明胶将原子弹仪表板全部固牢，才放心地钻出潜水艇，在姆安手下的搀扶下，回到船员休息室。

姆安指挥手下将潜水艇后盖轻轻合上，然后，用渔船上的吊机将潜水艇重新吊入海中，一名潜水员按下潜水艇艇尾的抽水泵开关，无动力潜水艇徐徐下落。

姆安在甲板上，他蹲在DT-X 回声探测仪旁，电脑显示屏上，潜水艇似一片落叶，轻轻地、慢慢地飘落到U型海沟中。大功告成，姆安向在一旁的曲东打了一个标志胜利的V字手势，兴奋地拿起海事卫星电话，向远在万里之外的希络汇报："休斯敦，宁静基地报告，鹰已降落。"这是希络同他约定的暗号，意思为第一枚原子弹已安放好。这句暗语颇有来历，也亏希络想得出。1969年7月20日，美国阿波罗11号登月着陆舱到达月球着陆点，在一块被称为"宁静海"区域降落，宇航员阿姆斯特朗所发回的第一句话，就是"休斯敦，宁静基地报告，鹰已降落"，这是人类从月球向地球发回的第一句话，这样一句曾让世人激动无比的话，竟被希络用来当作恐怖活动的暗语，不知是对人类伟大探险的歌颂还是讽刺。

姆安放下电话，命令所在"浙岭渔25284"向东南方向全速航行，向"浙岭渔25283"靠拢。目的很明确，如法炮制，在第二日，即8月2日凌晨1时左右，将另一艘无动力潜水艇上的原子弹引爆程序设定好，引爆时间与第一枚原子弹一样，然后，将它沉到事前定位好的黄海南部簸箕口V型海沟中。姆安两次选择凌晨行动，自有他的考虑：此时黄海海域伏季休渔期，沿海几万艘渔船挂网收帆，海域内渔船太少，白天行动，容易被发现。

2

北京时间8月1日2时35分，希络接到姆安的暗语电话，第一枚原子弹已成功安放完毕，第二枚原子弹的放置将在次日完成。希络立马打电话给撒白蓉，将此消息告诉了她，撒白蓉悬着的心总算落了地。

伊萨克财团董事会主席罗尼在批准"核钉策划"后，特意当面叮嘱撒白蓉，资金投放一定要遵守纪律，拨付的80亿美金，只能用一半资金即40亿美金建仓。还嘱咐，实际建仓时间必须在确认原子弹成功安置后才分批投放，分四天投放，每天投放10亿，分别买入美元/日元、欧元/日元、英镑/日元看涨合约。

自无动力潜水艇离开吉卜岛伊始，撒白蓉似忘了老板的叮嘱，擅作主张，提前分批建仓，每天大约投放5亿美金，连续四日，将公司资金置于极度风险中，万一两枚原子弹因为这样或那样的原因，不能如期安放，那么，提前建仓的20亿美金就将在放大一百倍风险的情况下（撒白蓉选择100∶1外汇保证金交易），置于外汇市场的惊涛骇浪中。

中国人与西方人做事风格迥然不同，西方人习惯按制度办事，按程序执行。中国人受孙子兵法的影响，讲究“审时度势”，讲究“兵无常势，水无常形”，讲究“将在外君命有所不受”，讲究“发挥主观能动性”。总之，中国人对不执行规定，不按制度办事的理论是一套套。撒白蓉继承了这个中华民族的伟大优良传统，在资金投放上胆大妄为，瞒着老板，将资金提前建仓。她之所以如此，当然有她的道理：全球外汇交易市场每天确实有天文数字的成交量，每天交易额为2万亿美元以上，具体数字没人说得清。如果按原计划，每天都投入10亿美金，在行外人士眼里，这点资金进场，在外汇交易市场起不了任何波澜，可对业内人士来说，可不这么看。因为，在全球外汇交易市场，投资者鲜有人做实盘的，大多选择1:100杠杆比例的保证金交易，伊萨克财此次的阴谋亦是如此，如果一天投10亿美金，按1:100杠杆比例计算，就不是一个小数字了，它能建1000亿美元的头寸，如果连续四日，建4000亿美元头寸，这就如同一个平静的水塘，突然跑进一条大鳄鱼，肯定会惊吓到其中的中鳄、小鳄、大鱼、小鱼、虾米，会吓走不少投资客。

撒白蓉瞒着老板，擅自行动，将资金进场时间提前了四天，每天5个亿，实际建仓头寸由原计划的每天1000亿美金变为500亿，尽管每天进场建仓资金已经缩小了一半，尽量做到非常隐蔽，最后，还是惊动了几个嗅觉特别灵敏的金融大鳄，于是，这几个大鳄拼命地打探消息，想弄清楚来者为何方神圣，资金实力究竟有多大，如何去围剿，去逼仓，如何让它爆仓。

撒白蓉接听完希络打来的电话，长吁一口气，立即布置当天资金的建仓。外汇市场是真正意义上的全球市场，从周一到周五，一天

24小时运转。每日交易从新西兰的惠灵顿开始，随着太阳运动，依次到悉尼、东京、香港、新加坡、巴林、法兰克福、日内瓦、苏黎世、巴黎、伦敦、纽约、芝加哥、洛杉矶，然后又从头开始。伦敦进入晚上，并不影响撒白蓉建仓资金的投放。为分散风险，十天前，撒白蓉在东西半球、欧美亚八个不同时区的国家、十六家外汇经纪公司秘密开设了账户。她自己也早已躲藏起来，在秘密地点不断向手下发出指令。

几个小时过去，撒白蓉亢奋地拿起电话，向老板罗尼汇报，虽然语气听起来还是那么恭恭敬敬，但话语中透着骄傲："董事长，您好！今天完成了建仓任务，从盘面观察，没有出现异动。"

"那几条大鳄不会没有动静吧？"

"我一直盯着盘面，我保证，没有出现任何异动情况，日元价位一直在106.36—107.78之间波动，上下150点左右，只在小厢体内作窄幅震荡。"在老板面前，撒白蓉很少这样用肯定的语气。

"我们建的头寸也不算小啦，日元与美元汇率波动还是那么小，你不觉得奇怪吗？"姜还是老的辣，罗尼明察秋毫。

"我仔细分析了一下，并不感到奇怪。现在世界各国的投资者看好中国经济，看好中国经济对日本经济的拉升作用，相信日本经济有可能全面复苏，日元多头现在是热血沸腾，日本央行大量抛售日元都浇不灭多头热情，日元兑美元每天都有跳升。以目前情况看，做空日元，再多一点资金都不用担心。"

"好，非常好，哈哈！那几条凶猛的大鳄这回跑不了啦！"罗尼在外汇保证金市场的投资，那几条金融大鳄曾经数度联手，将他咬得遍体鳞伤，他一直耿耿于怀。最让他不能释怀的是，自己每次受伤，都是这几条金融大鳄经常联手伤人，一对一，他并不惧怕。外汇保证金市场相比股市，风险大几倍甚至几百倍，十分残酷、甚至可以说血腥，这个市场造就了索罗斯，也造就了利森，每一分钟都有人发达，也有人over，它可以快速地使你由赤贫到富豪，也可以轻易地使你倾家荡产。罗尼在外汇保证金市场几十年，人家咬过他，他记恨一辈子；而他咬过人家无数次，他倒觉得理所应当，尽管他个人财产几辈子也用不完，但对金钱的疯狂追求从未改变。

“董事长，您说得对，到那个伟大时刻，他们根本没有出逃的机会，根本没有机会平仓离场。”

“品种分配比例如何。”

“严格按照您的要求，按5——3——2进行。”这个“5”是指50%资金做多美元，其他分别是欧元兑日元，英镑兑日元。

“你们中国有句俗语：小心驶得万年船。不能再违反规定，下不为例哟！”罗尼严厉语气中透着对撒白蓉的特殊关照，否则，凭他的性格，撒白蓉自作主张的后果会非常严重。

“老板，我，我保证。” 撒白蓉忙不迭地说，已惊出一身冷汗，心中暗叹：老板果然厉害，本小姐自以为提前建仓，做得神不知，鬼不觉，还是没能逃出他的眼睛。

两天前，罗尼在获悉原子弹没有安放好之前，撒白蓉悄悄资金提前分批建仓，当时，确实非常非常生气，之所以作淡化处理，没有立即制止，是因为他比较了解撒白蓉，比较信任撒白蓉，他想：“不循规蹈矩本来就是她的一大优点，她将部分资金提前进场建仓，隐蔽性确实更好，利大于弊。”

3

湖北妹子被昨夜猛烈的枪战吓得不轻。一打听，段山的手下告诉她，死了八个，活捉了两个，好像是中国人，可能是中国警察，听罢，她又惊又喜又悲。

惊，数天前，她受曲东之托，按照他提供的两个手机号码，偷偷用段山的手机，将“X25 05 IS”短信发了出去，曲东说过，中国警方接到短信，会来救人，所以，昨晚被擒的中国人，很可能是大陆来的警察，如果被抓的大陆警察被段山的手下逼供，说出收到段山手机发出的求救短信，那事情就糟了，段山回来，非扒了她的皮不可。

喜，偷段山手机发出去的求救短信，大陆警察果然收到，还派来了解救人员，这两个被抓，还会派更多的人来。

悲，自己怀孕六个月有余，即使被大陆来的警察解救，回到国内，回到家乡，又如何见亲朋。父母肯定会问，这肚子里的孩子谁的，段山十恶不赦，恶贯满盈，能说他的吗。

天刚蒙蒙亮，湖北妹子腆着大肚子，来到囚禁室门外，她极想见见大陆警察。

“你是咱中国人？”蒙娜抢到门前，仔细端详着湖北妹子。蒙娜之所以判断她是中国人，完全是从皮肤判断，南亚热带地区，哪有这么好的皮肤。

“我湖北的。”

“你在这儿干什么？”

“我男人在这。”湖北妹子嗫嚅地说。

“你男人在这做什么的？”

“这儿的头。”

一听是歹徒头目的女人，蒙娜怒发冲冠：“你跑来看什么呀，有什么好看的。”不过，蒙娜瞧着铁门外的湖北妹子，心中一阵嘀咕：这明显是一张纯朴的脸庞，眼光里面充满友善，怎么看也不像歹徒呀！

“我能问你一个问题吗？”

“什么问题？”

“您是大陆来的警察？”

“是又怎样，不是又怎样！”蒙娜没好气地说。

“是就好啰！”

“那就是吧。”蒙娜不解，岛上武装分子中，竟然有人希望我们是大陆来的警察，不可思议。

“真的吗？”湖北妹子胸前一热，声音发颤，眼圈忽然变红，泪水如断线的珍珠。去茅厕的守卫正走了回来，她怕守卫见到，将来会告诉段山，赶紧用衣袖擦去眼泪。

饶是蒙娜聪明过人，愣没猜出湖北妹子的身份。不过，女人，无论是警察还是普通妇女，都喜欢凭直觉判断事物，而且，往往比较准，此乃女人天生的优势。蒙娜凭第六感觉，判断这湖北妹子很可能是在不情愿情况下来到此岛，她也许能帮忙。于是，她决定试探一番。她打了个手势，示意湖北妹靠近一点。蒙娜用右手食指敲几下铁门，然后，沉声说：“叮，叮。”

湖北妹子张大着嘴，半天反应不过来，不明白蒙娜的意思，但她明白，蒙娜肯定在向她暗示什么。

“小妹，这是铁门吗？”蒙娜灵机一动，问，“铁”字这个音，蒙娜念得很重。这不是明知故问吗，只要不是瞎子，谁都知道啦。

“哦！”湖北妹子恍然大悟，一个劲地点头，表示明白，赶紧离开了。

欧阳木看在眼里，明在心中，这个诡计多端的拍档在想办法逃出去。欧阳木对当下的困境颇为担忧，他觉得岛上几个能说中国话的歹徒并不可怕，无非毒贩或海盗之类的人，可怕的是那几个身着特战服，身材高大的白人。瞧他们的装备，瞧他们的步伐，瞧他们握枪的姿势，一定在特种部队受过专业训练，在他们的眼皮底下要逃出去谈何容易！欧阳木被关在囚禁室，他哪里知道，昨天晚上，希络一伙擒住村冈谦和西尾勇后，已判断出他俩来自日本特警或特战队，表明日本方面已经盯上了吉卜岛，半夜时分，希络带着自己的人已逃离了吉卜岛。

蒙娜忐忑不安地等待湖北妹子能送铁钉，时间一分一秒都是煎熬。欧阳木师徒和村冈谦，话不投机半句多，不过，大家都有一种共识，歹徒已经知道小岛已经被暴露，肯定马上会离开，必须尽快逃出去，否则凶多吉少。

“咚”的一声轻响，一个小纸团从囚禁室靠山的铁窗扔了进来，欧阳木眼疾手快，从地下捡了起来。拿手一捏，很硬。他心念如电：哦，纸肯定包着铁钉，他小心地卷开纸条，真的包着一枚铁钉。展开纸条，上面有几个歪歪斜斜的字：“上午7点，岛上所有人要走。”欧阳木渡到村冈谦身旁，将字条悄悄塞进了村冈谦手掌心，村冈谦背对铁门，摊开一看，悄悄将内容讲给了西尾勇。囚禁室里，气氛登时紧张起来，剩下的时间只剩下不到一个小时，一个小时后的命运只有两种可能：一、被杀人灭口；二、被当作人质带走。

囚禁室外，矮个子守卫坐在竹椅上，不时看着同伙将值钱的东西搬下山，不时地也过去帮着搬东西。囚禁室内，欧阳木在争分夺秒地将铁钉磨成细铁锥。要将粗粗的铁钉磨成细铁锥，还不能发出声响，这可难坏了欧阳木一干人。还是蒙娜计谋多，她走到铁门前，欢快地唱着歌，一会英文歌，一会流行歌曲，一会京剧。说句实话，蒙娜人漂亮，智商高，英语溜，可唱歌嘛，实在不敢恭维，简直五音不全，唱着唱着就跑调，跑调还在其次，她竟记不清歌词，她唱出的词都是胡编的，难怪她平时只爱听歌从不见她唱歌，原来任何人都不可能十全十美，她必须藏拙。好在年轻的看守不计较，在这样一个封闭的小岛，能听到比老板娘还漂亮的女人唱歌，对他来说是一种奢侈，唱得再不好，对他来说那也是天籁之音。

欧阳木乘机躲在墙脚拼命地磨铁钉，村冈谦见欧阳木累了，主动替换，接着磨，磨累了又交给西尾勇。三个人配合默契地进行着轮换，每一次轮换，铁钉一端都会明显变细。几个轮换下来，铁钉终于磨成了细铁锥。互不信任的中日警察在小岛诠释了什么是同舟共济。让人不可思议，整个过程，两国警察竟没有说过一句话。

欧阳木躲在一角，瞧着细铁锥，脸上露出满意的微笑，他自信能在五六秒，最慢十秒内能打开囚禁室的大铁锁。欧阳木正准备用新磨成的细铁锥开锁之际，新的问题突然横亘在面前：那个该死的守卫被蒙娜的歌声所吸引，不再看同伙搬运东西，将椅子直接挪到了铁门边。

中日警察一怔：这回糟了，将狼引来了。大家一下子傻了，没辙了，面面相觑，眼神中流露出绝望。几分钟的沉默过后，只见村冈谦走前几步，面朝蒙娜深深鞠躬："拜托您！"

"你这是干吗，别，别，我受不起。"蒙娜有些惊慌失措，她不知这个中国名叫程风的日本特工有何企图。

村冈谦用嘴角向门外的守卫努了努嘴，做了一个猥琐动作，然后再次鞠躬，诚恳地说："拜托！"

蒙娜蓦地明白，双眉一竖，勃然大怒："狗嘴里吐不出象牙！亏你还是个男人！"

欧阳木从村冈谦的身体语言已读懂了全部内容，心中也在大骂："这小子真不地道，这主意太臭了！"

西尾勇也读懂了村冈谦的暗示，心想："太没有绅士风度啦！"

不地道归不地道，没绅士风度归没绅士风度，三个大男人，眼下还真拿不出更好的招数，倘若再不采取措施，以后再找逃出去的机会就没了，一向对蒙娜视如亲妹妹的欧阳木最终向她投来征询的眼光。

蒙娜心中悲戚，觉得好委曲：三个大男人，难道想不出其他办法，竟要一个姑娘去犯险！可是，可是，她又不得不承认，只有她去引诱守卫，调虎离山，大家才有出逃的机会。

“回去我为你请功。”欧阳木一本真经地说。

蒙娜噘嘴嘟囔：“这事能请功吗，请功报告写什么，当我小孩子呀！”

欧阳木咧嘴一笑，算作回答。

蒙娜沉吟半晌，一跺脚：“老娘豁出去了。”她假装闷热，不经意地将胸口衬衣最上面的几个扣子解开，让酥胸若隐若现，她走近铁门，冲着门外的矮个子守卫说道：“大哥，我要出去方便。”

“里面不有尿桶吗？”

“大哥，屋里有三个男人，我怎么方便？”

守卫见蒙娜媚态可掬，乳沟深壑欲掩，尤其是双峰挺拔让诱惑蔓延。守卫在这远离尘嚣的小岛，哪里还把持得住？他急忙掏钥匙，准备开铁门。他哪里知道，自己在飞蛾扑火，他忘记了所有的规定和危险，当然，他即使知道前面有万丈深渊，也会毫不犹豫地往前走。

守卫在开锁一刹那，手停了下来。中日警察大惊，不知守卫为什么停下来，难道他发现了什么？只见他将钥匙递给门内的蒙娜，然后，用冲锋枪指着囚禁室内的人，喝道：“你们男的全部靠墙站着，别动，一动我就开枪。”接着吩咐，“小姐，你用钥匙将门打开，然后再关上，我带你去厕所。”蒙娜依言而行，将铁门上的锁打开，出得门来，十分听话地将铁门锁上。

“大哥，厕所在哪里？”

“走，在院子后门。”

矮个子守卫喜形于色押着蒙娜去厕所，一路盘算着如何下手。

蒙娜觉得好奇怪，院子这么如此安静，怎么不见其他歹徒呀？

4

因禁室内却忙开了，欧阳木迅速从口袋中拿出刚才磨好的细铁锥，将它插进铁门上的锁孔，轻轻拨动，细铁锥利用弹子和弹子孔之间的公差，将锁的弹子顶出锁芯，使锁芯转动。村冈谦静静地看着欧阳木的一举一动，简直看傻了眼，他们怎么也想不到中国警察竟然多才多艺到如此地步，开锁技术达到了神偷的水平，难道中国警察学过开锁这一技能？

欧阳木学会这开锁技术，纯属偶然。两年前的一个冬天，黄海市海滨大道湖景湾小区，一个月内数十家民居被盗，甚至有一个单元从一楼到八楼，层层被偷，盗贼十分猖狂，搞得满城风雨，市民中流传着有关神偷的种种故事，将小偷渲染得神乎其神：能飞墙走壁、有万能钥匙，甚至还有说他会隐形，一时间搞得附近居民人心惶惶。流言满城，像座大山压得刑警们喘不过气来，欧阳木所在的刑警支队二大队几乎倾巢而出，日夜守在小偷可能出没的地方。一个上午，当人们都去上班的时候，藏在面包车里预伏的欧阳木终于见到了神话中的小偷。中年，平头，瘦不拉矶，一拳可以将他打飞。他若无其事地来到二楼一户人家，轻松将一扇防盗门打开，欧阳木看着表，算了一下，“神偷”整个开锁过程，用时9秒，小偷进了房将门关上，在里面尽情搜括一番，开门出来。欧阳木猛扑上去，本想用快、狠、准的擒拿手法将他制服，谁知对方手无缚鸡之力。

居民听说神偷被抓，蜂拥过来要打，这可苦了欧阳木，他知道，小区居民被偷惨了，这一打，小偷不死都得脱层皮，如果被打死，自己的责任就大了。他奋力地推开愤怒的人群，将神偷急急地扔进面包车，将车强行开出小区。带回局里审查时，神偷交出的“万能锁匙”让欧阳木气得背过气去，那被群众描绘得神乎其神的万能锁匙，不过一根铁钉磨成的细铁锥，比最大号的缝纫针要粗一点而已。“神偷”为了报答欧阳木将他救出，免受皮肉之苦，审讯时有问必答，还作了现场演示：用不起眼的细铁锥，在两分钟内，将一大堆包括一字槽弹子锁、S槽弹子锁、圆槽弹子锁和圆柱孔弹子锁一一打开，还不厌其烦地讲解如何使用“万能锁匙”，当时欧阳木觉得好玩，也动手试了几次，还真灵。今天，小技初试，只听轻微的“啪”的一声，铁锁被打开。

欧阳木打开锁后，不动声色，将锁仍挂在铁门上。

两分钟后，守卫骂骂咧咧地押着蒙娜回来。蒙娜快到厕所时又说不想上厕所了，本想趁机偷看甚至强奸的看守气坏了。

欧阳木向走到门前的蒙娜使了一个眼色。守卫将钥匙递给蒙娜，蒙娜接过钥匙，弯腰开锁，突然，她身形暴起，右臂猛地一挥，击向守卫头部，守卫矮身避过，慌忙拿稳冲锋枪，欲扣扳机。说时迟，那时快，欧阳木扭开门锁，推开铁门，一个飞腿直向他面门踹去，将他脸部踢得变了形，昏死过去。欧阳木迅速地取下守卫身上AK47冲锋枪，村冈谦冲出，将守卫拖进囚禁室。

欧阳木手持冲锋枪，躬身沿着平房墙脚向西走，村冈谦、西尾勇、蒙娜紧随其后。院内总共有十间房，除了最东首囚禁室外，其余房间都是段山及手下的住房或仓库。

欧阳木一间间摸过去，感到非常奇怪：怎么门都开着，屋内都没人，屋内乱七八糟的，其中有一间房，屋内枪架上竟有一排冲锋枪，几个人冲进屋内，迅速取下冲锋枪。

欧阳木暗自诧异：“咦，真奇怪，岛上那几个训练有素的白人哪去了，段山的几个手下哪去了？现在大约是六点多，湖北妹子在纸条中说，‘上午7点，岛上所有人要走。’武装分子难道提前逃走了，不可能吧，湖北妹子刚才还从后窗扔进了铁钉，她怀着岛主段山的孩子，没可能不带走，看守也不可能不跟着走。”

欧阳木蹑手蹑脚来到最东首的一间房，门虚掩着，只见他一脚将门踢烂，屋内的湖北妹子吓得脸色发青。

见屋内只有湖北妹子一人，表明，院子内不再有其他武装分子，欧阳木转身，用手势告诉村岗谦，让他带着蒙娜和西尾勇守在院墙处，居高临下，防止武装分子从山下码头回来。

“妹子，这院子里的人呢？”欧阳木焦急地问。

“到码头去了。”

“去了几个人？”

“5个。”

“怎么可能5个呢，我数过，光白人就有5个，那还有你男人的几个手下呢？”

“5个白人半夜就走了。”

“那岛上总共有多少武装分子？”

“6个，一个看守，他肯定被你们打死了，其余5个全去了码头。”

“他们逃走了。”

“没有，他们搬东西下去。”

“他们还会回来吗？”

“会吧，值钱的东西还没搬完。”

现在敌我形势立判，敌劣我优。从人数上看，4比5，敌人多一个；从素质上，中日警察占绝对优势。中日警察4人中，有3人受过特种训练，对付山下码头上那几个武装分子，绰绰有余，何况，码头上的武装分子并不知道老巢已被端，中日警察有出其不意、先发制人的优势。

敌我双方的形势明朗之后，欧阳木反而心不急了，因为后援很快会到，活着离开这里已经不是问题。

与欧阳木的淡定不同，村冈谦却如热锅上的蚂蚁，急急地问湖北妹子：“小姐，几天前，岛上有人用手机给我们发了一条信息，是‘X2505IS’，你认得他吗？”

“是我发的。”

“你发？”村冈谦难以置信。

“一个被抓来的中国人求我发的。”

“那个中国人叫什么名字？”

“曲东。”

“曲东人呢？”村冈谦急切地问，他眼珠子都要急出来了。

“上个月27日早上走的，今天8月3号，走了8天。”

“走了？怎么走的？”

“乘船。”

“去哪里，你知道吗？”

“去中国。”

“什么船？”

“两艘渔船。”

“你有没有看到渔船上有很大很大的炸弹？”

“没有，我听说渔船下拖着潜水艇。”

村冈谦一听此言，脊背发凉，嘴巴张得可以跳进一只青蛙，脸色很瘆人。他在中国留学时，曾看过一则关于广东沿海走私犯利用潜水艇走私汽车的电视新闻，新闻中说，广东海关缉私队伍，成功抓获一利用特制潜水艇走私团伙，该团伙所使用的潜水艇，和普通潜水艇不同，是一个密封性很好的无动力潜水艇，艇内可放几辆轿车。村冈谦大惊失色，因为联想起广东无动力潜水艇走私案件，他想，既然走私用的无动力潜水艇艇内能放几辆汽车，也能放下一枚原子弹，一枚原子弹体积绝不会超过一辆小车，而且，原子弹重量同一辆小车也差不多。

“渔船船名是什么？”

“听说船上有好几个国家的证件，也有好几个船名。不知道现在用什么船名，它到中国时会换成中国船名，中国船名叫什么，我就不知道了，白良德一定知道。”

“谁是白良德？”

“我男人的助手，现在去了码头。”

“你有手机吗？”

“现在岛上只有白良德有。”

村冈谦心念如电：“渔船拖着可能装有原子弹的无动力潜水艇走了8天，按正常行驶速度，可能已经到了中国黄海。就算现在能夺得通讯工具，就算下山能生擒白良德，就算白良德能说出渔船船名，最后能将这些重要情况报告给国内总部，那也来不及，黄海，那是中国的海域，日本的军舰和飞机不可越雷池一步。如果走外交程序，请求中国政府帮助，谈何容易！尽管日中两国关系现已进入暖春季节，可那只停留在政府层面，只浮在新闻报道上，更可悲的，这一衣带水、一苇可航的两个邻国，迄今还没有修通重大事件沟通的渠道。如果现在突然请求中国帮忙搜寻、拦截两艘渔船，说，两艘渔船，下面拖着无动力潜水艇，潜水艇中装有原子弹，中国政府会相信吗，纵使相信，中国人特喜欢开会，中国人特喜欢层层上报，等他们开完会，等他们将报告一级一级真打到决策者手里，日本列岛早就完了。就算中国政府效率奇高，那，中国军方会真正出工又出力，帮助拦截两艘渔船吗？现在管不了这么多了，死马也要当活马医，必须尽快抓住白良德，问出两艘渔船船名，抢夺通讯工具。”村冈谦心念至此，提着冲锋枪，带着西尾勇就往山下冲。

欧阳木见日本两警察欲单独行动，一愣，刚才我们配合的不是挺好的吗，为什么不邀我和蒙娜一起行动呢？他哪里了解日本人的性格，日本人骨子里不喜欢求人。美国女人类学家本尼迪克特所著的《菊与刀》对大和民族的性格作了较全面的总结：“日本生性极其好斗而又非常温和；黩武而爱美；倨傲自尊而又彬彬有礼；顽梗不化而又柔弱善变；顺服而又不愿受人摆布；忠贞而又易于背叛；勇敢而又怯懦；保守而又十分欢迎新的生活方式。”他们骨子里倨傲自尊，岂会轻易求人，村冈谦不会低三下四求中国同行帮助，求人不如求己，他只想凭借自己和西尾勇两人之力解决问题。

“喂，喂，程风，等等，你没有听说过‘欲速则不达’吗？你这样冲下去很危险，他们5个，你们2个，守在这里多好呀！”欧阳木哪里知道村冈谦所想、所急。

“欧阳先生，够哥们，请帮个忙，搭个手，兄弟在此谢过，我耗不起这个时间。”村冈谦的话京韵十足，还浸润少许中国古代江湖味。

村冈谦赴汤蹈火的英雄气概，感染了欧阳木，不由生出一股敬意：是一条汉子。不过，帮还是不帮，他有些犹豫，毕竟，下山袭击的风险要大于在此居高临下的伏击。

第十三章

1

8月3日清晨，日本首相官邸危机管理中心对策室室长中村正雄一夜无眠，与曲东事件对策室的同仁守在办公室。自昨晚西尾勇从吉卜岛发回报告，对策室不得不接受“野菊”行动失败的事实，并准备实施登陆吉卜岛第二套方案，代号为“武士”，参加行动的人员从数量上说，超过“野菊”行动10倍，“武士”行动大队在南部自卫队某基地正整装待发，将在今晚12时启程，对吉卜岛实施大规模空降，对吉卜岛所在国的外交公关正在进行。

7时19分，办公台桌上的红色电话骤响，靠在办公椅上的中村惊起，猛地抓起电话。

“报告，我是村冈谦，十万火急，曲东已经带着原子弹到了中国黄海。”

“村冈，你现在哪里？”

“吉卜岛。”

“我不明白你的意思，曲东如何带原子弹？”

“我们同中国警方联手，将留守吉卜岛的武装分子全部抓获，据被俘人员坦白，8天前，恐怖分子的两艘渔船拖着装有原子弹的无动力潜水艇，从吉卜岛出发，去了中国黄海。”

“是被俘人员亲眼所见吗？”

“是，他们亲眼看见两枚超级炸弹被吊装到潜水艇里。”

“他们所说的两枚超级炸弹你能肯定它是原子弹吗？”

“根据被俘人员对它外形的描述，那一定是原子弹，我做过研究，敢肯定。”

“曲东在哪艘船上？”

“被押上其中一艘渔船。在中国海域内，这两艘船会改中国船名，一艘名‘浙岭渔25283’，另一艘为‘浙岭渔25284’。”

“喂，……”中村正雄还想多问，电话那头挂了。

中村正雄一下子懵了，他后悔自己估计不足、准备不足。当初，成立曲东事件观察室，后来又升格为曲东事件对策室，回过头来想想，对策室所制定的各项预案，所有的努力，都围绕如何找到曲东，如何找到操纵曲东的恐怖组织，从而，将这起阴谋扼杀在萌芽状态。一千个，一万个，一亿个没想到，恐怖分子竟真的弄到了原子弹，竟在如此短时间内运到了中国黄海海域，甚至可能已经在中国黄海海沟放置完毕，并随时有可能将它引爆！最可悲，最可气，迄今，我们还不知道实施这一恐怖策划的来自何方神圣，是恐怖组织呢，还是恐怖国家，他们有何动机，敲诈或仇恨？

怎么办？怎么办！如果恐怖分子确实已在中国黄海海沟放置好了原子弹，恐怖分子已撤离现场，逃之夭夭。依现有的日本国情报力量、军事力量都鞭长莫及，因为那是中国领海，中国人对领海非常敏感，我们不可能派出军舰、飞机到达中国海域去搜索原子弹，追捕恐怖分子。

中村正雄的头似乎要炸裂了：参拜靖国神社、钓鱼岛、东海划分、慰安妇、南京大屠杀等都是横亘在两国之间的一道道鸿沟，中国民众反日情绪几十年来一直高涨，在如此大环境下，中国政府怎么会全力相帮呢，即使政府深明大义，中国民众可能也不会答应呀！

中村正雄简直不敢想下去。

中村正雄赶紧用紧急电话越级向首相古川直幸作了汇报，首相果断做出决定，即刻召开应对核钉事件的内阁会议。

“曲东事件”内阁会议在最短的时间内召开，出席会议的有官房长官、外相和防卫相。列席会议的有总务相、财务相、经济产业相、国土交通相以及国家公安委员长。首相古川直幸神色严峻地主持了会议。

日本是个充满危机意识的国家，各种灾害预案应有尽有，别说原子弹等人为灾难，甚至火星撞地球的预案都有，面对核钉事件，政府官员并不惊慌。内阁会议开得有条不紊，在极短时间内就做出了六项决定：

一、直接启动以首相本人为部长的“国家安全紧急事件对策本部”。

二、责令由内阁情报调查室室长斋藤好平牵头，联合警察厅外事科、外务省国际情报局、防卫省调查科、陆上自卫队中央情报队等部门，组成特别情报部。务必在12个小时内搞清这起事件幕后策划者身份、目的。

三、出动最精锐的反恐怖特种部队——陆上自卫队第1空降旅第101空降大队，务必尽快将恐怖分子抓获，争取从恐怖分子口中直接获取原子弹放置的具体地点，不计后果地对核钉事件所有参与人员进行追捕，甚至跨国追杀。

四、由东都大学地震研究所牵头，调集神稻大学防灾研究所、日本地质调查局活断层研究中心和日本综合地球环境学研究所的骨干，要求在24小时内，用大型计算机完成两枚原子弹在中国黄海海沟爆炸模拟推演，测算原子弹爆炸后，日本列岛同亚欧板块的联系如何断裂：断裂程度，以及断裂的时间，从而精确计算出万一原子弹爆炸，日本政府有多长时间可以用来拯救日本亿万民众。

五、财务省财相田木彦3小时内做出详细方案，应对将要降临的金融风暴，并评估出国民经济受害的最大值。

六、即刻派遣特别代表团赴中国，团长由外相担任，请求中国政府帮助在黄海搜索原子弹。

内阁会议结束后，首相古川直幸单独找外相安西雄，忧心如焚问：“外相，请你说真话，你认为中国肯帮忙的几率有多大？我是指真心帮助？”

“对不起，首相，我说不出这个概率。”外相安西雄心想，请求中国政府帮助，谈何容易！两国关系近年来虽然有不少改善，甚至可以说有了长足进步，但充其量也不过是暖春而已，两国既无高层热线，更无军事热线，如何在极短时间内与中国政府联系！如何在极短时间内说服中国，难！哎，与中国有着万里之遥的美国都同中国有高层热线，而我们与中国近在咫尺，居然没有畅通的沟通渠道。

“你是公认的中国通，你说不出，我们日本有谁能说出！”

“中国通？不敢当。中国人做事风格同许多国家不一样，他们受法国哲学家萨特的影响比较小。”外相说话习惯绕圈。

“现在你竟还有心情同我讲哲学！”首相脸露愠色。

“对不起，我的意思是中国人做事同欧美不一样，中国人的外交不推崇实用主义，中国人自古以来，做事讲究‘情义’二字。您也知道，日中两国之间几乎不存在情，也不存在义。此次核钉事件，他们不肯援手的可能性比较大。我是指真心援手。”外相安西雄一直很嫉妒中国和巴基斯坦的关系，他想，如果此事发生在中国的铁哥们、全天候朋友巴基斯坦身上，中国可能不等他们开口，早就主动做出了援助的决定，巴基斯坦没想到的，中国甚至还帮他们想到了。

“那在促进两国友好关系上可以采取什么补救措施呢？”

“亡羊补牢，太仓促了！”安西雄痛苦地说，作为外相，作为知名的中国通，他十分清楚中日官方关系，甚至也十分了解今日中国民间的“对日情绪”，那种洪峰般的“仇日情绪”绝非一两个溢洪道所能疏导解决的，也不是一个钱字可以解决的。

“假设中国不愿意提供帮助，那我们只能坐以待毙？”首相有些绝望地问。

“从理论上说，是如此。”外相的回答，是首相不想听到的答案。

“如果我们日本列岛沉没，周边有哪些国家愿意帮助我们？愿意接受我们的难民？”首相想得更远。

外相没有马上回答，觉得难以回答。环顾日本周边的国家和地区：西北是俄罗斯，两国由于“日俄战争”、“二战苏联红军出兵中国东北”、“北方四岛之争”等等，一百多年来，日本同俄罗斯（包括前苏联）从来没有友好过，甚至可以说，俄罗斯对日本非常冷漠，举例说，如果日本渔船不小心到了俄罗斯的领海，他们甚至会直接开枪，这说明俄罗斯对日本敌意很重，不能奢望他们接收日本难民；再看西边的朝鲜和韩国，那是全世界仇日情绪最强烈的国家，要他们不计前嫌，大批接收日本难民，简直比登天还难；附近唯一还算友好的是南部的台湾地区，可它土地狭小，容纳能力有限。

“能不能说服中国，让我们的探测船过去，我们自己探测原子弹，自己打捞。”首相见外相不肯回答，又倒回来问，他知道这个问题很弱智。

“不可能，绝对不可能，中国政府绝对不会同意。恐怖分子给我们的时间估计只有两三天，在茫茫大海，要找到两艘躺在海沟中的无动力潜水艇，必须有大批装备了磁力仪的反潜舰和反潜飞机才行。如此大规模的军舰，如此大规模的军机到一个主权国家，并且是如此强大的主权国家，根本不可能，除非在战争期间。”

“那我们所能做的还有什么？”首相有点沉不住气了。

“除了请求还是请求，我还有一个更深的忧虑，假如中国政府在作决定前，听取民意，此事就更难了。中国民众反日情绪一向很高，我们外务省每年都有这样的调查数据。”

“唉！”首相深深地叹了口气！

“首相，中国有句古话，‘车到山前必有路，船到桥头自然直，’我到中国去一定会竭尽全力。”外相安慰道。

“好，记住，请精挑细选几个在促进日中友好关系上有贡献的民间人士去，清水正夫的子女就可以去嘛。”清水正夫先生曾是松山芭蕾舞团创始人，他毕生致力于日中友好和文化交流，在两国友好交往史上写下了不可磨灭的篇章。松山芭蕾舞团在1958年即中日邦交正常化之前，就冲破重重阻力，来中国出演芭蕾舞剧《白毛女》，为中日邦交演绎了一段“芭蕾外交”的历史。清水正夫曾4次见到过毛主席，会见时，毛主席还亲切地向他敬烟。

首相古川直幸深知，二战之后，日中关系几度处于冰冻期，最初承担解冻任务的往往是日中友好的民间人士，此次，请日中友好民间人士再度出马，也许会有出人意料的收获。

2

8月4日，早晨，佐藤教授边吃早餐边看新闻，早餐吃到一半，日本ＮＨＫ电视台突然中断了所有节目，插播一则比“9·11”恐怖十倍、百倍的新闻短片，一个不知名的恐怖组织，悍然向世界宣布，他们已经在中国黄海海沟分别安放了两枚原子弹，目的，将日本列岛推入太平洋海沟。这则新闻短片，由恐怖分子秘密制作，片名为《核钉》，语言逻辑性强，画面清晰，剪辑十分专业。

恐怖分子制作的25分钟的短片包涵五大内容：

一、简要介绍了中国地震研究学者曲东的简历，其中就有曲东在曼谷半岛酒店接受专访的画面。

二、曲东在曼谷“板块构造学说”国际研讨会上的发言。这段录像中，重点剪辑了曲东在会上讲述核钉原理那一段，即古埃及人开采金字塔所用大石块时，首先用铜凿将一块石头底部和两边凿成槽，然后在靠山体一面开凿两个直径不过5公分的小洞，再将干燥的木楔打进洞里，在木楔上浇水，一个晚上，木楔膨胀，将巨石从山体震出。两枚原子弹分别放在黄海南部和中部海沟，原子弹一爆炸，在海底炸出一个大洞，海水渗进去，膨胀之力将整个日本列岛与亚欧板块的连接震断，将它推向太平洋。为了更形象的说明，短片制作者还用电脑做了一个三维图像进行形象的描绘。

三、画面上有前苏联核专家（头部作了马赛克图像处理），站在两枚原子弹面前讲解它的当量，讲解它的威力。核专家指出，进行一次百万吨TNT当量级的核爆炸，就可炸出一个直径300米、深30多米的大坑，这两枚原子弹中，其中一枚的当量有575万吨，在海底爆炸，能炸出直径1600米的大坑，放置在海沟中爆炸，海沟狭窄，原子弹爆炸能产生更大的向两边的推力，足以在短时间内将日本列岛推入太平洋西北部万米深的海沟。

四、装有原子弹的潜水艇在中国黄海放置画面。

五、原子弹引爆时间的设定画面。两枚原子弹引爆时间同时定在8月6日，北京时间7时15分，即东京时间8时15分。

这盒录像带，日本ＮＨＫ电视台来源于英国BBC电视台，BBC又来源于一不知名的恐怖组织所寄，所以，BBC在在全球率先播出《核钉》录像带，尔后，美国有线新闻网(CNN)和日本（ＮＨＫ）电视台相继转播。

“我是死神，是世界的毁灭者。”一句印度古诗刹那间涌上佐藤教授心头，他瘫坐在沙发上，强烈的自责使他浑身颤抖。他怪自己没能阻止核钉事件的发生，怪自己无能，使祖国和人民走向毁灭的深渊，他气得浑身痉挛。夫人喜多加代子悄悄走过来，坐在教授身旁，抚摸着丈夫的手，潸然落泪。

在世界民族之林，没有哪个国家、哪个民族像大和民族那样感受到原子弹的威胁。自二战以来，大多数日本人，都把核武器当成一个碰不得的“伤疤”、踩不得的“痛脚”，原子弹是埋在日本人心中无法言说的痛。因为，原子弹诞生半个多世纪以来，日本是世界上唯一一个原子弹的受害国，他们对原子弹的敏感程度，比其他任何国家，任何民族都强。据说，有一位中国公派研修生，曾经回忆他在日本时的一段不同寻常的经历：1992年，他与中国同事在日本滨松市的一家公司工作，有一次工间休息，那同事抽烟时无意间仰面朝天吐出了一个蘑菇云状的烟圈。对抽烟的人来说，对年轻的烟民来说，这个动作再平常不过了，然而，没想到的是，在座的日本人对此却大为愤怒和惊恐。一个年长者双手交叉，有点神经质地冲着那同事喊道：“打卖，打卖！”（日语，不允许的意思），并用笔在桌子上写了“原爆”两个字，然后在上面狠狠地打了两道叉。之后，便用挑衅的眼光看着他们。当时他的同事一脸茫然，但他很快就明白了，是同事吐出的蘑菇云状的烟圈触动了日本人的核神经。想不到过去了四五十年，日本人对原子弹心有余悸还如此之强烈，犹如惊弓之鸟。

每年的8月6日，成千上万的日本广岛市民会到当年原子弹爆炸遗址，举行和平纪念仪式。他们没法忘记那场浩劫，日本学者对原子弹伤亡人数的统计甚至精确到个位，对每个能找到的伤亡者的姓名、性别、生卒年月等等都进行最大可能精确的统计。

佐藤教授仰天长叹：“天哪！又是8月6日，命运为什么如此捉弄我们的国家、我们的民族！”

（附：1945年5月8日，德国法西斯战败投降。日本败局已定。7月26日，美英中三国首脑发表著名的《波茨坦公告》，敦促日本立即无条件投降，这是对日本发出的最后通牒。但日本法西斯仍执迷不悟，负隅顽抗，7月28日，日本政府拒绝接受《波茨坦公告》。鉴于日本法西斯的顽固立场，为促使其尽快投降，1945年8月6日8时15分，美军B-29远程轰炸机对号称“军都”的广岛投掷了代号“小男孩”的第一颗原子弹，破坏力1.5万吨TNT当量。据统计，“小男孩”当时使6万6千余人死亡，16万余人受伤，后来又有数万人丧生。广岛原子弹爆炸时，在一两秒钟内，全市４０％的地方变成了焦土，９２％的地方不能辨出原来的面貌。9日，美军对长崎投下了代号“胖子”的第二颗原子弹，破坏力相当于2．1万吨TNT炸药。使4万余人死亡，6万余人受伤。两颗原子弹造成的人员损失，据日方在1949年的统计，共死亡109，328人，伤78，488人，失踪15，917人。近年，日本官方把城内外受过放射性污染的几十年来陆续死亡人数列入其中，称原子弹爆炸死亡人数共23万人。）

3

英国BBC电视台播放《核钉》录像带播放到三分之一内容时，国际汇市掀起轩然大波，不，不是大波，简直是汇市海啸。日元一泻千里，《核钉》播完之时，日元已暴跌28%。

英国BBC电视台播放《核钉》之时，正值美国股市交易时段，消息传来，道琼斯瞬时下跌千点，创历史上单日最大下跌点数，单日下跌点数甚至超出了2001年“9•11”事件当天的684点；标准普尔500指数下跌，跌幅达9.8%；纳斯达克综合指数狂跌9.14%。纽约商品交易所基准原油期货价格更是高台跳水，当天下跌18美元。日本是世界第二大经济体、第三大原油消费国，原油消费量占世界贸易总量的11%，平均月进口石油400万桶，这样一个石油消费大国如果突然在地球上消失，世界石油消费量必将急降，世界石油市场将由供不应求变为供大于求，供需矛盾必然会来了一个180度的转弯，原油不高台跳水才怪呢！

《核钉》录像带的播出之时，是英国伦敦当地时间晚10时20分，正值欧洲股市的休市时段。第二天一开市，欧洲股市继美国股市之后，再次上演史无前例的高台跳水，抛单雪片一般涌出，法兰克福DAX 30指数开盘就下跌9%；巴黎股市CAC 40指数下跌9.6%；伦敦金融时报100指数下跌9.9%。伦敦金属交易所(LME)一开市，期铜、期铝、期锌、期锡、期铅等全部躺在跌停板上，一动不动，死蛇一般，没有一手成交。做多原油、期铜、期铝、期锌、期锡、期铅的投资客，无不损失惨重，特别是重仓者，只能眼巴巴望着被期货经纪公司强行平仓，亏完了本金也就罢了，由于没有成交量，无法将多单强行平仓，投资者还倒欠期货经纪公司巨款。全球期货市场风声鹤唳，这可忙坏了期货公司风控人员，整天都在打电话，强令做多的客户追加保证金，经纪公司不得不承担巨大的穿仓损失。JP摩根分析师Michael Kemp甚至表示，LME中所有期货品种都没有支撑位。

日本害怕开市会跌的极惨，宣布证券市场无限期停市，分析师称，如果开市，日经225平均指数一开盘就会跌到不能跌的位置，松下电工、日产汽车、丰田汽车、野村证券、资生堂、花王等知名企业的股票，在一开盘肯定会被死死钉在跌停板上。

一位著名经济学家曾打过一个比方：全球就好比一个大厅，信息全球化则好比是将大厅的所有墙壁都拆除了，而互联网、媒体、证券市场好似在大厅正中央放上了一个超级麦克风。这时，假如出现一个尖厉的叫声，它一定会反射到墙上去，然后又从墙上反射到麦克风，然后再次反射到墙，再次反射到麦克风……核钉事件对世界经济的冲击就是如此，它借助股市、期货、汇市等现代金融（资本）平台，将恐慌的尖叫声极度放大，并迅速向全球各个角落蔓延，造成全球性股灾、期灾、汇灾，它对全球虚拟经济和实体经济的破坏力大过“9•11”的百倍、千倍。

有哭就有笑，突如其来的金融海啸，股市、期市、汇市等市场也上演了各种各样的喜剧，有的投资者欢呼雀跃：如买了航空公司股票的股民个个喜笑颜开，当日，欧美所有航空股票狂飙，美国大陆航空公司及西北航空公司的股票以涨停报收，而且可以肯定，下一个交易日又将是一个涨停板。涨停的道理很简单呀，中国黄海海沟中的两枚原子弹的引爆，日本列岛将被推入太平洋海沟，一亿多日本国民短则几周，长则一两个月，都要逃离日本岛，日本民众总不可能从太平洋中游到各国去吧，乘飞机应该是其主要选项，如果按三分之一人口乘飞机逃难计算，约有四千万人，世界各大航空公司必然会客源滚滚，不大赚特赚才怪呢。

4

中国地震研究中心地震预测研究室主任王凡正准备离家去上班，大厅电视机播放的“核钉事件”新闻吸引住了他，看完仍嫌不够，拿起遥控器，将各家电视台关于核钉事件的报道看了个遍。开车到单位时，他竟破天荒地迟到了。地震研究中心党委书记万忠满脸焦急地站在地震预测研究室门口等他。万忠书记一改平时习惯性高高在上姿态，老远就亲切地喊道：“老王，早上好！”

“书、书记早！”书记一下子如此热情，让王凡研究员有些不习惯。

“您找我有事？”

“急事，中央领导找您！”

“什么，中央领导找我？”

“是呀，赶快跟我走。”

“去哪？”

“我也不知道，去了您就知道了，您看了关于‘核钉事件’的新闻吗？”万书记边走边问。

“在家看了。”

“我估计中央领导就为这事找您。”

万书记领着王凡来到单位的停车场，一辆黑色奥迪A6正等在那里，王凡扫了一眼车牌，哇，北京百姓传说中的最牛武警车牌。奥迪车后座下来一位精干中年男子，热情中不失威严地与王凡握手，说：“王教授，您辛苦了！”

“首长辛苦了！”王凡话一出口，便觉不妥，瞧他年纪刚步入中年，不可能是中央首长，何况中央首长也不可能亲自来接，十有八九能是首长的秘书。

奥迪车飞快离开停车场。王凡坐在后座，透过车窗不时向外张望，他感到十分奇怪，出地震研究中心，这一段路有四个十字路口，平时上班，自己开车总会碰到红灯，怪了，这辆奥迪驶过这些个十字路口，竟然一路绿灯。有一路口，王凡很熟，那儿的红灯时间最长，有180秒，今天只亮了20秒后，就一反常态，变成了绿灯，在王凡百思不解中，奥迪A6一路直驶中南海。

王凡教授被领进一栋铺着红地毯的两层小楼，来到一楼东边的会客厅门外，中年男子用手示意王凡站在此等候接见。王凡透过门缝，偷眼向会客厅望去，里面坐着的领导，他只是在中央电视台新闻联播中才见过的，中央领导坐在沙发上，身子微倾，聚精会神地听一位白发老者汇报。王凡教授认得那位白发老者，他是我国著名人类学家左云先生，和王凡一样，都是北京九三学社的委员，他俩是老朋友了。左云老先生正在汇报，语速很快，听起来中气十足：

“依本人分析，日本人祖先应该来源于我们中国大陆。”

“有确切科学依据吗？”中央领导问。

“有，根据本人多年的分析，我发现，旧石器时代的日本人有可能是北京猿人的后裔。”

“日本人是北京猿人的后裔，中日隔着大海，北京猿人怎么能过去？”中央领导难以相信。

“北京猿人时期，朝鲜半岛与日本之间有陆地联系。”

“是吗？”

“肯定是，在洪积世的大部分时期内，日本列岛并不是和东亚大陆相分离的岛屿，中间并没有大海阻隔，人们可以自由地徒步从一地到另一地，北京猿人的后裔大约在一万多年前经朝鲜半岛步行到日本。”大约在洪积世晚期至冲积世初期，日本各地发生海进，出现日本海，先后形成朝鲜海峡、津轻海峡、宗谷海峡，从此，日本才逐渐脱离大陆。到冲积世末期，日本各地海岸线向里后退，距今约1万年前，成为今天的日本列岛。

“有实证吗？”

“有，据考古发现，日本早水台遗址中出土的旧石器在原料、器形、制作方法等方面，与北京周口店第15地点的文化遗存有许多共同之处。据科学测定，新石器时代日本人的下颌骨具有中国猿人‘下额圆枕’特点。”

“现在的日本人，如果是北京猿人的后裔，那又怎么解释，日本人有那么多A型血呀？我们中国北方A型血并不占据第一呀。”中央领导还是不相信。

“是，您怀疑的有道理，日本也有不少学者不认同他们是北京猿人后裔之说，他们认为，早期日本人可能是我们中国华南地区的人，在洪积世末期，从中国华南迁移到日本。日本学者今村丰曾对我国华南地方原住民进行过生物体测定，发现现代华南地区原住民在头形指数上和现代日本人很近似。日本学者特别喜欢研究血型，他们对当代日本人进行了血型测验，有一个重大发现，日本人的血液O型占31．5％，A型37．3％，B型22．1％，AB型9．1％，A型占主导地位。而全球各国、各民族中，有与此相似血型综合值的人种是中国湖南人和匈牙利人。湖南人A型占 35.26 ％，在全国各省市自治区中是最高的，比全国A型血最低的西藏高出15%，比第二低的广西高出13%；再看B型血，湖南人B型占21.44%,，而日本人是22．1％，数值几乎一样。匈牙利人外形上看是眼瞳栗黄色，日本人是黑眼瞳，从这点分析，匈牙利人绝不可能是日本人的祖先，那结论只有一个，日本人的祖先来源于湖南省……”

“湖南人嗜辣成性，无辣不香，没听说过日本喜欢辣，他们吃的比较清淡。”

“辣椒进入咱中国才四百多年。”

“是吗？”

“绝对是，辣椒原产于南美洲的玻利维亚和巴拉圭，15世纪末，哥伦布发现美洲之后把辣椒带回欧洲，大约明朝中后期辣椒传入我国。据说，湖南一些地区在清朝嘉庆年间食辣并不十分普遍，到道光、咸丰、同治、光绪之间，湖南食用辣椒才开始比较普遍。”

听到这里，中央领导对下面的决策心中有数了，于是，和蔼地打断了左云滔滔不绝的汇报，他知道，如果让满腹经纶的左云教授尽情汇报下去，不到明天也听不完。事情紧急，他的时间非常有限。他从沙发上站起来，亲自将左云教授送到会客厅门口。

会客厅门口，王凡与左云教授点头算作打招呼。

紧接着，中年男子将王凡教授领进会客厅，躬身介绍说：“首长，这位是中国地震研究中心王凡教授。”

“王教授，您辛苦了！”中央领导笑容可掬。

“首长辛苦！”

“来，来，请坐。”

“谢谢首长！”王凡心中感叹，中国越大的官越没架子，越小的官架子越大，官架子与官位大小成反比关系，这就是中国特色！

“教授，您看过关于‘核钉事件’的新闻吗？”

“早上在电视新闻中看过。”

“您是我国地球板块与地震预测学权威，听说您还看过核钉事件中那个叫曲东的论文。”

“是，大约一个半月前，黄海市公安局办案人员专程来过我们单位，找过我，让我翻译和讲解这篇论文。”

“我想请教，假如核钉事件失控，这两枚原子弹在黄海中部和南部海沟爆炸，真能将日本列岛推入太平洋？”

“肯定能。”王凡有些紧张，他是个典型学者，不擅长同官员打交道，何况是那么大的官。

“您为什么那么肯定。”

“首先，请允许我简单介绍一下日本四岛所处的板块。”

“请吧！不用拘谨，您是专家。”

“从地球板块学上说，千万年以来，亚欧板块一直同太平洋板块相碰撞，在相碰撞过程中，由于太平洋板块岩石密度大，位置低，在它与亚欧板块碰撞时，太平洋板块沿海沟向亚欧板块下俯冲，亚欧板块最东部分即日本列岛就乘势骑在了太平洋板块之上，因为是骑，所以，日本列岛边上的海沟非常深，平均有6000米，最深处超过10000米，这在地震学上叫‘俯冲边界’。打个形象比方，日本列岛恰似一辆巨大卡车停在了6000米高悬崖边。”回到自己所研究的专业领域，王凡一扫初见中央领导的拘谨，侃侃而谈。

“那为什么日本列岛几万年、几十万年也没有掉下去呀！难道两颗原子弹真有如此大威力，真能将它推落下去？”

“它没掉下去主要是靠亚欧板块同他沾在一起，亚欧板块与日本列岛有个拉扯力，这个拉扯的着力点就在我们的黄海海底下面的岩石层。假如恐怖分子用两枚原子弹震断这个拉扯的中间点，日本列岛必然因自身的重量，一头栽进身旁的太平洋海沟。”

“教授，您所说的拉扯力着力点不可能是一张薄纸吧？据我所知，这样的着力点厚度最薄的地方也有几公里，放置在黄海海沟中的原子弹最大那枚不过500多吨TNT当量，不足以炸断如此厚的地壳。”这位中央领导系理工科出身，王凡教授的讲述显然没有说服他。

“举个例子首长就好理解了。古代埃及，人们建造金字塔，要用大量巨石。当时，中国发明了铁器，而他们没有，他们只发明了铜器。铜器的硬度比铁器差多了，铜凿很难将山上的石块凿开。聪明的古埃及人想了一个省力办法，先用铜凿在拟开凿的巨石两边和底部开出三条槽，然后，在靠山体的部分钻两个手腕粗的孔，最后，在小孔中再打进干燥木楔，打进木楔后就往木楔上倒水，干燥的木楔遇水发生膨胀，就将几吨甚至几十吨的巨石从山体中震出。”

“哦，我明白了，恐怖分子居然运用古埃及人的智慧，难怪他们要用两枚而不是一枚原子弹。”

“这种核钉的方法能起到四两拨千斤的作用。”

“教授，如果，我说的是如果，恐怖分子真的将这两枚原子弹引爆，您预测日本列岛滑入太平洋海沟要多长时间？”

“最长6个月。”

“您做出如此判断是定性分析结果还是定量分析结果。”

“定量分析。”

“那您选用何种参数？”

“正如您所知，一个半月前，黄海市警方让我帮助讲解曲东的论文之后，我就悄悄做了模拟试验。我采用了古埃及人凿石参数。”王凡教授暗暗诧异，中央领导怎么如此专业，提问能切中要害，问到点子上。

“这个参数比较可靠。”中央领导认可这个参数。

“6个月那只能称理想数值。”

“非理想数值呢？”

“如果按非理想数值计算，日本沉没最快在两个月内发生，甚至一个月都有可能。”

“您说的非理想数值有哪些主要参数？”

“古埃及人凿石，孔中木楔遇水发生膨胀，产生的力是单纯的横向力，没有其他力共同作用。而如果原子弹在黄海海沟发生爆炸，炸出两个大洞，首先产生巨大横向力，也就是向海沟两侧发力，一侧向中国大陆发力，一侧向日本列岛发力。中国背靠巨大的亚欧板块，发多大的力都没用，推它不动，而向日本列岛一侧的发力就太可怕了，因为日本列岛是骑在太平洋板块之上，如同一部重型汽车放在悬崖上，原子弹爆炸，如同向这部汽车猛地打出降龙十八掌，日本列岛立刻就会失去重心，重心一旦失去，必将产生一个巨大下坠的势能。在向东的横向力和下坠势能共同作用下，日本列岛滑入太平洋就会产生一个加速度。因为这个加速度的存在，所以说，日本列岛有可能只能存在一两个月。”

“日本政府相信曲东这个理论吗？”中央领导昨日晚，已经会见过专程而来的日本外相，日本政府已经正式请求中国政府帮助，说明他们百分之百相信曲东的理论。只是，中央领导想听听咱自己专家的意见。

“我个人认为，日本政府绝对相信曲东的理论，并且早已认识到‘核钉事件’的严重性。”

“您怎么会了解日本政府的态度？”

“我记得，黄海市警方曾将一盒录像带给我看过。录像中有日本东都大学地震研究所所长佐藤教授，他曾在五月初秘密到过泰山，在泰山脚下一家宾馆密会过曲东。首长，您想想，佐藤教授是全球地震研究领域数一数二的人物，他老人家千里迢迢跑到咱中国来，屈尊拜访我国地震防震减灾管理部门最底层的一个小职员，仅凭这一点，就足以证明日本方面早就对此事给予了足够的重视。”

“你怎么能肯定那就是佐藤教授呢？”

“本人曾在佐藤教授任所长的东都大学地震研究所做过访问学者，不可能认错。”

第十四章

1

恐怖分子在黄海海沟放置原子弹啦！

恐怖分子三天后将引爆原子弹啦！

日本列岛将滑入太平洋啦！

日本人无处可逃啦！

“核钉”消息铺天盖地，席卷全中国，人们奔走相告，网络更如同炸开的锅，短短几个小时，几大门户网站对此消息的评论就突破一千万条。多少年来，对于中国人来说，只要稍微与中日关系沾点边的事情，随时随地都可以迅速成为热门话题，像赵薇穿日本军旗裤子事件、小山智丽欲回国找老公事件、葛红兵事件等等，虽然涉及的仅仅是某一个人，但总有数百万人参与大讨论。

何况让日本列岛在世界上消失的“核钉事件”！

对于 “核钉事件”，中国网友讨论热情空前，甚至可以说，空前绝后，观点五花八门，无奇不有，大致可分四类：

第一类：愤青一族。

网友1:

“快点沉吧 什么时候能沉，我好放点鞭炮什么之类的 ，庆祝一下啊。”

网友2:

“日本永远地离开我们，日本将成为历史吗?这个我们几代中国人永远挥之不去的梦魇就要消失在记忆里了,我们是否该为此欢呼,是否该原谅这些倭寇？ ”

网友3:

“真的假的，省得我们动手了。”

网友4:

“中国人口已经够多了。容不下别的所谓‘自然灾害难民’，中国这么多人，还拿粮食给世仇吃，有病。”

网友5:

“不是吧！我还准备炸沉日本呢。自己就沉了！”

网友6:

“它们有本领搬到火星上去，没本领就睡太平洋得了。”

网友7:

“的确，我也仇恨日本人，尤其是侵略中国的那一代。不过如果日本人能学德国人，来个‘华沙之跪’，我想中国人会在他们将死之前原谅他们的。”

网友8:

“我已经等了很久，日本它还没沉没！”

网友9:

“中国有句俗话叫因果报应，如果这次日本真沉没的话，也许是上天给他们一个赎罪的机会吧！阿弥陀佛！”

网友10:

“我承认，虽然我不喜欢看到生命和其他一切美好的东西瞬间被吞噬，不过还是带那么点幸灾乐祸的心理滴。”

网友11:

“多弄几个住我家好了，不过房租是要收的，而且房价涨的利害，还要多收几倍房租。当然，要教育他们收他们这么多房租不是为了我自己，是为了让他们能早住进更大的房子，让他们住得更舒服云云……”

网友12:

“去烧香还愿。”

第二类：理性思考一族。

网友1:

“我小时候根本没有恨过日本，相反，我很喜欢日本的一休哥、花仙子等卡通形象，还很喜欢看日本电视剧《警犬卡尔》、《血凝》等影片，也很喜欢高仓健。但是，为什么我在长大了却对日本有着刻骨铭心的恨呢？让我们看看日本对我们做了什么吧，日本侵华就不说了，我们都清楚日本是怎样用刀砍下中国人的头颅，在头颅落下的瞬间，鲜血从颈动脉一喷而出，而头上的那张脸却在努力地挣扎，嘴张得大大，想尽力地呼吸，但是这是徒劳的。面对这样的野兽，中国人民以德报怨，可是日本呢，日本一再修改教科书，否认大屠杀，否认侵略。德国和日本一样，有过军国主义，对几百万犹太人进行过大屠杀，但是你问现在的犹太人，有多少人恨德国人，你问过吗？我问过，他说我不恨德国人，但是我恨德国法西斯。为什么，因为德国是光明磊落的民族，‘跪着的德国人比站着的日本人更高大’——这句话不是没有原因。德国政府历届总理都曾郑重地向二战中的受害者道歉，在受害者的纪念碑前流下过忏悔的眼泪，我知道你会说这只代表总理个人，我的回答是——错，为什么？一个人能坐在总理这个位置上，如果没有人民的支持，他没有机会当总理，所以，他的忏悔就代表全部德国人的忏悔。如果德国民众不为二战感到羞愧的话，我想，德国总理在道歉后就会遭到数不尽谩骂，但事实是德国民众骂了吗，没有。一样的道理，日本首相之所以可以屡次参拜靖国神社，就是因为有国民支持，如果只是小部分人支持，日本首相是万万不敢这样做的，所以，现在的日本可以说举国上下都是反对承认侵略历史，反对承认战争和屠杀的，对于这样的民众，要全力以赴拯救他们，从情感上说，太难。”

网友2:

“日本为什么在战败后能够飞速发展，有经济学家说过，日本应该感谢中国，因为中国政府主动放弃了日本的战争赔款，这笔钱对日本的经济发展起了巨大的作用。这是多么宽阔的胸怀，这需要多么大的勇气，但是毛泽东做出了这样的决定，为了什么，只是为了中日以史为鉴，而日本为此感谢了中国吗？没有。如果我们这次出手帮他们，他们会在内心感谢我们吗！”

网友3:

“日本人一出门就是茫茫太平洋，身边又有中国、俄罗斯两个

‘超级巨人’相伴，想想也挺难为日本人的。日本人从来都很勤劳、有危机意识和富有侵略性。日本人认为尊崇强者、欺凌弱者是天经地义的。我们一天到晚耳提面命般地提醒日本人正视历史，不要参拜靖国神社，他们却置若罔闻。”

网友4:

“帮助日本找到原子弹，不能白做。我们政府要重提日本战争赔偿问题，至少要先提民间战争赔偿问题。1972年中日建交联合公报中，有关中国放弃对日战争赔偿条文，并没有经过全国人大的批准。按国际惯例，国家间重要条约没经过议会批准是不能生效的。”

网友5:

“在上大学之前，我对一衣带水日本的观点，就是‘靖康耻，犹未雪，企盼有一天壮志饥餐胡虏肉，笑谈渴饮匈奴血’。也许称得上是一个十足的愤青，思想不成熟而且十分激进，后来到了学校接触了人类学，明白了一个终极关怀——理解、包容。学会接受，学会理性。”

网友6:

“要多谢日本这些年对我们的陪练，让我们中国迅速成长，日本不能沉没呀，我们在亚洲是孤独求败，没了竞争对手，我们的人民就没了精神。孟母三迁，说的是孟子的母亲为了教育孟子和为了孟子的成长而三次选择居住环境的故事。这则故事又叫‘孟母择邻’、‘慈母择邻’。”

网友7:

“真的很想知道，如果日本真的要沉没，中国会收留他的部分子民吗？收留了之后，日本的子民会对我们中国人怀有什么感情呢？是感激？还是继续的不屑？”

网友8:

“不喜欢日本这个国家和民族，但不否定他们的工作方式和态度，想象着大家都能像他们一样对待工作，禁不住笑了，因为这是不可能的，一位北京学者在日本遇到一次严重的堵车，成千上万辆车首尾相连排了上百公里。然而，令他感到震撼的是，所有的车辆都很有秩序地排在道路的一边，而另一边逆向车道空空荡荡，无人争抢。”

网友9:

“想到日本曾经给中国人民带来的伤害以及现在的态度,我心中还是很痛。现在要我们收留他们，心理上接受不了。”

网友10:

“多年积累的对日本的所有记忆都是连着痛苦和屈辱，怎么可能像朋友一样帮助他们呢。”

网友11:

“卧榻之侧，岂容他人安睡耶？’日本确实是一个优秀的民族，他们团结、坚忍、善于学习，更重要的是，他们怀有远大的抱负，他们不满足于自己狭小的国土、贫瘠的资源，他们一直在为自己争取更广阔的生存空间，我们中国人民也已经看清了日本在扩张时表现出的极度的凶残，中国人亲身体验过那种痛苦，决不会想要再体验一次。”

第三类：对日本有好感一族。

网友1:

“其实，我觉得日本人并没有那么可恶，只不过是他们的上一辈一些侵华的人可恶罢了，何必因为几个人而去诅咒所有日本人呢,况且日本有很多我们值得学习的地方嘛！”

网友2:

“日本人非常彬彬有礼，一天到晚地鞠躬。我觉得，这种东西不只在表面，是从内心深处对社会的一种认同，知道自己的渺小，大公司的高层也是如此。”

网友3:

“中国人如果真的有日本人那种学习精神和务实态度，中国让世界刮目相看是可以期待的。说此话时，也想过或许会挨骂的种种可能，在中国，大家都怕戴上‘亲日派’的帽子。有一点挺奇怪的是,中国人对待‘亲美派’不知比‘亲日派’宽容多少倍。”

网友4:

“1994年广岛亚运会闭幕式结束后，6万人的体育场竟然没有发现一片废纸、一点果皮垃圾。次日，世界上好几家报纸惊呼：‘可怕”的日本民族！’”

网友5:

“日本居民在街上如果一时找不着垃圾桶，就把垃圾带在身上，回家放进自家的垃圾桶。家里用完了的酱油瓶，日本人往往会用清水把瓶子先洗一洗，再放到垃圾桶里，因为回收后也需要清洗的。摩丝类产品的空瓶子，日本人在扔进垃圾桶之前，会先给瓶身扎一个孔，以免存在安全隐患。”

第四类：富有人道主义精神一族。

网友1:

“四川地震，日本救援人员历经16个小时的搜救，在四川青川县乔庄镇一处倒塌的六层楼房废墟中挖出两具遇难者遗体，一丝不苟地包裹遗体，将其摆放在中间，然后列队庄重肃穆地向遇难者默哀，让人悚然动容。这不仅体现了大和民族一贯的严谨、认真、执著的处事作风，更表达了他们对死难者应有的尊敬和敬畏生命的伦理哲学。让我们看到了日本人人性的光辉，我认为应该全力救援日本。”

网友2:

“日本救援队向死难的中国母女默哀，从他们低下头的那一刻，看到了日本对人性的尊重，他们身上闪耀着人性的光芒，日本救援队的表现值得中国人敬重，他们现在遇到灾难，我们也要伸出援助之手!”

网友3:

“我认为国家就像每个小家一样，平时有恩恩怨怨，但是在威胁人类的大灾大难面前，那些恩恩怨怨会被彻底抛弃，取而代之的是人与人之间的互助求生，和大自然搏斗的众志成城！”

网友4:

“我完全支持中国政府做出最大努力来救援，出于人道主义精神嘛！没准我还会热忱地出一份力呢！生命是可贵的，所以我誓死捍卫日本民族生存的权利。但是，日本对中华民族所犯下的罪行是不可宽恕的。”

网友5:

“如果日本真的沉没了，第一个向日本伸出援手的将会是中国。我不是学政治的，也不懂什么国际关系，但是我敢下这样的断言。不管这是中国人的高尚品德，还是我们中华民族的人性弱点也罢，我们中国人是绝对不会见死不救的。”

网友6:

“人类的血是热的。如果日本真的沉没,希望他们的人民能被各个国家接纳。”

网友7:

“面临人类有史以来的巨大灾难，日本沉没就不单止是日本人的事，是全世界人民的事，国际社会伸出援手，是很自然也是非常必要的。”

网友8:

“我对日本不是很喜欢也不是憎恨，其实历史归历史，如果要后人来承受这些恶果，我觉得这样说不过去吧！生命还是第一位的，应该救。”

网友9:

“如果日本这次真会被推入太平洋,中国是不会放手不管的，毕竟，历史已经过去了，我们当作教训就是了，没必要去恨现在的日本人，更不用一代代恨下去，人类终究是要向前看的。”

网友10:

“要同情一下他们，失去家园的滋味的确不好受。接受才能显示我泱泱大国的气派。”

网友11:

“日本沉没，中国官方肯定会解救落水或者将要落水的日本人，这是中国的大国风范，应该展现给世人看的……”

网友12:

“依我的意见，我们还是应发扬我们的人道主义精神，以前的恩恩怨怨就让他过去吧！”

网友13:

“当听到‘日本沉没’这个词的时候，不知道多少青年人会弹冠相庆，欢呼雀跃，更有甚者补上一句‘活该’。我本身并不排斥这种行为，因为日本军国主义确实给中国人带来了极深的伤害，这些伤害也许早已经成为过去，但是在心灵上的伤口却久久不能愈合。我希望，在灾难面前，无论对方是谁，也请放下嫌隙、仇恨，多一些人道主义精神。”

网友14:

“假如日本人有一部分逃命到中国来，你是否愿意出于国际人道主义向他们提供帮助呢？这个问题，我想我一定会救他们的。即使是出自己的一点绵薄之力，即使以前日本对我们国家做了些不可挽回的事情，出于人道主义的关系，我不忍心，我还是会帮的。”

网友15:

“地球上一个民族被毁灭了真的让我们那么高兴吗?尽管他们从前做过很多伤害我们民族的事，尽管他们现在还在做着，现在真的发生了这样的超级大灾难，作为人类的一员，我们就能心安理得地袖手旁观吗?我们就能望之大笑吗?那我们是不是比他们还龌龊，还是人吗？”

网友16:

“日本将沉没，其他国家难道不应该有人道主义精神吗？日本人民不得已离开自己的家园，本身就是痛的。在一个新的地方开始新的生活，需要多久才能弥补失去家园的痛苦呢？而人和人之间，在面临灾难的时候，不该无偿地伸出援助之手吗？人之所以为人，是因为在同样的生命面前，看到了自己的影子，有着最基本的哀其同类的精神。”

某著名门户网站以“假如日本列岛被‘核钉事件’推入太平洋海沟，你是否会向他们伸出援助之手?”为题，进行了一次网上民意调查。

网民答案是：9.73%愿意伸出援助之手；2%不置可否，88.27%坚决反对救援日本人。

2

国际刑警组织总部坐落于法国中部城市里昂市郊的罗纳河畔，是一座银灰色立体玻璃大厦，整个大厦浸泡在一方浅水池中，四周绿树掩映，从外表看并不威严，不知道的还以为是一家博物馆。细看则大有乾坤，四周环绕的铁栅具有侦控功能，大厦顶端天线林立，监控摄像机架在各个方位。楼内保安严密，每道门都由电子锁控制，即使工作人员也需用带有照片的电子通行证才能打开，每个人出入各道门的数据都记录在电脑中。

“核钉事件”让国际刑警组织总部忙开了。在英国BBC电视台播放核钉事件新闻后一个多小时，国际刑警组织总部首先接到日本警察厅的报告，请求对撒白蓉、希络和段山发出 “红色通缉令”。日本警方提供了以上三人的有关资料。其中撒白蓉的资料最全：有出生年月，有中学和大学所就读的学校，有在英国伊萨克财团工作地址和电话，还有撒白蓉在青岛活动的一系列照片，当然还有她在曼谷东拉翁酒店照片。日本人以注重细节著称，他们通过对照片上人与周围环境对比，不仅用计算机测算出她的身高、还测算出她的体重、鞋码。甚至用计算机模拟出撒白蓉在逃跑过程中可能的化妆，尤其对她嘴角右边的一粒小痣作了特别描述。看来，日本警方就是挖地三尺，也要将撒白蓉捉拿归案。有关希络的资料最少，基本上没有他的犯罪记录。

随后，国际刑警组织总部接到中国国家中心局提供的撒白蓉的资料，中国警方提供的资料更加全面，更有价值，如她的身高、血型、指纹、家庭关系；出入中国的时间和次数；在英国的住所地址，住所固定电话号码等。

国际刑警组织总部依靠AFS犯罪档案自动检索系统，在其庞大的刑事 犯罪数据库中，很快查到段山贩毒的犯罪资料。并于伦敦时间8月4日上午8时，将对撒白蓉、希络、段山的“红色通缉令”发往186个成员国，在全球范围内通缉。

红色通缉令乃国际刑警组织最有效的撒手锏，它实际上是一种可以进行临时拘留的国际证书，无论哪个成员国接到红色通缉令，都会调动本国警力予以查证，如发现被通缉人员的下落，就迅速组织逮捕行动，将其缉拿归案。红色通缉令被媒体和影视剧渲染得神乎其神，其实目前它的归案率只有50%。

同时，国际刑警在官方网站上公布了撒白蓉、希络和段山数张照片，国际刑警组织秘书长罗纳亲自呼吁全球民众帮助捉拿通缉犯。

3

8月3日早，吉卜岛，中国警察欧阳木师徒主动帮助日本警察村冈谦、西尾勇，一道下山，以迅雷不及掩耳之势，对码头上的五名恐怖分子进行袭击，欧阳木亲手将白良德击毙，并从他身上搜出手机，直接拨打查副厅长的电话，向查副厅长作汇报。当然，欧阳木也理解村冈谦的心情，国家危亡，在这一瞬，所以，汇报时只拣重要的说，用时不到一分钟，就将手机递给了村冈谦。村冈谦拿过手机，忙向总部汇报，当说到“曲东被押上其中一艘渔船。在中国海域内，这两艘船会改中国船名，一艘名‘浙岭渔25283’，另一艘为‘浙岭渔25284’。”，电池没了电。

村冈谦向总部汇报时间为北京时间8月3日早7时20分，而英国BBC电视台播放“核钉”新闻则在北京时间8月4日早6时左右，由于村冈谦的及时汇报，为日本最高决策者争取了23个小时即约一天的提前反应时间。

8月3日下午，泰国警方派出直升机将中日警察从吉卜岛送到曼谷。

查副厅长接到欧阳木的电话，见事态发展已到失控状态，当即向公安部主管领导作了汇报。公安部外事局马上成立了“核钉事件”专案组，专案组由外事局局长亲自挂帅。同时，成立了赴英追捕小组，组长由外事局欧洲处处长阎方担任，组员包括尚未回国、正在曼谷待命的欧阳木和蒙娜。按理说，黄海市只是一个小小地级市，地级市警察一般不够资格进入公安部专案组，但“核钉事件”太特殊了，欧阳木师徒接手此案已有两个月，又两次赴泰国查找曲东，对案件比较熟悉，故将他俩吸收进了专案组。为争取时间，专案组命令欧阳木师徒从曼谷直飞伦敦。阎方则带领追捕小组从北京直飞伦敦，预计比欧阳木师徒晚7个小时到达伦敦。

8月4日，伦敦时间下午2时，欧阳木师徒乘机抵达伦敦，遵照指示，下榻毗邻白金汉宫、位于海德公园拐角处的兰斯伯瑞酒店，在酒店等待国内追捕小组的到来。

蒙娜年轻，生性好动，要她老老实实、无所事事在酒店傻等、干等，她觉得是遭罪。她对白金汉宫神往已久，她想，国内的同志七个小时后才能到达，何必浪费这7个小时呢，白金汉宫近在咫尺，不如趁机去参观一下。她早就听说白金汉宫在每年8月会举行著名的皇家卫队换岗仪式，有军乐，有列队表演，她想利用这个机会亲眼看看皇家卫队帅哥们身着猩红色紧身短上衣，戴着一英尺高的熊皮帽的样子。虽然连日来的惊吓、舟车劳累，确实有些疲劳，不过，她也清楚，在黄海市公安局这样的地方单位，要遇上到欧洲出差的机会，可以说千载难逢！

她兴冲冲按隔壁欧阳木房间的门铃，房门打开，直见欧阳木左手示意蒙娜不要说话，右手拿着手机在接听电话，一脸诚惶诚恐。蒙娜了解师傅禀性，瞧他神态，判断他一定在接上级的电话。

欧阳木接完电话，对蒙娜一挥手，大声说："走，有新任务。公安部专案组领导刚才来电话说，撒白蓉有一个亲弟弟，名叫撒白龙，在伦敦蒙彻特大学商学院读书。上级指示我俩先去找他，看能否从他嘴里搞到一些有价值情报。专案组一会就将撒白龙手机号码通过短信发过来。"专案组之所以要欧阳木师徒不要等国内追捕小组，提前接触撒白龙，意在抢时间。国际刑警组织发出红色通缉令已经过去6多个小时，撒白蓉仍无影无踪，凭她的智商，即使大名鼎鼎的英国军情五处特工倾巢而出，短时间内要找到她，恐怕也没那么容易。既然获悉她亲弟弟在英国，又知道她最疼爱这个弟弟，想必她在藏匿前或在藏匿过程中，会同弟弟进行联系。

在国内，每逢执行任务，欧阳木是蒙娜的领导，外加师傅，蒙娜自然一切听欧阳木的。此番到了英国，这种关系无形中调了个，欧阳木基本上事事听从蒙娜，这并非蒙娜不好领导，也不是她刻意犯上，只因为欧阳木完全不懂英语。

出得酒店，蒙娜扬手招来出租车，上车对司机说："去蒙彻特大学。"出租车司机是印度人，大胖子，五十来说，待人和气。

欧阳木拉开副驾驶位车门，正欲跨进，只听出租车司机连说："NO，NO！"NO，这个单词欧阳木还是能听懂，他不明白，副驾驶位明明空着，为什么不让座。他嘟囔一句国骂："他妈的！空着的位子为什么不让坐？”其实，英国的规矩就是这样，出租车副驾驶位不让乘客坐。

20分钟左右，出租车穿过大片芳草地，在一栋具有乔治王朝晚期建筑风格的二层办公楼前停下。办公楼四周，散布着几栋有些年代的教学大楼，偌大一个大学，像个公园，竟没有几个人。这也难怪，此时正逢英国大学暑假假期，英国大学一年有三个假期，圣诞节，复活节，暑假三个假期中，暑假最长，一般为三个月左右。

欧阳木猛地拉开车门，二话没说，直奔办公大楼。人有三急，他从飞机场到酒店，再从酒店到学校，没有一刻停息，连上厕所都忘了。蒙娜见师傅进入办公楼，只一会，就急急地从办公大楼折了回来，一路小跑来到蒙娜前，有些不好意思地问：

“小蒙，我问了两个人，说WC，没有一个人明白，大楼没有厕所吗？”

“WC”这个词在中国连小孩子都以为是英文厕所的缩写。所以国内许多建筑物厕所的英文标识都用“WC”。其实此乃天大的误会，在美国或英国，根本看不到WC，在法国才能看到WC，据说，用WC，全世界属中国用得最多。英国人真的不知WC的意思，他们比较习惯说toilet 。

“师傅，你不能说WC，英国不懂什么是WC，你说Excuse me, would you like to tell me where the loo is?”（请问，厕所在哪儿）

“太长了，记不住，有没有短一点的？”欧阳木急得弯下腰，两腿向内缩，样子十分狼狈。

“I wonder where the toilet is.。我想知道厕所在哪儿。”

“有没有再短一点的？”欧阳木尿憋得脸都红了。

蒙娜灵机一动，掏出笔，托着师傅右手，在手掌写上Gent’s，然后托着他左手，写上toilet。欧阳木一溜烟地再次冲进办公楼。

待欧阳木一身轻松地从办公楼出来，却没有了蒙娜的踪影。他想，莫非，她也去了厕所，等等吧。他左看右看，左等右等，20多分钟过去，仍不见蒙娜身影，他开始焦虑起来，作了各种各样的假设，最后一种不祥的预感占据了他的大脑。他拿起手机，准备拨打蒙娜的电话，他想，如果没人接，就必须立刻向国内的专案组汇报。他拨通电话，真的没人接，他想象不到在如此安详、宁静的校园里，蒙娜到底会有什么原因使她不得不突然消失。正当欧阳木准备向国内汇报之时，办公楼右侧百米处旧教学楼前，蒙娜同一位瘦高个男青年并肩走过来，欧阳木顿时如释重负。欧阳木喜欢吃蛇胆，眼力非常好，一眼认出蒙娜身旁的男青年，撒白龙无疑，因为太像照片中的撒白蓉，只不过比撒白蓉更高大、更年轻。

瞧蒙娜与撒白龙交谈甚欢的样子，再看撒白龙一脸阳光的笑容，欧阳木已明白，蒙娜并没有暴露身份。假如撒白龙知道蒙娜此行目的，绝不会有那么灿烂的笑脸。那蒙娜又是以什么身份与他接触的呢？他俩过来我以什么身份、什么口气同他说话呢？如果不小心很容易露馅，坏了大事。他打定主意，见机行事，少说为佳。

蒙娜那头也在想，事前并没有同师傅商量，以什么身份接触撒白龙，所以，师傅此时肯定不可能知道自己以什么身份与撒白龙接触，一会他们俩见面时，师傅说话一不小心，很容易露馅，必须见机行事。当蒙娜携撒白龙来到欧阳木面前时，她抢先作介绍："阿龙，他是我大哥蒙木。"

欧阳木热情地同撒白龙打招呼："你好，阿龙。"心里却痛骂：你这丫头也太不像话了，越来越没规矩，越来越放肆，什么关系不好编，偏偏说我叫蒙木，跟你一个姓，这不摆明占我便宜嘛！回国后要好好教训教训你。

撒白龙略显腼腆："蒙大哥，您好，很高兴见到您！"

蒙娜主动抢话题："我和大哥来英国旅游，在家里他就说，到了伦敦，一定要见见你姐。我大哥说，他与你姐在大学不仅同班，还同组呐。昨晚，我们到伦敦，一下飞机就给你姐打电话，打了几次，都是关机。我哥打电话回上海，找到你姐最要好的女同学，她说，阿蓉姐有个弟弟在蒙彻特大学商学院。"

撒白龙来自中国农村山区，涉世未深，蒙娜说什么，他信什么，甚至对她有一种莫名其妙的亲近感，也许蒙娜太像撒白蓉了，连右下嘴唇那粒痣的方位、大小、色泽都基本一样。"是呀，真奇怪，这段时间我也联系不上姐。"

“平时你同姐联系多吗？”

撒白龙笑逐颜开：“当然多啦，几乎每天都有一个电话吧！”

“你来英国读书有多久了？”

“两年。”

“你现在上大二？”

“大一，我英语底子差，刚来时，先上了一年大学预科。”大陆到英国留学的学生，尤其那些英语不是非常好的，为了适应英国大学的全英文学习环境，提前感受英国大学老师的讲课方式和课堂气氛，学习如何与英国师生交流讨论，如何做课堂笔记、做作业、写论文以及如何去大学图书馆查资料等等，有条件的家庭都会让子女先上英国的大学预科。

“这所大学学费很贵吧！”

“是。”

“你姐资助的吧？”

“那当然啦！”提到姐，撒白龙满脸骄傲。英国大学开设的预科课程学费一年9万元至14万元人民币之间，本科学费也差不多。在英国一年生活费大致为7万至10万元。撒白龙在英国学习了两年，总花费不会少于40万人民币。他从小丧父，母亲又是地道的农民，家里哪有钱供他在英国学习。给钱的自然是他姐撒白蓉。从这点上看，也足以说明，撒白蓉很疼这个宝贝弟弟，按照她的心气和经济能力，本想让弟弟上牛津大学、剑桥大学、帝国理工学院、伦敦政治经济学院和圣安德鲁斯大学等英国五大名校，只是弟弟基本素质太差，ALevel成绩达不到AAA或AAB，只好作罢。

“白蓉姐最近来看过你吗？”蒙娜旁侧敲击，她想，撒白蓉既然如此疼爱弟弟，有可能在藏匿前后找机会与弟弟联系。她在询问撒白龙时，隐隐约约感觉周围某个角落有人盯着自己，她转身睁大眼四处睃视，没见有什么可疑人。她一直相信自己的第六感觉，再次用眼向四周巡视一遍，发现，不远处的教学楼旁，似乎有个熟悉背影一晃过去，待定眼细看，那背影又不见了。欧阳木也警觉起来，顺着她眼光，不动声色地观察，没发现什么异常。

“没有，有一个月没来了。”撒白龙补充说，“以前我姐每个星期都会来的。”蒙娜不问他也没多想，一问，他倒也开始奇怪起来：自来英国后，姐姐几乎每周必来学校探望，或带自己出去游玩，或带自己去中餐馆饱餐一顿，年年如此，月月如此，周周如此。近一个月，她没来一次，确有些反常，不过，人不见，信用卡中打进的钱却越来越多。

“这几天你和白蓉姐有联系吗？”

“有哇，昨天晚上她还打电话过来呢。我姐说，她有可能要调到美国分公司做负责人，不能经常来看我。”

“你说你姐昨天还与你通了电话？我怎么打不通？”

“噢，我姐换了手机。”

“哦，原来换了手机呀，你能告诉我她的新手机号码吗？”

“行。”撒白龙回答得很干脆，他将撒白蓉新手机号码告诉了蒙娜。撒白龙做梦也想不到，姐姐为了逃避中、日、英三国警察的追捕，才换手机。

撒白蓉的新手机号码对蒙娜来说，真乃踏破铁鞋无觅处，得来全不费工夫。蒙娜见来找撒白龙目的已经达到，欣然同撒白龙道别。

待撒白龙远去，欧阳木忙不迭地掏出手机，打电话给国内专案组，汇报同撒白蓉弟弟的接触情况，说搞到了撒白蓉新的手机号码。

专案组领导指示：让欧阳木师徒按兵不动，不要打草惊蛇。

欧阳木师徒遵照国内指令，乘出租车回宾馆。路上，蒙娜主动就如何见到撒白龙向师傅作了解释：欧阳木再次跑进办公楼时，一辆红色跑车在蒙娜身旁一个急刹车，驾车者一看就是来自中国的纨绔子弟，也许见蒙娜是中国人，也许因蒙娜非常漂亮，他探出头来，主动用中文和她打招呼。蒙娜借机问他，认不认得商学院的撒白龙，没想到他不仅认识，而且，还同住一间宿舍。蒙彻特大学中国留学生比较少，中国学生很抱团，男女住在同一套房。蒙娜上了他的车，来到他们的宿舍，找到撒白龙。

欧阳木坐在后排，一声不吭，浓眉微蹙。他心里没有蒙娜那么乐观，以为有了撒白蓉新手机号码，就能将她的位置轻易锁定。他心里明白，能策划轰动全球的核钉事件，策划者绝非一般人物，撒白蓉肯定是策划者之一，她的智商之高不容置疑。有了撒白蓉新手机号码，固然可喜，但是，她既然换手机与弟弟联系，说明她有意在防警方。那，她很可能又换了手机。就算她不再换手机，狡诈的她如果卸去电池，即使警方用三维立体卫星定位系统也无济于事。或者说，如果她每打完一次，立即卸去电池，立刻离开当地，那么，警方的跟踪永远只是刻舟求剑。再者，如果她用咱中国产的山寨手机，那更不可能跟踪、定位。因为，按照国际标准，每部正规手机都有一个国际移动设备识别码（IMEI），相当于手机的“身份证”，全球独一无二。而咱中国产的山寨手机是几百、上千部手机只用一个IMEI号码，警方根本就无法定位。如果定位一个IMEI号码，可能会发现无数个手机的位置……

“师傅，不好了！”坐在身旁的蒙娜大叫，打断了欧阳木思路。

“瞧你一惊一诧，什么不好啦！”

“在，在蒙彻特大学，我与撒白蓉弟弟说话时，总感觉四周有人监视咱们，隐约看见过一个熟悉背影，现在我突然感觉到，那个背影可能是西尾勇。”

“为什么不早说！”欧阳木声音颇为严厉。

“我刚才才感觉到，不敢肯定嘛。”蒙娜有些委曲。

“还犹豫什么，快告诉司机，咱们赶紧杀回去呀！”

4

欧阳木师徒乘坐的出租车调头，返回蒙彻特大学，驶近乔治王朝晚期建筑风格办公楼，一辆绿色捷豹XK迎面驶来，捷豹XK此起彼伏的车身表面如猫科动物般优美，椭圆形的鬼脸和大灯透出猛兽的野性，很特别，吸引了蒙娜的注意。两车交会时，蒙娜大惊失色，惊叫：“西尾勇！开车的是西尾勇。”

待欧阳木看时，捷豹车从旁驶过，只能看到捷豹车尾，无法看清车上的人。

蒙娜焦急地向印度籍大胖子司机喊道：“快调头，追上那辆蓝色捷豹。”出租车调转车头时，前方捷豹已在100米之外。好在蒙彻特大学门口有一个十字路口，绿灯刚转红灯，捷豹被迫在十字路口前停下，欧阳木师徒乘坐的出租车乘机赶了上来，停在捷豹之后10多米的地方，前面还隔着三辆车。

红灯尚有25秒，蒙娜有足够时间思考。她思忖：刚才在校园，两车交叉而过时，她看到了西尾勇，西尾勇也看到她，依此判断，西尾勇一定知道我们肯定会追上来，绿灯一亮，他肯定会加大油门摆脱跟踪。捷豹在豪华跑车中出了名的快，最高时速可达250公里，提速极快，几分钟就会消失得无影无踪。伦敦出租车司机又以遵守交通规则而闻名于世，让他超速去追赶，难！中国有句俗话，重赏之下必有勇夫，重赏之下在英国会不会有勇夫呢？蒙娜在后座，用右手食指顶了顶司机后肩，司机回头时，她将二张100英镑纸币夹给了司机。印度籍司机即刻明白蒙娜的意思，微笑着接过钱。十字路口，红灯闪烁将转绿灯之时，蓝色捷豹一轰油门向前疾冲。印度籍大胖子司机早就来了个提前量，右脚狠踩油门，车子一个加速，连超三台车，跟上了捷豹。蒙娜暗叹，哇，胖子司机表面看笨手笨脚，原来技术还真不错，都快赶上赛车手了。金钱不是万能的，但没有金钱是万万不能的，这放之四海而皆准的真理在英国也不例外。

欧阳木两眼紧盯着前面的捷豹车，表情严肃，他在内心一次次责怪自己，太大意了，好不容易找到撒白龙，就这么随便放走，现在落到了日本警察手里，他们会对他使出什么手段呢？毕竟，撒白龙是无辜的，是咱中国人，咱中国警察有责任保护他。

外形典雅高贵的黑色出租车（“Black Taxi”）车型宽大，富丽堂皇，它与流线型的捷豹在速度上比，那叫一个慢字，在正常情况下，“Black Taxi”不可能追得上捷豹。不过，挺奇怪，出租车司机愣将它咬得死死，跟得很贴，如影随形。这固然有200英镑的作用，不过，更主要的因素并非钱，而是出租车司机对路况熟悉，在多个街道拐弯处，由于熟悉路况，操作可以有提前量，适时减速，兜的圈子始终要比捷豹小。而西尾勇驾驶的捷豹速度快，离心力也大，转弯时，它比出租车的弧线大很多，等他找准方向，就又比出租车慢了半拍，如此正负一抵消，他始终没有摆脱中国警察的追踪。倘若在高速公路，以“Black Taxi”的速度要跟上这辆跑车型捷豹那绝对不可能，可眼下偏偏在人多车忙的伦敦大街小巷，捷豹速度优势始终无法体现，也不敢体现，因为超速会引来警察注意，甚至引来警用直升机的追踪，那样，麻烦就大了。

捷豹七拐八转，跑了十多个街区，终于在丁字路口一家日本著名电器公司英国分部停下。欧阳木师徒所乘的出租车停在百米之外。

西尾勇第一个钻出车门，向后看，盯了一眼欧阳木师徒所乘出租车。随即，他来到后座，将右车门打开，拽着撒白龙衣服出了车。村冈谦从左门下了车。西尾勇将手搭在撒白龙肩上，看起来很友好，细看则不然，撒白龙身子在西尾勇掌力之下，完全失去了自由。

他们三个并肩进了日本著名电器公司英国分部的大门。

蒙娜将出租车打发走了，欧阳木对蒙娜说："我先进这家日本公司看看，你在外面接应。如果10分钟后我不出来，你就直接向当地警察局报警。记住，如果我用右手招呼你进店，你千万不要进来，那是被逼的；如果用左手，表示很安全，你可以放心大胆进来。"欧阳木自带蒙娜这个徒弟伊始，平日里，欧阳木总对蒙娜板着脸，一副严肃古板的样子，好像对人很冷淡，实际上，每次执行任务，每逢有危险，欧阳木总冲在前面，将危险留给自己，像保护亲妹妹一样护着她，这次亦无例外。

"师傅，小心呀！"蒙娜关切地目送欧阳木，眼睛有点湿润。在异国他乡执行任务，不可预知的风险太多。蒙娜心想，核钉事件，对中国国家安全来说，无关紧要，发生也罢，不发生也罢。可对日本来说，关乎日本国生死存亡，正因为关系到日本国的生死，日本特警为达到目的，可能会不择手段，如果他们认为中国警察的行为对他们不利，很有可能会狗急跳墙，伤害师傅。

在日本电器公司门外，欧阳木没有马上进去，他站在门外透过玻璃窗观察，心里嘀咕，这家日本电器公司在中国很有名呀，里面装饰也很高档，怎么没有人进出，难道这里是日本情报部门的一个点，他们将撒白龙带到这里干什么？

欧阳木推门进入，一个腰大膀粗，像相扑运动员一样的壮汉，如一堵墙似地堵在了前面，不让越雷池一步。

壮汉用生硬的英语说："先生，您找谁？。"欧阳木听不懂，不过从伙计手势判断，他在赶人。

欧阳木不会英语，无法与壮汉交流，他用中文大声向里面喊道："程风，出来，我有话要说。"

壮汉见他大嚷，二话没说，轮圆拳头向他挥去，这一招势大力沉，想一拳将欧阳木打出门外。欧阳木知道硬接肯定不行，侧身，倏地游到其身后，壮汉扑了个空，将整个后背留给了欧阳木，欧阳木借机发力，在其背后猛击一掌，壮汉一个趔趄，倒在地上。

"好俊的功夫！"里面过道中传来喝彩声。村冈谦从一间房出来，用手示意爬起身的壮汉离开，走近欧阳木，黑着脸，怒斥道："欧阳先生，你跟踪我。"

"嘿，程风，这不是猪八戒倒打一耙吗，明明是你们在曼彻特大学先跟踪我们！"欧阳木占着理，斜眼看着村岗谦，心里骂道：日本人真不地道，怎么如此快就过河拆桥，两天前，在吉卜岛，我们师徒舍生下山，帮助你们将白良德一伙击毙，帮你抢到通讯工具，当时，你还说什么大恩不言谢，谁知两天不见，态度全变了。

"没有调查就没有发言权，凭什么说我跟踪你。"村冈谦竟能引用毛主席语录，不愧是中国通。

"在蒙彻特大学，我的搭档早就发现了你们，只是我让她不要声张罢了。"欧阳木诓他。其实，当时，蒙娜只是凭第六感觉，感觉附近有个熟悉的身影，欧阳木并没有发现任何蛛丝马迹。

村岗谦被抢白，尴尬一笑："谢谢，感谢中国同仁再次出手相帮，外面太热，请你的搭档也进来吧。"

村冈谦现在是骑虎难下，进退两难，他心里在做着激烈的思想斗争：我将撒白龙以如此方式请来，中国同行多半会认为这是典型的绑架行为，以撒白龙目前的身份，他是中国籍留学生，中国警察自然有权干涉。他们干涉，麻烦就大了，这个欧阳木虽然文化不高，可训练有素，功夫一流，实战能力极强，非省油的灯。他的那个女搭档更鬼精鬼精，被他俩缠上，绝不可能轻易将他们打发走。将撒白龙交给中国警方，更不行，我们必须用撒白龙做饵，尽快将撒白蓉引出，我们输不起时间，现在，时间决定了我们日本列岛的存亡。他看看手表，伦敦时间4日下午6时10分，即北京时间5日凌晨2时10分，离原子弹爆炸时间只有区区29个小时零5分钟。茫茫黄海，要在如此短的时间内找到放置在海沟深处的原子弹，简直比登天还难，除非知道原子弹放置的经纬度。从核钉录像看，恐怖分子在放置原子弹时，渔船上，一个中年白人拿着GPS定位仪，这个白人肯定知道原子弹放置的经纬度，还有，曲东也看了一眼GPS，他也有可能知道这个要命的经纬度。如今，只有找到核钉事件的策划者撒白蓉，让她供出参与原子弹放置的恐怖分子藏身地，就能找到那个拿着GPS的白人，或找到曲东。这个撒白蓉现在逃得无影无踪，唯一能让她尽快露头的只有她弟弟。说引蛇出洞也罢，说劫持人质也罢，现在事情紧急，关乎国家存亡，许多条条框框都可以不理了。

眼下，村冈谦最担忧的：中国警察能让撒白龙做我们的诱饵吗？

欧阳木出得公司大门，向远处的蒙娜打手势，示意她过来。蒙娜见师傅用左手，按照约定，那是安全的手势，她兴奋地一路小跑过来。

欧阳木师徒随村冈谦来到最里面的一间房门前，村冈谦将门推开，房内宽大办公桌后的大班椅上，撒白龙脸色惊恐地坐在那，西尾勇和另一个彪形大汉分站在撒白龙两旁。撒白龙突然见姐姐的同学出现，欲挣脱日本警察的控制，被彪形大汉用手重重按住，那里起得了身。

蒙娜避过西尾勇炙热目光，脸登时泛起红潮。自从昨日在曼谷与西尾勇分别，西尾勇瘦削而透着贵族气的脸一直在她眼前出现，本以为这辈子都见不到他了，谁知，这么快就见到，他俩第二次见面真不应该是如此这种场合，为什么不是机场、海边，小溪旁。

西尾勇神态中有掩饰不住的激动，当然，激动中显出窘态，双方再次会面的场合实在太尴尬，他竟成了劫持者，劫持着中国留学生。

“程风先生，你赶紧问吧，问完了，放人家走。他只是个学生，与此事无关。”欧阳木规劝道。口吻却很坚决，没有半点商量的余地，必须将人质放了。

村冈谦狠狠瞪了欧阳木一眼，走近撒白龙，右手放在他肩上，看起来很随意，实际上暗暗透着劲，沉声道：“小伙子，只要说出你姐藏身之处，我们不会为难你，立马将你送回学校。”

撒白龙嗫嚅地说：“在车上不是同你说了吗。”撒白龙在蒙彻特大学被村冈谦秘密架上车后，村冈谦为了取得他的配合，将核钉事件向他作了简单介绍，重点讲了他姐撒白蓉的所作所为，并告诉他，国际刑警组织已发出红色通缉令，全球通缉撒白蓉。

撒白龙也早已从电视中获知核钉事件，万万想不到，自己的亲姐姐竟是这桩轰动全球的恐怖策划的始作俑者。

“你说的是她原来的住所，我们的人去过了，她已经有很长时间没回去过。”村冈谦厉声道。

欧阳木心里惊叹，日本警方办事速度确实高，村岗谦在英国能如此神速的调兵遣将，可见他们出动的人马不少。

撒白龙向欧阳木和蒙娜投来求助的目光，这目光好无助，好可怜。他从小到大，都以姐姐为骄傲，不仅是他，他们整个盘龙乡，都以撒白蓉感到自豪，撒白蓉是盘龙乡高考恢复之后，历届考生中成绩最好的，也是唯一在外国留学，在国外工作的。此时此刻，撒白龙仍无法相信村冈谦所言，姐姐是核钉事件的首犯，正被国际刑警组织通缉。不过，他内心也不得不承认，如果姐姐这样做，确实罪大恶极。他开始渐渐相信，绑架他的日本警察所说的是实话，没有冤枉自己的姐姐，姐近一个多月的行为，确实十分反常，同在伦敦，竟没来看过自己，尤其是她换了手机后，总处在关机状态，联系只能通过手机短信。

“我姐藏在哪，我真不知道。”

“你姐最近没同你联系过？”

“联系过。”

“怎么联系的？”

“用手机。”

“你撒谎，她手机早就停机了。”

“我姐又换一部新手机。”

“什么号码？”

撒白龙说出了号码。

“你现在打过去。”村冈谦命令。

撒白龙依言而行，打过去，没人接。

“我姐最近都不接电话。哦，对了，发短信过去，有时很快就会有回复，有时半天也没有回复。”

村冈谦若有所思，他拿起撒白龙的手机，快速地给撒白蓉发了一条短信。站在身旁的蒙娜伸长脖子一看，短信用中文，内容较多，连发三次才发完，内容让她吃惊不浅：“撒白蓉小姐，你宝贝弟弟撒白龙在我手里，现在很安全。但是，我不能保证他以后也安全。只要你说出曲东藏匿在何处，或说出原子弹放置的经纬度，我们绝不会动你弟弟一根毫毛，并立即将他送回学校。否则，后果会非常严重，我会先割去他耳朵，他右耳垂后长着一粒红痣，你总有印象吧！然后是鼻子、双手、双脚，信不信由你。”

蒙娜轻声将短信内容告诉了欧阳木，欧阳木很恼火：撒白蓉罪大恶极，可她弟弟撒白龙是无辜的，他是咱中国留学生，我们中方警察有责任、有义务、有权力保护他。欧阳木鄙夷地说：“程风先生，你还是警察吗，你这样做不怕玷污了警察形象。”

村冈谦昂起头，坦然说：“高兴骂就骂吧！想讽刺就讽刺吧！我知道作为警察，不应该以这种方式寻找线索，为了保全日本警察的荣誉，本人郑重宣布：现在，本人脱离警察队伍！”

“不管脱离不脱离，都不能这样做！”欧阳木很气愤，但不知骂什么好。

“我这样做，是非常时期的非常之举，撒白蓉能做初一，我就可以做十五，为了我的祖国，我现在做什么都可以。”屁股决定脑袋，宣布脱离警界的村岗谦，他的言谈举止便没了警察的约束。

村冈谦所说的苏联老大哥方式，并非捏造，历史上确有其事。上个世纪80年代初，中东恐怖组织经常绑架外国人质，甚至发展到绑架欧美外交官，赎金嘛，狮子大开口 ，或者说是漫天开价，巨额赎金次次得手，欧美国家拿这些个恐怖分子一点办法都没有。一次，胆子大起来的某恐怖组织绑架了前苏联驻中东某国使馆官员，然后向前苏联政府提了一箩筐的要求，苏联无法满足也不想满足绑架者要求，于是，命令“克格勃”出动（前俄罗斯总统普京系克格勃出身），“克格勃”通过自己的情报渠道，了解到绑架者身份之后，将绑架者父母兄弟大多抓了起来。当天晚上，就将绑架者头目的父亲杀死，扔到大街上。同时，放出风去，说，如果绑架者不立马放人，“克格勃”将杀死他们所有的亲友。此招一出，吓得恐怖分子屁滚尿流，第二天一大早，将被绑架的苏联使馆官员全部释放。恐怖分子万万没想到，“克格勃”竟不遵守文明国家操守，也做出杀人、暴尸这样残忍的事情，下手比他们还狠。从此以后，中东恐怖组织绝不敢绑架苏联公民，直到现在，仍没有俄罗斯人被他们绑架。

“既然你宣布退出警界，现在又在绑架，那，我有权逮捕你。”蒙娜义正词严。

“蒙小姐，不，蒙警官，你有这个能力吗？不要以为你跆拳道了得，哼，跆拳道算什么，告诉你，跆拳道祖师爷崔弘熙最早学的就是咱日本空手道，想试试我的空手道吗！在吉卜岛，我欠你俩人情，我们不想同你们发生不愉快，你们赶快走吧！”

“撒白龙是无辜的！”蒙娜说。

欧阳木比蒙娜老成得多，他不在言语，他知道，这不是讲理的时候。他能理解村冈谦，将心比心，当自己国家和民族处在生死存亡的危难时刻，为拯救国家，为救百姓，绑架、杀人、放火，这些细枝末节又算得了什么呢？非常时期得有非常手段。

村冈谦大声诘问：“你说他无辜，那你为什么不说我们日本老百姓无辜呢？原子弹如果在你们中国黄海海沟爆炸，我们日本列岛就会沉没，我们一亿多人就会失去家园，流离失所，难道我们的人民不无辜吗！一个人的委屈和一亿多人的生命比，孰轻孰重，你惦量不出吗，你脑中没进水吧！”村冈谦在中国留学，中国话学得很好，甚至粗话也学会不少，居然“脑子进水”这样的粗话也会。

能言善辩的蒙娜被呛得一时说不出话来。

欧阳木和蒙娜有过分工，一般情况下，由蒙娜打前站，与对手理论；欧阳木见机行事或推波助澜，或扭转乾坤。

“蒙大小姐，蒙大警官，眼下，拯救我的祖国只剩下29个小时，不，不到29个小时，你有其他更好的办法吗？如果有，说出来，我立马放人，还赔礼道歉。29个小时内，如果无法找到原子弹，不能及时拆除引爆装置，解除原子弹威胁，对我们日本国意味着什么，对我父母、妻子、孩子意味着什么，你能懂吗！你太年轻，太天真，太弱智。一个原本有国土的民族如果失去家园，他们的人民将遭受数不尽的苦难！”

“有什么了不起，同其他民族同化呗。”蒙娜心里有些被村冈谦说服，不过，嘴上仍呈强，不肯认错。

“同化，说得轻巧，我们日本一亿多人到你们中国来，主动让你们伟大的中华民族同化，你们肯接收吗，你们有条件有能力接收吗！‘国破山河在，城春草木深，感时花溅泪，恨别鸟惊心，’这首诗你总会背吧。据我所知，你们中国人只要中学毕业，都能背这首诗。你们的大诗人杜甫，见到国都沦陷，城池残破，就伤感的掉泪，眼泪哗啦啦的流，就写出你们中国人传诵千年的诗。国破有什么了不起，毕竟国破山河还在呀！我们日本如果沉没，不但国破了，连山河也不在了，你能感受那种痛吗？”

“就算你在理，那你做事总得掌握一个度吧，总不能学黑社会吧！”

“我的态度有什么不对吗！当年，女真人的金国还没有灭亡你们宋朝，铁骑只践踏了一下你们国家，你们的大英雄岳飞就说，‘壮志饥餐胡虏肉，笑谈渴饮匈奴血。’你们中国人还将他的满江红当作爱国主义绝唱，将他当作‘精忠报国’英雄。我做远远不够，我只是将撒白蓉的弟弟请到这里，试问，吃了他的肉没有，喝了他的血没有。”村岗谦拿起撒白龙的手机，看了看，掩饰不住内心的焦急。

“是没有吃他的肉，是没有喝他的血，可你承认不承认，你在手机信息中说了，要挖去他鼻子，砍掉双手、双脚。”蒙娜内心承认，说不过他。村冈谦比多数中国人还了解中国，就中国历史知识而言，欧阳木只能算小学生，蒙娜充其量算中学生，村冈谦堪称大学生。

“蒙大警官，你看过英国电影《苦海余生》吗？”村岗谦焦急地扫了一眼手机，见没有任何信息发回来，于是继续说，他想尽快争取眼前中国同行的支持，他在中国留学，早已领悟到中国思想政治工作的精髓。

“没有。”

“好，那我告诉你吧，这部电影讲述了一个真实故事，它发生在德国法西斯最猖獗的时期。1939年春天，937名犹太人，在汉堡登上了圣路易号船，目的地是古巴哈瓦那港。圣路易号千辛万苦到达哈瓦那。由于古巴官方的禁令，乘客一律不能上岸。施罗德船长只得指挥轮船离开古巴，寻找允许乘客上岸的其他国家，各国态度都是拒绝。这样，圣路易号只得返回德国，可以预见的后果，船上所有的乘客都将重新进入集中营。为人正直，同情犹太人命运的船长决定不顾自己的身家性命，在靠近英国海岸的地方制造触礁事故，以便借机把这批犹太人送往别国。那些平时人道主义的最响的几个国家，他们不都在人们最需要人道救援之时，坚决拒绝了吗？你以为被其他民族同化那么容易呀，危难关头，别说什么同化，就是让你上岸都比登天还难！”村岗谦说着，又瞟了一眼手机。

欧阳木在旁边看着两个人斗嘴，心里油然生起对村冈谦敬意：英勇、果断、智慧。他太博学了，对许多方面的涉猎都很广、很深，要达到这样的程度，必须付出怎样的努力呀！哎，文化知识恰恰是咱的短板。

“我，我也并非不理解你们，要不，在吉卜岛，我们师徒俩也不会帮你们了。可撒白蓉是个冷血的人，你引蛇出洞，这一招，行吗？”

“赌一把！”村冈谦说的是实话，他内心确实没有把握。他现在只能凭感觉做事，他思忖：撒白蓉三十出头，一直没结婚，用自己的钱，将弟弟送到学费昂贵的英国大学读书，说明，她对弟弟感情很深。依撒白蓉偏执型性格，她可能对自己生命漠视，但是，对弟弟的生命，相比不会漠不关心。

村冈谦曾在坪江话翻译陪同下，秘密到过撒白蓉老家，知道她还有一个妹妹在家务农，那，这个弟弟一定是超生的，在中国农村，超生代价相当大的。他在北京留学时，在报纸上，经常能见到披露出来的农村计生恐怖口号，什么“宁可血流成河，不准超生一个”，“该扎不扎，房倒屋塌；该流不流，扒房牵牛。”撒白龙的地位，在她家肯定至高无上。

“嘟、嘟、嘟”撒白龙手机发出接收到新信息的信号，村冈谦手有些哆嗦地按键，果然，撒白蓉短信回复：“算你们狠！不过，听着，绝对绝对不能伤害我弟弟。给我4个小时，我保证，一定将你们要的情报搞到手。我弟弟在你们手上，你们放心，我不会耍什么诡计，你们现在，所能做的，只需耐心等待4个小时。另，你们在国内事先准备好一架可飞行8000公里的飞机，一批能跳伞的特种兵。”

第十五章

1

撒白蓉深知“若要人不知，除非已莫为”的古训，在老板罗尼批准实施核钉计划之时，已做了最坏打算，秘密在伦敦远郊租了一栋二层小楼，购置了三台250升超大容量家用电冰箱，先后六次在超市大规模采购，采购了可供她食用三个月的食物，以防事情万一败露，警方对她通缉，她能在租住的房子里“雪藏”三个月，待事件降温之后，再从容出逃。

有道是“智者千虑，必有一失”，她千算计万算计，愣没算到日本警察，会不遵守文明社会的游戏规则，不遵守法律秩序，不捍卫法律尊严，会来一个以牙还牙，以她弟弟作为人质，并声称要虐待、肢解她弟弟。弟弟撒白龙是她们撒家四代单传，承担着撒家传宗接代的重任，在撒家所有人的心目中，撒白龙比谁都重要、都珍贵。弟弟从小由她带大，姐弟俩有很深的感情。弟弟手机发过来的信息中说“他右耳垂后背处有一粒红痣”，这一点没假，弟弟右耳后面确实有颗红痣，看来，绑架者可能会玩真的。

自从接到村冈谦充满暴力的威胁短信，心智过人的她第一次感到束手无策，第一次感到智力也有无奈之时。

撒白蓉是A型血，但她性格同A型血迥然不同，A型血沸点低，一点就燃，比较容易冲动，经常怒发冲冠。撒白蓉不同，她遇事总是出奇冷静，她冷静地将这次策划后个人可能赚得的数亿美金与弟弟的生命作了比较，作了权衡，爱才如命的她惊奇地发现，价值的天平完全一边倒，弟弟生命远远重过那成捆成捆的钞票。

撒白蓉在回复短信中说，要求日本绑架者给她4个小时，并不是信口开河，也并非缓兵之计。因为，她最短也得用4个小时，才能对分布在欧美8个国家的16家外汇经纪公司下达结清所有头寸指令，这个过程看似简单，实则不然。因为，核钉事件暴发后，伊萨克财团当初建仓的40亿美金暴涨一百倍，达4000亿美金，4000亿美金不是个小数字，要全部转移到安全账户上，耗时比较长。

伊萨克财团这4000多亿美金挣得也忒轻松，核钉事件自英国BBC电视台率先报道后，全球外汇市场上，日元在任何价位都没有支撑点，用“飞流直下三千尺”来形容最为恰当，短短几天内，美元兑日元，一下子从106.36狂跌至216.50，那可是外汇交易市场千年难见，万年难遇的10000点大浪，100点资金翻一倍，伊萨克集团实际建仓资金40亿美金，分别买了美元/日元、欧元/日元、英镑/日元看涨合约，1：100杠杆，建了4000亿头寸，资金迅速翻了100倍，获得4000多亿美金的超额利润，这回，世界首富巴菲特算什么呀，2008年9月《福布斯》公布他为全球首富时，个人财产580亿美元，伊萨克财团董事长罗尼如今轻松拥有4000多亿美金，巴菲特那老头只有高山仰止的份了。

全球外汇交易市场，成千上万做多日元的投资者这回可赔惨了，尤其是那些选择了外汇保证金交易的做多者，全部被打入十八层地狱，永世不得翻身，日元多头账户上的头寸几乎悉数被强制平仓，保证金迅速归零，血本无归尚属小事，有的客户还有巨额穿仓亏损，倒欠外汇经纪公司，跳楼自杀者不计其数。当然，事物总有两面性，在这场外汇风暴中，也有幸运者，那些碰巧选对了方向，采用保证金杆杠交易做空日元的投资者，发财运从天而降，眨眼间获得了远远超过100倍的利润，都说天上不会掉下馅饼，这不，对做空日元做多美元的普通投资者，对做空日元做多欧元的投资者，对做空日元做多英镑的投资者，天上掉下的不是香喷喷馅饼，而是大块大块的金饼，重重砸在头上，倏地冒出几个大包，嘿，怪了，还不喊疼，直叫：好痛快，好痛快呀！

撒白蓉真守时，4个小时，不差一分，她准时拨打了弟弟的手机：“喂，你们是绑架者吧。”

“算是吧。”村冈谦答道，4个小时，对他来说太过漫长，每分每秒都是煎熬。

“我要同我弟弟说几句话。”

“耍什么阴谋？”

“我弟弟在你们手里，有什么阴谋能耍！”

村冈谦犹豫一下，不情愿地将手机递给撒白龙。

撒白龙接过手机，对着手机喊了一声“姐！”便泣不成声。

“阿龙，有姐在，没事的。你还好吗，他们有没有伤害你？”

“没，没有。”

“同姐说实话，是真没伤害吗？”

“真的。”

“好，没有就好。阿龙，你要学会坚强！你让他们听电话。”撒白龙将手机交回给了村冈谦。

“喂，如果我将你们要的信息给你们，我怎么能确定你们一定能放我弟弟，保证我弟弟的安全？”

村冈谦当即表示：“没问题，我以我们国家的名义作保证。”当初，他在发给撒白蓉的短信中说，要割去撒白龙耳朵、鼻子，砍掉他双手、双脚，那只是吓唬吓唬而已，他根本不可能去实施。

“口说无凭，谁信？”

“我身边有两位你们中国的警察，你不相信我，应该可以相信他们，他们可以保证。”

“那，你让中国警察听电话。”

村冈谦将手机交在蒙娜手上，他知道蒙娜口才好，几句话就能说得清楚。

“喂，撒小姐，我是蒙娜警官，国内来的。”

“你同绑架者一伙的？”

“不，他们是日本警察，我们是中国警察。”

“既然你是咱中国警察，没理由绑架人吧！”

“我们反对他们劫持你弟弟，正在努力解救他，不信的话，现在可以问你弟弟。”

“那请您放了我弟弟！”

“实话告诉你，如果你不说出他们要的信息，我们中国警察眼下没能力放了撒白龙，只要你回答他们的问题，他们肯定会放，这个我能保证，他们对你弟弟不感兴趣，他们的矛头是你，还不明白吗！”

“我怎么相信你是中国警察，那个绑架我弟弟，自称日本警察的，普通话不也很标准吗？”

蒙娜停了一下，略有思考后说：“你只要打一个电话到国内黄海市110，就是你师弟曲东所在城市，问一下接线员，蒙娜是不是警察，她是否在英国出差，很简单吧？如果她不能回答你，那你就要接线员帮你接我们黄海市公安局局长安春平，他会告诉你的。”

手机断线，显然，撒白蓉去向国内的黄海市警方核实去了。大约六七分钟后，撒白蓉主动打电话过来，诚心诚意地向蒙娜道歉，再次问蒙娜，如果她说出绑架者所要信息，绑架者是否一定能保证他弟弟的安全。村冈谦在一旁听着，主动再次做了保证。最后，撒白蓉终于说出村冈谦最想要的信息：曲东和所有参与原子弹放置的武装分子全在罗哇岛，并告诉了罗哇岛具体位置。末了，她还补充一句，说岛上肯定停泊着一艘白色豪华游轮，名叫“海豚”。

2

应日本政府请求，本着人道主义精神，秉承负责任大国作风，中国政府调动大量人力、物力在黄海积极搜寻无动力潜水艇，搜索原子弹。

实事求是说，中国政府在黄海海域大规模搜索原子弹，遭受到国内民众方面非常大的压力，非常多的民众不赞成帮助日本搜索原子弹，有人直言不讳地说，中华人民共和国自成立以来，我们的人民饿着肚子帮助过许多国家，流血又流汗，人家没一个谢字，没一句谢也就罢了，还恶言恶语，反目成仇，何苦来着。

许多网民还认为，一百多年来，中日两国从来就不是好邻居、好朋友、好伙伴。要帮可以，绝不能再发扬什么狗屁国际主义精神，再不能做冤大头，不能做无本买卖，开个天价过去，接受，咱就帮，不接受，那就拉倒，过了这个村，没了那个店，另请高明吧！我们的人闲着，在家打打小麻将总可以吧！

据消息灵通的某国媒体报道，日本政府在请求中国政府帮助之时，主动提出将支付相关费用，还签订了支付协议，不过，具体数字，根据国家保密法，需等50年后才能解密。

中国军方第一艇海军舰艇出海搜索之时，西方不少媒体就开始怀疑，甚至断定中国政府绝无可能全力以赴搜寻。他们普遍认为，傻子都能看出，日本沉没，对中国来说，绝对利大于弊，甚至可以说，有百利而无一害。好处数不胜数，比方说，日本政要参拜靖国神社不用再抗议了；修改教科书不用再反对了；东海划界不必再争了；钓鱼岛之争不存在了；大量低息贷款不用还了；日本在华投资收归国有了；中国海军冲破第一岛链轻而易举了；亚洲范围无对手了；中国男子足球队笑掉牙了，等等，等等。

面对西方媒体一片质疑声，日本民众更是忧心忡忡，茶饭不思，他们担忧：中国政府组织的搜寻工作表面上红旗招展，声势浩大，实际上很可能出工不出力，搜救工作只做做样子，中国人搞形式主义，那功夫早就达到炉火纯青程度。哎，日本广大民众这个担心完全可以理解，毕竟自己国家的命运攥在人家手里。

说句良心话，中国政府从来说话算数，只要答应的事情，哪怕自己吃亏，哪怕自己受委屈，也会倾尽全力。搜寻原子弹的工作在有序进行。不过，经过两天艰苦搜索，仍没发现无动力潜水艇踪迹。唉，这个搜索工作难度也太大了，想想看吧，黄海面积约38万平方公里，相当于整整五个浙江省的陆域面积，莫说小小的无动力潜水艇藏在隐蔽的海沟，就是浮在海面，两天内要找到，也不容易呀。

搜寻工作没有进展还有一个重要原因，即出在无动力潜水艇“无动力”三个字上。

如果是海军潜艇，设计再好，发动机总有噪音，常规潜艇在120分贝以上， 核潜艇在120以下，中国海军反潜舰用低频拖曳阵声呐准能发现。再说，常规潜艇，肯定由动力驱动，有动力，就必然有热源，有热源，就会发出红外线，中国海军反潜飞机上的红外线探测仪也一定能探测到。可装有原子弹的是无动力潜水艇，海军拥有的所有先进的反潜设备几乎都拿它没办法。

难道世界上就没有无动力潜水艇的克星？不，有克星，说来好笑，这个克星竟是技术含量并不高的磁异探测仪。无动力潜水艇趴在海底，自身总有磁性，磁异探测仪对它有特效。不过，中国海军磁异探测仪不多，日本海军配备磁异探测仪的反潜飞机特多，如一百余架大名鼎鼎的“潜艇杀手”P-3C猎户座反潜侦察机，还有反潜性能超过P3-C的日本国产XP-1反潜机。

问题来了：中国和日本，毕竟不是同志加兄弟的关系，双方不得不面对百年的积怨，这种积怨要在两三天内消弭绝无可能，冰冻三尺非一日之寒嘛。在中日两国关系现状下，中国政府不可能为救你日本，将自己的门户打开，让你日本海军一百多架P-3C猎户座反潜侦察机到咱中国领空来。殊不知，P-3C猎户座反潜侦察机不仅有侦察潜水艇能力，还有非常大的攻击能力，每架可携带多达9吨的 Mk46/50鱼雷和深水炸弹，还配备了火箭、鱼叉导弹、小牛飞弹。如此大杀伤力的飞机成批进入别人领空，莫说中国政府不会答应，如果换成日本多年的友好国家美国，一样不会答应。

中国海军装备了磁异探测仪的反潜飞机倾巢而出，无奈黄海海底沉船太多，有甲午海战沉船、二战沉船、商船沉船，这些沉船在海底，一动不动，它所产生的磁场同无动力潜水艇完全一样。这可将中国海军害惨了，一次，中国海军某架反潜机用磁探仪好不容易探到黄海南部区域海底有磁场变化，向搜寻总指挥部报告了经纬度，指挥部立即命令在附近海域待命的打捞船前去打捞，打捞船开足马力，乘风破浪赶到，潜水员千辛万苦下到混浊海底，借着头灯一瞧，肺都气炸了，什么东西，不就一艘1949年国民党向台湾大撤退时触礁的破军舰吗！这一个来回，用去大半天。如此三五次下来，将参加搜寻工作的中国海军折腾得够呛。辛苦事小，可这宝贵时间就这样一分一秒无情地流逝，离原子弹引爆时间8月6日7时15分越来越近了。

3

在中国政府“大海捞针”式搜索过程中，眼睁睁看着时间一分一秒无情地滑过，见不到能找到原子弹的希望，纽约时间8月4日上午9时（纽约与北京的时差是13小时，8月美国夏时制，所以，纽约与北京时差为12个小时，即北京时间4日晚9时），离原子弹爆炸只有34小时零15分，联合国召开了紧急特别会议，讨论由联合国人道主义事务协调办公室（OCHA）起草的“有关向日本难民提供人道救援议案”。

该议案的主要内容：鉴于在中国海域打捞原子弹工作无实质性进展，恐怖分子放置在黄海海沟中的两枚原子弹可能如期被引爆，日本列岛将在一或几个月内不再存在，被推入平均深度为6000米，最大深度为10374米的海沟，造成史无前例的人道灾难。本着人道主义精神，联合国各会员国应按一定比例接收日本难民，具体有三种方案供各国代表讨论：一按联合国会费分摊比例接收；二按各国国土面积占地球可居住面积比例接收；三以近邻救助为主，远邻帮助为辅原则，按比例接收。

由于事关重大，出席紧急特别会议的各国代表出奇的多，当人道救援议案讨论稿发到各国常驻联合国代表手中时，整个会场炸开了锅，交头接耳，议论纷纷，情绪激昂。

大会首先讨论第一个方案，按联合国会费分摊比例接收日本难民。

美国常驻联合国代表乔治抢着第一个发言，身材高大的乔治几步跨上演讲台，声如洪钟：“主席先生、阁下、朋友们：众所周知，美国政府在全球是人道主义精神的倡导者和践行者，几十年来，在国际人道主义救援方面的努力大家有目共睹。如果核钉事件失控，日本列岛将沉入太平洋，我保证，我国政府和人民将尽最大努力帮助日本人民。但是，我们反对按联合国会费分摊比例接收方案，如果按这个方案，我们认为有失公平。众所周知，联合国会费分摊是按照‘能力支付’原则分摊，请各国代表注意，‘支付会费能力’不代表接受难民能力，两者是不同的概念，两者绝不能画等号。请大家仔细看看联合国制定的最新会费分摊比例，我们美利坚最高，占总会费22%，其他依次日本16.6%，德国8.57%，英国6.64%，法国6.3%，中国2.67%，俄罗斯1.2%，印度0.45%。

如果按照这个比例接收日本难民，太不公平，简直是太不公平！

你们看看中国，国民经济处在高速发展中，在全球经济危机中，其他国家经济大多是负增长，它的GDP却能保持8%的增长，它们几乎每年的GDP都保持两位数的增长，它还拥有两万多亿美元的外汇储备。而且，它国土辽阔，土地肥沃，水源充足，国泰民安，粮食年年丰收，经济总量大，特别是它的社会制度，可以集全国之力办大事，大家看看2008北京奥运会，再看四川大地震的有效救灾。如果按以上方案，再按日本1亿人口计算，中国这样一个接收能力超强的国家只接收区区267万难民，而我们美国却要接收2200万，中国接收的人数只有我们美利坚的八分之一，这说得过去吗？说不过去的，绝对说不过去！再看看另一个经济已经处在上升期的俄罗斯，它有广袤土地，人少地多，又近邻日本，如果按第一方案，它只接收区区120万，俄罗斯承担的责任太少，太不公平，太不公平！还有一个问题请各位代表注意，就算各国代表都同意这一方案，那我要问，日本分摊联合国会费16.6%，相应多出1660万人口，这一千多万怎么办，由哪个国家来接收？”

乔治毕业于普林斯顿大学哲学系，宏论涛涛，口才极佳，逻辑性强，你不得不承认他的发言极有煽动力、感染力。

德国常驻联合国代表汉斯•布雷尔抢着第二个发言，他语调平稳，不紧不慢：“我们认为这个方案太草率、太不科学、太不顾国情。”

他连续用了三个“太”字，接着环视会场，继续说道：“我基本同意美国政府立场，不能按联合国会费分摊比例接收日本难民。大家都知道，自联合国成立以来，我们美、德、英、法四国在联合国会费上做出了巨大贡献，从某种意义上说，已经很吃亏了。大家试想，如果按照这一方案，我们德国将接收857万日本难民，多过地大物博的俄罗斯7倍，有失公道，明显有失公道。如果按照这个方案，我们四个大国将接收日本43%的难民，如果去掉日本会费比例16.6%，再进行加权计算，我们四国要接收51%的日本难民，这说得过去吗？”

汉斯•布雷尔发言展示出日耳曼人思维的缜密，掷地有声，无懈可击。

英法两国代表相继上台作了发言，观点同美德代表观点基本相同。既然联合国安理会五大常任理事国中有四个反对这一方案，这救助日本难民的第一个方案被轻易给否决了。

各国常驻联合国代表草草吃过午餐，下午会议继续进行，讨论第二个方案，按各国国土面积占地球可居住面积比例接收。

加拿大、俄罗斯、苏丹三国代表同时申请发言。加拿大代表萨缪尔•纳特被分配第一个发言，他一上台，连说三声：“荒诞、荒诞、简直荒诞！”顿了顿，看了一眼台下，接着说：“我们加拿大政府无法认同按各国国土面积占地球可居住面积比例接收方案，我们认为，这个方案不切实际，没有可操作性。我们一起来看看，地球上适合人类居住的陆地面积为13500万平方公里，我们加拿大是997万平方公里，占十四分之一。如果按这个方案，我们需负担日本总人口7%的难民，相当于700多万，我们全国总人口才3000多万，按一户5口人计算，平均每户要接收一个多难民，简直不可思议。本人认为，这一方案设计者对我们加拿大缺乏最基本的了解，根本不知道，或者说完全忽略了我们国家有约89%的国土是无人永久性居住这个事实……”

其实让萨缪尔•纳特更担心的是加拿大属于一个多民族的国家，没有一个主体民族，没有任何一个民族人数达到700万，如果按照第二方案，接收700万日本难民，届时，日本的大和民族必将成为加拿大第一大民族，那还得了，只是这种担心不便在大会上说，以免引起不必要的误会。

下午第二个发言的是苏丹常驻联合国代表穆罕默德•马利克，他个子很高，像NBA中锋，演讲台上的话筒只有他胸部高，他没有调高演讲台上的话筒，而是弯着腰对着话筒，还未开口，先咧嘴大笑起来，露出一排洁白的牙齿，随即感觉到自己有些失态，急敛笑容，发言道：“这是一份我见过最好笑的议案，简直是滑天下之大稽。我们苏丹确实是非洲面积最大的国家，有250.6万平方公里。如果按照第二方案，我们这样一个三千多万人口的穷国，得接收180万日本难民，对于我们这样一个以沙漠为主的国家，不要说为日本难民解决工作、解决吃、解决住房，就是一下子要我们解决180万人吃水，对我们来说都难。我们苏丹地处生态过渡带，常年干旱，年平均降雨量不足100毫米……如果我们有能力，当然愿意多接收日本难民。你们看，日本国民文化素质高，文明素质高，有一流的工程师，还有八九千亿外汇储备，拥有2万多件国际专利，分配到每百万人中是非常可观的，我们会考虑尽可能多接收，至于一下子接收180万，我怕没有这个能力。”苏丹代表们讲的是大实话，对他们这样一个撒哈拉大沙漠国家，喝水确实是一大难题。

第二方案讨论得非常激烈，反对声主要集中在非洲和中东。倒不是这些国家缺乏人道主义精神，恶劣的自然环境摆在那，沙漠确确实实占了他们国土相当一部分。由于非洲国家和中东国家众多，他们集中性反对这一议案，第二方案自然没有表决的必要，只得暂时休会。会务组宣布稍作休息，晚上继续讨论。

联合国紧急特别会议开得如此紧凑，这在联合国历史上从未有过。因为事情太过紧急，事态太过严重，一亿两千万条生命呀，上下午的会议开下来，各国代表都身心疲惫，不过，代表们都非常理解会务组的安排。晚上的议题是第三个方案，即按近邻救助为主，远邻帮助为辅原则接收，要求日本四大邻国中、俄、韩、朝接受50%的难民，其余国家再分摊其余50%。

上个世纪，日本法西斯曾对相邻四国，尤其是中、朝、韩三国犯下了滔天罪行，至今日本与以上几个国家在为侵略道歉、战争赔款、参拜靖国神社、慰安妇、北方四岛、钓鱼岛、独岛（日本称竹岛）等问题上有巨大分歧。第三方案核心内容是要求中、俄、韩、朝四国同意接收一半日本难民。在四国代表看来，这个方案的起草者，太不了解东亚的历史，太不了解日本与邻国在历史问题上的困难性、复杂性、情绪性、长期性。

胸佩领袖像章的朝鲜驻联合国代表崔文烈第一个发言，他旗帜鲜明、斩钉截铁地说：“我们认为，第三方案太荒诞、太滑稽，太不尊重历史。像日本这样侵略亚洲诸国、杀害无辜平民的战争罪犯国，它们国家的难民，没有资格到我们国家来避难。朝鲜民族对日本有着莫大仇恨，必须用鲜血来进行清算，我们的态度，只接收旅日侨民，除此之外，日本难民一个不要！”

韩国驻联合国副代表第二个发言，韩国人始终将日本看作“最危险的国家”，众所周知，韩国人对日本的仇恨深植在骨髓中，韩国人从不掩饰对日本的仇恨，民众对日仇恨情绪用“点火就着”来形容最为恰当，韩国代表发言的内容，不说也罢，猜都能猜到。

4

村冈谦“绑架”撒白蓉弟弟，在欧阳木师徒斡旋下，撒白蓉说出参与原子弹放置的恐怖分子藏匿地——罗哇岛。

村冈谦高兴之余又心生疑窦：“中国人自古以来兵法多，什么瞒天过海，什么空城计，什么以迂为直，什么暗度陈仓、什么调虎离山、什么浑水摸鱼，什么敌退我进，什么敌疲我打，什么敌驻我扰，莫不是撒白蓉给我来个缓兵之计。哎，现在，所有计谋中，我们日本最怕的也就是缓兵之计，我们耗不起这个时间呀！她弟弟虽然在我手上，可是，这并非真正意义上的绑架，用‘扣押’两字更贴切些。何况，扣押时间并不长，对撒白龙不敢有任何伤害，没打一拳，没放一滴血，撒白蓉不至于吓成这个样子，那么快就供出恐怖分子藏身之地？她煞费苦心策划的比‘9•11’恐怖百倍的核钉事件，难道因弟弟被掳，就轻易放弃？这到底是真的还是假的？”

怀疑归怀疑，村冈谦还是在第一时间，将撒白蓉提供的情报向核钉事件对策本部高层作了汇报。

中村正雄接到村岗谦紧急汇报后，立即给日本内阁卫星情报中心发出命令，要求迅速对罗哇岛进行侦察。日本内阁卫星情报中心遂下达指令，将一颗军事照相侦察卫星变轨，降到160公里高度轨道，对坐落于浩瀚太平洋与印度洋之间的罗哇岛进行侦察拍摄。从军事照相侦察卫星发回的五六张高清晰照片中，内阁卫星情报中心分析人员欣喜地发现，岛上果然有武装分子在活动，在简陋渔船码头，确实停泊着一艘白色豪华游轮，至于船名无法看清。这让对策本部高层很振奋，这从一个侧面说明，撒白蓉提供的情况可信度比较高，参与核钉事件的恐怖分子真的藏在罗哇岛。

由于撒白蓉事前提醒，日本最精锐的反恐部队陆上自卫队第1空降旅第101空降大队早已准备就绪，精挑细选出来的60名反恐特战队员，在陆上自卫队南部某陆航部队基地待命，军事照相侦察卫星发回的照片初步分析结果一出，搭载特战队员的飞机就腾空而起，向南飞行。

这次行动代号为“闪电”，队长由101空降大队队长蒲池猛幸中校亲自担任。

飞机上，全副武装的特战队员精神抖擞，斗志昂扬，个个流露着为国捐躯的豪迈气概。身材魁梧的特战队员中，一位穿着特战服的瘦弱且矮小、满头白发、满脸皱纹的队员，特别显眼。细看，他竟是佐藤教授。佐藤教授年龄大、血压高，从未受过跳伞训练，但是罗哇岛与世隔绝，远离大陆，没有机场，飞机不可能降落，佐藤教授能跳伞吗？

日本对策本部处理过各种各样的危机，有丰富的经验，他们之所以作出让佐藤教授参加行动的决定，原因很简单，事情太紧急，必须佐藤参加。曲东见过或者说认识的日本人只有佐藤教授、村冈谦两人，村冈谦仍在伦敦执行任务，一时半刻回不来，那么，在日本国内，只有佐藤教授一人与曲东打过交道。从曲东被关在吉卜岛，冒着生命危险，向佐藤教授发求救短信看，他比较信任佐藤教授，如果佐藤教授空降罗哇岛，两人相见，比较容易沟通。若教授不去，由空降的特战队员与曲东去沟通，那难度大多了。试想想，中国人几十年来看了不少抗日电影和电视剧，对穿着作战服的日本军人有极大的排斥、仇恨、抗拒心理，带着这种心理，曲东怎么可能在较短的时间内，爽快说出原子弹放置的经纬度呢？

搭载特战队员的军用飞机冲上蓝天同时，日本另一颗军事卫星成功变轨，它将罗哇岛翻了个底朝天，陆续向地面传回数十幅照片。地面分析人员通过对最新照片分析，知道岛的北部地势平坦处，坐落着三栋圆形尖顶土坯房，成品字形布局，每栋房子之间距离约五六十米，曲东和两名白人住北面一栋，七名黄种人住东面一栋，十多名白种人住西面一栋。岛上土著居民被赶到了小岛北部海滨的茅草屋。为此，内阁卫星情报中心分析人员很快制作出罗哇岛三维图，将三栋圆形屋，海滨茅草屋群，渔船码头的游轮在三维图中一一作了标记，并通过卫星传到了“闪电”行动负责人蒲池猛幸手提电脑中。日本人做事以精细著称，技术人员在三维地图上还拉出一个框，将三栋土坯屋的门、窗等尺寸都作了精确计算，在上面一一作了标注。

飞机经过数小时飞行，于当地时间晚11时，到达罗哇岛上空。

蒲池猛幸中校一度为伞降高度犹豫，罗哇岛近乎原始状态，没有任何工业，非常安静，飞机如果低飞，在特战队员跳伞正常高度，即500至800米高度跳伞，飞机巨大轰鸣声有可能让恐怖分子听到；如果高飞，在几千米高度跳伞，队员们危险不说，从未受过特种训练的佐藤教授绝对受不了。最后，蒲池猛幸经过与国内海洋专家的连线，得知罗哇岛此时正值涨潮，潮水撞击海岸声比较大，隆隆的潮声完全会吞噬飞机轰鸣声。于是，蒲池猛幸决定，在700米高空实施伞降。

10分钟后，飞机进入着陆场上空，接着，飞机下降至700米，三名机枪手负重率先跳下，他们落地后必须立刻寻找阵地，对没落地的队员进行火力掩护。尔后，队员分别从飞机的3个机舱门，以一秒钟跳一个的速度准确保持间隔，依次跳下。

此时的罗哇岛上空，一片漆黑，漆黑的夜空中，没有伞花，只有花点。

佐藤教授被绑在跳伞高手木村健胸前，由木村健抱着往下跳。哎，教授年龄大还在其次，最要命的是佐藤教授有畏高症，从高处往下看，会眩晕、恶心、胸闷，为了避免发生意外，木村健对教授说："闭上眼睛，不要怕，现在把一切交给我，等到了地面，我再让你睁开眼。"

佐藤教授反而安慰木村健："你别为我担心，你知道吗，美国前总统老布什都不怕，我为什么要怕？"

木村健答应着他："是，我们不怕。"但明显感觉到佐藤浑身在激烈地颤抖。

尽管由特战队员"抱"着跳，尽管佐藤绝对相信没有任何危险，但一直降落到地面，佐藤还是久久不敢睁开双眼，仍心有余悸。年过七旬老人跳伞，不是没有先例：2007年11月10日， 83岁高龄的美国前总统老布什选择用跳伞的方式，来庆祝他的总统博物馆重新开馆，当时，老布什就是被绑在伞兵教官身前，进行双人跳伞。殊不知，布什年轻时，在第二次世界大战期间，曾当过战斗机飞行员，受过严格跳伞训练。

"闪电"行动特战队员个个训练有素，落地后只散布在长400米、宽180米的矩形区域内。

兵力有效收拢之后，蒲池猛幸按事前分工，将60名队员分成四个小组：

第一小组10人，守在小岛的北部海滨茅草屋群前，担任警戒，战斗打响时，不让土著居民乱跑，以免误伤。

第二小组10人，将曲东和白人居住的圆形土坯屋围住，保障屋内人员的安全。

第三小组15人，包围七名黄种人居住的土坯屋。

第四小组25人，包围十多名白人居住的土坯屋。

三栋圆形土坯屋，原为罗哇岛酋长姬柬•栉里及酋长家族人居住，房子并不结实，没有钢筋水泥，只用当地泥巴夯成，尖尖屋顶铺的茅草极易燃烧。待所有队员各就各位后，蒲池猛幸示意负责喊话的特战队员绕到一块大石后面，用高音喇叭向土坯屋喊话：

"我们是日本警察，你们已经被包围了，放下武器，放下武器。"高音喇叭声远远高过潮声，特别地刺耳，整个小岛都能听得一清二楚。特战队员用英语喊完话后，小岛瞬时只有一种声音——潮声。侧耳细听，能听到三栋圆形土坯屋飘出的咒骂声、枪支碰撞声。

"放下武器，双手高举走出来，给你们三分钟时间，最后三分钟。"喊话的空隙中，只听"叭"的一声，一颗子弹击穿喇叭，喇叭被打穿一个小洞，枪法好准。紧接着，东西两栋土坯屋的窗户，大门被踢开，十几支冲锋枪朝外猛烈开火。希络及手下个个都曾是以一当十的特战好手，有着非常丰富的实战经验，都很自负，岂会轻易束手就擒。他们也深知，用原子弹搞恐怖活动，被逮捕，难逃死刑。

恐怖分子疯狂地射击，态度已表明：拒绝投降，拼死抵抗。

蒲池猛幸中校思维非常清晰，主次分的非常清楚，"闪电"行动首要任务是尽快救出曲东，让他说出原子弹安放的经纬度，尽快拆除原子弹引爆装置，时间耽误不起，至于其他的，这些武装分子有何背景，有何动机，哪国人，现在统统都不重要。蒲池猛幸果断下令，按1号方案行动。只见4名特战队员，两人一组，在机枪和冲锋枪密集子弹掩护下，巧妙地利用地形，顺着水沟，扛着便捷式"标枪"反坦克导弹冲向一棵叶繁枝茂的古树，古树距土坯房约八九十米左右，队员分站古树两侧，依靠大树作掩护，迅速将两具反坦克导弹系统搭建起来，将目标锁定。“标枪”反坦克导弹弹长957毫米，弹重11.8千克，能破750毫米钢甲，“标枪”在海湾战争中曾让萨达姆坦克部队闻风丧胆，现在，日本特战大队用它来轰击两栋土坯屋，无异高射炮打蚊子，只听“轰”、“轰”两声巨响，两栋圆形土坯屋刹那间被炸得粉碎，屋内所有人被炸得尸骨横飞，日本特战队十几枝军用手电筒照射过去，只见两栋土坯屋成了土坟。

当听到高音喇叭传来“我们是日本警察，你们已经被包围，放下武器，放下武器”喊话时，曲东特别兴奋，当他从窗户中，看到东西两栋土坯屋被炸得粉碎，他兴奋地第一个从屋中跑出来。刚出土坯屋大门，就一头重重撞在一名日本特战队员身上，还没反应过来，双手便被特战队员反扭，拽着他往中校蒲池猛幸所在位置走，特战队员手劲太大，曲东疼得直咧嘴。

黑夜，到处是交叉的军用手电筒光线，曲东被照得睁不开眼，远处的蒲池猛幸却看清了他，这是自己千辛万苦要找的曲东！见曲东双手被人反剪，蒲池猛幸中校三步并做两步冲上去，呵斥手下：“快，快将曲先生手放开，怎么这么粗暴！”特战队员很不情愿地将曲东手放下，心里愤愤不平：对恐怖分子，对核钉事件的始作俑者，干吗那么好态度。

蒲池猛幸连声用英语说：“对不起，对不起，让您受惊了！”此时此刻，对日本国来说，曲东的重要性不亚于国宝，夸张一点说，他是能保住日本列岛唯一的希望所在。

曲东揉揉疼得厉害的双腕，他没记恨反剪他双手的特战队员。曲东已经不是以前那个文弱的、胆小怕事的、没有经过任何风雨的曲东了，两个多月生与死的种种磨难，他成熟了，坚强了。

此时，佐藤教授激动地奔了过来，一把握住曲东双手，两眼慈祥地望着明显消瘦的曲东，没有责怪，只有期待。他始终认为，核钉事件理论源头固然来源于曲东的论文，可他只在学术层面上做纯理论探讨，只想在学术刊物上发表论文，翼望学术上有所成就，无丝毫犯罪动机。只不过，他的理论不巧被恐怖分子所利用，他本人也是核钉事件受害者，受了不少苦，遭了不少罪。

佐藤教授紧紧握着曲东的手，什么也没说。

曲东再一次从内心感激这位日本老人。三个多月前，失意的曲东在泰山脚下的泰松大酒店，第一次见到大名鼎鼎、鸿儒博学的佐藤教授，就感觉到他的人格魅力，就被他的知遇之恩所深深感动，对他生出一份亲切感，这份感情，很像当年鲁迅与藤野先生。鲁讯在日本求学时，得到藤野严九郎平等地看待，得到无微不至的关爱，回国后，鲁迅创作了《藤野先生》，真诚地表达了对恩师的感激与怀念之情。

说实话，在第一次见佐藤教授之前，曲东对日本人从没有好感，一丝也没有，骨子里只有敌意，只有仇恨。每当在电视新闻中看到日本人，就会联想起日本鬼子狰狞的形象，不由自主会想起“八格牙鲁”、“约西、约西”、“花姑娘大大的有”、“你的良民，良心大大的好”这些抗日题材影视剧中日本鬼子常用的话。

还是曲东先开口，他不解地问：“教授，您怎么来的，随他们？”曲东指了指身边特战队员。他从附近尚没完全收拢的降落伞判断，这些特战队员肯定空降而来，那，教授怎么来的，年迈且瘦削的佐藤教授总不会也跳伞吧？

“是。”佐藤自豪地说。

曲东仰头望望黑幕笼罩的天空，难以相信，眼前这位老人，从天而来。

“天哪，太危险了！”

“我个人的危险算什么！”

“现在北京时间几点？”

“6日凌晨2时。”

“那，离原子弹爆炸还有5个多小时哟，你们找到原子弹了吗？”曲东清楚记得，在中国黄海，前苏联核专家曼苏尔在调校原子弹引爆时间，定在8月6日北京时间7时15分。他忽然悟醒：“对了，茫茫黄海，海底有千条万条大大小小的海沟，如果不知经纬度，短短几天，要找到那艘无动力潜水艇，简直不可能。当然，如果掌握了准确经纬度，以现在的科技力量，那又如囊中取物。”

“时间太短，还没找到。”

“哦，时间确实太短。”

“曲先生，恐怖分子将他们在黄海放置原子弹的过程全部拍了录像，这个录像他们寄给一英国BBC电视台，在全球播放，画面中有你。”

“是吗，真的在全球播放？”

“是，全球每个国家都在反复播放。”

“那是CNN记者杰夫•贝尔格所拍，我是被胁迫的！”曲东始终不相信贝尔格。

“我们知道你是被挟持的，录像中，放置原子弹时，你看了一眼恐怖分子手中的GPS定位仪，是吗？”

“嗯，是。”

“请告诉原子弹放置的经纬度好吗！”一枚原子弹安放在黄海南部簸箕口一条狭窄海沟附近区域，另一枚放置于黄海中部弧形舟状海槽区域，在确认这两条海沟时，曲东都有意识地看了一眼姆安手里拿着的GPS定位仪，心里默记下了经纬度。

“天哪，原子弹放置的经纬度，现在成了日本列岛生死存亡的关键，姆安被打死了，知道这个经纬度的只有本人，我曲东竟成了决定日本列岛生死存亡的关键人物！太富有戏剧性，太不可思议，真乃天降大任于本人呀。”曲东一时有点飘飘然，那种从未被社会和单位领导承认过的重要感油然而生。他是农民的后代，农民的狡黠蓦地冒了出来：现在，原子弹放置的经纬度信息价值连城，比什么都重要，总不能随随便便就说出来吧！如果，现在，将它随便告诉日本人，回国后，全国老百姓的口水一定会像海啸一般将我淹死，即使没被淹死，也会被网民如雨的砖头拍死，中国足协领导层肯定会悄悄躲在角落里，击掌相庆，庆幸足协在全国的挨骂率十多年以来首次降至第二，第一位被天下第一大笨蛋曲东给顶上了。这个经纬度数字现在奇货可居，它是无形商品，商品嘛，自然必须由价格来体现。我可以开个价，为什么我不能开价呢，如果我开价，想必提多少钱日本都会答应。我现在没有房子、没有车子、没有儿子，连漂亮老婆都另攀高枝，跟别人跑了，唉，金钱不是万能的，但是，没有金钱是万万不能的，贫穷不是社会主义。何况，跟日本人绝不能客气！不过嘛，趁人之危敲诈人家，狮子大开口，要人家几亿、几十亿甚至上百亿美金，那自然不对，那自然太缺德。现在是商品社会，君子要敢于言利，提一点点要求不过分吧，可，可，可小曲好唱，口难开呀，毕竟，这样做，有点损，有些不仗义，有些小人……”

曲东嘴巴像缺氧的金鱼，张开、闭上，张开、闭上，愣没发出声音。佐藤教授那头心急如焚，摇了摇曲东的手，焦灼地问：“曲先生，曲先生，你还能记得吗！”

“嗯，记得。”江山易改，本性难移，从小不会撒谎的曲东仍不会撒谎。

“经度多少，纬度多少？”

曲东低着头，好像自己做了什么见不得人的事，脸红到了脖子根。他几次欲抬头，欲说出自己的条件，却总张不开这个口，哎，中国知识分子的特点此时被曲东表现得淋漓尽致，中国知识分子就这副德性，想钱，又怕谈钱，一谈到钱，就觉得有铜臭味，锱铢计较，自矮三分。

佐藤教授是个地道的学者，他既不能理解曲东作为中国知识分子有自我的道德要求，又不能理解曲东作为农村来的小职员的穷困，所以在这紧要关头，他只一味地催曲东快说：“曲先生，如果您能告诉我经纬度，我代表全家感谢您，代表我们日本人民感谢你！”

站立一旁的蒲池猛幸中校瞧出了曲东的心事，接口说：“曲东先生，我以人格保证，危机过后，我们国家将会给您一笔丰厚的奖金！”

佐藤教授如梦方醒，想起离开日本时，决策部门负责人曾对他和蒲池猛幸说过，找到曲东，如果他不肯开口，可以重金撬开，多少都行。教授忙不迭地说：“真的，只要你能说出，我们国家起码会奖励一千万美金。”

曲东见佐藤教授那个认真样，他相信教授说的。于是，他准确地说出了决定日本列岛生死存亡的经纬度。

佐藤教授双腿一软，倒在了泥地上，毕竟年岁大了，晕了过去。

蒲池猛幸狂喜，终于搞到了经纬度，日本国有救了！他命令发报员赶快向国内发报。

古人云，天有不测之风云。发报员急忙发报，傻了，懵了，呆了，空降之后，他的便携式跳频电台与国内联系一直保持通畅，怎么到了关键时刻，发报机里却只有噪音，根本无法与国内联系。发报员急得像热锅上的蚂蚁。

蒲池猛幸中校比他还急。原子弹五个小时后将被引爆，五个小时太短了，就算国内总部收到电报，他们得通过与中国政府建立的临时高层热线，将原子弹放置的经纬度告诉中国政府，中国政府再通知在海上执行搜索任务的船只，搜索船赶到指定海域，潜水员下潜，用钢索捆绑潜水艇，然后打捞上来，最后拆弹专家出场，这些，每一个环节，每一个过程都需要时间呀。

罗哇岛坐落在浩渺印度洋与太平洋之间，无遮无挡，怎么会有电子屏障呢？“闪电”行动组带来的是当今世界最先进跳频电台，跳频速度每秒可达上千次，敌方瞄准式和半瞄准式干扰对它很难起作用，如果敌方采用阻塞式对其进行干扰，则要消耗巨大的电功率，并且往往要影响敌方自身通信。

参加“闪电”行动的发报员是通讯专家，他很快发现干扰源，他急忙汇报：“报告队长，岛的西北部，敌人实施强阻塞式电子干扰。”

“什么！有强阻塞式电子干扰？” 蒲池猛幸无法相信。刚才的行动，已经全歼恐怖分子，怎么可能会有漏网之鱼呢？

蒲池猛幸命几个部下用军用手电筒朝西北方向照去，见两座峭壁耸立在海边，两壁之间有一条一米左右的缝，远远望去，好像一线天。峭壁上满是苔藓，滑溜无比，没有任何支点，想必没人能上得去。蒲池猛幸判断，敌方电子干扰设备很可能藏匿在这一线天当中，不禁心中一宽：“一线天看起来十分隐蔽，好像有险可据，实际上防守方很吃亏，一线虽然两边有巨石作天然屏障，但里面地方狭窄，无法展开队形，无法形成梯级掩护，这对我们进攻方却十分有利，只要能靠近，几个手雷就可以将对方歼灭。”

他命令6名队员迂回至峭壁两侧，每侧3人。6名队员利用黑夜作掩护，轻易来到峭壁两侧，并逐一向蒲池猛幸报告，已经到达指定位置。蒲池猛幸命令正面主力集中火力向一线天猛射，一线天内敌人根本无法组织有效还击，火力完全被压制。峭壁两侧的队员伺机跃出来，在近距离向一线天狂扔数枚手雷，一线天内发出一阵此起彼伏爆炸声。

爆炸声还没完全停下来，蒲池猛幸就听到发报员狂喊：“报告队长，干扰消失，一切恢复正常。”

蒲池猛幸中校如释重负，长吁了一口气。他跟随队员进到一线天，几只亮度极强的军用手电筒将狭窄的一线天照得如同白昼，只见5名武装分子横尸在石壁下，超大功率电子干扰设备被炸了个稀巴烂。

蒲池猛幸感到很蹊跷，内阁卫星情报中心地面分析人员早就将分析结果传了过来，岛上除了三栋土坏圆形屋以及北部海滨十几栋茅草屋外，其他地方没有人呀，怎么在小岛最偏僻处还藏有恐怖分子，难道他们不是一伙的？他们是什么身份?他蹲下查看死者。

死者清一色黄种人，从死者身躯判断，都在一米七五至一米八，身体匀称，四肢健壮有力；从头部看，黑头发，脸形棱角分明，瞳孔为黑色，颧骨有高有平，嘴唇有薄有厚，5人中有4个单眼皮，一个双眼皮。他命令手下搜查死者身上的有关证件，队员翻遍死者所有口袋，居然没有搜出任何证件可以证明死者的身份。再找其他线索，从他们的多功能头盔、作战服、高频率、多频道保密无线电通话器、夜视仪、“柯尔特”MOD733型5.56毫米突击步枪、M9多功能刺刀上看，全是美军特种兵装备，从这点也无法确定死者身份。种种迹象表明，这5个被打死的武装分子，早就做了防范，不想有人知道他们的国籍，不想有人知道他们为谁服务，也根本不可能知道他们的来历。

蒲池猛幸中校寻思：“这些人绝非乌合之众，也不像一般恐怖分子，他们战术素养极高，射击精准，肯定是特种兵，或曾经是特种兵。再看被打烂的电子干扰设备，当今最高科技的军用产品，甚至可以说是非卖品。如果他们是现役特种兵，太可怕了，那只能表明，他们的国家欲致日本国于死地，这又会是哪个国家呢？他们对日本有什么深仇大恨，非要致日本国灭亡而后快呢？这个问题不搞清楚，后患无穷。对，非得查明他们的国籍。

蒲池猛幸俯身在每个死者头上拔下几根头发，放入小塑料袋中，带有毛囊的毛发能提取DNA，经过DNA测试、DNA序列分析，能准确解开死者国籍或民族之谜。

第十六章

1

日本国家安全紧急事件对策本部接到“闪电”行动大队发回的电报，即刻通过与中国政府建立的临时热线，将两艘无动力潜水艇经纬度告知中方，恳请中方全力打捞。此时，离原子弹爆炸时间仅剩不到5个小时。在如此短时间内，中方打捞船要赶到现场，还要将无动力潜水艇打捞上来，最后，拆除原子弹上的定时器，谈何容易，这可是在海上，不是在陆地。

中国政府当然不会在茫茫黄海乱打捞一气，根据中国地震预报研究中心王凡研究员对曲东论文的解读，认为，曲东在论文中论述了黄海海底岩石层最薄之处有两处：其一在黄海南部簸箕口海沟；其二在黄海中部弧形舟状海槽区域。所以，中国几十艘打捞船一直在这两个区域。“八方”号打捞工作船接到命令，第一个赶到黄海中部弧形舟状海槽区域，借助GPS全球定位系统和回声探测仪，于6日早晨6时12分，在“Ｕ”形海沟找到隐藏的无动力潜水艇。几乎同时，东海舰队“青海”号打捞船赶到黄海南部簸箕口，在“V”型海沟找到另一艘无动力潜水艇。原子弹引爆时间被恐怖分子定在北京时间7时15分（即东京时间8时15分，与1945年8月6日8时15分，美军向日本投掷第一颗原子弹的时间惊人的巧合），现在只剩下1小时零3分。

1小时零3分，潜水员要下到海沟，用钢缆系住无动力潜水艇，再将其吊出水面，吊到打捞船甲板上，然后，打开潜水艇，专家进艇，拆除原子弹定时器，这些过程，留给大家的只有这一丁点时间。

黄海不深，打捞难度却很大，黄海真的很黄，海水特别浑浊，能见度极低，尤其在海底，潜水员能见度不足一米，有的地方甚至50公分都不到。

一艘高速军用快艇披着朝霞，从大陆方向朝“八方”号驶来，快艇划出一道漂亮的弧线，停泊在打捞船旁。南天造船厂总工程师刘平提着旅行包，第一个跨到打捞船。第二个跨越过来的是钱江定时器有限公司技术科科长何小椤。肩扛着摄像枪的男记者第三个上到打捞船，摄像机机壳上贴着标徽——中央电视台，央视漂亮女记者艾香拿着录音棒紧随其后。快艇上的海军官兵忙开了，他们抢着帮助央视技术人员搬运、固定电视转播设备，并在快艇艇首架起白色大锅盖，看来，央视将要通过卫星对打捞进行全球同步直播。

刘平总工程师见四名潜水员正拖着钢缆准备下海，他冲上去，拦着他们问：

“兄弟，等等。”

“干吗？”

刘平蹲下身子，极快地将旅行包拉链拉开，掏出当初按250：1的比例制作的无动力潜水艇模型，急切地说道：“你们看我手上的这个模型，它同水下那个潜水艇完全一样。” 刘平手托潜水艇模型，补充道：“这艘无动力潜水艇是我们厂生产的，是我设计的，我给你们讲解它的结构。”

一名矮个子潜水战士打量刘平，眼神倏地冒出浓浓敌意，揶揄道：“是你小子设计的，了不起呀。”

“兄弟，别误会，说来话长，我只能说，我和我们船厂都是被骗的。”

“啰嗦什么呀，原子弹一个小时就要爆炸了，有什么快说呀！”潜水战士急道。

“请看我手上模型，潜水艇最上面部份，两边各有两个挂钩，总共4个挂钩，每个挂钩有拳头那么大，很容易摸到。你们下去不用带那么多钢绳，只需带两条短的，一条长的。短钢绳每条只需4米长，长钢绳长度以吊机到无动力潜水艇的距离为准。你们下去，找到潜水艇后，先用两条短钢绳系住4个挂钩，然后，用长钢绳在两条短钢绳上打一个结，就可以安全起吊了。兄弟，明白吗？”

潜水战士心想，没他讲解，还真不行。

“核钉事件”对全球媒体来说，如同找到丰富的新闻宝藏，各家媒体根据自己的需要，对“核钉事件”进行了全方位的报道，有的乱猜测，有的捕风捉影，有的唯恐天下不乱，有的电视台甚至对原子弹爆炸进行倒计时。刘平这几日没少看新闻，当然知道原子弹的爆炸时间，看着潜水员跃向海水中，他紧张得心都快要跳出来，现在离原子弹爆炸只有50分钟左右，万一打捞失败，万一拆除定时器失败，自己比日本人死得还早、还惨。刘平现在肠子都悔青了，唉，我就不该来这现场，我完全可以装病不来。如果我铁了心不来，领导，领导的领导总不至于绑我来吧。 如果在这里被炸死，不，被炸成水蒸气，别人会怎么看我，多少人希望将日本炸沉呀！而我却为拯救宿敌“小日本”而死，不但自己死得比鸿毛还轻，老婆孩子还要被人耻笑，甚至被人唾骂！如果为国捐躯，那也罢了，好歹能评上个烈士，老婆孩子最少有人管，儿子考大学还有可能加分。

8月黄海，骄阳似火，热得皱眉头都能拧出水来，又咸又湿的水蒸气弥漫整个打捞船，纵使什么也不做，只站在打捞船上玩，也会汗流浃背。央视摄影记者挥汗如雨，对“八方”号打捞船每个忙碌的人拍个不停，漂亮的女记者还逮着打捞船船长进行现场采访。央视这次不仅承担向全球现场直播的任务，同时，还有一个不能透露的任务，即为在黄海南部簸箕口执行打捞任务的“青海”号打捞船提供转播服务，让“青海”号打捞人员通过卫星电视，能看到“八方”号工作船打捞程序。如总工程师刘平刚才讲解如何吊潜水艇，“青海”号打捞人员能同步听到、同步看到。

继美伊战争之后，全球电视转播史上最惊心动魄的转播开始了，一亿多日本观众焦灼地观看，全中国数亿观众在观看，全球数十亿观众在观看。

“八方”号四名潜水战士潜入混浊的海水，借着头盔上的照明灯，在狭窄的海沟中很快找到无动力潜水艇。无动力潜水艇在海沟中只待了几天时间，上面却覆盖了厚厚一层黏黏的黄泥沙，黄海，名副其实的黄沙之海。

知道打捞的是原子弹，知道定时器即将引爆，潜水战士心理压力比这海水压力还大。不过军人训练有素，即使知道危险，也不影响作业，4名战士分成两个小组，每人各拿着钢绳一头，分别系在潜水艇4个角的4个挂钩上，然后用超长钢绳将两根短钢绳捆绑起来，在确认捆绑无误后，潜水员用SSB-1001B水下电话机向工作船报告，可以起吊。无动力潜水艇在数亿电视观众面前，徐徐露出水面，最后被稳稳的吊放在打捞船甲板上。

此时，北京时间6时56分，离原子弹爆炸时间只有19分钟。

刘平第一个冲到无动力潜水艇艇尾，他大声指挥两名海军战士，用大扳手将厚重的后盖打开，全球亿万观众看到披着铅衣的原子弹静静躺在潜艇内小滑轮车上。一名战士钻进潜水艇，用斧头将系住滑轮车的细钢绳砍断，然后，用一根细钢绳系在滑轮车头部，艇外的几名海军战士将装着原子弹的滑轮车拉了出来，晨曦中，原子弹十分耀眼。

此时，北京时间7时02分，离原子弹爆炸时间只有13分钟。

黄海南部簸箕口，“青海”号打捞船上的工作也在同步进行。

13分钟，现在尽剩下13分钟，如果不能将原子弹引爆装置解除，打捞工作船上，军用快艇上所有人都会遇难。即使大家现在全部撤到快艇，快艇加足马力，已然来不及。这艘军用快艇当属最先进的，最高时速可达48节，1节等于1.852公里，13分钟之内，这艘快艇最远能跑到18公里开外，问题是，18公里外，不在安全范围。如果这枚575万TNT当量原子弹爆炸，爆炸中心地区将掀起至少80米高的海浪，相当于28层楼高，必然产生巨大海啸，海啸时速能达到500公里的速度，至20公里处仍有三四十米高的水墙，比10层楼还高，能轻易掀翻快艇，谁都没命。更何况，快艇实际高速航行时间不可能有13分，因为，“四方”号所有人员撤到快艇上需要一两分钟时间，快艇加速到最大速度又需要将近两三分钟时间。

命悬一线，全在拆弹专家身上。在场所有人，或者说全球所有关注“核钉事件”的人都焦灼不安地将目光投向了其貌不扬、带着深度近视眼镜的何小樱身上，他担负着拆除原子弹引爆定时器的重任。说来太好笑，太滑稽，太荒诞，如此重要的工作，应该由经验丰富的部队拆弹专家来完成，怎么样也轮不到一位浙江一家小小民营企业技术科科长来完成，这太儿戏了吧。

当然，如此重大事件的决策绝不可能是儿戏。“核钉事件”爆发后，钱江定时器有限公司总经理从电视核钉事件新闻中发现，原子弹弹体上安装的定时器竟是自己厂为某国外著名企业贴牌生产的，一时性起，到处吹嘘，到处炫耀，这不，让当地国安部门发现了，当地国安部门将情况向上级做了汇报，上级又向上级做了汇报，最后，决策层认为，部队再能干的拆弹专家也不如生产厂家的工程师，于是下令，钱江定时器有限公司派出两名工程师参加解除原子弹定时器的工作，公司总工程师窦岩去了“青海”号打捞船，技术科科长何小樗被分配到“四方”号打捞船。

何小樗大学毕业才5年，如果在国有企业，5年工龄，绝对小字辈，不过，在百人规模的小小民营企业，他早早坐上了技术科科长的位置。何小樗只会埋头搞技术，没见过世面，更没见过大场面，在恐怖的原子弹面前，在中央电视台摄像机面前，在紧迫时间面前，他恐惧、慌张起来，任凭“八方”号打捞工作船总指挥罗锦辉如何给他打气，如何鼓励，如何做思想政治工作，他两腿就是不听使唤，直哆嗦，没法迈动半步，不能走近原子弹。若在平时，对原子弹上那个技术含量并不高的可编程定时器，他想怎么调就怎么调，可以随心所欲，像玩魔方一般。可这不是平时，这是要命的时刻，手脚就是不听使唤。总指挥罗锦辉让他做深呼吸，他依言而行，吸气、吐气，吸气、吐气……效果出来了，他开始放松下来，试着迈开脚，好，脚听话了，他身子终于挪到原子弹旁，侧身靠在原子弹弹体上，俯身去调定时器。

此时，北京时间7时09分，离原子弹爆炸时间只有6分钟。

何小樗心想，必须先将原子弹引爆时间从6日调到7日，向后延长24小时，以便能赢得更多的时间来处置，可手又哆嗦起来，无法操作。

时间一分一秒无情地流逝，打捞工作船和快艇上所有人张着嘴，瞪大眼看着何小樗，没有一人开口说话，现场能听到的只有海浪无聊的拍打声。

只剩下5分钟。

2分59、58、57、56、55……

中央电视台摄像记者真的很敬业，当有人吓得尿都拉出来了，他们还在兢兢业业地工作，端着摄像枪一个劲地对准何小椤，对准他脸部，全世界电视观众都感受到何小椤的恐惧，都能看清他脸上冒出的恐惧的汗水。

总指挥罗锦辉手机响了，“青海”号打捞工作船的船长报喜，他们那边已成功将原子弹定时器拆除了。罗锦辉那个急呀，瞧着这个没用的何小椤，心里狠狠骂道：怎么派这样一个窝囊废来！他叫一名海军战士快快去端一盆凉水过来。

1分59秒，58、57、56……

49秒、48、47、46、45……

海军战士端着一盆水风一般过来，朝颤抖中的何小椤脸泼去，受水刺激，他本能全身一缩，眨了眨被水刺激的眼，登时镇定下来。他定眼向绑在原子弹上的定时器看去，还有14秒。

14秒，不可能完成可编程定时器的定校，看来一切都来不及了。

现场所有人绝望了！死神在召唤！

何小椤反而没有了恐惧，双手暴起，左手将粘在原子弹弹体上的定时器扭过来，右手拇指用力推开定时器电池盖，左手小指同时疾伸，用指甲插向小电池屁股，向上一钩，7号碱性电池弹出，“叶”的一声掉在甲板上，弹了几下，慢慢、慢慢地滚落下海。定时器液晶显示屏在电池弹出之时，立即变黑，没了显示，定时器停止了工作。

现场所有人惊呆了。

“八方”号打捞工作船上、快艇上一片欢呼，大家互相拥抱，喜极而泣。

2

撒白蓉为救弟弟，被迫说出恐怖分子藏身在罗哇岛，日本“闪电”行动大队凭借此信息，找到曲东，获得了原子弹放置的经纬度，村冈谦也履行了诺言，亲自将撒白蓉弟弟撒白龙送回曼彻特大学。

让中日警察大跌眼镜，撒白蓉竟主动来到中日警察住地，投案自首。更让中日警察吃惊的还在后头，她以戴罪立功的态度，十分主动地帮助中日警方，为抓捕罗尼献计献策。几天来，她主动带领中日警察到罗尼可能藏匿的几个地方搜查。

9日上午，伦敦西南部萨里郡的林荫小道上，一辆蓝色捷豹向前急驶，在一片茂密树林前，捷豹一个急转弯，钻进右边的树林中，车在树林深处停了下来，欧阳木师徒、村冈谦、西尾勇、撒白蓉相继下了车。

撒白蓉踩着厚厚落叶，拨开荆棘，带着中日警察上到高坡处，俯身指着山坡下两百米处一栋别墅，说，罗尼可能藏身在那栋独立别墅中。

欧阳木对撒白蓉的态度表示怀疑。她作为核钉事件主要策划者，直接策划了这个本世纪最大的恐怖活动，对于这样一个犯罪智商十分高的人，为什么不向英国警方投案，为什么向中日警方投案，为什么那么积极帮助中日警方追捕罗尼，她葫芦里到底卖的是什么药呢？

村冈谦也有同感，几次跟欧阳木说，撒白蓉可能在耍阴谋，大伙需提高警惕。

村冈谦拿起望远镜朝山下别墅望去，瞧了好一会，脸露失望，对撒白蓉粗声道："你耍什么阴谋，这栋别墅很久没人踏足过，院内院外满地枯叶。"

"是吗？真的没人来过吗？那他还能去哪呢？"撒白蓉一边自言自语，一边接过村冈谦手上的望远镜，朝别墅细看了好一会儿，脸露不屑，讥讽道："哼，什么高级警官，浪得虚名，请你看清楚再说话，好不好！"撒白蓉很有个性，自从投案自首以来，对日本警察总是恶言恶语，对中国警察则不断讨好。

蒙娜从撒白蓉手中拿过望远镜，朝别墅看了半天，心想："村冈谦说得对呀，一看就知道别墅很久没有人来过，树叶满地，无人打理。"她失望地将望远镜递给欧阳木，"师傅，真的没有人，又白跑啰！"

欧阳木举起望远镜，没过几秒，便放下望远镜，脸露不容察觉的微笑。

村岗谦从欧阳木的微笑中，悟出些什么，他抢过望远镜，朝山下别墅继续看，他要自己寻找答案。

蒙娜是欧阳木徒弟，自然了解师傅，自然能读懂师傅的微笑。她将欧阳木拉到一边，轻声讨教："师傅，教我一点嘛！"

"你不能仔细一点看吗？"欧阳木有点卖关子。

"没什么迹象呀。"

"树叶。"欧阳木吝啬地只吐两个字。

蒙娜本来就鬼精鬼精的，有了师傅点拨，很快想到别墅周围的破绽：噢，问题果然在树叶上。8月上旬，英伦大地是一年最为炎热的时候，此时，树上的叶子当最为茂盛，落叶应该稀少， 为什么别墅前的地上落满了树叶，并且是新鲜树叶，那，明摆着，肯定有人刻意为之。

村冈谦耳尖，听到欧阳木点拨"树叶"两字，恍然大悟。

欧阳木大手一挥，对大伙说："按原计划进行吧！"所谓原计划，即，鉴于罗尼老态龙钟，没有能力进行反抗，没有能力逃跑这一情况，中日警察决定，让蒙娜化妆成撒白蓉，打进那栋别墅，争取不费一枪一弹将罗尼抓获。

欧阳木转身对蒙娜说："你进去后，不要着急，慢慢做工作，我们会密切关注你的一举一动，随时会增援。"

蒙娜与撒白蓉一前一后走进密林中，去互换衣物甚至皮鞋。不一会，两个人从树林中出来，蒙娜变成了撒白蓉，撒白蓉变成了蒙娜。欧阳木端详蒙娜好一会，嘴上啧啧称奇："太像！"欧阳木惜字如金，只说两个字。

撒白蓉站立一旁，一言不发，仔细观察、打量着蒙娜，总觉得她仍有些不对劲的地方，噢，钻石项链没戴上，她从脖子上取下罗尼给自己买的钻石项链给蒙娜戴上。还变戏法似的掏出一瓶Burberrys香水喷在蒙娜的头发和衬衣上。

撒白蓉做事十分细腻，她反复讲解山下别墅内部结构，描述老板罗尼、女管家珍妮及贴身保镖切汉的声、形特点，由于太啰嗦，蒙娜有点不耐烦，没等撒白蓉说完，蒙娜便上了捷豹，将车发动。撒白蓉不放心地追上来，将车门拉开，再次叮嘱："蒙警官，记住，罗尼虽然老眼昏花，但心很细，你见到罗尼，要主动迎上去，接受他的拥抱，你不要太主动，你千万不要先拥抱他，在他拥抱你时，你只需稍稍往前靠一点就行，表情要有危难中重逢的那种喜悦……”

欧阳木看在眼里，怀疑再添一层：“这个撒白蓉，如此卖力，难道真为了戴罪立功。”

蒙娜生性喜欢冒险，深入虎穴，心情有些亢奋。不过，撒白蓉千叮咛万嘱咐，反倒使蒙娜徒生出一份紧张感。她深吸一口气，轻踩油门，倒车，小车退回柏油小道，向山坡下那栋旧别墅驶去。

蓝色捷豹不急不缓停在满是树叶的别墅前。下得车来，蒙娜不习惯地将撒白蓉的奢华LV包挂在右手小臂，款款来到别墅大门，轻拍敦实厚重的大门。好一会，一彪形大汉用左手将门打开，持枪的右手放在腰后。

蒙娜似老朋友相见，亲热地叫了一声：“切汉！”

“撒小姐，外面风声很紧，您不应该来！”切汉责怪道。

“放心，我一路很小心的。”

切汉将蒙娜领上二楼大厅，转身下楼，从多个窗口向外观察，察看是否有人跟踪而来。

蒙娜被大厅的中国气息深深震撼，她好像穿过时间隧道，走进了中国上个世纪初的大户人家：大厅正面主墙正中间，挂着一幅八尺松鹤国画，大厅中央摆放着古色古香的中式雕花方桌，右墙处，摆着两张方正古朴中式椅子，两个墙角柜子里陈列着一些中国传统工艺品。大厅左墙，挂着一幅巨大的旧上海外滩照片，画面是旧的，照片却是新的，照片底泛黄，看得出是新翻拍的旧照片。照片中，一对热恋男女并肩站在上海外滩，男的蓝眼睛栗色头发，英俊潇洒；女的穿着旗袍，微笑着露出初恋的羞涩。瞧着照片中的少女，蒙娜莫名其妙的产生些许亲切感，她似乎忘记了自己的任务和身份，不由自主驻足观看。越看越觉得照片上那上海少女，很亲切，好面熟，仿佛是她的亲人。

沉重脚步声从大厅左侧的卧室传出。蒙娜从沉思中惊醒，机警回头一看，一位精神矍铄的白发老者向她走来。蒙娜“惊喜万分”地迎上前去，亲热地叫道：“罗尼。”伊萨克财团董事长罗尼同撒白蓉私下有一个默契：在非公开场合，莫叫董事长，直呼其名，而且，不能用英语，也不能用普通话，必须用上海话。

蒙娜按撒白蓉的事先提示，上前接受罗尼的拥抱。罗尼像往常一样，将蒙娜轻拥，顷刻，罗尼脸色变得煞白，声音颤抖地用英语问：“你是谁？”

“罗尼，您怎么了！”蒙娜用英语问。

“老实告诉我，你是谁？”

“阿蓉呀！”

“你，你绝不是阿蓉。”罗尼口气非常肯定，“如果我没有猜错的话，你是中国警察。”

蒙娜透过老人那双睿智的眼睛，知道一切瞒不过他，只得点点头，算作回答。

没想到，罗尼在得到肯定的答复后，倒显得平静下来，没有了刚才的惊慌。“你是上海警察？”罗尼眼睛死死盯着蒙娜，表情逐渐变得亲切起来，是那种经历过无数坎坷、无数劫难后与亲人久别重逢后的亲切。言语中没了恐惧，甚至敌意也荡然无存。

“不是，我是中国另外一个城市的警察。”

“你怎么找到这里？撒小姐带你来的吧！”

“算是吧。”

“除她之外没人知道这里。唉，不怪她，她供出这个地方，肯定有她的难处，连她都顶不住要供出我来，看来我的气数尽了。警官女士，你能坐下和我这个老头聊聊吗？”罗尼的态度使蒙娜不知所措。在进入别墅前，她设想过许多种身份暴露后的状况，设想过许多的危险，以及如何逃生的办法，可未曾想到会是这样一个情景：警察和他的对手，猫和老鼠，还能坐下来，心平气和地聊天，有点像演电视剧。

罗尼的保镖切汉回到了楼上，与女管家珍妮静静地站立远处，没发现蒙娜的真实身份，更不知道老板已经识破这个假冒的撒白蓉。

“警官女士，你很像我认识的一个上海女孩。”

“您到过上海？”

“哈，哈，你还没出世，我就到了上海。”

“是墙上照片中那位少女吗”蒙娜自己也认为，她像照片上的那位少女，如果穿上上个世纪的旗袍，那更像。

“是。”

“您情人？”

“是。”

“初恋？”

“是。”

“您什么时候到上海的？”

“1939年夏天。”

“您在上海待多久？”蒙娜觉得有意思，刨根问底道。

“从1939年到1947年，整整八年！”

“阿拉今朝碰到侬老开心个。”蒙娜蹦出一句上海话。

罗尼道：“你的上海话蛮地道的嘛，比阿蓉讲得好。侬要吃茶还是吃咖啡啊？”罗尼的上海话海派味特浓，比现在年轻的上海人讲得还要浓。

“勿要客气，倒杯白开水吃吃好了。”

“今朝侬上门来，有啥个事体啊？”罗尼问完，自己倒是先笑出声来，笑得开怀，笑得童真，笑得十分可爱。

“哎哟，侬老搞笑额喏。”蒙娜也觉得好笑，心想，当然是来抓你了。

罗尼趿着拖鞋，蹒跚地来到上海外滩照片前，驻足凝视照片上少女，又回头看看蒙娜，自言自语地说：“真像，真像。”

“我也有同感。”

“漂亮吧？我的初恋情人。”罗尼得意地说。

“漂亮，漂亮极了，不瞒你说，我上楼第一眼看到，就感到很熟悉、很亲切。请问她叫什么名字？”

“素素。”

“全名呢？”

“蒋素素。”

“啊，天哪！我外婆也叫蒋素素！”蒙娜失声大叫起来，她忽然想起曾经看过外婆年轻时候的照片，确实很像。蒙娜忍不住问，“您的素素哪一年出生？”

“1926年，中国农历8月15日出生。”

“那么久的事，你不会记错吧？”

“绝对不会，我记得很清楚，她是你们中国中秋节那天出生，很好记嘛！”

“哎呀，我外婆也是中秋节出生。”

“你外婆年轻时也在上海吗？”

“是呀。”

“在上海做什么？”

“听说在一家木梭厂工作。”

罗尼听到“木梭厂”三个字，一个趔趄，几乎要摔倒。蒙娜眼明手快将他扶住，说：“来，我扶您到沙发上坐下。”

罗尼慢慢在沙发上坐下，轻声问：“你……你是素素的外孙女！”

“您认识的蒋素素未必是我外婆哟，我想请问，您的蒋素素是哪里人？”蒙娜还在找旁证。

“宁、宁波。”罗尼使劲回想，答道。

“我外婆也是宁波人。”蒙娜仍不能完全肯定罗尼初恋情人就是外婆，所以，她再问，“您的蒋素素有多高？”

罗尼没有直接回答蒙娜的问题，他轻呼女管家：“珍妮。”

40出头，干练的女管家珍妮快步过来。

“去我卧室，将柜子里那件真丝中国裙子拿出来。”罗尼要她去拿一件旗袍，无奈英文词汇中没有对应的词，只能称之为真丝中国裙子。那件旗袍被罗尼带在身边已有半个多世纪，最早可追溯到1947年，那年，他同家人离开上海前夕，悄悄为女朋友素素买的。作为二十多年的老管家，珍妮在与老板一起逃出来的时候，没忘记将旗袍也带上。她知道，罗尼不知什么时候想起它，就要拿出来看，所以，在带来的为数不多的随身行李中，有这件旗袍。几分钟后，珍妮双手捧出一件做工细腻的真丝旗袍，从外表看，有些年代了，不过，好像没人穿过。

“来，请您穿上。”罗尼恳切地说。

蒙娜踌躇着，她正在执行重大抓捕任务呀，现在竟然还要听从被抓捕对象的指挥，在他家里换衣服？瞧罗尼那副企盼可怜的神态，又不忍驳他的意，蒙娜心想，冲着外婆与他的情分，即使犯纪律也要答应他的要求。她双手接过旗袍，独自走到屏风后，换上旗袍，怪了，奇了，旗袍正合身，如同为蒙娜量身定做一般。穿上旗袍的蒙娜款款出来时，好一个端庄清雅、丽质雍容的中国美人。

罗尼如醉如痴地看着蒙娜，嘴唇哆嗦，喃喃道："素素，我的素素！"

"您爱她，当初为什么不将她带走？为什么将她留在上海？"警察也是人，见到如此纯真、纯美的爱情，也被深深地感动，所以，话也说得很动情，她为外婆没有与这个深情的男人白头偕老而遗憾，她知道外婆的婚姻很不幸福。

"为什么？我也不知道为什么，我也想知道为什么。1947年夏天，我们全家离开上海时，素素答应随我同行，可最后，她没有来码头。"当年，罗尼一家随大批犹太难民离开上海时，罗尼说服了父母，并为素素买好了赴英国船票。

蒋素素之所以没有按时到达码头，因为她父母不想让她去遥远的外国，担心不能为自己养老送终，硬是将她反锁在屋里，不让她出来。这事情的原委罗尼哪里会知道，蒙娜是蒋素素孙女辈，更不知情。这件事，半个多世纪来，蒙娜外婆悄悄将它藏在心里，藏在心里一个角落，可是，总有藏不住的时候，在夜深人静之时，它经常又苦又涩地跑出来，直到她用许多泪水冲刷，才又将它冲回到心里的那个角落。

"您那么有钱，完全有能力回中国找呀？"蒙娜诘问，她不喜欢这样一个爱情结局。

"谁说我没找过？"罗尼充满委屈。

"没理由找不到呀！我外婆只在两个地方呆过，很好找。"

"我亲自到你们中国找过三次。"

"哪一年呀？"

"第一次，我记得是1957年秋天，我先到香港，然后飞到上海，去到素素曾做工的大发木梭厂，厂里接待我的人说，现在不生产木梭了，改产棉布，叫国绵厂，原来的那个木梭厂已经整体内迁，到安徽省岑阳县建厂去了。那个年代，我们欧洲人在你们中国不能随便走动，上哪都得有证明才行。为了能去安徽那个岑阳县，我特意到上海市外办开证明，办证人员说，那个县城不对外国人开放，不能去，他们不给开介绍信，没有介绍信，有钱也买不到车票，在餐馆买不到饭菜，更住不到旅馆，我只得打道回府。

第二次，1969年冬天，我取道香港到上海，找外办，外办已停止了工作，一个叫什么革委会的机构接待了我，是一位女士，她悄悄告诉我，要我赶快回去，千万不要找素素，说，如果我找素素，会给素素添麻烦，添巨大麻烦，可能会给素素定特务，定间谍罪，搞不好会因此进监狱，吓得我赶紧跑回英国。

三年前，在撒小姐陪同下，我第三次到中国找素素，我们从伦敦直接飞到上海，长途飞行，我心脏很难受，被迫在宾馆休息。撒小姐按照我提供的线索，只身去到那个岑阳县，到了素素曾工作过的工厂，叫岑阳纺织器材厂。认识素素的工友们说，蒋素素几十年前就退休了，退休后就回了上海，在她儿子那里住，原来厂里每月还定时给她寄退休金，现在，工厂早就卖给私人了，没人知道她儿子在上海的地址。”

“唉，你俩有缘无分呀！”蒙娜感叹。曾听妈说，大舅大学毕业时，明明能留在北京工作，外婆死活不让，非要让他去上海，原来外婆她自己有很深的上海情结呢。难怪妈妈要外婆来住，外婆总不愿意，即使来了，也只是小住一下，又回了上海。

“你外婆身体好吗？”

“好着呢，天天在鲁迅公园锻炼身体。也真奇怪，我大舅家附近有公园，可外婆每天舍近求远，非要去鲁迅公园，这老太太够犟的，真拿她没办法。”

“鲁迅公园，新公园还是老公园？”

“就是原来的虹口公园呗。”

罗尼的呼吸一下子急促起来，血脉贲张，脸登时显出潮红色，显然，他的血压突然上窜。珍妮见状，跑进罗尼卧室，拿出手提式氧气袋，娴熟地打开开关，罗尼吸了好一阵氧，缓过气后，追问：

“她每天去虹口公园？”虹口公园坐落于上海四川北路，始建于清光绪二十二年（1896年），罗尼同素素恋爱时，最喜欢去的地方就是虹口公园。上个世纪40年代上海犹太难民最集中的居住地就在附近。

“嗯，风雨无阻，谁劝都没用，她说，只要她走得动，她就一定要去。”蒙娜没有太在意罗尼心理变化，年轻人，有时候很粗心。

“你舅舅家有电话吗？”罗尼的呼吸又开始急促起来。

“当然有。”

罗尼拿起沙发旁电话，颤巍巍地递给蒙娜，恳切地说：“在失去自由以前，我想与素素通个话，请帮个忙好吗？”

蒙娜再次为罗尼对外婆执著的爱情所感动，她不知道现在这样做是否违反纪律，但她似乎别无选择，也不忍拒绝他。蒙娜接过电话，按照86+区号+电话号码程序拨通了大舅家的电话，舅妈接电话。

“舅妈，我是阿娜。”

“阿娜呀，听你妈说，你去了国外出差，啥时候回来的呀。”

“没回，我在英国跟您打电话。”

“哎哟，国际长途，好贵的呀！”

“外婆在吗？”

“不在，散步还没回呢。”

“又去鲁迅公园了吧。”蒙娜不无失望。

“喂，阿娜，等一会，门铃响了，你外婆可能回来了。”

蒙娜手中的电话没了声音，她判断，舅妈一定是搁下电话去开门了。蒙娜大舅住在18楼，她外婆须乘电梯上到18楼，最快也得几分钟，普通居民楼用的是普通电梯。

蒙娜见罗尼站起又坐下，坐下又站起，看得出他十分紧张。这几分钟对别人来说转瞬即逝，可对罗尼来说，太长、太长，那是半个多世纪的等待。

终于，蒙娜在电话中能听到舅妈对外婆说，阿娜从英国打来国际长途，快来接。

“阿娜，你真的在英国呀？”能听到外孙女的电话，老太太好兴奋。

“是呀，我在英国，在您的一个老朋友家。”

“老、老朋友，什么老朋友？！”

“外婆，他要同您讲话。”蒙娜将电话递给罗尼，罗尼颤抖地接过电话，颤声道：

“素素，我是罗尼，罗尼。”

“罗尼！你——你。”蒋素素那头，哽咽着说不出话来。

“素素，您还好吗？”

电话那头没有回答，只有嘤嘤哭泣声。

“素素，你说话呀，几十年来，我每天都想你呀！我想问你一句，那年，我随父母离开上海时，你答应同我一起乘船离开，为什么没来？”

那头的哭声更是撕心裂肺，好久，好久，素素才平静下来：

“妈将我反锁在屋里，等我爬窗逃出来，赶到码头，船已经开走了！”

罗尼老泪纵横，心中却有说不出的舒坦，几十年来，他一直不明白，素素答应了来，为什么临时变卦，没来。原来，她没来，是她妈将她反锁在房门，她没变心。这是他最想得到的回答，等了半个多世纪的回答。

“素素，我到中国找了你三次，找你找得好苦！”

“唉，罗尼，这是命。我俩是有缘无分，您现在还好吗？”

“好，身体嘛，还过得去，人老了，总想着过去的事，总回忆我们在一起开心的日子。”

“罗尼，你离开上海之前前，我们最后一次在虹口公园散步，你曾对我说，以后要天天陪我来公园，还记得吗？”

“记得，记得！”

“那你现在就过来。”

“对不起，我现在不能来。”罗尼能说什么呢，难道说实话，自己很快要失去自由，这一生也不可能从高墙中走出，当然，不能说。

“为什么？是担心老伴吗？”

“不，我一直没结婚。”

“呜、呜、呜”长长的警笛声从别墅窗缝、门缝窜进。五六辆警车将别墅围了个水泄不通。正所谓螳螂捕蝉，黄雀在后，苏格兰场（伦敦警察局）特工可不是浪得虚名，他们早就尾随中日警察。

保镖切汉提枪欲冲下楼去，只见罗尼朝他摆摆手，示意不要作无谓的抵抗。

罗尼一改老态龙钟模样，眨眼间变得精神焕发，他不太方便的腿一下子利索起来，几个大步跨进书房，在书桌上拿起一支笔，挥笔在小纸条上写下一串阿拉伯数字。见罗尼进书房，蒙娜怕有变故，怕他从书房可能有的秘道逃走，便跟进书房。罗尼将小纸条折了两折，转过身来，一把拉起蒙娜右手，将纸条按在她手掌心，用上海话急促地对蒙娜说："拿好，这是瑞士雪宝银行的账号和密码，有5亿美金，请转交素素，拜托！"

事情发展到现在，完全出乎蒙娜的意料，她仿佛在梦中。蒙娜的手好像被烙铁烫了一样，紧张地将纸条反手又扣回到罗尼手心。

"不用紧张，除这次之外，我这辈子都是合法投资，这笔钱与核钉事件没有任何关系，这钱很干净，请你一定交给素素！"罗尼几乎在乞求蒙娜，再次将纸条塞回蒙娜手中。

罗尼说，这笔钱很干净，是实话。除了在核钉事件中伊萨克财团所挣的4000亿美金，以前的投资收入都是合法的。他在同意实施核钉策划时，已经做了预防万一失败、万一暴露的准备，将几笔钱分存在瑞士的数家银行。瑞士在1934年制定了《银行保密法》，保证任何人存钱都安全，任何人都可选择自己认为妥当安全的方式开户存款。储户被允许使用化名、代号或数字来代替真名实姓。而且取款或转账时银行也完全按照与客户事先约定的章程办理，财产的真正拥有者可以做到永不露面。正因为如此，所以全世界私人资产总额的35%目前投放在瑞士银行，如萨达姆及其家庭成员在瑞士银行有存款，菲律宾前总统马科斯、扎伊尔前总统蒙博托以及前中非皇帝博卡萨等人，都曾在瑞士银行有大笔来路不明的存款。

蒙娜不知所措地接过纸条，半晌说不出话来。

"请用这笔钱在虹口公园旁买一栋大楼，将一楼全部打通，装上落地玻璃，让素素在风雨中可以散步……"他现在十分后悔，早知能找到素素，说什么他也不会冒险去实施核钉计划，享受爱情比报仇更重要，可惜，一切都太晚了，还是中国人说得好，这世界，什么药都有的吃，就是没有后悔药吃。

“那，那五亿美元也太多了。”蒙娜大学毕业后，一直同犯罪分子打交道，没怎么同钱打交道，五亿美金对她来说只是一个概念，她换算了一下， 5亿美金相当于人民币33亿，33亿，对咱中国老百姓，这数字确实大得吓人。

“我对你外婆所能做的，现在只有这个了！”罗尼黯然道，他的英语中夹杂着上海话，也许只有蒙娜才能听懂。

3

罗尼和撒白蓉被苏格兰场（伦敦警察厅总部）收押，中日两国同时向英国政府提出引渡要求。

关于撒白蓉的引渡比较麻烦：

从日本来说，撒白蓉策划的核钉事件，直接针对的是日本国，原子弹威胁虽然成功被解除，但是，核钉事件重创了日本国民经济，对日本国民也造成了极大精神伤害，日本方面认为有权将其引渡。

从中国来说，撒白蓉策划的核钉事件，策划书第一稿在中国青岛完成，欺骗性采购无动力潜水艇在中国，被她诱骗和绑架的曲东是中国公民，原子弹放置地在中国海域，中国有权对她进行引渡。

令各国媒体大跌眼镜，撒白蓉居然主动要求回中国受审。于是乎，世界各主流媒体纷纷猜测她的动机：

有的猜测，她要求回国受审，她可能认为英国早已在1965年废除了死刑，如果她被引渡到中国，中英两国政府间肯定有约定，保证她回国受审不会处以死刑。对于撒白蓉而言，既然结果都可能是被判终身监禁，与其孤苦地待在国外的监狱里，还不如回国，起码还有亲人探监。

有的猜测，智商极高的撒白蓉研究透了中国法律，中国法律对戴罪立功表现比较重视，根据中国《刑法》第68条和1998年《最高人民法院关于处理自首和立功具体应用法律若干问题的解释》之规定，属于重大立功的具体情形有：(1)犯罪分子揭发他人重大罪行，查证属实的；(2)提供侦破重大案件的重要线索，经查证属实的；(3)阻止他人的重大犯罪活动的；(4)协助司法机关缉捕其他重大犯罪嫌疑人的；(5)对国家和社会有其他重大贡献等突出表现的。撒白蓉曾主动帮助中日警方找到曲东，得到了原子弹放置的经纬度数字，成功解除了核弹威胁。她还主动帮助中日警方缉拿伊萨克财团董事长罗尼，所以，她有重大立功表现。因为她有重大立功表现，根据中国《刑法》第68条，“有重大立功表现的犯罪分子，可以减轻或者免除处罚。”撒白蓉回国，很可能会从轻发落。

有的猜测，中国民间反日情绪一直比较浓，撒白蓉被引渡回国，在民间有可能会受到民族英雄般的欢迎。

英国政府最终同意了中方对撒白蓉引渡要求。在她被押解回国之时，鉴于她有重大立功表现，警方破例同意她与弟弟在机场见一面。不过，会面时间规定在3分钟之内。

伦敦希思罗机场候机楼一隅，撒白蓉双手被带上了手铐，她担心弟弟见到手铐受惊吓，请蒙娜帮忙，将一件真丝绣花衬衣搭在手铐上，将手铐掩盖起来。

撒白龙远远地见到姐姐，飞跑上前，一把抱着姐姐，泣不成声，像个没长大的孩子。撒白蓉微微侧过身子，使弟弟碰不到手铐。

她哽咽地交代：“阿龙，要好好读书，一定要完成学业。姐没法照顾你了，你要学会照顾自己。”

“嗯，姐，您放心，我会照顾好自己！”撒白龙也觉得自己必须长大了。

“阿龙，还记得我们小时候，妈上街做生意，我们回家怎么进门的吗？”撒白蓉的妈妈每天上街卖豆腐，中午回不来，她将钥匙放在大门左边一块瓦下，撒白蓉姐弟放学回家，在瓦下取出钥匙开门。

撒白龙愕然：“会面时间只有3分钟，时间那么紧，那么宝贵，一向聪明过人的姐姐怎么了，还有闲心聊小时候的事？”不过，他还是作了回答，“当然记得罗。”撒白蓉赶紧使劲地向弟弟眨眼，用眼神示意，让弟弟不要说下去，撒白龙没再说下去。

“阿龙，如果想姐了，就去姐住过的地方看看。”

姐弟心灵相通，撒白龙对姐的暗示很快明白过来：姐在暗示，她在伦敦住所门口，左边花基旁，有一块砖或瓦，下面肯定压着一把钥匙，或一件重要东西。

撒白龙猜得没错，他姐确实在住所大门右侧花基放了一块砖，砖下压了一个塑料小药瓶，药瓶中塞着一张纸条，上面有在瑞士一家银行开设的秘密账号，密码是她父亲的生日。如果某一天，撒白龙秘密去瑞士银行取钱，定会为姐姐的存款吓个半死，那个数字实在太大了，15亿，美金呀。

撒白蓉从牛津大学硕士毕业后，在伊萨克财团工作七年，从小职员做起，去年才爬上外汇交易部部长的高位，这七年，除了在伦敦买房，寄钱回家盖房，供弟弟在英国上学，存在银行的钱并不多，她哪来15亿美金？原来，她存在瑞士银行的15亿美金是她用60万美金，利用核钉事件，在短短7天时间，在中日警方眼皮底下挣来的，匪夷所思吧？

撒白蓉本没想挣这15个亿，唉，这都是日本警察硬“逼”她挣的。事情原委是这样的：当希络用暗语告诉她，第一枚原子弹在中国黄海H海沟已放置好之后，她瞒着老板，用自己所有存款，即60万美金，秘密开设了几个账户做外汇保证金交易，选择的也是1比100杠杆，她用一半资金即30万美金，买了美元/日元看涨合约，建了3000万美金头寸。8月3日，英国伦敦当地时间晚10时20分，BBC电视台播放核钉事件录像带后，全球外汇市场上，日元上演高台跳水，到8月5日英国伦敦当地时间下午，美元兑日元，一下子从106.36狂跌至216.50，她的30万美金有了整整100倍利润，两天内，30万开仓资金翻滚到3000万美金。

挣了3000万美金，相当于2亿人民币，撒白蓉很满意了，因为，这些钱达到了她要报仇所需资金最低值（伊萨克财团还将给她巨额提成）。正当她准备金盆洗手，欲将钱转回国内，回国寻仇人报仇之时，日本警察村冈谦“绑架”了她弟弟。为救弟弟，她审时度势，决定戴罪立功，打定主意后，她立刻将挣来的一半资金即1500万美金反手做多日元。

1500万美金完成建仓后，她将曲东和希络一伙藏匿地告诉了中日警察，她相信，中日警察一定能在罗哇岛找到曲东或希络，一定能得到原子弹放置的经纬度，一定能成功阻止原子弹的爆炸。原子弹威胁解除之后，日本列岛的危机也将得以解决，日元一定会从哪里跌下来回到哪里去。

一切如她所预料，日本陆上自卫队第1空降旅第101空降大队找到了曲东，曲东说出了原子弹放置的经纬度，中国政府派出的打捞船成功地将无动力潜水艇从黄海打捞上来，拆除了原子弹引爆装置，日本列岛保住了，世界为此虚惊一场，日本经济迅速反弹，迅速恢复常态。日元价格从谷底疯狂反抽，回到原来的价位1美元兑106日元，撒白蓉反手做多的1500万资金又有了另一个100倍的利润，达到了15亿美金，换算成人民币，足足100亿。期货被形容为游走在天堂和地狱之间的行业，如果投资人做对了方向，即刻升入天堂；如果做错了方向，也很快跌入地狱。

为了首先的100倍利润，撒白蓉精心策划了核钉恐怖事件；为了后一个100倍利润，撒白蓉又反戈一击，成了日本列岛安全的坚决捍卫者。撒白蓉在中日警方手中，还能在外汇保证金交易市场上尽情游弋，这个女人真不简单，真不简单哇！

还有更不简单的呢，她之所以要求回国受审，大家猜测的都大错特错，真正的动机就是报仇。她准备在国内监狱，在高墙内指挥弟弟为屡被强奸的母亲报仇，为含辱而死的父亲报仇，她自信，15亿美金在手，一定能让仇人不得好死！

撒白蓉大学时期就在筹划如何报仇，她几乎将大仲马小说《基度山伯爵》翻烂，她佩服基度山伯爵一直在等待最好的复仇时机，欣赏他复仇的艺术。在大学时，她就曾暗暗发誓，对仇人彭德高，一定要实现基度山伯爵式复仇。在基督山伯爵向迫害他的三个仇人——维尔福、丹格拉尔和菲尔南的复仇中，她最欣赏基度山伯爵对丹格拉尔的复仇。伯爵首先略施小计，收买了发报员，发了一份虚报军情的电报，诱使丹格拉尔出售债券，身家迅速缩水；然后，基督山伯爵使用他的“无限透支”账户，又从丹格拉尔的银行中取了一大笔钱，给濒临破产的银行一个沉重打击；然后，逼丹格拉尔出逃意大利。途中，他落在了基督山伯爵的强盗朋友的手上。他们先把丹格拉尔饿得半死，然后以１０万法郎的高价向他出售一顿饭，直到把他的500万法郎全部都榨光，丹格拉尔被迫为自己所犯的罪行忏悔。最后，基督山伯爵才向他亮出身份，说：“我就是那个被你出卖和污蔑的人。我的未婚妻被迫改嫁，我的父亲被你害得饿死。我本来也应该让你死于饥饿，但我饶恕你。”

撒白蓉的仇人彭德高，已经63岁，光荣退休。上个世纪80年代至90年代，彭德高任撒白蓉家乡盘龙镇党委书记。彭书记没有啥业余爱好，用他自己的话说，只有一个业余爱好，喜好堂客（女人）。他是个典型的夜夜当新郎，村村有丈母娘的干部。80年代末，一天中午，彭书记叼着烟，路过镇南门豆腐摊档，见到身材颀长，胸部浑圆丰满的杜英（撒白蓉母亲），眼直了。俗话说，不怕狼抢，就怕狼惦记，杜英惨了，被土皇帝惦记上了。彭书记看上的猎物没有一个能逃脱，杜英也不例外。彭大书记搞女人还有一个特点，兴趣来了，他会无所顾忌，大白天会直接杀到相中的女人家中，撒白蓉读小学时，曾几次目睹彭德高对母亲的兽行。她那老实巴交的父亲就是因不堪受辱悲愤自杀。

撒白蓉上大学伊始，就一直向彭德高的上级，上级的上级举报，结果呢，与许许多多的举报信一样，举报信兜了一个大圈，加盖了几个公章，最终又回到了被举报人彭书记手中。土皇帝鼓德高恼羞成怒，几度欲报复撒白蓉，无奈她大学毕业后，“逃”到万里外的英国去读硕士，甚至弟弟也去了英国，英国太远了，科级干部彭大书记鞭长莫及。

如今，身陷囹圄的撒白蓉并不沮丧，甚至可以说，她斗志昂扬，15亿美金在手，终于可以实施梦寐以求的基度山伯爵式复仇。她制定了缜密的复仇计划，只等弟弟大学毕业回国，她将在国内的高墙内运筹帷幄，指挥复仇。

撒白蓉早就对彭德高家族产业作了详细调查，了解到彭德高退休前，巧妙地通过所谓乡镇企业转制，实行暗箱操作，将镇属唯一赢利企业盘龙钨矿转制，转成民营企业。盘龙钨矿转制后更名为盘龙钨矿有限公司，第一大股东为盘龙镇砖瓦厂厂长彭星，彭德高书记的独生子；第二、第三大股东分别是镇长的女婿和主管乡镇企业副镇长的妹夫。彭星顺理成章成了盘龙钨业有限公司董事长。盘龙钨矿转制后，彭家福星高照，财源广进，钨精矿市场价从2.55万元/吨，暴涨到10.5-10.7万/吨，彭德高家族挣了个盆满钵满，身价据说超过5000万。

撒白蓉筹划，复仇第一刀从盘龙钨业有限公司下手。她打算，等弟弟毕业后，秘密指挥他从瑞士银行取出五分之一存款，即3亿美金，汇回国内，全部兑换成人民币，有20亿吧。然后，指挥弟弟以他人名义，秘密购买盘龙钨业有限公司其他两个股东的股权。按现有盘龙钨业有限公司净资产计算，从内部搞到数据表明，为9000万元左右，按其他两大股东占60%股份比例算，它们享有的实际权益为5400万，如果以高出一倍的价格购买，即用一亿一千万人民币购买这60%的股权，两个股东一定会满口答应，届时，我撒白蓉拥有盘龙钨业有限公司60%股权，绝对控股地位。控股之后，盘龙钨业有限公司话事权在我弟弟手里，到了那时，就让弟弟在坪江市内进行高息集资三个亿，集资完毕，就以公司名义开户炒有色金融期货。人家炒期货为了赚钱，我撒白蓉炒期货为了亏钱，亏得越多越好，至少也得亏完高息集资的三亿，让盘龙钨业有限公司欠当地老百姓的钱，让公司迅速资不抵债。亏三个亿人民币又怎么样，按60%的股权计算，我只需负担1.8亿，只占老娘总资产的五十分之一。但是，但是，按照彭德高家族40%的股权计算，他得负债1.2亿，他一辈子也还不起，届时，他不得不变卖盘龙砖瓦厂，变卖豪华小车，变卖豪华住宅，让彭家倾家荡产，让彭德高贪污的钱全部给吐出来，吐不出，呕也要让他呕出来，让他在举债中度日。最后，在彭德高垂死之际，我将申请保外就医，将当面亲自告诉他，这一切的一切，都是杜英的女儿，我撒白蓉所为，让他死不瞑目。

4

曲东回到了日思夜想的祖国，回到了阔别整整两个月的单位，回到自己那破旧的房子。

黄海市地震局领导从爱护同志、帮助同志角度出发，对曲东同志约法三章：一、不得与干部职工谈论核钉事件；二、不得擅自参与网上关于核钉事件的讨论；三、不得接受境内外媒体采访。

于是，曲东成了冰火两重天的人物。

说冰，他在单位被彻底冰冻，说好听一点，叫冷处理。正副局长对曲东的态度冷若冰霜，科长对他的态度充满敌意，普通职工纷纷敬鬼神而远之。曲东上班、下班，单位里竟没有一个人愿意与他打招呼，也没有一个人敢在公开场合与他说话。

说火，他成了网络超级红人，在全国上亿网民那，他简直到了大红大紫程度，俨然成了民族英雄，有的赞扬他抓住了日本的睾丸，有的歌颂他找到了日本的命门，有的称赞他发现了日本的命门。网上还成立了个几十万人的“东东”粉丝团。网上关于他“英雄事迹”的文章是一篇又一篇，如滔滔江水，有他小学同班同学的回忆，有他中学同班同学感言，有他大学同学洋洋万言的赞美。就连曲东前妻米梅也新开了博客，点击率高呀，实在是高，她在博客中大谈与曲东短暂婚姻中点点滴滴的爱，甜蜜地回忆在一起生活的幸福时光，痛斥流言撕碎了他们的婚姻，博得许多女网民涓涓泪水。一家十分著名的卫生巾厂出代言费70万元，请米梅为它们的卫生巾产品做电视广告，广告词是：“做曲东女人，真好。”一字十万元，广告播出后，广告词唱响东西南北中，反响巨大，广告效果出奇的好，她那运动员出身的丰满圆润的屁股迷倒大江南北，长城内外千万观众，被网民评为中国史上最美臀部，看了这则广告，不少老公主动买这个牌子卫生巾送给老婆，不少恋爱中的男人主动买这个牌子卫生巾送给女朋友，不少领导买这个牌子卫生巾送给情人，不少老板买这个牌子卫生巾送给二奶、三奶、四奶、五奶、六奶……该牌子的卫生巾销售大涨，形势不是小好，而是大好。

说火，他成了媒体超级红人，凤凰卫视《鲁豫有约》请他去做专题，湖南卫视《 说出你的故事 》栏目组安排他做专题。日本、美国和英国等媒体排着队要采访他。

说火，他成了出版界红人，20万字回忆录，只草拟出千把字的提纲，有出版社竟将稿费开到200万，一副势在必得的样子。黄海市地震局附近一家私人旅馆，住满了来自几十家出版社的编辑、责任编辑、副总编辑、总编辑。

说火，他成了广告红人，全国著名的保健品公司请他代言产品“脑聪聪”，代言费400万；全国著名制药企业，其产品被誉为中国的伟哥，请他代言，代言费600万，只需说6个字：“中国男人，雄起！”一字100万；全国著名乳制品企业请他，代言费800万；全国著名……

曲东滚滚财源，日进斗金。地震局领导再也按奈不住，局长放下架子，亲自将曲东请到办公室，亲自敬烟（他知道曲东不抽烟），亲自沏茶，一番嘘寒问暖后，向普通职工曲东大倒苦水，说，单位异地新建成的办公楼，由于人工、钢材、水泥价钱涨得厉害，预算严重超支，欠包工头300万呢，包工头又欠着农民工工钱，农民工堵路讨薪，影响很坏。还说，党中央三令五申，不能拖欠农民工工钱，从讲政治，讲大局出发，必须尽快将拖欠包工头钱还上，这样农民工才能拿到工钱。请曲东看在单位多年培养他的份上，借300万给单位，利息嘛，单位保证参照银行利率支付。局长还暗示，只要曲东借钱给单位，组织上就安排奚科长提前退休，监测预报科科长一职就是曲东的了，单位一把手如此平易近人，如此低三下四地同自己谈话，让曲东感动得不行。

面对曲东的滚滚财源，其性感又漂亮的前妻米梅更按捺不住，一下班就往地震局跑，专业乒乓球运动员出身嘛，早就练就了左右开弓，死缠烂打本领，她直截了当、斩钉截铁，就是要求复婚。8小时工作之外，她始终站在曲东身旁，硬不让曲东单独见任何16岁以上、40岁以下的女人，你曲东走到那，我跟到那，我就是你的影子，如影随行。她了解30岁的男人，饱暖思淫欲，她打定主意，在性方面，我要渴死你，让你下体饱满的产品无处可销，要销，行啊，只能在老娘身上。曲东啊，曲东，你这个没出息的东西，没用的家伙，一不小心，竟将前妻对自己的背叛忘得一干二净，欣然地接受了前妻的“强奸”， 最后，不得不跟米梅复婚。曲东嘛，小知识分子，面皮薄，还得给自己找台阶下，逢人忙不迭地作解释，一日夫妻，百日恩嘛，自古都是这样的啦！

曲东以前经济窘迫时，也曾梦想，等我有钱了，油条买两根，吃一根，扔一根；豆浆买两碗，喝一碗，倒一碗；开着宝马去地里锄玉米。如今，有钱了，花一般的前妻申明大义，弃暗投明，主动回归了，他并不感到快乐。他不喜欢这种上班一杯茶，一张报的生活，清楚自己，只喜欢搞研究。

一个无聊下午，下班时分，曲东接到一个电话，声音熟悉又亲切。

“曲先生，您好！”对方用英语。

“您……您是佐藤教授！”曲东喜出望外，激动万分。自从他回国后，为应付媒体，为写回忆录，为拍各种广告，无暇同佐藤教授联系。

“曲先生，今晚，我想请您在海天大酒楼吃饭，好吗？”

曲东一愣，咦，怪，咱黄海市也有一家海天大酒楼呀，很出名，莫非佐藤来了咱黄海市，他狐疑地问：“您在咱黄海市？”

“嗯，我是专程来看您的！”

“您现在在哪？”

“海天大酒楼哇。”

曲东将电话一搁，就往楼下跑，开着刚买的广州本田，直奔海天大酒楼。他心在沸腾，他有很强、很想见佐藤教授的冲动，有很多很多专业问题要请教。

佐藤教授早早在酒楼大堂前等候。几个月不见，如隔三秋，一老一少在酒楼大堂前拥抱，无言的，紧紧的。俩人携手进了包房，教授发自肺腑地说：

“曲先生，我早就想来看您了！”

“我也想见您！”曲东由衷地说。

“曲先生，再次感谢您对我们国家的帮助，当时，在罗哇岛，如果您忘了那个经纬度，后果不堪设想呀！”

“惭愧，真的很惭愧，核钉事件因我的理论而起，让你们日本民众受惊了。”

“不用自责，错不在您。我们日本人民恨原子弹，但是，并没有人恨发现原子弹核裂变的科学家居里夫人，没有人恨建议造原子弹的爱因斯坦，即便爱因斯坦没有向美国总统罗斯福建议造原子弹，其他人也会最终做此建议，只不过是时间问题，该发生的依旧会发生。”

“教授，谢谢您的理解！”

“噢，今天，我专程来拜访您，是代表本国政府，来兑现承诺。”说着，教授从包里取出一个信封，从中抽出一张支票递到曲东手中，诚恳地说：“曲先生，这是奖金，请您收下！”

曲东接过支票，扶正眼镜瞧支票，双眼瞪得像石狮，支票上赫然写着一千万美元，天呵！

曲东从未对这笔奖金抱过任何期望。在罗哇岛，负责“闪电”行动的蒲池猛幸中校确实曾说过：“曲东先生，我以人格保证，危机过后，我们国家将会给您一笔丰厚的奖金！”过后，曲东只当蒲池猛幸中校在急情之下随口说说，并没当真。其实，即使日本方面不承诺给奖金，曲东最终也会说出原子弹放置的经纬度，说知识分子良心也罢，说天性善良也罢，总之，曲东不可能容忍人为的自然灾害，不可能坐视一亿多人无家可归。

曲东将支票拿在胸前，思索良久，轻轻地将它交回到佐藤教授手里，说：“教授，这钱，本人不能收。”

“这是您应得的。”

“我们中国有句古训，‘君子爱财，取之有道，’乘人之危的钱，我不能收，也不会收，请您老理解。”

“我们日本是负责任、讲信用的大国，您不收，岂不让人对我们日本国产生误解，说我们日本国言而无信。”

“在罗哇岛，蒲池猛幸中校说的话，只有你和我听到，你们不说，我不说，谁又会知道，这叫天知，地知，你知，我知，呵，呵。”

见曲东对这笔奖金的坚定态度，教授心中好生赞叹曲东的人品，也不再坚持要曲东收下，转而问：“曲先生，我有一事要请教。”

“请说。”

“5月份，您曾答应过来我们东都大学地震研究所工作，这个约定现在还有效吗？”

“教授，我会将你们预付给我的100万美元购房款还给你们。”曲东以为佐藤教授暗指他没能如期去东都大学工作，那笔购房款自然应该还给人家，何况，他现在是有钱人了，也不在乎这100万。

“哈，哈，您理解错了，我不是来讨要那笔购房款，坦白地说，此行，除了代我们日本国来兑现承诺，还有一个重要目的，是再次邀请你来我们地震研究所工作。您知道，我们所拥有地震波、地震发生机理、火山地质、海啸，海底地震、抗震建筑、地震探矿、地震史等八大研究室。通过这起核钉事件，我们马上要组建板块与地震研究室，我想请您主持板块与地震研究室的工作。”

“您，您说让我主持板块与地震研究室的工作？”曲东简直不敢相信，佐藤教授手下博士一大框，自己区区一个普通本科生。

“是。”

“我资历不够呀！”

“你们中国清朝诗人龚自珍说得好，‘我劝天公重抖擞，不拘一格降人才，’你不用担心任职资格问题，我们将破格提拔您为教授，并享受一级教授待遇。”

“教，教，教授！一级教授！”曲东吃惊不浅。

“还可以私下告诉您，将要成立的板块与地震研究室，仅地球板块断裂计算机模拟系统，我们国家就决定下拨10亿日元，还有其他研究设备，我们国内几家著名大公司纷纷表示愿意慷慨解囊 。”

曲东一声叹息：“唉，要是国内有这样的研究机构……”